岩波文庫
31-225-5

次郎物語

（五）

下村湖人作

岩波書店

目次

次郎物語　第五部

次郎物語

第五部

一　友愛塾《ゆうあいじゅく》・空林庵《くうりんあん》

ちゅんと雀《すずめ》が鳴いた。一声鳴いたきりあとはまたしんかんとなる。

これは毎朝のことである。

本田次郎《ほんだじろう》は、この一週間ばかり、寒さにくちばしをしめつけられたような、そのひそやかな、いじらしい雀の一声がきこえて来ると、読書をやめ、そっと小窓のカーテンをあけて、硝子戸《ガラスど》ごしに、そとをのぞいて見る習慣になっている。今朝《けさ》はとくべつ早起きをして、もう一時間あまりも「歎異抄《たんにしょう》」の一句一句を念入《ねんい》りに味わっていたが、そとをのぞいて、いつもと同じ楓《かえで》の小枝《こえだ》の、それも二寸《すん》とはちがわない位置に、じっと羽根をふくらましている雀の姿《すがた》を見たとたん、なぜか眼《め》がしらがあつくなって来るのを覚《おぼ》えた。

かれの眼には、その雀が孤独《こどく》の象徴《しょうちょう》のようにも、運命の静観者《せいかんしゃ》のようにも映《うつ》った。夜明けの静寂《せいじゃく》をやぶるのをおそれるかのように、おりおり用心ぶかく首をかしげるその姿には、敬虔《けいけん》な信仰者《しんこうしゃ》の面影《おもかげ》を見るような気もした。

雀は、しかし、そのうちに、ひょいと勢いよく首をもたげた。同時に、それまでふくらましていた羽根をぴたりと身にひきしめた。それは身内に深くひそむものと、身外の遠くにある何かの力とが呼吸を一つにした瞬間《しゅんかん》のようであった。そのはずみに、とまっていた楓の小枝がかすかにゆれた。小枝がゆれると、雀ははねるようにぴょんと隣《となり》の小枝に飛びうつった。その肢体《したい》には、急に若い生命がおどりだして、もうじっとしてはおれないといった気配《けはい》である。

まもなく雀は力強い羽音《はおと》をたて、澄《す》みきった冬空《ふゆぞら》に浮《う》き彫《ぼ》りのように静まりかえっている櫟《くぬぎ》の疎林《そりん》をぬけて、遠くに飛び去った。そして、すべてはまたもとの静寂にかえった。

次郎は深いため息《いき》に似た息を一つつくと、カーテンを思いきり広くあけ、机《つくえ》の上の電気スタンドを消した。そして、外の光でもう一度「歎異抄《たんにしょう》」のページに眼をこらした。

机の上の小さな本立《ほんたて》には、仏教・儒教《じゅきょう》・キリスト教の経典類《きょうてんるい》や、哲人《てつじん》の語録といった種類のものが十冊《さつ》あまりと、日記帳が一冊、ノートが二、三冊たててあるきりである。次郎は、どういう考えからか、一月《ひとつき》ばかりまえに、自分の蔵書《ぞうしょ》の中から、それだけの本を選んで座右《ざゆう》におき、ほかはみんな押《お》し入《い》れにしまいこんでしまったのであるが、このごろでは、そのわずかな本のいずれにもあまり親しまないで、ほとんど「歎異抄」ばかりをくり返し読んでいるのである。

＊

次郎が郷里《きょうり》の中学校を追われてから、もうかれこれ三年半になる。父の俊亮《しゅんすけ》が退学《たいがく》の事情をくわしく書いて朝倉《あさくら》先生に出してくれた手紙の返事が来ると、かれはすぐ上京して先生の大久保《おおくぼ》の仮寓《かぐう》に身をよせた。先生の上京からかれの上京までに二十日とは日がたっていなかったので、かれが着京したころには、先生自身もまだ十分にはおちついていず、運送屋から届けられたままの荷物が、玄関《げんかん》や廊下《ろうか》などにごろごろしていた。次郎は、はじめの十日間ばかりは、朝倉夫人と二人で、毎日その整理に没頭《ぼっとう》した。

「本田さんとは、よくよくの因縁《いんねん》ですわね。同じ学校を追われた先生と生徒とが、また同じ家に住むなんて……」

次郎を東京駅にむかえてくれた朝倉夫人は、電車に乗って腰《こし》をかけると、すぐしみじみとそういったが、次郎は、荷物を整理しながらも、夫人が心の中でたえず同じ言葉をくり返しているような気がして、うれしくてならないのだった。

先生は、毎日外出がちだった。帰りも、たいていは夜になってからで、夕食をともにすることもまれだった。たまに家におちつく日があっても、夫人とも、次郎とも、めったに口をきかず、何か考えこんでは、心にうかんだことをノートに書きつけるといったふうであった。

　ところが、荷物もあらましかたづき、階下の六畳二間《じょうふたま》を先生の書斎《しょさい》と茶《ちゃ》の間《ま》兼食堂に、二階の四畳半を次郎の部屋《へや》にあて、夫人の手で簡素《かんそ》ながらも一通《ひととお》りの装飾《そうしょく》まで終わったころになって、先生は、ある夕方、外出先から帰って来て室内を見まわしながら言った。

「せっかく整理してもらったが、近いうちにまた引越すことになるかもしれないよ。」

「あら。」

と夫人は、めったに先生には見せたことのない不満な気持ちを、かるい驚《おどろ》きの中にこめて、

「やはり、こちらでは手《て》ぜまでしょうか。」

　夫人がそういうと、次郎も、それが自分のせいだという気がして顔をくもらせた。先生は、しかし、笑いながら、

「手ぜまなのは、覚悟《かくご》のまえさ。越したところで、どうせ今度《こんど》の家も広くはないよ。あるいは、ここよりも窮屈《きゅうくつ》になるかもしれん。実は、はっきり決まらないうちに話して、ぬか喜びをさせるのもどうかと思って、ひかえていたんだが、私がかねて考えていたことが近く実現しそうになったのでね。」

「考えていらしったことといいますと？」

「青年塾《せいねんじゅく》のことさ。」

「あら、そう？」

夫人はもう一度おどろいた。それは、しかし、深い喜びをこめたおどろきだった。

「土地や建物も、あんがいぞうさなく手に入ったんだ。何もかも田沼《たぬま》さんのお力ででき たことなんだがね。」

田沼さんというのは、朝倉先生が学生時代から兄事《けいじ》し崇拝《すうはい》さえしていた同郷《どうきょう》の先輩《せんぱい》で、官界の偉材《いざい》、というよりは大衆青年の父と呼ばれ、若い国民の大導師《だいどうし》とさえ呼ばれている社会教育の大先覚者《だいせんかくしゃ》で、その功績によって貴族院議員に勅選《ちょくせん》された人なのである。次郎はまだ一度もその風貌《ふうぼう》に接したことはなかった。しかし、朝倉先生の口を通して、およその人がらを想像していた。先生のいうところでは、「田沼さんは、聖賢《せいけん》の心と、詩人の情熱とをかねそなえた理想的な政治家」であり、「明治・大正・昭和を通して、日本が生んだ庶民《しょみん》教育家の最高峰《さいこうほう》」だったのである。

次郎は、「田沼さんのお力で」という言葉をきいた瞬間、何か霊感《れいかん》に似たものが胸にわくのを覚えた。朝倉先生の青年塾の計画についてはまったくの初耳《はつみみ》であり、ただ先生が上京以来、普通《ふつう》の学校教育以外のことを何かもくろんでいるらしいと想像していただけだったが、田沼――朝倉――青年塾――と、こう結びつけて考えただけで、近来日本の空を重くるしくとじこめている雲の中を一道のさわやかな自由の風が吹《ふ》きぬけて行くような心地《ここち》が、かれにはしたのである。

同時にかれはきわめて当然の事として、かれ自身がその青年塾の最初の塾生《じゅくせい》になる事を考えていた。朝倉先生に師事《しじ》しつつ、塾生の立場から塾風樹立《じゅくふうじゅりつ》の基礎固《きそがた》めに努力し、しかもしばしば田沼という大人格者《だいじんかくしゃ》に接して親しく言葉をかわしている自分を想像すると、胸がおどるようだった。

朝倉先生は、そのあと、計画中の青年塾について、あらましつぎのようなことを二人に話した。

場所は東京の郊外で、東上《とうじょう》線の下赤塚《しもあかつか》駅から徒歩十分内外の、赤松《あかまつ》と櫟《くぬぎ》の森にかこまれた閑静《かんせい》なところである。敷地《しきち》は約五千坪《つぼ》、そのうち半分は、すぐにでも菜園につかえる。さる老実業家が自分の隠居所《いんきょじょ》を建てるつもりで、いろいろの庭木《にわき》なども用意し、ことに、千本にも近いつつじを植《う》え込《こ》んでおいたところなので、花の季節になると、錦《にしき》をしいたような美観を呈《てい》する。

隠居所の建築は、老実業家の急死で取りやめになった。相続者はその追善《ついぜん》のために、だれか信頼《しんらい》のできる人で、精神的な事業に利用したいという人があったら、土地だけでなく、相当《そうとう》の建築費をそえて寄付《きふ》したいという意向《いこう》をもらしていた。それをある人が田沼さんの耳に入れた。田沼さんは、満州事変以来日本の流行のようになっている塾風教育が、人間性を無視《むし》した、強権的な鍛練《たんれん》主義一点ばりの傾向《けいこう》にあるのを深く憂《うれ》えていた際だったので、すぐそれを自分の新しい構想に基づく青年塾に利用したいと考えた。しかし、それには、自分と思想傾向を同じくし、かつ専心《せんしん》その指導に任じてくれる人がなければならない。自分自身でやってみたいのは山々《やまやま》だが、各方面に関係の多いからだでは、それが許されないし、ことに最近は自分が中心になって、憲政擁護《けんせいようご》と政治浄化《じょうか》の猛《もう》運動を展開している最中《さいちゅう》なので、それから手をひくわけには絶対に行かない。そんなことで、内々《ないない》適任者を物色《ぶっしょく》していたところだった。そこへ、たまたま朝倉先生の五・一五事件批判《ひはん》の舌禍《ぜっか》事件が発生し、つづいて教職辞任《じにん》となり、そのことで二人の間に二、三回手紙をやり取りしている間に、どちらも願ったり叶《かな》ったりで、朝倉先生が青年塾に専《せん》念《ねん》する約束《やくそく》が成立した。そして先生の上京後、二人で懇談《こんだん》を重ねた結果、具体案を作って寄付者に提示したところ、先方《せんぽう》では、その根本《こんぽん》方針に双手《もろて》をあげて賛成し、一切《いっさい》を田沼さんの自由な処理に委《ゆだ》ねたばかりでなく、事情によっては年々経営費の一部を負担《ふたん》してもいいということまで申し出て来ている。

「そんなわけで、経費の点ではまったく心配がないんだ。まるで夢《ゆめ》みたような話さ。

実は、私としては、それでは安易《あんい》にすぎて多少気恥《きは》ずかしいような心地がしないでもない。しかし、われわれの塾堂《じゅくどう》の構想からいうと、経費のことなどでじたばたする必要がないということもまた一つの大事な条件なんだ。むろん勤労《きんろう》はたいせつだし、自給自足《じきゅうじそく》も結構《けっこう》だ。しかし教育の機関が金もうけに没頭《ぼっとう》しなければ立って行けないというようでも困るからね。田沼さんもそのことを言って非常に喜んでいられたよ。」

「すると、どんなような塾ですの?」

夫人がたずねた。

「それはおいおいわかるだろう。どうせお前には寮母《りょうぼ》みたいな仕事をしてもらいたいと思っているし、そのうち印刷物もできるから、それについてみっちり研究してもらうんだな。しかし、おそらく実際に生活をはじめてみないと、ほんとうのことはのみこめないだろうね。」

「何だか、むずかしそうですわ。」

「むずかしいといえば非常にむずかしいし、平凡《へいぼん》だといえばしごく平凡だよ。」

「一口《ひとくち》にいって、どんなご方針ですの?」

「友愛感情に出発した共同生活の建設とでもいったらいいかと思っているんだ。しかし、こんな生煮《なまに》えの言葉をそのまま鵜呑《うの》みにされても困る。それよりか、これまでの学校でやって来た白鳥会の気持ちを、塾の共同生活の隅《すみ》から隅まで生かす、といったほうが呑《の》みこみやすいかね。」

「そういっていただくと、あたしたちにもいくらか自信が持てそうですわ。ねえ、本田さん。」

「ええ、ぼく、先生のお気持ちはよくわかるような気がします。」

次郎は頰《ほお》を紅潮《こうちょう》させてこたえた。

「あんまり自信をもってのぞんでもらっても困るよ。白鳥会の精神がいいからといって、最初からそれを押《お》しつける態度に出たら、かんじんの精神が死んでしまうからね。お互《たが》いが接触《せっしょく》に接触を重ねて行くうちに、自然に各人の内部からいいものが芽を出し、それがみごとに共同生活に具体化され、組織化される、そういったところをねらうのが、今度の塾堂生活なんだ。」

夫人も次郎もだまってうなずいた。

「まあ、しかし、こういうことはお互いにゆっくり話しあうことにして、さっそくかたづけなければならないのは、本田君の問題だ。中学校も五年になってからの転校は、どうせ公立では見込《みこ》みがないので、私立のほうの知人に二、三頼《たの》んではある。しかし、夏休みのせいか、まだはっきりした返事がきけないでいる。それがきまるまでは、君《きみ》も落ちつかないだろうと思うが、どうだい、私が紹介状《しょうかいじょう》を書くから、君直接会ってみないか。」

「はあ――」

次郎は気がすすまないというよりは、むしろ意外だという眼《め》をして先生の顔を見た。

「私立ではいやなのか。」

「そんなことはありません。」

「じゃあ、会ってみたらいいだろう。私立でも、まじめな学校では、やはりいちおう本人に会ってみてからでないと入れてくれないからね。」

「先生!」

と、次郎は急にからだを乗り出し、息をはずませながら、

「ぼくは先生の青年塾にはいるわけには行かないんですか。」

「青年塾に? 君が?」

朝倉先生はおどろいたように眼を見はった。

「ぼくは、中学校を卒業することなんか、もうどうでもいいんです。先生が青年塾をお開きになるのを知っていながら、普通《ふつう》の中学校にはいるなんて、ぼくはとてもそんな気にはなれないんです。」

「ばかなことをいうものじゃない。私の計画している青年塾は、学校とはまるでちがうんだよ。現に働いている青年たちのために、ごく短期間の、――今のところながくてせいぜい二か月ぐらいにしたいと思っているが、――まあいわば一種の講習《こうしゅう》をくりかえして行くようなものなんだ。そんなところにはいって、君、どうしようというんだね。」

次郎はだまりこんだ。かれは自分が想像していた塾とはかなり性質の違《ちが》ったものだということがわかり、ちょっと失望したようだった。しかし、どんな種類の塾にもせよ、その最初の塾生となって、塾風樹立《じゅくふうじゅりつ》に協力したいという希望は、やはり捨てたくなかったのである。

「そりゃあ、私としても、一度は君に一般《いっぱん》の勤労青年と生活をともにする機会を作ってもらいたいとは願っている。しかし、それは今でなくてもいいことなんだ。今のところは、何といったって中学を出て、上級の学校に進むように努力することがたいせつだよ。」

「ぼく、ほんとうは、先生が青年塾をお開きになるんなら、一生《いっしょう》先生の下で働かしていただきたいと思っているんですけど。」

次郎はいくらかはにかみながらも、哀願《あいがん》するように言った。

「ありがとう。それは私ものぞむところだ。実は、機会が来たら、私のほうから君に願いたいと思っていたところなんだ。しかし、それにはやはり一通り基礎的《きそてき》な勉強をしてもらわなくちゃあ。」

「勉強は独学でもできると思います。それよりか、最初から先生の下でいろんな体験を積むことがたいせつではないでしょうか。」

「塾の大先輩《だいせんぱい》になろうとでもいうのかね。はっはっはっ。」

と朝倉先生は愉快《ゆかい》そうに笑ったが、すぐ真顔《まがお》になり、

「なるほど、塾の気風《きふう》を作るには、最初から君のような人にはいってもらえば大変ぐあいがいいね。これは、君のためというよりか、私にとってありがたいことなんだが。」

次郎は、眼をかがやかした。朝倉先生は、しかし、また急に笑いだして、

「ところで、塾はまだできあがっているわけではないんだよ。建築その他に、少なくも三か月は見ておかなければならないし、趣旨《しゅし》を宣伝したり、募集《ぼしゅう》の手続きをしたりしていると、いよいよ塾生が集まって来るのは、早くて半年後になるだろう。あるいは、君が中学校を卒業したあとで、第一回目が始まるということになるかもしれない。とにかく、君の転校の手続きだけは早くすましておくことだよ。何だかお互いに青年塾の夢にすっかり興奮《こうふん》してしまって、現実を忘れていた形だね。はっはっはっ。」

夫人も次郎もつい笑いだしてしまった。

こんなふうで、次郎はとにもかくにもある私立中学に通いだした。むろん学校にとくべつの期待もかけていなかったし、したがって大した不満も感じなかった。むしろ、科目によっては、郷里の中学におけるよりも学力のある先生がいたので、勉強にはかえって身がはいるくらいであった。

そのうちに、塾堂の建築も次第《しだい》にはかどりだした。日曜には次郎もかかさず朝倉先生といっしょに下赤塚の駅におりたが、そのたびごとに、かれは、建物の位置とにらみあわせて、つつじその他の小さな樹木を幾本《いくほん》かずつ植えかえた。先生夫妻の住宅――その一室に次郎も自分の机をすえさしてもらうことになっていた――は、本館とは別棟《べつむね》にして、まず第一に着手されたが、その付近の小さな樹木は、ほとんどすべて次郎の手で整理され、南側には、いつのまにか小さな庭園らしいものさえできあがっていたのである。

住宅が完全にできあがったのは、その年の十月はじめだった。夫人と次郎とは、それでまた引越しさわぎに忙殺《ぼうさつ》されたが、それはいかにも楽しい忙《いそが》しさだった。荷物を作ったり、解《と》いたりする間に、次郎は、「本田さんとは、よくよくの因縁《いんねん》ですわね」といったかつての夫人の言葉を、何度《なんど》思いおこしたかしれない。それに夫人は、このごろ、いつとはなしに、かれを「本田さん」と呼ぶ代《か》わりに「次郎さん」と呼ぶようになっていたので、かれは心の中で、「次郎さんとは、よくよくの因縁ですわね」と夫人の言葉を勝手《かって》にそう言いかえたり、また、自分はこれから夫人を「お母《かあ》さん」と呼ぶことにしようか、などと考えてみたりして、ひとりで顔をあからめたこともあった。

できあがった住宅は、思いきり簡素《かんそ》だった。八畳《じょう》に四畳半、それに玄関《げんかん》と便所とがついているきりだった。開塾後《かいじゅくご》は、食事は朝昼晩、塾生といっしょに本館でとることになっていたので、台所は四畳半の縁先《えんさき》に下屋《したや》をおろして当分間《とうぶんま》に合わせることになっていた。

引越し荷物は決して多いほうではなかったが、それでも、この手ぜまな家にはどうにも納《おさ》まりかねた。本だけでも相当だった。本館ができあがると、そこに先生専用の室《へや》が予定されていたし、また物置きになるような部屋も当然できるはずだったので、何とか始末《しまつ》のしようもあったが、それまでは極度《きょくど》に不便《ふべん》をしのぶほかなかった。で、結局、四畳半と玄関とは当分物置きに使うことにし、八畳一間《ひとま》を三人の共用にした。その結果、ひる間《ま》は一つの卓《たく》を囲《かこ》んで食事もし、本も読み、事務もとり、夜は卓を縁側《えんがわ》に出して三人の寝床《ねどこ》をのべるといったぐあいであった。次郎は、先生夫妻に対してすまないという気で一《いっ》ぱいになりながらも、心の奥底《おくそこ》では、それが楽しくてならないのだった。里子時《さとごじ》代に、乳母《うば》の家族と狭《せま》くるしい一室で暮《く》らしていたころの光景《こうけい》までが、おりおりかれの眼に浮《う》かんでいたのである。

引越しがすんだあとでも、先生はとかく外出がちだった。おもな用件は、講師陣《じん》の編成とか、助手や炊事夫《すいじふ》その他の使用人の物色《ぶっしょく》とかいうことにあったらしく、帰って来るとその人選難《じんせんなん》をかこつことがしばしばだった。ことに講師陣の編成について苦労が多かったらしい。

「著書や世間《せけん》の評判などをたよりにして、この人ならと思って会ってみると、思想傾向と人柄《ひとがら》とがまるでちぐはぐだったりしてね。知性と生活情操《じょうそう》とがぴったりしている人というものは、あんがい少ないものだよ。」

そんなことをいったりしたこともあった。

先生が在宅の日には、よく夫人が外出した。それは寮母として参考になるような施設《しせつ》をほうぼう見学するためであった。また、その方面の参考書も、見つかり次第《しだい》買って帰った。しかし、ふだんは先生の秘書役《ひしょやく》といったような仕事を引きうけ、また、先生の留《る》守中《すちゅう》は本館の工事のほうの相談にも応じていた。

次郎は学校に通うので、まとまった仕事の手助けはあまりできなかったが、それでも家におりさえすれば、塾堂建設に役だつような仕事を何かと自分で捜《さが》しだして、それに精魂《せいこん》をぶちこんだ。畑も片っぱしから耕《たがや》して種《たね》をまいた。鶏舎《けいしゃ》も三十羽《ぱ》ぐらいは飼《か》えるようなのを自分で工夫《くふう》して建てた。こうしたことには、郷里でのかれの経験が非常に役にたった。そして、その年の暮れには、鶏《にわとり》に卵を生ませ、畑に冬ごしの野菜ものさえいくらか育てていたのである。

かれは、上京以来、父の俊亮《しゅんすけ》にはたびたび手紙を書いた。それはすべて喜びにみちた手紙だった。恭一《きょういち》や大沢《おおさわ》や新賀《にいが》や梅本《うめもと》にも、おりおり思い出しては、絵はがきなどに簡《かん》単《たん》な生活報告を書き送った。乳母《うば》のお浜《はま》には、郷里では久しく文通を怠《おこた》っていたが、いざ上京というときになって、ふと彼女《かのじょ》のことを思いおこし、妙《みょう》に感傷的《かんしょうてき》な気分になった。で、くわしい事情はうちあけないで、単に東京に出て勉強することになったという意味のことだけ書きおくったが、それがきっかけになって、上京後も何度か絵はがきぐらいで便《たよ》りをした。そのほかにかれが手紙を書いたのは、正木《まさき》一家と大巻《おおまき》一家とであった。

正木の祖父母には、中学入学以来、自然接触がうすらいでいたが、幼時の思い出にはさすがに絶《た》ちがたいものがあり、ことに二人とももう八十に近い高齢《こうれい》なので、遠く隔《へだ》たったらいつまた会えるかわからないという懸《け》念《ねん》もあった。で、上京前にはぜひ一度会っておきたいという気がしていたが、上京の理由を説明するのに気おくれがして、とうとう会わずに来てしまった。その謝罪《しゃざい》の意味もふくめて、とくべつ長い手紙を書いたのである。大巻一家は、郷里では眼と鼻の間に住んでいて、こちらの事情は何もかも知りぬいており、上京前には、運平老《うんぺいろう》がわざわざかれのために「壮行会《そうこうかい》」を開いて剣舞《けんぶ》までやって見せてくれたりしていたので、手紙を書くのにも気は楽だった。しかし、その壮行会の席につらなった人たちの中に、恭一と道江《みちえ》という二人の人間がいて、何かにつけ睦《むつま》じく言葉をかわしていたことは、かれにとって消しがたい悩《なや》みの種になっていた。

「恭一さんは、大学はどちらになさるおつもり？　東京？　京都？」

「東京さ。」

「すると来年は次郎さんとあちらでごいっしょね。うらやましいわ。」

「道江さんは、女学校を卒業するの、さ来年だね。」

「ええ。」

「あと、どうする？」

「あたしも、東京に出て、もっと勉強したいわ。でも、うちで許してくれるかしら。」

「そりゃあ、話してみなけりゃあ、わからんよ。」

「恭一さんは賛成してくださる？」

「道江さんが本気で勉強する気なら、むろん賛成するさ。」

次郎はそこまで回想しただけで、もう頭がむしゃくしゃして来るのである。しかも、そのあと、道江はだしぬけに、

「次郎さんも賛成してくださる？」

と、質問をかれのほうに向けた。かれは、その時、

「う、うん、賛成してもいいね。」

と、半《なか》ば茶化《ちゃか》したような調子で答えたが、それがゆとりのある茶化し方ではなく、むしろ虚《きょ》をつかれて、どぎまぎした醜態《しゅうたい》をかくすための苦しい方便《ほうべん》でしかなかったことは、だれよりもかれ自身が一番よく知っている。その時、道江の顔にうかんだ変な笑い、それは自分に対する痛烈《つうれつ》な軽侮《けいぶ》の表現ではなかったのか。

かれは大巻一家を思い出すと、かならず道江を思い出し、道江を思い出すと、かならずそうした対話を思い出す。そのせいか、大巻への手紙はただ一回きりで、その後は父あての手紙に、大巻にもよろしくと書きそえるだけだった。

道江本人に対しては、かれははがき一枚も書かなかった。道江のほうから、それをうらむようなことをいって来たこともあったが、その返事さえ出そうとしなかったのである。

さて、塾の本館が落成《らくせい》したのは、翌年の一月半ばであった。それで住宅のほうもずっと楽になり、次郎は四畳半一間《ひとま》を自分の部屋に使うことができるようになった。そして二月はじめにはいっさいの準備《じゅんび》がととのい、いよいよ第一回の塾生がはいって来ることになったのである。

塾名を「友愛塾《ゆうあいじゅく》」といった。

開塾の日取りが、次郎の中学卒業よりもわずかに一か月ばかり前になっていたのは、かれにとってくやしいことであったにちがいない。しかし、この半年ばかりの生活で、かれにはもう、自分はすでに塾堂とは切っても切れない縁を結んだ人間だ、という確信が生まれていた。そのせいか、最初の塾生になりたいというかれの希望は、今では是《ぜ》が非《ひ》でもというほど強くはなかった。それに、朝倉先生が、これはむろん主として各方面の事情を考慮《こうりょ》してのことではあったが、いくらかはかれの気持ちをも察《さっ》して、開塾式の日取りを日曜に選んでくれたおかげで、かれも入塾者の中にまじって式場につらなることができ、またその日じゅう彼等《かれら》と行動をともにし、夜になって最初の座談会がひらかれた際には、自己紹介《じこしょうかい》まで同じようにやらしてもらったし、なお翌日からも、通学にさしつかえがないかぎりは、すべて彼等と生活をともにすることもできたので、ほとんど最初の塾生といってもいいような気持ちで暮らすことができたのであった。

塾生は、だいたい二十歳《さい》から二十五歳ぐらいまでの勤労青年で、その七、八割までが農業者だった。中に三十歳をこした教育者が二、三まじっていたが、いずれにしても、各地の青年団員、もしくはその指導に密接な関係をもつものばかりであった。これは、この塾が地域共同社会の理想化に挺身《ていしん》する中堅《ちゅうけん》人物の養成ということにその主目標をおいていた自然の結果だったのである。

塾生の学歴はまちまちだった。しかし、次郎の接したかぎりでは、かれがこれまで見て来た中学五年の生徒たちにくらべて、常識の点でも、理解力や判断力の点でも、はるかにすぐれていると思われる青年が大多数だった。

次郎はそうした青年たちに接しているうちに、自分のこれまでの学生生活が、ほんとうの生活から浮きあがったもののように思われて恥《は》ずかしい気がした。朝倉先生は、かつて白鳥会の集まりで、学生が勤労青年を友人に持つことの必要を説《と》いたことがあったが、その意味が今になってやっとわかるような気がするのだった。かれは次第《しだい》に塾生たちに愛情と尊敬《そんけい》とを感じはじめていた。中学の卒業試験はもう間近《まぢか》にせまっていたが、かれの関心はそのほうの勉強よりも、少しでも多くの時間を彼等といっしょにすごすことに払《はら》われていたのである。

しかし、かれにとっての最大の喜びは、何といっても、田沼先生——開塾以来、田沼さんは自然みんなに先生と呼ばれるようになっていた——にたびたび接して、直接言葉をかけてもらうようになったことであった。

田沼先生は、塾財団の理事長という資格で、開塾式にのぞみ、一場《いちじょう》のあいさつを述べたのであるが、次郎は、仏像《ぶつぞう》の眼を思わせるようなその慈眼《じがん》と、清潔《せいけつ》であたたかい血の色を浮かしたその豊頬《ほうきょう》とに、まず心をひきつけられ、さらに、透徹《とうてつ》した理知《りち》と燃えるような情熱とによって語られるその言々句々《げんげんくく》に、完全に魅《み》せられてしまったのであった。

「錦《にしき》を着て郷土《きょうど》に帰るというのが、古い時代の青年の理想でありました。もしそれで、郷土そのものもまた錦のように美しくなるとするならば、それもたしかに一つの価値《かち》ある理想といえるでありましょう。しかし事実は必ずしもそうではなかったのであります。錦を着て郷土に帰る者が幾人《いくにん》ありましても、郷土は依然《いぜん》としてぼろを着たままであり、時としては、そうした人々を育てるために、郷土はいっそうみじめなぼろを着なければならない、というような事情さえあったのであります。今後の日本が切《せつ》に求めているのは、断じてそうした立身出世《りっしんしゅっせ》主義者ではありません。じっくりと足を郷土に落ちつけ、郷土そのものを錦にしたいという念願《ねんがん》に燃え、それに一生をささげて悔《く》いない青年、そうした青年が輩出《はいしゅつ》してこそ、日本の国土がすみずみまで若返り、民族の将来が真《しん》に輝《かがや》かしい生命の力にあふれるのであります。」

そんな言葉をきいた時には、次郎は自分の心に一つの革命《かくめい》が起こったかのようにさえ感じたのである。

その後、かれが朝倉先生に紹介されて親しく接するようになった田沼先生は、ふかさの知れない愛と識見《しきけん》との持ち主であった。かれは、田沼先生のそばにすわっているだけで、自分の血がその愛によってあたためられ、自分の頭がその識見によって磨《みが》かれて行くような気がするのであった。

朝倉先生の開塾式における言葉もまた、次郎にとって新しい感激《かんげき》の種だった。先生は、人間が本来もっている創造の欲望《よくぼう》と調和の欲望とを塾生相互《そうご》の間にまもり育てつつ、何の規則もなく、だれの命令もなしに、めいめいの内部からの力によって共同の組織を生み出し、生活の実体を築きあげて行きたい、といった意味のことを述べた。そうした共同生活の根本精神は、次郎がこれまで白鳥会においておぼろげながら理解していたことではあったが、まだはっきりした観念にはなっていなかったので、非常に新鮮《しんせん》なひびきをもってかれの耳をうったのである。

塾生活の運営は、しかし、実際にあたってみると、朝倉先生の理想どおりに進展するものではなかった。次郎は、期間の半《なか》ばを過ぎるまで、先生の顔にも、しばしば苦悩《くのう》の色が浮かぶのを見てとって、自分も心を暗くすることがあった。しかし、期間の終わりが近づくにしたがって、だれの顔にも次第に明るさが見えて来た。

「塾生の言動に、このごろ、やっとうらおもてがなくなって来たようだね。」

先生が夫人に向かってそんなことをいったのは、期間もあと十日かそこいらになったころであった。それに対して夫人は答えた。

「ええ、そのせいか、このごろほんとうに心からの親しみが感じられて来ましたわ。それに、塾生同士の話しあいで、いろんないい計画が生まれて来ますし、あたし、もう何にもお世話することとありませんの。」

期間の終わりに近く、全塾生は三泊四日《さんぱくよっか》の旅行に出た。朝倉先生夫妻も、むろんいっしょだった。次郎も、それには学校を休んでもついて行きたかったのであるが、あいにく卒業試験の最中だったので、どうにもならなかった。かれはここに来てから、この時の留守居《るすい》ほど味気《あじけ》ない気がしたことはなかったのである。

終了式《しゅうりょうしき》にもかれはつらなることができなかった。やはり試験のためだった。朝倉夫人のあとでの話では、塾生たちがいよいよ門を出て行く前には、かなり涙《なみだ》ぐましい場面もあったらしかった。次郎はそんな話をきくにつけても、塾生と終始《しゅうし》生活をともにする機会が一日も早く来ることを望まないではいられなかった。

その機会は、しかし、そうながく待つ必要はなかった。というのは、かれが中学を卒業した翌月には、すでに第二回の塾生募集がはじまっていたからである。もっとも、かれにはまだ残された問題が一つあった。それは上級学校への進学の問題であった。このことについては、先生夫妻は、むろん極力《きょくりょく》かれに進学をすすめた。しかしかれはいつもの従順《じゅうじゅん》さに似ず、頑《がん》として自分の考えをまげようとしなかった。

「読書でできるかぎりは、ぼく、どんな勉強でもします。上級学校の講義程度《ていど》のことなら、それで十分間《ま》に合うと思います。それに、上級学校に籍《せき》をおかなくても、それぐらいの知識が得られるということを一般《いっぱん》の勤労青年に知ってもらうこともたいせつではないでしょうか。ぼくは実際に自分でそれを証明してみたいと思っているのです。」

　これがかれの決心だった。この決心は、かれが第一回目の開塾以来考えぬいた結果固めていたことで、朝倉先生がそのために自分を放逐《ほうちく》するといわないかぎり、ひるがえさないつもりでいたのである。

　朝倉先生も、それにはとうとう根負《こんま》けして、

「では、いちおう君のお父《とう》さんに相談した上のことにしよう。なお、念《ねん》のため、田沼先生のお考えもうかがってみるほうがいいね。」

　といって、その場を片づけた。そして、俊亮には手紙で、田沼先生には直接会ってその意見をただしてみたところ、俊亮からは、あっさり、本人の意志に任《まか》せる、といって来た。田沼先生も、本人の意志がぐらつきさえしなければそれもおもしろかろう、勤労青年相手の指導者には、そういう人物が必要だから、といって、むしろ賛意を表してくれた。なお、朝倉先生自身としても、まだ助手の適任者が見つからないでいたところだったので、次郎は、はじめのうちは塾生とも助手ともつかない立場で、あとでは一人ま

えの助手として、その後の塾生活にはいりこむことになったのである。こんなふうで、かれは現在までに、第一回目の中途半端《ちゅうとはんぱ》な体験までを合わせると、すでに九回の塾生活を送って来ており、まもなく、その第十回目の生活にはいろうとしているのである。その間に、かれはその心境においても、助手としての指導技術においても、また読書力においても、めざましい進歩のあとを示して来た。なお、かれについて特記すべきことのひとつは、かれが学校時代に大して熱意を示さなかった運動競技とか、音楽とか、娯楽《ごらく》遊戯《ゆうぎ》とかいったことにも研究の手をのばし、今では技術的にも一通《ひととお》りの心得《こころえ》があり、それが塾生活の運営《うんえい》にかなりの役割《やくわり》を果たすようになって来たことである。

朝倉先生夫妻が、その真剣《しんけん》な反省と創意工夫《くふう》とによって、一回ごとに向上のあとを示したことは、いうまでもない。二人には、一般《いっぱん》の塾生活指導者にありがちな自己陶酔《じことうすい》ということが微塵《みじん》もなかった。次郎の眼にはすばらしい成功だと映ることも、二人にとっては常に反省の資料であり、検討の余地《よち》を残すことばかりであった。「肝胆《かんたん》を砕《くだ》く」という言葉は、古人《こじん》がこの二人のために残した言葉ではないかとさえ思われるほど、生活のあらゆる面について研究をかさね、工夫を積んだ。それは、はた目《め》には苦悩《くのう》の連続ともいうべきものであった。しかも、それでいて二人の気分はいつも澄《す》みきっており、あせりがなく、あたたかでほがらかだった。次郎は、そうした気分に接するごとに、二人がうらやましくも尊《とうと》くも思え、同時に自分のいたらなさが省《かえり》みられるのだった。

　ある冬の朝、——それはたしか第四回目の塾生活がはじまろうとする数日前のことだったと思うが、——朝倉先生は、居間《いま》の硝子戸《ガラスど》ごしに、じっと庭のほうに眼をこらし、無言《むごん》ですわっていた。そこへ次郎が朝のあいさつに行った。すると先生は黙《だま》ってかれに眼くばせした。かれにもそとを見よという合《あ》い図《ず》らしかった。次郎は、すぐ二人のうしろにすわってそとを見た。葉の落ちつくした櫟《くぬぎ》の林が、東から南にかけて、晴れた空に凍《い》てついている。日の出がせまって、雲が金色に燃えあがっていた。数秒の後、まぶしい深紅《しんく》の光が弧《こ》を描《えが》いてあらわれたと思うと、数十本の櫟の幹《みき》の片膚《かたはだ》が、一《いっ》せいにさっと淡《あわ》い黄色に染まり、無数の動かない電光のような縞《しま》を作った。

「しずかであたたかい色だね。」

　朝倉先生は、櫟の林に眼をこらしたまま、ささやくように言った。夫人も次郎も、言葉の意味をかみしめながら、かすかにうなずいただけだった。

　太陽がすっかりその姿をあらわしたころ、今度は次郎が言った。

「あの櫟林《くぬぎばやし》の冬景色《ふゆげしき》は、たしかにこの塾の一つの象徴《しょうちょう》ですね。ことにこんな朝は。——まる裸《はだか》で、澄んで、あたたかくて——」

「うむ。しかし本館からはこの景色は見られない。惜《お》しいね。」

「すると、この住宅の象徴でしょうか。しかし、それでもいいですね。――先生、どうでしょう。櫟の林にちなんでこの住宅に何とか名をつけたら。」

「ふむ。……空林、空林庵《くうりんあん》はどうだ。つめたくて、すこし陰気《いんき》くさいかな。」

「しかし、空林はすばらしいじゃありませんか。ぼく、すきですね。庵がちょっとじめじめしますけれど。」

「それはまあしかたがない。こんな小さな家には、庵ぐらいがちょうどいいよ。閣《かく》とか荘《そう》とかでは大《おお》げさすぎる。はっはっ。」

するとと夫人が、

「いい名前ですわ。すっきりして。あたたかさは、三人の気持ちで出して行きましょうよ。」

それ以来、この簡素な建物を空林庵と呼ぶことになったが、次郎にとっては、庵という字も、もうこのごろでは、じめじめした感じのするものではなくなっている。それどころか、かれは今では、どこにいても、空林庵の名によって自分の現在の幸福を思い、しかもその幸福が、故郷の中学を追われたという不幸な事実に原因していることを思って、人生を支配している「摂理《せつり》」の大きな掌《てのひら》の無限《むげん》のあたたかさに、深い感謝の念をささげているのである。

次郎は、今、その空林庵の四畳半で、雀《すずめ》の声をきき、その飛び去ったあとを見おくり、そしてしずかに「歎異抄《たんにしょう》」に読みふけっているわけなのである。

*

かれがなぜこのごろ「歎異抄」にばかり親しむようになったかは、だれにもわからない。それはあるいは数日後にせまっている第十回目の開塾にそなえる心の用意であるのかもしれない。あるいは、また、かれの朝倉先生に対する気持ちが、「たとへ法然上人《ほうねんしょうにん》にすかされまゐらせて念仏《ねんぶつ》して地獄《じごく》におちたりとも、さらに後悔《こうかい》すべからずさふらふ」という親鸞《しんらん》の言葉と、一脈相通《いちみゃくあいつう》ずるところがあるからなのかもしれない。さらに立ち入って考えてみるなら、自分の現在の生活を幸福と感じつつも、まだ心の底に燃えつづけている道江への恋情《れんじょう》、恭一に対する嫉妬《しっと》、馬田《うまだ》に対する敵意《てきい》、曽根少佐《そねしょうさ》や西山《にしやま》教頭を通して感じた権力に対する反抗心《はんこうしん》、等々が、「歎異抄」を一貫《いっかん》して流れている思想によって、煩悩熾盛《ぼんのうしじょう》・罪悪深重《ざいあくしんちょう》の自覚を呼びさます機縁《きえん》となっているせいなのかもしれない。すべてそうしたことは、かれのこれからの生活の事実に即《そく》して判断するよりほかはないであろう。

で、私は、過去三年半のかれの生活の手《て》みじかな記録につづいて、かれのこれからの生活を、もっとくわしく記録して行くことにしたいと思っている。

二　ふたつの顔

次郎は今朝《けさ》から事務室にこもって、第十回の塾生名簿《じゅくせいめいぼ》を謄写版《とうしゃばん》で刷《す》っていたが、やっとそれが刷りあがったので、ほっとしたように火鉢《ひばち》に手をかざした。しかし、火鉢の炭《すみ》火《び》はもうすっかり細っていた。謄写インキでよごれた指先が痛いほどつめたい。

塾堂《じゅくどう》の玄関《げんかん》は北向きで、事務室はその横になっているので、一日陽《ひ》がささない。それに窓の近くに高い檜《ひのき》が十本あまりも立ちならんでいて青空の大部分をかくしている。つるつるに磨《みが》きあげられた板張りの床《ゆか》が、うす暗い光線を反射《はんしゃ》しているのが、寒々《さむざむ》として眼《め》にしみるようである。

かれは火鉢に炭をつぎ足そうとしたが、思いとまった。そして、刷りあげた名簿をひとまとめにしてかかえこむと、すぐ中廊下《なかろうか》をへだてた真向《まむ》かいの室《へや》にはいって行った。そこは食堂にもなり、座談会や、そのほかのいろいろの集まりにも使われる畳敷《たたみじ》きの大《おお》広間《ひろま》なのである。

事務室からこの室《へや》にはいって来ると、まるで温室にでもはいったようなあたたかさだった。午前十時の陽が、磨硝子《すりガラス》をはめた五間《けん》ぶっとおしの窓一《いっ》ぱいに照っており、床《とこ》の間《ま》の「平常心」と書いた無落款《むらっかん》の大きな掛軸《かけじく》が、まぶしいほど明るく浮《う》き出《だ》している。

次郎は、かかえて来た刷り物を窓ぎわの畳の上に置いて、硝子戸を一枚《まい》あけた。霜《しも》に焼けたつつじの植《う》え込《こ》みが幾重《いくえ》にも波形に重なって、向こうの赤松《あかまつ》の森につづいている。空は青々と澄《す》んでおり、風もない。窓近くの土は、溶《と》けた霜柱《しもばしら》でじっくりぬれ、あたたかに光って湯気《ゆげ》をたてていた。

次郎はしばらく窓わくに腰《こし》をおろしてそとをながめていたが、やがて陽を背《せ》にして畳にあぐらをかき、名簿を綴《と》じはじめた。クリップをかけるだけなので、六、七十部ぐらいは大して時間もかからなかった。

名簿を綴じおわると、かれは窓わくによりかかり、じっと眼をとじて考えこんだ。開塾の準備《じゅんび》は、これですっかりととのったわけで、天気はいいし、いつもなら、新しい塾生を迎《むか》える喜びで胸が一ぱいになるはずなのだが、今度《こんど》はどうもそうはいかない。開塾が近づくにつれて、かえって気持ちが落ちつかなくなって来るのである。それは、このごろ、ともすると、かれの眼にうかんで来る二つの顔があったからであった。まるで種類のちがった、そして、おたがいに縁《えん》もゆかりもない二つの顔ではあったが、それが代《か》わる代《が》わる思い出され、まったくべつの意味で、かれの気持ちを不安にしていたのである。

その一つは、荒田直人《あらたなおと》という、もう七十に近い、陸軍の退役将校《たいえきしょうこう》の顔であった。この人は、中尉《ちゅうい》か大尉《たいい》かのころに日露《にちろ》戦争に従軍して、ほとんど失明に近い戦傷《せんしょう》を負《お》うた人であるが、その後、臨済禅《りんざいぜん》にこって一《ひと》かどの修行《しゅぎょう》をつみ、世にいうところの肚《はら》のすわった人として、自他ともに許している人である。それに家柄《いえがら》も相当《そうとう》で、上層社会に知人が多く、士官《しかん》学校の同期生や先輩《せんぱい》で将官級《しょうかんきゅう》になった人たちでも、かれには一目《いちもく》おいているといったふうがあり、また政変《せいへん》の時などには、名のきこえた政治家でかれの門に出入りするものもまれではない、といううわささえたてられているのである。

次郎がこの人の顔をはじめて見たのは、第七回目の開塾式の時であった。その日、かれは玄関《げんかん》で来賓《らいひん》の受付をやっていた。受付といっても、いつもなら来賓はほんの六、七名、それも創設当初からの深い関係者で、塾の精神に心から共鳴している人たちばかりだったので、かれにはもう顔なじみになっていたし、ただ出迎えるといった程度《ていど》でよかったのである。ところが、その日は、いつもの来賓がまだ一名も見えていない、定刻《ていこく》よりも三十分以上もまえに、一台の見なれない大型の自家用車が玄関に乗りつけた。そして、その中から、最初にあらわれたのは、眼の鋭《するど》い、四十がらみの背広服《せびろふく》の男だったが、その男は、車のドアを片手で開いたまま、もう一方《いっぽう》の手を中のほうにさしのべて言った。

「着《つ》きました。どうぞ。」

すると、中のほうから、どなりつけるような、さびた声がきこえた。

「ゆるしを得たのか。」

「は。……いいえ。」

「ばかっ。」

次郎はおどろいた。そして、思わず首をのばし、背広の男の横から車の内部をのぞこうとした。しかし、かれがのぞくまえに、背広の男はもうこちらに向きをかえていた。そして、てれくさいのをごまかすためなのか、それとも、それがいつものくせなのか、変に肩《かた》をそびやかして、玄関先のたたきをこちらに歩いて来た。

かれは、帽子《ぼうし》をとっただけで、べつに頭もさげず、ジャンパー姿《すがた》の次郎をじろじろ見ながら、いかにも横柄《おうへい》な口調《くちょう》でたずねた。

「今日《きょう》は新しく塾生がはいる日ですね。」

「そうです。」

「式は何時からです。」

「もうあと三十分ほどではじまることになっています。」

「荒田さんがそれを見学したいといって、今日はわざわざお出《い》でになっていますが、そう取り次いでください。」

「荒田さんとおっしゃいますと？」

「荒田直人さんです。田沼《たぬま》理事長にそうおつたえすればわかります。」

「田沼先生はまだお見えになっておりませんが……」

「まだ？」

「ええ、しかし、もうすぐお見えだと思います。」

「塾長《じゅくちょう》は？」

「おられます。」

「じゃあ、塾長でもいいから、そう取り次いでくれたまえ。」

次郎は、相手の言葉つきが次第《しだい》にあらっぽくなるのに気がついた。しかし、もうそんなことに、むかっ腹《ぱら》をたてるようなかれではなかった。かれは物《もの》やわらかに、

「じゃあ、ちょっとお待ちください。」

と言って、玄関のつきあたりの塾長室に行った。そして、すぐ朝倉《あさくら》先生といっしょに引きかえして来て、二人分のスリッパをそろえた。

朝倉先生は、いつもの澄《す》んだ眼に微笑《びしょう》をうかべながら、背広服の男に言った。

「私、塾長の朝倉です。はじめてお目にかかりますが、よくおいでくださいました。さあどうぞ。」

それはいかにも背広の男を荒田という人だと思いこんでいるかのような口《くち》ぶりだった。

「はあ、では……」

と、背広の男は、いくらかあわてたらしく、さっきとはまるでちがった、せかせかした足どりで自動車のほうにもどって行った。そして、

「田沼さんはまだお見えになっていないそうですが、さしつかえないそうです。」

と、まえと同じように、片手を自動車の中にさしのべた。

「どうれ。」

うなるようにいって、背広の人に手をひかれながら、自動車からあらわれたのは、縫《ぬ》い紋《もん》の羽織《はおり》にセルの袴《はかま》といういでたちの、でっぷり肥《ふと》った、背丈《せたけ》も人並《ひとなみ》以上の老人だった。黒眼鏡《くろめがね》をかけているので、眼の様子《ようす》はわからなかったが、顔じゅうが、散弾《さんだん》でもぶちこまれたあとのようにでこぼこしていて、いかにもすごい感じのする容貌《ようぼう》だった。

二人が近づくのを待って、朝倉先生があらためて言った。

「あなたが荒田さんでいらっしゃいますか。私は塾長の朝倉です。今日はよくおいでくださいました。さあ、どうぞこちらへ。」

て歩きながら、

「塾長さんですか。荒田です。」

と、老人はかるく首をさげたが、顔の向きは少し横にそれていた。それから、背広の人にスリッパをはかせてもらって玄関をあがり、そろそろと塾長室のほうに手をひかれて歩きながら、

「田沼さんが青年塾をはじめられたといううわさだけは、もうとうからきいていました。わしも青年指導には興味があるんで、一度見学したいと思っていたところへ、つい昨日、ある人から今日の開塾式のことをきいたものじゃから、さっそくおしかけてまいったわけです。ご迷惑《めいわく》ではありませんかな。」

「いいえ、決して。……迷惑どころではありません。……理事長も喜ばれるでしょう。……実は、ごくささやかな、いわば試験的な施設《しせつ》だものですから、各方面のかたに大《おお》げさな御案内を出すのもどうかと思いまして、いつも内輪《うちわ》の者だけが顔を出すことにいたしているようなわけなんです。」

朝倉先生は、べつにいいわけをするような様子もなく、淡々《たんたん》としてこたえた。すると、荒田老人は、ぶっきらぼうに、

「これからは、わしもその内輪の一人に、加えてもらいたいものですな。」

朝倉先生も、それにはさすがに面《めん》くらったらしく、

「はあ――」

と、あいまいにこたえて、塾長室のドアをひらいた。

塾長室のドアがしまると、ほとんど同時に田沼理事長が自動車を乗りつけた。次郎が出迎えて、小声《こごえ》で荒田老のことを話すと、

「そうか。」

とうなずいて、すぐ塾長室にはいって行ったが、次郎には、気のせいか、そのうなずきかたに何か重くるしいものが感じられた。

そのあと、いつもの顔ぶれの来賓《らいひん》がつぎつぎに見え、せまい塾長室はいっぱいになった。しかし、廊下にもれる話し声は、これまでの開塾式の日のようににぎやかではなかった。まるで話し声のきこえない時間がむしろ多いぐらいだった。次郎はいやにそれが気がかりだった。河瀬《かわせ》という少年の給仕《きゅうじ》がいて、茶菓《さか》をはこんだりするために、たびたび塾長室に出はいりしていたので、かれに中の様子をきいてみようかとも思ったが、それも何だか変だという気がして、ただひとりで気をもんでいた。

定刻になって塾生を式場に入れ終わると、かれは来賓を案内するためにすぐ塾長室にはいって行ったが、その時にも、話し声はほとんどきこえなかった。見ると荒田老は両《りょう》腕《うで》を深く組み、その上にあごをうずめて、居眠《いねむ》りでもしているかのような格好《かっこう》をしてい

た。ほかの人たちの中にも、頭を椅子《いす》の背にもたせて眼をつぶっているものが二、三人あった。あとはみんなめいめい塾生名簿に眼をとおしていたが、それも気《き》まずさをそれでまぎらしているといったふうであった。

やがて式場に案内されて着席してからの荒田老の姿は、まさに一個の怪奇《かいき》な木像《もくぞう》であった。式の順序は一般《いっぱん》の教育施設とたいして変わったこともなく、何度《なんど》か起立したり着席したりしなければならなかったが、老は着席となると、必ず両手をきちんと膝《ひざ》の上におき、首をまっすぐにたて、黒眼鏡の奥《おく》からある一点を凝視《ぎょうし》していたといった姿勢《しせい》になった。そして壇上《だんじょう》の声は、理事長、塾長、来賓と三たび変わり、たっぷり一時間を要したにもかかわらず、老は身《み》じろぎ一つせず、黒眼鏡から反射する光に微動《びどう》さえ見られなかったぐらいであった。

式がすむと、来賓も塾生といっしょに昼食をともにする段取りになっていた。しかし、荒田老は式場を出るとそのまま塾長室にもはいらず、すぐ帰るといいだした。理事長が食事のことを言って引きとめようとすると、

「めし？　わしはめしはたくさんです。」

と、そっけなく答え、付《つ》き添《そ》いの背広の男をうながし、さっさと自動車に乗ってしまった。

朝倉夫人は第一回以来のしきたりで、その日は入塾生のこまごました世話をやいたり、炊事《すいじ》のほうの手助けをしたりしていたため、開式になって、はじめて荒田老の怪奇《かいき》な姿に接し、非常におどろいたらしかった。そして、午後になって、理事長以下来賓《らいひん》が全部引きあげたあと、次郎に今朝《けさ》のいきさつを話してきかされ、なお塾長室で、朝倉先生と三人集まっての話のときに、先生から老の人物や、その社会的勢力などについてあらましの話をきくと、夫人はさすがに心配そうに眉根《まゆね》をよせて言った。

「塾の中だけのむずかしさなら、かえって張《は》りあいがあって楽しみですけれど、外からいろいろ干渉《かんしょう》されたりするのは、いやですわね。」

しかし、朝倉先生はそれに対して無造作《むぞうさ》にこたえた。

「外からの圧力の加わらない共同生活なんか、あり得《え》ないさ。あっても無意味だろう。そういう点からいって、実はこれまでのここの生活は少し甘《あま》すぎたんだ。これからがほんものだよ。」

その後は、開塾式にも閉塾式にもきまって荒田老の姿が見えた。こちらからそのたびごとに案内を出すことになったのである。式場における理事長と塾長とのあいさつは、時によって多少表現こそちがえ、趣旨《しゅし》は第一回以来少しも変わっていないので、荒田老も何回となく同じ内容のことをきくわけであった。そして式がすむとすぐ帰ってしまうのだから、何がおもしろくて毎回わざわざ顔を見せるのか、次郎にはわけがわからなかった。世間《せけん》には来賓祝辞《らいひんしゅくじ》を所望《しょもう》される機会が来るのを一つの楽しみにして、学校の卒業式などに臨《のぞ》む人も少なくはないが、それにしては人がらが少し変わりすぎている。少なくとも、それほど低俗《ていぞく》で凡庸《ぼんよう》な人物だとは思えない。内々心配されているように、指導方針について何か文句《もんく》をつけたがっているとすれば、すでに最初からがその機会だったはずである。にもかかわらず、いつも黙々《もくもく》として式場にのぞみ、黙々として理事長と塾長とのあいさつをきき、そして黙々として帰って行く。次郎には、それが不思議でならないのだった。怪奇な容貌《ようぼう》がいよいよ怪奇に見え、気味《きみ》わるくさえ感じられて来たのである。

しかしこの謎《なぞ》は、このまえの第九回の開塾式の日についに解《と》けた。

その日、荒田老は、めずらしく式後に居残《いのこ》ってみんなと食事をともにした。そして食事がすんだあとも、いつになく軽妙《けいみょう》なしゃれを飛ばしたりして、他の来賓たちと雑談をかわし、なかなか帰ろうとしなかった。で、いつもなら食後三十分もたてば引きあげるはずの他の来賓たちも、荒田老に対する気《き》がねから、かなりながいこと尻《しり》をおちつけていた。しかし二、三の来賓がとうとうたまりかねたように立ちあがり、その一人が荒田老に近づいて、

「お先にはなはだ失礼ですが、ちょっと急な用をひかえていますので……」

と、いかにも恐縮《きょうしゅく》したようにいうと、荒田老は、黒眼鏡の顔をとぼけたようにそのほうに向けて答えた。

「わしですか。わしにならどうぞおかまいなく。……今日はわしは午後までゆっくり見学さしてもらうことにしておりますので。」

それから朝倉先生のすわっているほうに黒眼鏡を向け、

「塾長さん、ご迷惑ではないでしょうかな。」

「いいえ、いっこうかまいません。どうぞごゆっくり。」

朝倉先生は、みんなの緊張《きんちょう》した視線《しせん》の交錯《こうさく》の中でこたえた。わざとらしくない、おちついた答えだった。

「実はね、塾長さん――」

と、荒田老はいくらか威圧《いあつ》するような声で、

「式場であんたのいわれることは、毎度きいていて、大《おお》よそは、わかったつもりです。しかし、ちょっと腑《ふ》におちないところがありましてな。――これは、理事長のいわれることについても同じじゃが。――で、もう少し立ち入っておききしたいと思っているんです。」

「いや、それはどうも。……なにぶん式場ではじっくり話すというわけにはまいりませんので。で、どういう点にご不審《ふしん》がおありでしょうか。」

立ちかけていた来賓《らいひん》たちも、そのまま棒立《ぼうだ》ちになって、荒田老の言葉を待っていた。すると荒田老はどなるように言った。

「わしとあんたの間で問答《もんどう》しても、何の役にもたたん。」

「は？」

と、朝倉先生はけげんそうな顔をしている。

「あんたがこれから塾生に何を言われるか、それがききたいのです。」

「なるほど、ごもっともです。」

朝倉先生は微笑《びしょう》してうなずいた。

「今日、式場で、あんたは午後の懇談会《こんだんかい》であんたの考えをもっと委《くわ》しく話すといわれましたな。」

「ええ、申しました。」

「わしは、それを傍聴《ぼうちょう》さしてもらえば結構《けっこう》です。」

「なるほど、よくわかりました。どうか、ご随意《ずいい》になすっていただきます。」

来賓たちは、あとに気を残しながら、まもなく引きあげた。田沼理事長もすぐあとを追って引きあげたが、立ちがけに荒田老の肩《かた》を軽くたたきながら、冗談《じょうだん》まじりに言った。

「どうぞごゆっくり、私はお先に失礼します。あとは塾長まかせですが、塾長に何かまちがったことがありましたら、お叱《しか》りは私がうけますから、よろしく願いますよ。」

荒田老は、それに対してはうんともすんとも答えず、腕を組んで木像のようにすわっているきりだった。

そのあと、玄関で、塾長と理事長との間に小声でつぎのような問答がかわされたのを、次郎はきいた。

「行事《ぎょうじ》はいつもの通りにすすめていくつもりです。」

「むろん。」

「さけ得られる摩擦《まさつ》はなるだけさけたいと思っていますが……」

「そう。それはできるだけ。……しかし、それも塾の方針があいまいにならない程度でないと……」

「それは、いうまでもありません。」

やがて午後の懇談会の時刻《じこく》になった。合《あ》い図《ず》はすべて、事務室の前につるした板木《ばんぎ》――寺院などでよく見るような――を鳴らすことになっていたが、次郎がその前に立って木槌《きづち》をふるおうとしていると、荒田老の例の付き添いの男――鈴田《すずた》という姓《せい》だった

――が、塾長室から急いで出て来てたずねた。

「懇談会はどこでやるんです。」

「さっき食事をした畳敷きの広間です。」

「あ、そう。」

と、鈴田はすぐに塾長室に引きかえした。そして、次郎がまだ板木を打っている間に、荒田老の手を引いて広間にはいって行った。

次郎が板木を鳴らしおわって広間にはいったときには、荒田老はもう窓ぎわに、鈴田とならんでどっしりとすわりこんでいた。次郎が床《とこ》の間《ま》のほうを指《ゆび》さして、

「どうぞこちらに。」

というと、鈴田はだまって手を横にふり、ただ眼だけをぎらぎら光らした。

やがて朝倉夫人が炊事場のほうから手をふきふきやって来て、しも手《て》の入り口から中にはいった。ほとんど同時に、朝倉先生もかみ手《て》のほうの入り口からはいって来た。

二人は代わる代わる荒田老に上座《かみざ》になおってもらうようにすすめた。しかし老は、黒眼鏡を真正面《ましょうめん》に向けたまま黙々としてすわっており、鈴田は眼をぎらつかせて手を横にふるだけだった。

塾生はそれまでにまだ一名も集まっていなかった。それからおおかた五分近くもたっ

て、やっと四十数名のものが顔をそろえたが、しかしみんなしも座《ざ》のほうに窮屈《きゅうくつ》そうにかたまって、じろじろと荒田老のほうを見ているだけである。

「いやにちぢこまっているね。そんなふうに一《ひと》ところにかたまらないで、もっとのんびり室《へや》をつかったらどうだ。」

床の間を背にしてすわっていた朝倉先生が笑いながら言った。夫人は先生の右がわに少し斜《なな》め向《む》きにすわっていたが、しきりに塾生たちを手招《てまね》きした。

塾生たちは、それでやっと立ちあがり、前のほうに進んで来るには来たが、しかし、今度おちついた時には、講演《こうえん》でもきく時のように、みんな正面を向いてすわっていた。しかも、朝倉先生との間には、まだ畳二枚ほどの距離《きょり》があった。

「これから懇談会をやるはずだったね。そうではなかったのかい。」

朝倉先生が一番まえの塾生にたずねた。

「はあ。」

と、たずねられた塾生は、何かにまごついたように、隣《となり》の塾生の顔をのぞいた。

「これでは、しかし、懇談ができそうにもないね。いったい君らは、村の青年団で懇談会をやる時にも、こんな格好《かっこう》に集まるのかね。」

みんながおたがいに顔を見合わせた。

「懇談会なら懇談会のように、もっと自然な形に集まったらどうだ。塾長と塾生とが川をへだてて相対峙《あいたいじ》しているような格好では、懇談できない。第一、これでは君《きみ》らお互《たが》いの間の話し合いに不便《ふべん》だろう。そんなわかりきったことにまで一々《いちいち》世話をやかせるようでは心細いね。」

そこでみんなは、まごつきながらも、もう一度立ちあがって、どうなり円座《えんざ》の形にすわりなおした。しかしまだ十分ではない。不必要に重なりあって、顔の見えない塾生もある。

すると、先生の左がわにすわっていた次郎が言った。

「だいじょうぶ暴風のおそれはありませんから、そう避難《ひなん》しないでください。」

とうとうみんな笑いだした。笑っているうちに、円座らしい円座がやっとできあがった。

そんなさわぎの中で、荒田老はやはり眉《まゆ》一つ動かさないですわっており、鈴田はあからさまな冷笑《れいしょう》をうかべて、みんなを見まもっていた。

座がおちつくのを待って、朝倉先生がおもむろに話しだした。

「けさ式場で、ここの共同生活の根本《こんぽん》になることだけはだいたい話しておいたが、これまで諸君《しょくん》がうけて来た団体訓練とはかなりゆきかたがちがっているのではないかと思うし、自然腑《ふ》におちなかった点も多かろうと思うので、懇談にはいるまえに、念《ねん》のため、もう少しくだいて私の気持ちを話しておきたいと思う。」

次郎は荒田老の顔の動きに注意を怠《おこた》らなかった。黒眼鏡がかすかに動いて、朝倉先生の声のするほうに向きをかえたように思われた。

「私はまず諸君《しょくん》にこの場所を絶海《ぜっかい》の孤島《ことう》だと思ってもらいたい。偶然《ぐうぜん》にも諸君は時を同じゅうしてこの孤島に漂流《ひょうりゅう》して来た。私もむろん諸君と同様、漂流者の一人である。これまではおたがいに名も顔も知らなかったものばかりであるが、運命は、この孤島の中で、おたがいをいっしょにした。まずそう心得《こころえ》てもらいたい。――

「さて、そう心得ると、おたがいに知らん顔はできないはずである。それどころか、一人ぽっちでなくて、まあよかった、と胸をなでおろし、さっそく言葉だけでもかわしてみたくなるのが自然であろう。多人数の中には、一目《ひとめ》見たばかりでいやな奴《やつ》だと思うような相手があるかもしれないが、それでも、絶海の孤島でこれから毎日顔をあわせるように運命づけられた相手だと思えば、好んでけんかをする気にはなれないだろう。できれば表面だけでも仲よく暮《く》らしたいと思うにちがいない。それが自然の人情である。憎《にく》みあうのも自然の人情の一種にはちがいないが、しかし、仲よく暮らすのと憎みあって暮らすのと、どちらがほんとうの人情に合《ごう》するかというと、それはいうまでもなく前者である。というのは、憎みあって暮らすより、仲よく暮らすほうが愉快《ゆかい》だからである。人情の中の人情、つまりいっさいの人情の基礎《きそ》をなすものは、愉快になりたいと願う心である。だれも不愉快になりたいと願うものはあるまい。憎みあうのが一種の人情だというのも、もとをただせば、相手が自分を不愉快にする原因になっているからだと思うが、しかし憎みあうことのために、決しておたがいが愉快にならないばかりか、かえっていっそう不愉快さを増すことが明らかである以上、憎みあうのは、いわばとまどいをしている人情で、ほんとうの人情だとはいえないわけである。――

「そこで、まず第一に私が諸君にお願いしたいのは、このほんとうの人情、だれもがまちがいなくめいめいの胸に抱《いだ》いているこの人情を存分《ぞんぶん》に生かしあいたいということである。宗教・道徳・哲学《てつがく》などの理論を持ち出してやかましいことをいえば、いろいろいうこともあるだろうが、愉快になりたいのがおたがいの偽《いつわ》らない人情であり、そしてそのためにおたがいに仲よく暮らしたいというのも人情であるならば、ひとまずやかましい理屈《りくつ》はぬきにして、その人情を生かしあうことに、ここの共同生活の出発点を定めてもいいのではあるまいかと思う。」

次郎は、これまで、いくたびとなく朝倉先生の話をきいて来たが、今日の表現はまったく新しいと思った。塾生を「絶海の孤島の漂流者」に見たてたのもはじめてのことだったし、だれにも納得《なっとく》のいく「人情」に出発して塾の生活を説明しようとしたのも、これまでに例のないことだったのである。かれは先生の言葉にきき入って、いつのまにか荒田老の顔から眼をそらしていた。

先生は、その澄《す》んだ眼をとじたり開いたりしながら、考え考え、話をすすめていった。

「ところで、一口《ひとくち》に仲よくするといっても、仲のよさにも、種類があり、深浅《しんせん》の差がある。そして、どうかすると、仲のよいままに、みんなが堕落《だらく》するということがないとも限らない。みんなが堕落するというのは、実はみんながおたがいに人間を殺しあっているからで、それでは真《しん》の意味で仲がよいとはいえない。しかも、そうした仲のよさは決してながつづきするものではない。ほんのちょっとしたはずみで冷たくなってしまうか、あるいははなはだしいのになると、仇同士《かたきどうし》のようになってしまうものである。その結果、非常に不愉快になって、愉快になりたいという人情の中の人情もだめになってしまう。——

「そこでたいせつなのは、おたがいに人間を伸《の》ばしあうようにたえず心を使うということでなければならない。これが諸君に対する私の第二のお願いである。伸ばしあうためには、時にはおたがいに気にくわぬことをいいあったり、尻をたたきあったりしなければならないかもしれない。それはちょっと考えると不愉快なことであり、人情にもとることである。しかし、それを忍《しの》ばなければ、ほんとうの意味で仲よくなれないし、したがってほんとうの意味で愉快にもなれない。つまり人情の中の人情が味わえないということになるのである。――

「仲よく戒《いまし》めあい、仲よく尻をたたきあうということは、決してなまやさしいことではない。それをうまくやっていくには、随分《ずいぶん》とおたがいの心が深まらなければならないのである。ところで、心が深まるためには、やはりおたがいに戒めあい、尻をたたきあわなければならない。それは最初のうちは愉快でないかもしれないが、しかし、ある程度辛抱《しんぼう》してやっていくうちには、かえってそういうことに大きな喜びを感ずるようになるものである。それは心が深まるからである。そしてそうなると、人間が加速度的に伸びていくし、喜びもそれに伴《ともな》っていよいよ大きく、高く、深くなっていくものである。

――

「さて、第三にお願いしたいのは、おたがいの生活に組織を与《あた》えるための工夫《くふう》をこらしてもらいたいということである。それは、むろん、ここの共同生活の体裁《ていさい》をととのえるために必要なのではない。組織のための組織を作るような幣《へい》におちいってならないことは、いうまでもない。おたがいが仲よく人間を伸ばしあうのに最も都合《つごう》のよい組織を作りあげたいのである。――

「ところで、さっきも言ったとおり、おたがいは、今日ここに漂流して来て、偶然いっしょになったばかりなのだから、どんな組織を作るかということについて、たよりになるような社会伝統というものがまったくない。また、過去におたがいと同じような事情のもとに、ここで共同生活を営んだ人たちがあったとしても、その組織がどんなものであったかは、今はまったく不明である。要するに伝統は何一つない。すべてはこれからはじまるのである。もっとも、こうした建物があり、森があり、畑があるからには、さがせば過去の漂流者たちが営んだ共同生活の姿をしのぶ材料がいくらかはあるかもしれない。しかし、法律・制度・規則・命令といった種類のものは、何一つ残されてはいない。諸君は私の口からそれを聞きたいと思っているかもしれないが、私もまた今日漂流して来たばかりの人間なのだから、それを知っていよう道理《どうり》がない。あるいは諸君の中には、私にそうしたものを作ってもらいたいと考えているものがあるかもしれない。しかし、私はただ諸君よりいくらか年をとっているというだけで、この島の生活についても無経験であるという点では、諸君と少しも変わるところがない。その点では諸君の先《せん》輩《ぱい》だとさえいえないのだから、まして諸君の指導者でもなければ、命令者でもない。そういうことを私に期待していては、ここの生活は成り立つ見込《みこ》みがない。すべては、諸君自身の努力にかかっているのである。――」

次郎は、いつもなら、朝倉先生がこの大事な一点にふれると、塾生たちのそれに対する反応を見ようとして、いそがしく眼をうごかすところだった。しかし、その時、かれの視線は、かれ自身でも気づかないうちに、荒田老のほうに引きつけられていた。ところで、かれにとってまったく意外だったのは、荒田老がその時めずらしくその木像のような姿勢をくずし、両手を口にあてて大きなあくびをしたことであった。かれが荒田老に予期《よき》していたものは、よかれあしかれ、もっと真剣《しんけん》な表情か、さもなくばまったくの無表情だったのである。

かれは思わず歯をくいしばった。朝倉先生は、しかし、相変《あいか》わらずしずかに話をつづけるのだった。

「かように、何一つ伝統もなければ、一人の指導者もいないところでは、おたがいがめいめいの知恵をしぼり、その協力によって組織を作りあげていくよりしかたがない。そこで、これからのここの生活にとって非常にたいせつなのは創造の精神である。諸君の中には、これまで、伝統や規則や、特定の人の指揮《しき》命令に従って行動するようにのみ訓練され、共同生活訓練といえば、だいたいそうした訓練だと心得ている者があるかもしれないが、ここでの生活はそれとはまったくちがわなければならない。まったくと言っては少し言いすぎるかもしれないが、ともかくも、まずめいめいに自分で考え、自分で判断し、その考えなり判断なりをおたがいに持ちよって、それを取捨《しゅしゃ》し、選択《せんたく》し、総《そう》合《ごう》して行くのでなければならない。共同生活にとって、遵奉《じゅんぽう》とか服従《ふくじゅう》とかいうことのたいせつなことはいうまでもないが、ここでは守るべき法も、従うべき権威《けんい》もまだできていないのだから、もしそれが必要なら、まずおたがいの努力によってそれを創《つく》りあげていかなければならないのである。伝統や、すでにできあがっている規則や、だれかの指揮命令で動くように慣らされた人にとっては、随分勝手《ずいぶんかって》がちがうだろう。何だかたよりないという気がするかもしれない。しかし、たよるべき何ものもない絶海の孤島におたがいが漂流して来たと思えば、それよりほかに道はないわけである。とにかく努力してみることである。あるいは、中には、――これはまさかとは思うが――組織などなければないでいい、強制がなくてそのほうがかえって気楽だ、と考えているものがあるかもしれない。もし、万一《まんいち》にも、諸君のすべてがそう思っているなら、――いいかえると、それが諸君の精一《せいいっ》ぱいの知恵を出しあっての結論なら、私はあながちにそれに反対しようとは思わない。何事《なにごと》も経験だから、それではたしておたがいの生活が愉快になるものかどうか、ためしてみるのもいいだろう。しかし、常識ある諸君が、まさかそんな乱暴《らんぼう》な実験をやるだろうとは、私には信じられない。――

「考えてみると、おたがいが、今言ったように知恵をしぼりあって、おたがいの共同社会を建設して行くという生活は、ただ従順《じゅうじゅん》に伝統や規則や指揮《しき》命令に従って形をととのえていくというような簡単《かんたん》な生活ではない。それだけにむずかしくもあれば、またその途中《とちゅう》で、いろいろのつまずきも経験しなければならないだろう。あるいは、最後までつまずきの連続で終わるかもしれない。しかし、それも結構である。それでもおたがいの人間が伸び、心が深まり、したがってほんとうの意味で仲のいい愉快な生活がひらけていくなら、命令服従の関係で形だけをととのえていく生活よりははるかに有意義である。要するに、ここの生活は、与えられたある型にはまりこむ生活ではない。あくまでも創る生活である。おたがいに仲よく愉快に暮らしたいという共通の人情に出発して、その人情をできるだけ高く深く生かすような共同の組織とその運営のしかたとを、おたがいの頭と胸と行動とで創り出す生活、そしてその創り出すということに喜びを感ずる生活でなければならないのである。——

「そこで、最後に言っておきたいのは、おたがいに結果をいそいで自分を偽《いつわ》るようなことをしてはならないということである。形のととのった共同生活の姿を一刻《いっこく》も早くつくりあげようとしていいかげんに妥協《だきょう》したり、盲従《もうじゅう》したり、あるいは人任《ひとまか》せにしたりすることは、厳《げん》につつしまなければならない。めいめいが正直《しょうじき》に、生き生きと自分の全能力を発揮《はっき》しつつ、矛盾衝突《むじゅんしょうとつ》を克服《こくふく》し、それを全体として総合し、統一して行く、そういう過程《かてい》が何よりもたいせつなのである。過程をいいかげんにして、結果だけをととのえてみたところで、諸君は人間として少しも伸びたとはいえない。たとえ結果はどうであれ、その過程さえまじめにふんで行くならば、それで諸君はたしかに伸びたといえるし、ここの生活は、諸君の将来の生活に対して一つの大きな役割《やくわり》を果たすことになるだろう。とかく世間は、形にあらわれた結果だけを見て、いろいろと批評《ひひょう》したがるものだが、諸君は世間のそんな批評などに頓着《とんちゃく》する必要はない。諸君はあくまでも純真《じゅんしん》に、諸君自身の良心の声にきいて、おたがいを伸ばしあうためにはどうすればいいか、それだけに専《せん》念《ねん》すればいいのだ。――」

朝倉先生の言葉の調子《ちょうし》には、これまでになく力がこもっていた。次郎は、思わずまた荒田老の顔をのぞいた。荒田老は、しかし、その時には、もういつもの動かない木像の姿にかえっていた。その代わりに、鈴田がいかにも自分の気持ちをおさえかねたかのように、唇《くちびる》をかみ、眼をいからしていた。

「そこで――」

と、朝倉先生は、調子をやわらげて、

「これからおたがいの生活設計について具体的に話しあいたいと思うが、それには、まず第一におたがいの漂流して来たこの島がどういうところであるか、つまり、おたがいは今どういう環境《かんきょう》におかれているのか、それをみんながはっきり知っておく必要がある。客観的な現実、それを知らないでは、理想も信念もどうにもなるものではないのだから。……で、私は懇談に先だって、まず諸君にこの建物の内外をくまなく探検しておいてもらいたいと思っている。あらましのことはもうわかっているかもしれない。しかし、これからの生活にどこをどう利用し、何をどう使ったらいいか、そういう点まで注意してこまかに見てまわった人は、おそらくまだないだろうと思う。遠慮《えんりょ》はいらない。森や畑はむろんのこと、物置きでも、戸棚《とだな》でも、押《お》し入《い》れでも、本箱《ほんばこ》でも、どしどし探検してもらいたい。もっとも、本館の一部に炊事夫《すいじふ》の家族と給仕の私室があり、なお向こうに空林庵《くうりんあん》という別棟《べつむね》の小さな建物があって、そこはここにいる三人の私室になっているので、それだけは除外してもらうことにする。こんな除外例を設《もう》けると、絶海の孤島という感じがうすらぐかもしれないが、どうもいたし方《かた》がない。」

朝倉先生は、そう言って笑った。みんなも笑った。笑わなかったのは、荒田老と鈴田の二人だけだった。

次郎は勢いよく立ちあがっていった。

「では、約一時間たったら、また板木《ばんぎ》を鳴らしますから、ここに集まって下さい。それまでは自由に探検を願います。」

塾生たちは、面くらったような、しかしいかにも愉快そうな顔をして、いくぶんはしゃぎながら、どやどやと室《へや》を出て行った。

塾生たちがまだ出おわらないうちに、朝倉先生が荒田老に近づいて行って、言った。

「長い時間おききいただいて、ありがとうございました。しばらくあちらでお休みくださいませんか。」

「いや、もうたくさん。」

荒田老はぶっきらぼうに答えた。そして、

「鈴田、もう用はすんだ。帰ろう。」

と腕組みをしたまま、すっくと立ちあがった。黒眼鏡は真正面を向いたままである。

鈴田はすぐ荒田老の手をひいて歩きだしたが、その眼は軽蔑《けいべつ》するように朝倉先生の顔を見ていた。

「もうお帰りですか。どうも失礼いたしました。」

と、朝倉先生は、べつに引きとめもせず、二人を見おくって出た。朝倉夫人と次郎とは、眼を見あいながら、そのあとにつづいた。

荒田老は、それから、玄関口まで一言《ひとこと》も口をきかなかったが、自動車に乗るまえに、だしぬけにうしろをふりかえって言った。

「塾長さん、あんたは毎日、新聞は見ておられるかな。」

「はあ、見ております。」

「時勢《じせい》はどんどん変わっておりますぞ。」

「はあ。」

「自由主義では、日本はどうにもなりませんな。」

「はあ。」

「どうか、命令一下《いっか》、いつでも死ねるような青年を育ててもらいたいものですな。」

「はあ。」

自動車が出ると、朝倉先生は夫人と次郎とをかえりみ、黙《だま》って微笑した。

次郎は、それ以来、荒田老の顔を見ていない。このまえの閉塾式には、案内を出したにもかかわらず、顔を見せなかったのである。田沼理事長に対して、老がその後どんなことをいい、どんな態度に出ているか、それは朝倉先生にはきっとわかっているはずだが、先生は、次郎にはもとより、夫人に対しても、そのことについて何も語ろうとはしない。ただときどき、何かにつけて、

「われわれの仕事も、これからがいよいよむずかしくなって来る。しかし、そうだからこそ、こうした性質の塾が、いよいよたいせつになるわけだ。」

といった意味のことを言うだけである。次郎にしてみると、先生が荒田老のことにふれまいとすればするほど、かえって大きな不安を感じ、第十回の開塾式が近づくにつれ、その顔を思い出すことが多くなって来たわけなのである。

かれの眼の底から荒田老の顔が消えると、それに代わって浮《う》かんで来るもう一つの顔があった。それは道江《みちえ》の顔であった。

兄の恭一《きょういち》は、現在東大文学部の三年に籍《せき》をおいている。道江は、女学校卒業後、しきりに女子大入学を希望していたが、何かの都合《つごう》でそれが実現できなかったらしい。次郎にとっては、むろんそれは不幸なことではなかった。かれは、上京後、日がたつにつれ、いくらかずつ過去の記憶《きおく》からのがれることができ、三年以上もたったこのごろでは、恭一にあっても、はじめのころほどかれと道江とを結びつけて考えることもなく、時には、まるで道江のことなど忘れてしまって、愉快にかれと語りあうことができるまでになっていたのである。

ところが、つい二週間ほどまえ、ちょうど第十回の塾生募集《ぼしゅう》をしめ切ったその日に、道江本人から、かれあてに、まったく思いがけない手紙が来た。それには、かれが上京以来三年以上もの間、一度も彼女《かのじょ》に手紙を出さなかったことに対して、冗談《じょうだん》まじりに軽い不平がのべてあり、そのあとに、つぎのような文句が書いてあった。

「近いうちに、父が用事で上京することになりましたので、私もその機会に、見物かたがたつれて行ってもらうことにしました。宿や何かのことは、何もかも恭一さんにおねがいしてありますから、ご安心ください。まだ日取りは、はっきりしません。ついたらすぐお知らせします。お迎《むか》えは恭一さんに出ていただきますから、これもご安心ください。いずれお会いした上で、手紙で言い足りない不平を思いきりならべるつもりでいます。」

次郎は、この文句を通じて、道江のかれに対して抱《いだ》いている感情が普通《ふつう》の友だち以上のものでないことを、はっきり宣告され、同時に彼女と恭一との関係が、過去三年の間にどんな進展を見せているかを暗々裡《あんあんり》に通告されたような気がして、それを読み終わった瞬間《しゅんかん》、頭がかっとなった。しかし、すぐそのあとにかれの心をおそったものは、めいるようなさびしさであり、虚無的《きょむてき》な自嘲《じちょう》であった。そして、それ以来、これまでほとんど忘れていたようになっていた道江の顔が、しばしば彼の眼底に出没《しゅつぼつ》するようになり、時としては、荒田老の怪奇な顔を押《お》しのけることさえあったのである。

広間の窓わくによりかかって眼をつぶったかれは、しかし、二つの顔が代《か》わる代《が》わるその眼底に出没するのに心をまかせていたわけでは、むろんなかった。開塾式を明日にひかえた今、何といっても、かれにとっての最大の関心事は、塾堂生活のことであり、朝倉先生夫妻の助手としてのかれの任務を手落ちなく遂行《すいこう》することであった。だから、かれは、これまでにもいくたびとなく反省して来た過去の塾堂生活の体験を、あらためて反省しなおして、新しい工夫《くふう》をこらすことに専念したかったのである。だが、そうであればあるほど、荒田老の怪奇な顔がかれの頭にのしかかり、道江のあざ笑うような顔がかれの胸をかきみだすのであった。

「ふうっ。」

と、かれは大きな息をして眼をひらいた。そして、さっきとじこんだ塾生名簿の一つをとりあげ、無意識にそれをめくっていた。塾生がはいって来るまえに、その名前と経歴とをすっかり覚えこんでおこうとする、いつものかれの習慣が、そうさせたのである。しかし、かれの眼にうつったのは、塾生の名前や経歴ではなくて、やはり荒田老の顔であり、道江の顔であった。

かれは名簿をなげすて、もう一度ふかい息をして、床《とこ》の間《ま》のほうに眼を転じたが、そこには、「平常心」と大書《たいしょ》した掛軸《かけじく》が、まったく別の世界のもののように、しずかに明るくたれていた。

三　大河無門《おおかわむもん》・平木中佐《ひらきちゅうさ》

昼近くになっても、次郎は広間《ひろま》を出なかった。陽《ひ》を背《せ》にして窓によりかかったままぼんやり塾生名簿《じゅくせいめいぼ》を見たり、眼《め》をつぶったり、床《とこ》の間《ま》の掛軸《かけじく》をながめたりして、落ちつかない気持ちを始末《しまつ》しかねていたのである。

「あら、次郎さん、朝からずっとこちらにいらしたの？」

和服の上に割烹着《かっぽうぎ》をひっかけた朝倉《あさくら》夫人が廊下《ろうか》の窓から顔をのぞかせ、不審《ふしん》そうにそう言ったが、

「ご飯《はん》はこちらでいただきましょうね。そのほうがあたたかくってよさそうだわ。じゃあ、すぐはこびますから、先生をお呼びして来てちょうだい。」

と、すぐ顔をひっこめた。

次郎は返事をするひまがなかった。というよりも、変にあわてていた。かれはいきなり立ちあがって、部屋《へや》の片隅《かたすみ》につみ重ねてあった細長い食卓《しょくたく》の一つを、陽あたりのいい窓ぎわにおくと、走るようにして空林庵《くうりんあん》に朝倉先生をむかえに行った。

二人が広間にはいって来た時には、朝倉夫人は、もう食卓のそばにすわっていた。

「今日《きょう》はどんぶりのご飯でがまんしていただきますわ。でも、中身はいつもよりごちそうのつもりですの。」

「そうか。」

と、朝倉先生は、どんぶりのふたをとりながら、

「よう、鰻《うなぎ》どんぶりじゃないか。えらく奮発《ふんぱつ》したね。」

「三人だけでご飯をいただくの、当分《とうぶん》はこれでおしまいでしょう。ですから――」

「なあんだ、そんな意味か。そうだとすると、せっかくのごちそうだが、少々気がつまるね。」

「どうしてですの。」

「女にとっては、やはり小さな家庭の空気だけが、ほんとうの魅力《みりょく》らしい。そうではないかな。」

「あら、あたし、つい女の地金《じがね》を出してしまいましたかしら。自分では、もうそれほどではないと思っていますけれど。」

「ふ、ふ、ふ。私もそれほど深い意味でいったわけでもないんだ。」

朝倉先生はそう言って笑ったが、すぐ真顔《まがお》になり、床の間の「平常心」の軸にちょっ

と眼をやった。そして、箸《はし》を動かしながら、しばらく何か考えるようなふうだったが、

「むずかしいもんだね。今度《こんど》でもう十回目だが、私自身でも、いざ新しく塾生を迎《むか》えるとなると、やはりちょっと悲壮《ひそう》な気持ちになるよ。」

次郎は先生の横顔に眼をすえた。すると、先生はまた、じょうだんめかして、

「やはり、うなどんぐらいの壮行会《そうこうかい》には値《あたい》するかね。はっはっはっ。」

それで夫人も笑いだした。しかし次郎は笑わなかった。先生はちらっと次郎の顔を見たあと、

「しかし、うなどんぐらいでごまかせる悲壮感でも、ないよりはまだましかもしれない。元来《がんらい》愛の実践《じっせん》は甘《あま》いものではないんだからね。愛が深ければ深いほど、そして愛の対象が大きければ大きいほど、その実践には、きびしい犠牲《ぎせい》を覚悟《かくご》しなけりゃならん。十字架《じゅうじか》がそれを証明しているんだ。だから、悲壮感は決して恥《はじ》ではない。むしろ悲壮感のない生活が恥なんだ。」

「すると、平常心というのは、どういうことになるんです。」

次郎がなじるようにたずねた。

「悲壮感をのりこえた心の状態だろう。」

「のりこえたら、悲壮感はなくなるんじゃないですか。」

「そうかね。」

と、先生は微笑《びしょう》して、

「金持ちが金をのりこえる。必ずしも貧乏《びんぼう》になることではないだろう。」

「ほんとうにのりこえたら、貧乏になるのがあたりまえじゃないですか。」

「じゃあ、知識の場合はどうだ。学者が知識をのりこえる。それは無知になることかね。」

次郎は小首《こくび》をかしげた。朝倉先生は、箸《はし》をやすめ、夫人に注《つ》いでもらった茶を一口《ひとくち》のんでから、

「水泳の達人《たつじん》は、自由に水の中を泳ぎまわる。水はその人にとって決して邪魔《じゃま》ではない。それどころか……」

「わかりました。」

次郎はきっぱり答えた。しかし、それがいつもそうした場合に二人に見せる晴れやかな表情はどこにも見られなかった。かれはむしろ苦しそうだった。おこっているのではないかとさえ思われた。

「今日は、次郎さんはどうかなすっているんじゃない?」

朝倉夫人が、不安な気持ちを笑顔《えがお》につつんでたずねた。次郎がむっつりしていると、

今度は朝倉先生が、

「やはり悲壮感かな。それにしても、いつもとはちがいすぎるようだね。そろそろ塾生も集まるころだが、何か気になることがあるんだったら、その前にきいておこうじゃないか。」

次郎はちょっと眼をふせた。が、すぐ思いきったように、

「荒田《あらた》さんは、このごろどうしていられるんですか。」

かれの心には、むろんこの場合にも道江《みちえ》のことがひっかかっていた。むしろそのほうが荒田老以上にかれをなやましていたともいえるのだった。しかしそれは口に出していえることではなかったのである。

朝倉先生は、ちょっと眼を光らせて次郎の顔を見つめたが、すぐ笑顔になり、

「なあんだ。荒田さんのことがそんなに気になっていたのか。なるほど、あれっきり、こちらには見えないようだね。しかし、大したこともないだろう。何かあったところで、いいいうなどんで壮行会《そうこうかい》をしてもらったんだから、だいじょうぶだよ。はっはっはっ。」

朝倉先生は、いつになくわざとらしい高笑いをして箸をおいた。そして、茶をのみおわると、ふいと立ちあがり、そのまま空林庵のほうに行ってしまった。

次郎は、むろん、にこりともしなかったし、朝倉夫人も今度は笑わなかった。二人は

かなりながいこと眼《め》を見あったあと、やっと食卓のあと始末《しまつ》にかかったが、どちらからも、ほとんど口をきかなかった。

食卓がかたづくと、次郎はすぐ玄関《げんかん》に行って、受付の用意をはじめた。用意といっても、小卓を二つほどならべ、その一つに、塾生に渡《わた》す印刷物を整理しておくだけであった。

朝倉夫人も、まもなく和服を洋服に着かえて玄関にやって来た。洋服は黒のワン・ピースだったが、それを着た夫人のすがたはすらりとして気品があり、年も四つ五つ若く見えた。夫人は、受付をする次郎のそばに立って、塾生に印刷物を渡す役割《やくわり》を引きうけることになっていたのである。

二時近くになると、ぼつぼつ、塾生が集まりだした。リュック・サックを負《お》うたものもあり、入塾のためにわざわざ買い求めたとしか思えないような真新《まあたら》しい革《かわ》のトランクをぶらさげているものもあった。たいていは、カーキ色の青年団服だったが、中に四、五名背広姿《せびろすがた》がまじっており、それらは比較的年《ひかくてきとし》かさの青年たちだった。

どの顔もひどくつかれて、不安そうに見えた。これは、毎回のことで、決してめずらしいことではなかった。入塾生の大部分は、東京の土をふむのがはじめてであり、それに一人旅が多い。募集要項《ぼしゅうようこう》の末尾《まつび》に印刷されている道順だけをたよりに、東京駅や、上野駅や、新宿駅《しんじゅくえき》の雑踏《ざっとう》をぬけ、池袋《いけぶくろ》から私鉄にのりかえて、ここまでたどりつくのは、かれらにとって、なみたいていの気苦労《きぐろう》ではなかったのである。

次郎は、青年たちのそうした顔が見えだすと、もう荒田老や道江の顔など思い出しているひまがなかった。かれは、かれらがまだ玄関に足をふみ入れないうちに、何かと歓迎《かんげい》の気持ちをあらわすような言葉をかけた。そして、かれらの名前をきき、それを名簿とてらしあわせて、到着《とうちゃく》のしるしをつけおわると、すぐかれらに朝倉夫人を紹介《しょうかい》した。

「この方は、塾長《じゅくちょう》先生の奥《おく》さんです。期間中は、あなた方のお母《かあ》さん代《が》わりをしていただく方なんです。」

それをいう時のかれの顔はいかにも晴れやかで、得意《とくい》そうだった。朝倉夫人は、

「よくいらっしゃいました。おつかれでしょう。」

と印刷物を渡しながら、ひとりひとりに笑顔を見せるのだったが、青年たちのつかれた顔は、夫人の聡明《そうめい》で愛情にみちた眼に出っくわすと、おどろきとも喜びともつかぬ表情で急に生き生きとなるのだった。次郎にとっては、青年たちのそうした表情の変化を見るのが、受付をする時の一つの大きな楽しみになっていたのである。

到着は午後四時までとなっていたが、その時刻《じこく》までに、予定されていただけの顔が、全部異状《いじょう》なくそろった。みんなは、ひとまず広間に待たされ、受付が全部おわったとこ

ろで各室《へや》に割《わ》りあてられた。総員四十八名、一室六名ずつの八室でちょうどであった。

朝倉夫人と次郎とは、みんなを各室におちつけてしまうと、事務室のストーヴにあたりながら、あらためて塾生名簿に眼をとおした。これは二人のいつもの習慣で、めいめいに、受付の際に自分の印象に残った青年たちの顔を、その中からさがすためであった。

「次郎さんは、もう幾人《いくにん》ぐらいお覚えになって?」

「さあ、十四、五人ぐらいでしょうか。」

「もうそんなに? あたし、まだやっと五、六名。」

「今度は、特徴《とくちょう》のある顔が割合《わりあい》多いようですね。」

「そうかしら。あたし、そんなにも思いませんけれど。」

「こうして名簿を見ていますと、覚えやすいのは、比較的年上の人のようですね。やはり、年を食《く》っただけ特徴がはっきりして来るんでしょうか。」

「それだけ垢《あか》がたまっているのかもしれませんわ。ほほほ。……だけど、ほんとうね。あたしが覚えているのも、たいていは年上の人だわ。大河《おおかわ》さんっていう方もそうだし……」

するとと、次郎は、急に名簿から眼をはなして、夫人の顔を見つめながら、

「その人、すぐ目につきましたか。」

「ええ、ええ、一目《ひとめ》で覚えてしまいましたわ。名前からして、禅《ぜん》の坊《ぼう》さんみたいで、変わっていたからでもありましょうけれど。」

「その人ですよ。ほら、こないだ先生からお話があったのは。」

「はああ、あの、京都大学で哲学《てつがく》をおやりになって、今、中学校の先生をしていらっしゃるって方？」

「ええ、そうです。」

二人はあらためて名簿を見た。名簿には、それぞれの欄《らん》に、「大河無門、二十七歳《さい》、千葉県、小学校代用教員、中学卒」と記入してあり、備考欄には、「青年団生活には直接の経験なきも興味を有す」と何だかあいまいなことが書いてあった。

「これは本人から書いて来たとおりなんです。先生もそれでいいだろうとおっしゃったものですから。」

次郎はそう言って笑った。むろんこれには事情があったのである。

実は、大河無門は、一昨年の春京都大学の哲学科を出ると、すぐ母校である千葉県の中学校に奉職《ほうしょく》したが、もともと、いわゆる教壇的《きょうだんてき》教育には大した興味も覚《おぼ》えず、もっと実生活にまみれた教育をやってみたいという希望を、たえず持ちつづけていた。そのうちに、たまたま友愛塾《ゆうあいじゅく》のことをききこみ、幸《さいわ》い任地から一日で往復できる距離《きょり》でもあったので、ある日曜――それは一か月ばかりまえのことだったが――わざわざ朝倉先生をたずねて来て、塾長室で二人っきりで一時間あまりも話しこんだあと、すぐその場で入塾を決意し、その希望を申し出たのであった。

もし現職のままでは入塾ができないとすれば、すぐ辞表《じひょう》を出してもいいとさえかれは言ったのである。

朝倉先生は、話しているうちに、かれの決意がなみなみならぬものであるのを見てとった。同時にかれの人物に一種の重量感を覚えた。その重量感は、決してかれの言葉つきや態度から来るものではなかった。そうした表面にあらわれる言動の点では、かれはむしろ率直《そっちょく》にすぎ、どこやらにおかしみさえ感じられるほどであった。しかし、それにもかかわらず、かれの人がら全体には、何とはなしに、どっしりしたものが感じられたのである。朝倉先生は、それを大河の人間愛の深さや思索《しさく》の深さがそのまま実践力の強さになっているからであろう、というふうに判断したのだった。

しかし、先生は大河の人物に重量感を覚えれば覚えるほど、かれの入塾について、答えをしぶった。それは、自分の過去の経験から、かれのような人物をながく中等教育にとどめておきたいという気持ちからでもあったが、それよりも当面《とうめん》の問題として、かれを友愛塾の塾生としてむかえることに、ある不安が感じられたからであった。すべての点で一般《いっぱん》の青年とはあまりにもへだたりのある人物が、指導者としてならとにかく、一塾生としてはいって来るということが、塾の性質上、はたしていいことかどうか。みんなが、貧しいながらも、それぞれの創意と工夫《くふう》とをささげあって、集団の意志をねりあげ、共同の生活をもりあげていこうという、この塾の第一の眼目《がんもく》が、光りすぎた一人物の圧倒的《あっとうてき》な影響力《えいきょうりょく》によって、自然にくずれてしまうのではあるまいか。そうしたことが気づかわれたのである。

で、先生は最初、大河につぎのような意味のことを答えた。

「君《きみ》のような人に、この塾の生活を十分理解してもらうということは、学校教育にも何かきっとプラスになることだと信ずるし、その意味で、むろん私としては、大いに歓迎《かんげい》したい。しかし普通《ふつう》の塾生として来てもらうには、君はもうあまりにレベルが高すぎる。こちらとしては取《と》り扱《あつか》いにも困るし、君としても物足《ものた》りない気持ちがするだろう。で、学校の手《て》すきの時に、おりおり見学といったようなことでやって来てはどうか。ここには君よりも三つ四つ年の若い助手が一名いるが、その助手に協力するといった立場で、見学してもらえば好都合《こうつごう》だと思うのだが。」

大河は、しかし、そのすすめには全然応ずる気がなかった。かれは言った。

「僕《ぼく》はこれからの僕の教育生活の方向転換《てんかん》をする決心でお願いしているんです。そのためには、見学というような、なまぬるい立場では、どうしても満足できません。青年たちが共同生活をやって行く時の心の動きを、よかれあしかれ、その生活の内部からつかんでみたいんです。また、僕自身でも、青年たちと同じ条件で、その体験をみっちりなめてみたいんです。塾の根本方針《こんぽん》は、お話で十分わかりましたし、むろん、出しゃばってリーダーシップをとったりするようなことは、絶対にいたしません。僕の学歴や職業が、ほかの塾生たちに何かの先入観を与《あた》えるというご心配がありましたら、ごまかしては悪いかもしれませんが、履歴書《りれきしょ》には何とか適当に書いておくつもりです。青年団生活にはまるで無経験ですし、ついでにそういうことも書きこんでおけば、青年たちに買いかぶられる心配もないだろうと思います。」

朝倉先生も、そうまで言われると、むげに拒《こば》むわけにはいかなかった。現職をなげうってでも、というかれの決意には、冒険《ぼうけん》だという気がしないでもなかったが、一方では、かれほどの人物であれば、将来はまた何とでもなるだろう、という気もして、ついにその希望をいれてやることにしたのであった。

「やっぱり、ねえ。」

と、朝倉夫人は、いかにも何かに感動したように、名簿から眼をはなし、

「ほかの方たちとは、どこかにまるで感じのちがったところがありましたわ。」

「ぼく、名前がわかっていましたので、とくべつ注意していたんですが、あれでずいぶんこまかいことに気のつく人のようですね。」

「そう？　何かありまして？」

「メモ用の紙が一枚、机《つくえ》の足のところにおちていたのを、来るとすぐひろいあげて、ぼくに渡《わた》してくれたんです。」

「そう？　あたし、気がつかなかったわ。」

「その時の様子《ようす》が、ちっともわざとらしくないんです。自分ではそんなことをしているのをまるで意識していないんじゃないかと思われるほど無表情だったんです。ぼく、それでよけい印象に残りました。」

朝倉夫人は、何度《なんど》もうなずきながら、

「どうも、そんなたちの人らしいわね。白鳥会でいうと、大沢《おおさわ》さんみたいな人ではないかしら。」

「どこかに共通したところがあるかもしれませんね。見た感じは、たしかに似ていますよ。」

「だけど、――」

と、朝倉夫人はしばらく考えてから、

「大沢さんのまじめさとは、ちょっとちがったところがあるようにも思えるわ。もっと自然なまじめさ、といったものが感じられるんではありませんか?」

「自然なまじめさ――」

次郎は口の中で夫人の言葉をくりかえした。

「こんなふうに言いますと、大沢さんのまじめさは不自然だということになりそうですけれど、それは悪い意味で言っているのじゃありませんの。ただ、大沢さんのまじめさには、いつも意志がはっきり出ていますわね。いい意味の政治性と言いますか、それが人がら全体にはっきり出ていて、無意識にものを言ったり、したりすることなんか、めったにないでしょう。」

「なるほど、そう言われると、大河という人には、政治性といったものがまるでなさそうに思えますすね。」

二人は、その時めいめいに、背のひくい、肩《かた》はばの広い、頰《ほお》ひげを剃《そ》ったあとの真青《まっさお》な、五分《ごぶ》刈《が》りの、そして度の強い近眼鏡をかけた丸顔の男が、のっそりと玄関にはいって来たときの光景《こうけい》を思いうかべていた。かれは黒の背広に黒の外套《がいとう》を重ねていたが、まず肩にかけていた雑嚢《ざつのう》をはずし、それからゆっくりと外套をぬいで、ていねいに頭をさげ、次郎に向かって、いくぶんさびのある、ひくい、しかし底力《そこぢから》のこもった声で、「千葉県の大河無門ですが」と言い、それから次郎にわたされた塾生名簿をすぐその場でひらいて、自分の名前のところを念入《ねんい》りに見たあと、紹介《しょうかい》された朝倉夫人のほうにおもむろに眼を転じたのであった。

「白鳥会の仲間にも、これまでの塾生にも、あんな型の人はひとりもいなかったようですが、その点から言って、今度の塾生活には、とくべつの意味がありそうで、愉快《ゆかい》ですね。」

「そう。やっぱり一人でも変わった目《め》ぼしい人がいると、それだけ楽しみですわね。……もっとも、そんなことに大きな期待をかけるのは、平凡人《へいぼんじん》の共同生活をねらいにしているこの塾では邪道《じゃどう》だって、先生にはいつも叱《しか》られていますけれど。」

「しかし、先生だって、塾生の粒《つぶ》があまり思わしくないと、やはりさびしそうですよ。」

「それは、何といってもねえ。」

と、朝倉夫人は微笑した。そして、もう一度名簿をくって、自分の印象に残っているほかの顔をさがしているらしかったが、急に首をふって、

「だけど、こんなこと、いけないことね。受け付けたばかりの印象で、さっそく塾生の品定《しなさだ》めをはじめるなんて。」

次郎は頭をかいて苦笑《くしょう》した。朝倉夫人はしんみりした調子になり、

「大河さんていう方、無意識に紙ぎれをひろってくだすったとしても、あたしたち、ただその無意識ということだけを問題にしてはいけないと思いますわ。そうなるまでには、どんなに意志をはたらかせ、どんなに苦労をなすったかしれませんものね。」

次郎は、なぜか顔を赤らめ、眼を膝《ひざ》におとしていた。

しばらくして玄関に足音がしたが、それは朝倉先生が空林庵《くうりんあん》からもどって来たのだった。

「みんな無事《ぶじ》にそろったかね。」

先生は、事務室をのぞいてそう言うと、そのまま塾長室にはいって行った。二人もすぐそのあとからついて行って、何かと報告した。

先生は到着のしるしのついた名簿に眼をとおしながら、

「大河も来たんだね。何室にはいったんだい。」

「第五室です。いろんな関係から、それが一番よかりそうに思ったものですから。」

次郎は、そう言って、室割《へやわ》りを書いた紙を先生に渡した。それには、大河の名を何度も書いたり消したりしたあとがあった。

「大河の室割りには、ずいぶん苦心したらしいね。それほど神経に病《や》むこともなかっ

たんだが。……しかし、まあ、どちらかというと、室長におされたりする可能性の少ないところがいいだろう。」

「ええ、それを考えまして、第五室には、大河より一つ年上で、郡の連合団長をやっている人を割り当てておいたんです。」

「なるほど。」

朝倉先生は、何かおかしそうな顔をしながら、うなずいた。

三人は、それから、そろって各室を一巡《いちじゅん》した。朝倉先生は、室ごとに、入り口をはいると、立ったままで無造作《むぞうさ》に言った。

「私、朝倉です。……こちらは私の家内《かない》で、寮母《りょうぼ》といったような仕事をしてもらうんだが、君らに、これから小母《おば》さんとでも呼んでもらえば、よろこぶだろう。……あちらの若い人は、本田君《ほんだ》。君らの仲間の一人だと思ってもらえばいい。」

それから、

「みんな汽車でつかれただろう。今晩《こんばん》は、宿屋にでも泊《と》まったつもりで、のんきにくつろぐんだな。もっとも、郷里《きょうり》にはがきだけはすぐ出しておくがいい。」

そして、みんなが居《い》ずまいを正《ただ》し、恐縮《きょうしゅく》しているような顔を、にこにこしながら見まわしたあと、すぐ室を出た。

その日はそれっきりで、べつに何の行事もなかった。塾生たちは、朝倉夫人や次郎をはじめ、給仕《きゅうじ》の河瀬《かわせ》や、炊事夫《すいじふ》の並木夫婦《なみきふうふ》に何かと世話をやいてもらって、入浴をしたり、広間に集まって食事をしたり、各室《へや》で大火鉢《おおひばち》をかこみながら、各地のおみやげを出しあって茶をのんだりするだけのことだった。就寝《しゅうしん》の時刻についても、十時半になったらきちんと電灯《でんとう》を消すことになっているから、そのつもりで、という注意が与《あた》えられただけだった。何だか塾堂《じゅくどう》に来ているというより、修学旅行で宿屋に泊まっているという感じのほうが強かった。そして、そうした意味での親愛感なら、各室ごとには、もうたいていできあがってしまっていたのである。

それでも、いざ就寝という時になって、どの室にもちょっとした混雑《こんざつ》が生じた。というのは、十畳《じょう》の部屋に大火鉢一つと六人分の机とをすえ、そこに六人分の夜具《やぐ》を都合よくのべるのには、かなりの工夫《くふう》と協力を必要としたからである。

混雑は申し合わせたように十時ごろからはじまった。それまで、塾生の一人一人に関係したことでは、かゆいところに手がとどくように世話をやいていた朝倉夫人も次郎も、なぜかこの混雑には何の助言も与えず、事務室から、遠目《とおめ》に成《な》り行《ゆ》きを見まもっているといったふうであった。そして、十時半になると、次郎は、予告どおり、一分の遅延《ちえん》もなく廊下《ろうか》のスウィッチをひねり、塾生たちの室の電灯を全部消してしまった。電灯を消されて悲鳴をあげた室も二、三あった。

次郎は、しかし、頓着《とんちゃく》しなかった。かれは電灯を消すまえに、廊下をあるいて、それとなく各室の様子をのぞいてまわったが、どの室よりも早く室員が寝床《ねどこ》についていたのは、第五室であった。そして、大河無門は、その一番はいり口のところに、その大きないが栗頭《ぐりあたま》を横たえ、近眼鏡をかけたまま、しずかに眼をつぶっていたのであった。

次郎が、それを、その晩の一つの意味深いできごととして、朝倉夫人に報告したことはいうまでもない。

＊

あくる日、いよいよ第十回の入塾式だった。二月はじめの武蔵野《むさしの》の寒さはきびしかったが、空は青々と晴れており、地は霜《しも》どけでけぶっていた。

十時の開式までは、塾生たちはやはり自由に過ごすことになっていた。朝食をすますと、彼等《かれら》は日《ひ》あたりのいい窓ぎわにかたまって雑談をしたり、事務室におしかけて来て新聞を読んだりしていた。

八時をすこしすぎたころに、けたたましく事務室の電話のベルが鳴った。次郎が出てみると、田沼《たぬま》理事長からだった。

「朝倉先生は？」

「塾長室においでです。」

「じゃあ、そちらにつないでくれたまえ。」

次郎は、何か急用らしいが今ごろになって何事《なにごと》だろうと思いながら、線を塾長室にきりかえた。

すると、まもなく、塾長室から朝倉先生の声がきれぎれにきこえて来た。

「はあ、なるほど。……それは、むろん、こばむわけにはいきますまい。……ええ、ええ、……承知《しょうち》いたしました。いたし方《かた》ないでしょう。……すると、こちらで予定していた来賓祝辞《らいひんしゅくじ》は、……ああ、そうですか。では、時間の都合《つごう》を見まして適当にやることにいたしましょう。……え？　ええ。やはりずいぶん気にやんでいるようです。私からは何も話してはいませんけれど、あれっきり荒田さんの顔が見えないので、何かあると思っているんでしょう。はっはっはっ。……ええ。……ええ。……ちょっとむきになるところがありますが、ご心配になるほどのこともありますまい。……ええ、むろん私からも十分注意はしておきます。……はい、では、お待ちしています。」

電話がすむと、次郎は、すぐ自分から塾長室にはいって行って、たずねた。

「田沼先生は何かおさしつかえではありませんか。」

「いいや、まもなくお見えになるだろう。」

朝倉先生は、何でもないように答えたあと、次郎の顔を見て微笑《びしょう》しながら、

「今日は、変わった来賓が見えるらしいよ。」

「荒田さん……じゃありませんか。」

「荒田さんもだが、陸軍省からだれか見えるらしい。」

次郎は、はっとしたように眼を見張り、しばらくおしだまって突《つ》っ立《た》っていたが、

「田沼先生から案内されたんですか。」

と、いかにも腑《ふ》におちないというような顔をしてたずねた。

「いや、そうではないらしい。荒田さんから、今朝《けさ》急に、そんな電話が田沼先生のほうにかかって来たらしいんだ。」

次郎はまただまりこんだ。朝倉先生は、わざと次郎から眼をそらしながら、

「それで、今日の来賓祝辞だが、時間の都合では、その陸軍省の方だけにお願いすることになるかもしれないから、そのつもりでいてくれたまえ。」

「軍人に祝辞をやらせるんですか。」

次郎はもうかなり興奮《こうふん》していた。

「礼儀《れいぎ》として、私のほうからお願いすべきだろうね。」

「しかし塾の方針と矛盾《むじゅん》するようなことを言うんじゃありませんか。」

「自然そういうことになるかもしれない。しかし、それはしかたがないだろう。」

「先生！」

と、次郎は一歩朝倉先生のほうに乗り出して、

「先生は、自然そういうことになるかもしれないなんて、のんきなことをおっしゃいますが、ぼくは、それぐらいのことではすまないと思うんです。」

「どうして？」

「これは計画的でしょう。」

「計画的？」

「ええ、荒田さんの卑劣《ひれつ》な計画にちがいないんです。荒田さんは、軍の名で塾の指導精神をぶちこわそうとしているんです。」

次郎の顔は青ざめていた。朝倉先生は、きびしい眼をして次郎を見つめていたが、

「そんな軽率《けいそつ》なことは言うものではない。」

と、いきなり、こぶしで卓をたたいて、叱《しか》りつけた。しかし、次郎はひるまなかった。

「軽率ではありません。これはまちがいのないことです。ぼくは断言します。」

「かりにまちがいのないことだとしても、そんなことを言って、何の役にたつんだ。」

「ぼくは、祝辞をやらせるのは絶対にいけないと思うんです。それをやめていただきたいんです。」

「それは不可能だ。」

「こちらからお願いさえしなけりゃあ、いいんでしょう。」

「そういうわけにはいかないよ。陸軍省からわざわざやって来るのに、知らん顔はできない。それではかえって悪い結果になるんだ。」

「すると、おめおめと降伏《こうふく》するんですか。」

朝倉先生の眼は、いよいよきびしく光り、しばらく沈黙《ちんもく》がつづいた。しかし、そのあと、先生の唇《くちびる》をもれた言葉の調子は、気味《きみ》わるいほど平静だった。

「本田は、友愛塾の精神が、だれかの祝辞ぐらいで、わけなくくずれてしまうような、そんな弱いものだと思っているのかね。」

先生の眼には次第《しだい》に微笑さえ浮《う》かんで来た。次郎はこれまでの勢いに似ず、すっかり返事にまごついた。

すると、先生は、今度は、次郎をふるえあがらせるほどの激《はげ》しい調子で、

「血迷《ちまよ》ったことを言うのも、たいていにしたらどうだ。聞き苦しい。」

次郎は、これまで、朝倉先生に、こんなふうな叱り方をされた記憶《きおく》がまるでなかった。

かれは、ながい間の先生との人間的つながりが、それで断絶でもしたかのような気になり、思わず、がくりと首をたれた。

朝倉先生は、しかし、すぐまた平静な調子にかえって、

「いつも言うとおり、今は日本じゅうが病気なんだから、友愛塾だけがその脅威《きょうい》から安全でありうる道理《どうり》がないんだ。病菌《びょうきん》はこれからいくらでもはいって来るだろう。いや、これまでだって、ずいぶんはいって来ていたんだ。塾生自身が、ほとんど一人残らず、病菌の保有者だと言ってもいいんだからね。今日は、病菌がすこし大《おお》がかりに持ちこまれるというにすぎないんだ。むろん、大がかりな病菌の持《も》ち込《こ》みは、できれば拒絶《きょぜつ》するにこしたことはない。しかし、拒絶どころか、表面だけでもいちおうはありがたく頂戴《ちょうだい》しなければならないところに、実は、現在の日本の最大の病根があるんだよ。だから、おたがいとしては、病菌はこれからいくらでもはいって来るものだと覚悟《かくご》して、その覚悟のもとに、病菌を無力にする工夫をこらすほかに道はない。むろんそれは、厄介《やっかい》なことではあるさ。しかし厄介なだけに、うまくその始末《しまつ》がつけば、それだけ塾の抵抗力《ていこうりょく》をまし、かえって健康が増進されるとも言えるんだ。とにかく何事も事上磨練《じじょうまれん》だよ。その意味で、私は、今日はいい機会にめぐまれたとさえ思っている。こんなことを言うと、君はそれを私の負《ま》け惜《お》しみだと思うかもしれんが、しかし、避《さ》けがたいものは避けがた

いものとして、平気《へいき》でそれを受け取って、その上でそれに対処《たいしょ》するのが、ほんとうの自由だよ。それがほんとうに生きる道でもあるんだ。随所《ずいしょ》に主となる。そんな言葉があったね。じたばたしてもはじまらん。わかるかね、私のいっていることが？」

「わかります。」

次郎はかなり間《ま》をおいて答えた。かれは、しかし、まだ先生の気持ちを正しく理解していたわけではなかった。事上磨錬という言葉を通じて、権力《けんりょく》に対する反抗の機会を暗《あん》示《じ》されたかのような気持ちでいたのである。

朝倉先生は、次郎の心の動きを見とおすように、その澄《す》んだ眼をかれの顔にすえていたが、急に笑顔になって、

「そこで、変なことをきくようだが、君は今日、軍からの来賓《らいひん》に対して、どんな態度で接するつもりかね。」

これは、次郎にとって、なるほど変な質問にちがいなかった。かれは、これまで、来賓に対する態度のことまで先生に注意をうけたことがなかったのである。かれはいかにも心外《しんがい》だという顔をして、

「ぼく、べつに何も考えていないんです。あたりまえにしていれば、いいんでしょう。」

「あたりまえ？　うむ。あたりまえであれば、むろんそれでいいさ。そのあたりまえが、友愛塾の精神にてらしてあたりまえであればね。」

次郎は虚《きょ》をつかれた形だった。朝倉先生はたたみかけてたずねた。

「まさか、君は、あたらずさわらずの形式的な丁寧《ていねい》さを、あたりまえだと考えているんではないだろうね。」

次郎は眼をふせた。しばらく沈黙がつづいたあと、朝倉先生は、しんみりした調子で、

「今さら、君にこんなことを言う必要もないと思うが、友愛塾は、どんな相手に対しても冷淡《れいたん》であってはならないんだ。あたたかな空気、それが塾の生命だからね。お互《たが》いは、それで世に勝とうとしている。勝てるか勝てないかは、むろん予測《よそく》できない。しかし、それで勝とうとする意志だけは失ってはならないんだ。やはり事上磨錬だよ。今日のような場合に、それを忘れるようでは、何のための友愛塾だか、わからなくなる。」

次郎の耳には、事上磨錬という言葉が異様《いよう》にひびいた。前の場合には、権力に対する反抗の機会を暗示《あんじ》されたように受け取っていたが、今度の場合は、明らかにその反対のことを意味していたからであった。かれは、しかし、もう何も言うことができなかった。頭も気持ちも、めちゃくちゃに混乱《こんらん》していたのである。

「よくわかりました。気をつけます。」

かれは、表面素直《すなお》にそう言って塾長室を出た。そして講堂《こうどう》に行き、今日の式次第《しきしだい》をチョークで黒板《こくばん》に書いたが、いつもは何の気なしに書く「来賓祝辞《らいひん》」の四字が、呪文《じゅもん》のように心にひっかかった。

式次第を書きおわると、かれは事務室にもどり、新聞を読んでいた塾生たちにまじってストーヴを囲んだ。しかし気持ちはやはりおちつかなかった。

（どんな人をでも、平和であたたかい空気の中に包みこむ、それが塾の理想でなければならないことは、むろんよくわかっている。だが、そのためには、実際にどうふるまえばいいのか。先生は、まさか、ぼくに追従笑《ついしょうわら》いをさせようとしていられるのではあるまい。自然の感情をいつわるところに、何の平和があり、何のあたたかさがあろう。いっさいに先《さき》んじてたいせつなのは、自分をいつわらないことではないのか。）

そうした疑問が、胸にわだかまって、かれは塾生たちと言葉をかわす気にもなれないのだった。

そのうちに、ぼつぼつ来賓が見えだした。田沼理事長も、いつもよりは少し早目《はやめ》に自動車で乗りつけた。次郎は、出迎《でむか》えながら、それとなくその顔色をうかがったが、友愛塾の精神を象徴《しょうちょう》するかのような、その平和であたたかな眼には、微塵《みじん》のくもりもなく、そのゆったりとしたものごしには、寸分《すんぶん》のみだれも見られなかった。次郎は、ほっとした気持ちになりながらも、一方《いっぽう》では、何かにおしつけられるような、変な胸苦《むなぐる》しさを覚えた。

最後に二台の自動車が、同時に乗りつけた。その一つは、荒田老のであり、もう一つは、星章《せいしょう》を光らした大型の陸軍用であった。荒田老は、例によって鈴田《すずた》に手をひかれながら、黒眼鏡《くろめがね》の怪奇《かいき》な顔をあらわした。陸軍用の車からは、中佐《ちゅうさ》の肩章《けんしょう》をつけた、背の高い、やせ型の、青白い顔の将校が出て来たが、しばらく突っ立って、すこしそり身《み》になりながら、玄関前の景色《けしき》を一《ひと》わたり見まわした。

その間に、鈴田が次郎に近づいて来て、

「田沼さんはもうお出《い》でになっているだろうね。」

「はあ、見えています。」

「じゃあ、陸軍省から平木《ひらき》中佐がお見えになったと、通じてくれたまえ。荒田さんから今朝ほど電話でお知らせしてあるんだから、おわかりのはずだ。」

次郎は、横柄《おうへい》な口のきき方をする鈴田に対して、いつになく憤《いきどお》りを感じ、返事をしないまま塾長室に行った。

塾長室の戸をあけると、田沼理事長が、すぐ自分から言った。

「陸軍省のかただろう。こちらにお通ししなさい。」

次郎は玄関にもどって来たが、やはりだまったままスリッパをそろえた。

「通じたかね。」

鈴田が次郎をにらみつけるようにして言った。

「ええ、通じました。塾長室におとおりください。」

次郎の返事もつっけんどんだった。

鈴田が荒田老の手をひいて先にあがった。平木中佐は靴《くつ》をぬぎかけていたが、鈴田に向かって、

「今日の式には、勅語《ちょくご》の捧読《ほうどく》があるんじゃありませんか。」

「ええ、それはむろんありますとも。……」

「じゃあ、靴はぬぐわけにはいかないな。ほかの場合はとにかくとして、勅語捧読の場合に軍人が服装《ふくそう》規程にそむくわけにはいかん。」

「そのままおあがりになったら、いかがです。かまうもんですか。」

「かまうも、かまわんも、それよりほかにしかたがない。」

平木中佐は、片足ぬいでいた長靴《ちょうか》を、もう一度はいた。

鈴田は、その時、じろりと次郎の顔を見たが、その眼はうす笑いしていた。

その間、荒田老は、黒眼鏡をかけた顔を奥《おく》のほうに向け、黙々《もくもく》として突っ立っていた。

事務室にいた塾生たちは、入り口の近くに重なりあうようにして、その光景に眼を見はっていた。

やがて中佐は、荒田老と鈴田のあとについて、ふきあげた板張りの廊下《ろうか》に長靴の拍車《はくしゃ》の音をひびかせながら、塾長室のほうに歩きだした。

次郎は、ちょっとの間、唇をかんでそのうしろ姿《すがた》を見おくっていたが、急にあわてたように、三人の横を走りぬけ、塾長室のドアをあけてやった。

四　入塾式の日

式は予定どおり、十時きっかりにはじまった。

来賓席《らいひんせき》の一番上席には、平木《ひらき》中佐《ちゅうさ》が着席することになった。中佐は最初、その席を荒《あら》田《た》老にゆずろうとした。しかし荒田老は、

「今日は、あんたが主賓《しゅひん》じゃ。」

と、叱《しか》るように言って、すぐそのうしろの席にどっしりと腰《こし》をおろし、それからは中佐が何と言おうと、木像《もくぞう》のようにだまりこんで、身《み》じろぎもしなかった。中佐はかなり

面《めん》くらったらしく、すこし顔をあからめ、何度《なんど》も荒田老に小腰《こごし》をかがめたあと、いかにもやむを得《え》ないといった顔をして席についたが、それからも、しばらくは腰が落ちつかないふうだった。

しかし、式がいよいよはじまるころには、もう少しもてれた様子《ようす》がなく、塾生《じゅくせい》たちをねめまわすその態度は、むしろ傲然《ごうぜん》としていた。

来賓席の反対のがわには、田沼《たぬま》理事長、朝倉塾長《あさくらじゅくちょう》、朝倉夫人の三人が席をならべていた。次郎はそのうしろに位置して、式の進行係をつとめていたが、かれの視線《しせん》は、ともすると平木中佐の横顔にひきつけられがちだった。かれの眼《め》にうつった中佐の顔には、多くの隊付《たいつ》き将校に見られるような素朴《そぼく》さが少しもなかった。その青白い皮膚《ひふ》の色と、つめたい、鋭《するど》い眼の光とは、むしろ神経質な知識人を思わせ、また一方《いっぽう》では、勝《か》ち気で、ねばっこい、残忍《ざんにん》な実務家を思わせた。次郎は、中佐の横顔を何度かのぞいているうちに、子供のころ、話の本で見たことのある、ギリシア神話のメデューサの顔を連想していた。

中佐の眼は、理事長と塾長とが式辞《しきじ》をのべている間、塾生のひとりびとりの表情を、注意ぶかく見まもっているかのようであった。式辞の趣旨《しゅし》は、二人とも、いつもとほとんど変わりがなかった。ただ理事長は、つぎのような意味のことを、特に強調した。

「国民の任務には、恒久的任務《こうきゅうてき》と時局的任務《じきょくてき》とがある。このうち、時局的任務は、時局そのものが、あらゆる機会に、あらゆる機関を通じて、声高く国民にそれを説《と》いてくれるので、なに人《びと》もそれに無関心であることができない。ところが、恒久的任務のほうは、時局が緊迫《きんぱく》すればするほど、とかく忘れられがちであり、現に今日《こんにち》のような時代では、何が真《しん》に恒久的任務であるかさえわかっていない国民が非常に多い。諸君《しょくん》は、友愛《ゆうあい》塾《じゅく》における生活中、時局的任務に関する研究にも、むろん大いに力を注《そそ》いでもらわなければならないが、しかし、いっそうかんじんなのは、恒久的任務の研究であり、その研究の結果を共同生活に具体化することである。それが不十分では、時局的任務に対する熱意も、根《ね》なし草《ぐさ》のように方向の定まらないものになってしまうであろうし、時としては、かえって国家を危険におとしいれるおそれさえあるのである。」

また、朝倉塾長は、

「これまで、日本人は、上下の関係を強固にするための修練《しゅうれん》はかなりの程度《ていど》に積んで来た。しかし、横の関係を緊密《きんみつ》にするための修練は、まだきわめて不十分である。私は、もし日本という国の最大の弱点は何かと問われるならば、この修練が国民の間に不足していることだ、と答えるほかはない。というのは、どんなに強い上下の関係も、横の関係がしっかりしていないところでは、決してほんとうには生かされないからである。そこで、私は、これからの諸君との共同生活を、主として横の関係において、育てあげることに努力したいと思う。むしろ最初は、まったく上下の関係のない状態から出発し、横の関係の生長《せいちょう》が、おのずからみごとな上下の関係を生み出すところまで進みたいと思っている。」

といったような意味のことから話しだし、いつもなら、午後の懇談会《こんだんかい》で話すようなことまで、じっくりと、かんでふくめるように話をすすめていったのである。

次郎は、きいていてうれしかった。田沼先生も、朝倉先生も、ちゃんと打つべき手は打っていられる。これでは、中佐も打《う》ち込《こ》む隙《すき》が見つからないだろう。そんなふうにかれは思ったのである。

朝倉先生が壇《だん》をおりると、つぎは来賓《らいひん》の祝辞《しゅくじ》だった。次郎はさすがに胸がどきついた。かれは、昔《むかし》の武士が一騎《いっき》打《う》ちの敵《てき》にでも呼びかけるような気持ちになり、一度息をのんでから、さけぶようにいった。

「来賓祝辞――陸軍省の平木中佐殿《どの》。」

平木中佐は声に応じてすっくと立ちあがった。そしてまずうしろの荒田老のほうに向きなおって敬礼《けいれい》した。

荒田老は、しかし、眼がよく見えないせいか、黒眼鏡《くろめがね》の方向を一点に釘《くぎ》づけにしたまま、びくとも動かなかった。一瞬《いっしゅん》、場内の空気が、くすぐられたようにゆらめいた。といっても、だれも声をたてて笑ったわけではなかった。笑うにはあまりにまじめすぎる光景《こうけい》だったし、しかも、その当事者が二人とも、場内での最も重要な人物らしく見えていただけに、微笑《びしょう》をもらすことさえ、さしひかえなければならなかったのである。しかしまた同じ理由で、おかしみはかえって十分であった。したがって、それをこらえるしぐさで、場内の空気がゆらめいたのに無理はなかったのである。とりわけ次郎にとっては、それがかれの最も緊張《きんちょう》していた瞬間《しゅんかん》のできごとであったために、そのおかしみが倍加されていた。かれは唇《くちびる》をかみ、両手をにぎりしめて、こみあげて来る笑いをおしかくしながら、中佐の表情を見まもった。

中佐は、その口《くち》もとをわずかにゆがめて苦笑《くしょう》した。それは場内で見られたただ一つの笑いだった。その笑いのあと、かれはほかの来賓《らいひん》たちのほうは見向きもしないで、靴《くつ》と拍車《はくしゃ》と佩剣《はいけん》との、このうえもない非音楽的な音を床板《ゆかいた》にたてながら、壇《だん》にのぼった。

次郎の気持ちの中には、もうその時には、どんなかすかな笑いも残されてはいなかった。かれは、中佐の青白い横顔と、塾生たちのかしこまった顔とを等分に見くらべながら、息づまるような気持ちで中佐の言葉を待った。

中佐は、しかし、あんがいなほど物《もの》やわらかな調子で口をきった。そして、まず、田沼理事長と朝倉塾長の青年教育に対する努力を、ありふれた形容詞をまじえて賞讃《しょうさん》した。それは決して、真実味のこもったものではなく、いちおうの礼儀《れいぎ》にすぎないものであることは明らかであったが、次郎はそれでも、この調子なら、そうむき出しに塾の精神をけなしつけることもあるまい、という気がして、いくぶん緊張をゆるめていた。

しかし、中佐のそんな調子は三分とはつづかなかった。かれはやがて世界の大勢《たいせい》を説き、日本の生命線を論じた。そしてその結論としての国民の覚悟《かくご》について述べだしたが、もうそのころには、かれはかなり狂気《きょうき》じみた煽動《せんどう》演説家になっていた。さらに進んで青年の修養《しゅうよう》を論ずる段になると、かれの佩剣《はいけん》の鞘《さや》が、たえまなく演壇の床板をついて、勇《いさ》ましい言葉の爆発《ばくはつ》に伴奏《ばんそう》の役割《やくわり》をつとめた。かれはしばしば「陛下《へいか》」とか「大御心《おおみこころ》」という言葉を口にしたが、その時だけは直立不動《ちょくりつふどう》の姿勢《しせい》になり、声の調子もいくぶん落ちつくのだった。しかし、佩剣の伴奏がもっとも激《はげ》しくなるのは、いつもその直後だったのである。

かれの意図《いと》が、塾の精神を徹底的《てっていてき》にたたきつけるにあったことは、もうむろん疑《うたが》う余《よ》地《ち》がなかった。かれは、しかし、真正面《ましょうめん》から「友愛塾の精神がまちがっている」とは、さすがに言わなかった。かれはたくみに、――おそらく、かれ自身のつもりでは、きわめてたくみに、――一般論《いっぱんろん》をやった。そして、なおいっそうたくみに、――もっとも、この場合は、かれ自身としては、たくらんだつもりではなく、かれの信念の自然の発露《はつろ》であったかもしれないが、――「国体」とか、「陛下」とか、「大御心」とかいう言葉で、自分の論旨《ろんし》を権威《けんい》づけることに努力した。

「日本の国体をまもるためには、国民は、四六時中《しろくじちゅう》非常時局下にある心構《こころがま》えでいなければならない。恒久的任務と時局的任務とを差別して考える余裕《よゆう》など、少なくともわれわれ軍人にはまったく想像もつかないことである。」

「大命《たいめい》を奉じては、国民は親子の情でさえ、たち切らなければならない。いわんや友愛の情をやである。」

「日本では、国民相互《そうご》の横の道徳は、おのずから、君臣の縦《たて》の道徳の中にふくまれている。陛下に対し奉《たてまつ》る臣民《しんみん》の忠誠心《ちゅうせいしん》が、すべての道徳に先《さき》んじ、すべての道徳を導き育てるのであって、友愛や隣人愛《りんじんあい》が忠誠心を生み出すのでは決してない。」

およそこういった調子であった。

次郎はしだいに興奮《こうふん》した。ひとりでに息があらくなり、両手が汗《あせ》ばんで来るのを覚《おぼ》えた。かれは、しかし、懸命《けんめい》に自分を制した。自分を制するために、おりおり、うしろから田沼先生と朝倉先生の顔をのぞいた。かんじんの二人の眼をのぞくことができなかったので、はっきりと、その表情を見わけることはできなかったが、のぞいたかぎりでは、二人とも、すこしも動揺《どうよう》しているようには見えなかった。かれはいくらか救われた気持ちだった。

かれの視線は、おのずと、朝倉夫人のほうにもひかれた。夫人の横顔は、いつもにくらべると、いくぶん青ざめており、その視線は、つつましく膝《ひざ》の上に重ねている手の甲《こう》におちているように思われた。かれは、朝倉夫人のそんな様子を見ると、つい眼《め》がしらがあつくなって来るのだった。

かれは、しかし、そうしているうちに、いくらか自分をとりもどすことができ、眼を来賓席《らいひんせき》のほうに転じた。すると、そこには、当惑《とうわく》して天井《てんじょう》を見ている顔や、にがりきって演壇《えんだん》をにらんでいる顔がならんでいた。しかし、どの顔よりもかれの注意をひいたのは、相変《あいか》わらず木像のように無表情な荒田老の顔と、たえず皮肉《ひにく》な微笑《びしょう》をもらして塾生たちを見まわしている鈴田の顔であった。

鈴田の顔を見た瞬間、次郎は、自分にとってきわめてたいせつなことを、いつのまにか忘れていたことに気がついて、はっとした。中佐の言葉に対する塾生たちの反応《はんのう》、それを見のがしてはならない。できれば一人一人の反応をはっきり胸にたたみこんでおくことが、これから朝倉先生に協力して自分の仕事をやって行く上に何よりもたいせつなことではないか。

かれの視線は、そのあと、忙《いそが》しく塾生たちの顔から顔へとびまわった。どの顔もおそろしく緊張している。眼がかがやき、頬《ほお》が紅潮《こうちょう》し、唇《くちびる》がきっと結ばれている。中佐のかん高《だか》い声と、佩剣《はいけん》の伴奏とが、電気のようにかれらの神経をつたい、かれらの心臓にひびき、かれらの全身をゆすぶっているかのようである。

次郎の興奮は、もう一度その勢いをもりかえした。しかもその勢いは、かれが中佐の声と佩剣の伴奏とから直接刺激《しげき》をうける場合のそれよりも、はるかに強力だった。で、もしもかれが、塾生たちの顔の間に、ただ一つの例外的な表情をしている顔を見いだすことができなかったとすれば、かれはその興奮のために、すくなくとも、自分のすぐ前に腰をおろしている田沼先生と朝倉先生夫妻の注意をひくほどの舌打《したう》ちぐらいは、あるいはやったかもしれなかったのである。

ただ一つの例外の顔というのは、大河無門《おおかわむもん》の顔であった。かれは半眼《はんがん》に眼を開いていた。それは内と外とを同時に見ているような眼であった。中佐の言葉の調子がどんなに激越《げきえつ》になろうと、佩剣の鞘《さや》がどんな騒音《そうおん》をたてようと、そのまぶたは、びくりとも動かなかった。かれは、椅子《いす》にこそ腰をおろしていたが、その姿勢は、あたかも禅堂《ぜんどう》に足を組み、感覚の世界を遠くはなれて、自分の心の底に沈潜《ちんせん》している修道者《しゅうどうしゃ》を思わせるものがあった。

次郎の視線は、大河無門の顔にひきつけられたきり、しばらくは動かなかった。かれは何か一つの不思議を見るような気持ちだった。

（大河無門は、ぼくなんかにはまだとてもうかがえない、ある心の世界をもっているのだ。）

かれにはそんな気がした。その気持ちが、しだいにかれをおちつかせた。そして大河無門と荒田老とを見くらべてみる心のゆとりを、いつのまにか、かれにあたえていた。かれの眼に映《えい》じた大河無門と荒田老とは、まさに場内の好一対《こういっつい》であった。荒田老は、平木中佐の所論《しょろん》の絶対の肯定者《こうていしゃ》として、怪奇《かいき》な魔像《まぞう》のように動かなかったし、大河無門は、その絶対の否定者《ひていしゃ》として、清澄《せいちょう》な菩薩像《ぼさつぞう》のように動かなかったのである。

次郎は、これまでの不快な興奮からさめて、ある希望と喜びとに裏づけられた新しい興奮を感じはじめていた。そのせいか、中佐の狂気じみた言葉も、もう前ほどにはかれの耳を刺激しなくなっていたのである。

中佐は、最後に、いっそう声をはげまして言った。

「諸君にとってたいせつなことは、いかに生くべきかでなくて、いかに死ぬべきかだ。大命《たいめい》のまにまにいかに死ぬべきかを考え、その心の用意ができさえすれば、おのずからいかに生くべきかが決定されるであろう。くりかえして言うが、諸君は、楽しい生活などという、甘《あま》ったるい、自由主義的・個人主義的享楽主義《きょうらくしゅぎ》に、いつまでもとらわれていてはならない。日本は今や君国《くんこく》のために水火《すいか》をも辞《じ》さない勇猛果敢《ゆうもうかかん》な青年を求めているのだ。この要求にこたえうるような精神を養うことこそ、諸君がこの塾堂に教えをうけに来た唯一《ゆいいつ》の目的でなければならない。自分はあえて全軍の意志を代表して、このことを諸君の前に断言する。終わり。終わり！」

塾生たちの中には「終わり」という言葉をきくと同時に、機械人形のように直立《ちょくりつ》したものがあった。その他の塾生たちは、理事長と塾長との式辞が終わったときに、頭をさげただけですました関係からか、さすがに立ちあがるのをためらった。しかし、どの顔も、何か不安そうに左右を見まわした。そして、直立した塾生たちを見ると、それにさそわれて、半《なか》ば腰をうかしたものも少なくはなかった。ただ大河無門だけは、そうしたざわめきの中で、その半眼にひらいた眼を、ながい夢《ゆめ》からでもさめたように、ゆっくり見ひらき、しずかに頭をさげて中佐に敬意《けいい》を表《ひょう》したのだった。

次郎の眼は、いつまでも大河無門にひきつけられていた。そのために、かれは、中佐がどんな顔をして塾生たちの「不規律」な敬礼をうけ、どんな歩きかたをして自分の席に戻《もど》って行ったかを観察することができなかったし、また、閉式を告げるかれの役割を果たすのに、いくらか間《ま》がぬけたのではないかと、かれ自身心配したぐらいであった。

式が終わると、恒例《こうれい》によって、塾生と中食をともにすることになっていた。今日《きょう》は朝倉先生の式辞がいつもより長かったうえに、平木中佐の祝辞がそれ以上に長かったため、時刻《じこく》もかなりおくれていたし、一同式場を出るとすぐ、広間《ひろま》に用意されていた食卓《しょくたく》についた。今日は荒田老もめずらしく上機嫌《じょうきげん》で、「わしはめしはたくさんです」などと無愛《ぶあい》想《そう》なことも言わず、自分からすすんで平木中佐をさそい、その席につらなったのである。

食卓では、荒田老がすすめられるままに来賓席《らいひんせき》の上座《かみざ》につき、平木中佐がその横にならんだ。ごちそうは、これも恒例で、赤飯に、小さいながらも、おかしら付きの焼鯛《やきだい》、それに菜《な》っ葉汁《ぱじる》と大根《だいこん》なますだった。

朝倉先生の「いただきます」という合《あ》い図《ず》で、みんなが箸《はし》をとりだすと、平木中佐がすぐ荒田老に言った。

「なかなかしゃれていますね、おかしら付きなんかで。」

荒田老は、黒眼鏡すれすれに皿《さら》を近づけ、念入《ねんい》りに見入《みい》りながら、

「小鯛《こだい》らしいな。なるほどこれはしゃれている。しかし若いものは、これでは食《く》い足《た》りんだろう。」

「ええ、やはり青年には質よりも量でしょうね。」

二人の話し声は、かなりはなれたところにすわっていた次郎の耳にもはっきりきこえ

た。かれは、それも塾に対する皮肉だろうと思った。そして、食卓につくとすぐそんなことを言いだした二人のえげつなさに、ことのほか反感を覚えた。

「しかし、気は心と言いますか、こうして祝ってやりますと、やはり青年たちにはうれしいらしいのです。」

そう言ったのは田沼先生だった。ふっくらした、あたたかい言葉の調子だった。すると朝倉先生が冗談《じょうだん》まじりの調子でそれに言い足した。

「これまでの塾生の日記や感想文を見ますと、そのことがふしぎなぐらいはっきりあらわれていましてね。それで、つい、多少の無理をしても、入塾式の日には小鯛を用意することにしているんです。」

「しかし、お祝いのお気持ちなら、赤飯だけでたくさんでしょう。そうご無理をなさらんでも。」

中佐も冗談めかした調子で言ったが、その頬《ほお》には、かすかに冷笑《れいしょう》らしいものがただよっていた。

「おっしゃるとおりです。」

と、朝倉先生はしごくまじめにうけた。しかしすぐまた冗談まじりに、

「ただ塾生たちには、おかしら付きの鯛というものが妙《みょう》に印象に残るらしいので、つ

いそれに私たちが誘惑《ゆうわく》されてしまうのです。それも教育の一手段だという口実《こうじつ》もありましてね。はっはっはっ。」

「甘いですな。」

と、荒田老が横からにがりきって言った。

まわりの来賓《らいひん》たちが、それで一《いっ》せいに笑い声をたてたが、それがその場の空気をまぎらすための作り笑いだったことは明らかだった。

「塾長はそうした甘いところもありますが、根は辛《から》い人間ですよ。実は辛すぎるほど辛いんです。甘いところを見せるのは辛すぎるからだともいえるんです。油断《ゆだん》はなりません。」

田沼先生がそう言って笑った。それでまた来賓たちも笑ったが、今度は救われたというたような笑い方であった。平木中佐と鈴田とは変に頬をこわばらせていた。荒田老は相変わらず無表情だったが、無表情のまま、

「田沼さんは、やはり逃《に》げるのがうまい。まるで鰻《うなぎ》のようですな。」

もう一度笑いが爆発《ばくはつ》した。しかしだれの笑い声も、いかにも苦しそうだった。

「荒田さんにあっちゃあ、かないませんな。」

と、田沼先生は、そのゆたかな頬をいくらか赤らめて苦笑《くしょう》したが、そのあと、話題を

かえるつもりか、急に思い出したように言った。

「それはそうと、荒田さんは、このごろは禅《ぜん》のほうはいかがです。相変わらずおやりになっていらっしゃいますか。」

「ふっふっふっ。」

と、荒田老は、あざけるように鼻で笑ったが、

「禅は私の生活ですからな。毎日ですよ。」

「毎日だと、おかよいになるのが大変《たいへん》でしょう。このごろは、どちらのお寺で？」

「すわるのに寺はいりませんな。」

「すると、お宅《たく》で？」

「うちでもやりますし、どこででもやります。こうして飯を食《く》ったり話したりしている間も、私は禅をやっているんです。」

「なるほど。」

「どうです。塾生たちにも、少しやらしてみては？」

荒田老はおしつけるように言った。

「坐禅《ざぜん》とまではむろん行きませんが、静坐《せいざ》程度のことなら、ここでもやっているんです。起床後《きしょうご》とか、就寝前《しゅうしんまえ》とかに、ほんの二十分か、せいぜい三十分程度ですが。」

「それでもやらんよりはいい。」

と、荒田老は、これまでのぶっきらぼうな調子から、急に気のりのした調子になり、

「しかし、指導をうまくやらんと、時間のむだ使いになりますな。時間が短いほど、とかくむだになりがちなものだが、塾長さん、そのへんの呼吸はうまくいっていますかな。」

田沼先生は、とうとうまた自分たちに矛先《ほこさき》が向いて来たらしい、と思ったが、もう逃げるわけにいかなかった。で、朝倉先生をかえりみて、

「塾長、どうです。これまでのやり方をお話しして、ご意見をうかがってみたら？」

朝倉先生は、ちょっとためらったふうだった。しかし、すぐへりくだった調子で、

「私には、本式な坐禅の指導なんか、とてもできませんし、ただ塾生たちに、朝夕少なくとも二回は、おちついて内省《ないせい》する時間を持たせたい、と、まあ、そんなような軽い気持ちで、静坐をやらしているわけなんです。ですから、べつにそう変わった方法はとっていません。ただ、静坐のあとで、――あとでと申しましても、静坐の姿勢をそのままつづけながらなんですが、――ほんの五、六分、なるだけ心にしみるような例話や古人の言葉などをひいて、話をすることにしているのですが。」

「なるほど。」

と、荒田老はめずらしくうなずいた。そしてちょっと考えるようなふうだったが、

「それはいい。心をすましたあとにきく短い話というものは、あとまで残るものです。だが、それだけに、その話の種類次第《しだい》では、その害も大きい。これまでにどんな話をして来られたかな。」

「やはり心の問題にふれた話がいいと思いまして――」

「それはわかりきったことです。だが、その心の問題というのが、このごろでは、どうもじめじめしたことになりがちでしてな。」

次郎は、きいていて歯《は》がゆかった。――朝倉先生は、これではまるで荒田老に口頭試問《こうとうしもん》でもうけているようなものではないか。屈従《くつじゅう》は謙遜《けんそん》ではない。先生は、どうしてもっと積極的にものをいわれないのだろう。

朝倉先生は、しかし、あくまでも物やわらかな調子でこたえた。

「たしかにおっしゃるとおりです。で、私は及《およ》ばずながら、いつも塾生たちの心に光を点じ、希望を与《あた》えるような話をすることにつとめて来たつもりなのです。」

「ふん。」

と、荒田老は、いかにもさげすむように鼻をならした。それから、ずけずけと、

「あんたはやっぱり西洋式ですな。光だの、希望だのって、バタくさいことをいって、

生きることばかり考えておいでになる。東洋の精神はそんな甘ったるいものではありませんぞ。東洋では昔《むかし》から、死ぬことで何もかも解決して来たものです。禅道がその極致《きょくち》です。大死《たいし》一番、無の境地に立って、いっさいに立ち向かおうというのです。そこに気がつかれなくちゃあ、せっかくの静坐のあとのお話も、青年たちを未練《みれん》な人間に育てあげるだけの結果になりはしませんかな。」

朝倉先生も、さすがにもう相手になる気がしなかったのか、

「いや、今日はいろいろお教えいただいてありがとう存じました。いずれ私も十分考えてみることにいたしましょう。」

と、おだやかに話をきりあげてしまった。

次郎はその時、朝倉先生が、かつてかれに、つぎのような意味のことを、いろいろの実例をあげて話してくれたのを思いおこしていた。

「みごとに死のうとするこころと、みごとに生きようとするこころとは、決してべつのこころではない。みごとに生きようとする願いのきわまるところに、みごとに死ぬ覚悟《かくご》が湧《わ》いて来るのだ。生命を軽視《けいし》し、それを大事にまもり育てようとする願いを持たない人が、一見《いっけん》どんなにすばらしい死に方をしようと、それは断じて真の意味でみごとであるとはいえない。」

次郎にとっては、この言葉は朝倉先生のいろいろの言葉の中でもとりわけ重要な意味をもつものであった。かれは、この言葉を思いおこすことによって、これまでいくたびとなく、かれの幼時からの性癖《せいへき》である激情《げきじょう》をおさえ、向こう見ずの行動に出る危険をまぬがれることができたし、また、かれが日常の瑣事《さじ》に注意を払《はら》い、その一つ一つに何等《なんら》かの意味を見いだそうと努力するようになったのも、主としてこの言葉の影響《えいきょう》だったのである。それだけに、かれは、朝倉先生が、なぜそのことをいって荒田老を説《と》き伏《ふ》せようとしないのだろうと、それが不思議にも、もどかしくも思えてならないのだった。

塾生たちは、もうそのころには、とうに食事を終わっていた。来賓《らいひん》もほとんど全部箸《はし》をおろしており、まだすんでいないのは、目が不自由なうえに、何かと議論を吹《ふ》きかけていた荒田老と、その相手になっていた朝倉先生ぐらいなものであった。しかし、この二人も、話をやめるとまもなく箸をおろした。

来賓たちは、畳敷《たたみじ》きの広間のガラス窓いっぱいに、あたたかい陽《ひ》がさしこんでいるのが気に入ったらしく、食事がすんで塾生たちが退散したあとでも、窓ぎわに集まって、たばこを吸い、雑談をまじえた。そのうちに荒田老に付《つ》き添《そ》っていた鈴田が、平木中佐と何かしめしあわせたあと、朝倉先生の近くによって来てたずねた。

「今日も、午後は例のとおり懇談会《こんだんかい》をおやりになるんですか。」

「ええ、その予定です。しかし今日は、懇談らしい懇談にはいるのはおそらく夜になるでしょう。私から前もっていっておきたいことは、今日はもう大体、式場で話してしまいましたし、午後集まったら、さっそく、ご存じの「探検」にとりかからしたいと思っています。」

鈴田はすぐもとの位置にもどった。そして荒田老と平木中佐を相手に、何か小声《こごえ》で話しながら、おりおり横目で朝倉先生のほうを見たり、にやにや笑ったりしていたが、まもなく、荒田老の手をとって立ちあがった。すると平木中佐も立ちあがった。

三人の自動車が玄関《げんかん》をはなれると、ほかの来賓たちの話し声は、急に解放されたようににぎやかになった。しかし、話の内容は決して愉快《ゆかい》なものではなかった。塾の将来に対する憂慮《ゆうりょ》や、理事長と塾長に対する同情と激励《げきれい》の言葉が、ほとんどそのすべてであった。そして、具体的対策については、何一つ示唆《しさ》が与えられないまま、それから二十分ばかりの間に、来賓たちの姿《すがた》もつぎつぎに消えて行った。

田沼理事長だけは、今日はめずらしくゆっくりしていた。そして、来賓たちを送り出すと、すぐ、朝倉先生と二人で塾長室にはいって行った。

次郎は、一人になると、急にほっとしたような、それでいて何か固いものを胸の中におしこまれたような、変な気持ちになり、もう一度広間にはいって、窓によりかかった。

今日は式の時間がのびたので、午後の行事は、三十分ほどくり下げて一時半からということになっていた。それまでには、まだ十五、六分の時間がある。いつもなら、そうしたわずかな時間でも、ぼんやりしてはいないかれだったが、今日の式場と食卓とでうけた刺激《しげき》の余波《よは》は、かれに小《こ》まめな仕事をやらせるには、まだあまりに高かったし、床《とこ》の間《ま》の「平常心」の掛軸《かけじく》は、やはりかれにとってはまったくべつの世界の消息をつたえるものでしかなかったのである。

かれは、荒田老と平木中佐の顔を代《か》わる代《が》わる思いうかべながら、陽《ひ》を背にして眼をつぶっていた。すると、だしぬけに、

「どうだ、つかれたかね。昨日から、ずいぶん忙《いそが》しかったろう。」

そういってはいって来たのは田沼先生だった。

次郎は、目を見ひらき、あわてて居《い》ずまいを正《ただ》した。

「そう窮屈《きゅうくつ》にならんでもいい。」

田沼先生は、次郎とならんで窓わくによりかかりながら、

「今度の塾生には、変わったのが一人いるらしいね。」

「ええ。」

次郎の頭には、すぐ大河無門の顔がうかんで来た。しかし、「変わった」という先生

の言葉の意味がちょっとうたがわしかったらしく、

「大河っていう人のことでしょう。」

「うむ、大河無門、さっき名簿で見たんだが、めずらしい名前だね。」

「ええ、名前もめずらしいんですが、人間も非常にめずらしいんじゃないかと思います。」

「私もそう思う。たしかにめずらしい青年だよ。」

「もう本人をご存じなんですか。」

「まだ直接会ってはいない。しかし、式場で眼についたので、朝倉先生にたずねてみたんだ。」

次郎は、「式場で眼についた」ときいた瞬間《しゅんかん》、何か明るいものが胸の中にさしこんだような気がした。かれはうれしくなって、膝《ひざ》をのり出しながら、

「あの人、大学を出ているんです。」

「そうだってね。」

「年も、ぼくよりずっと上なんです。」

「そうだろう。顔を見ただけでも、たしかに君の兄《にい》さんだ。それに——」

と田沼先生は、ちょっと微笑して、

「精神年齢《ねんれい》のほうでは、いっそう年上らしいね。」

次郎はそれを冗談だとは受け取らなかった。かれは真剣《しんけん》な顔をして、

「ぼく、あの人が塾生で、ぼくが助手では、変だと思うんですけれど……」

「どうして？　それはかまわんさ。本人が塾生を希望しているし、また、君が助手だからといって、大河を先輩《せんぱい》として尊敬《そんけい》できないという理由もないだろう。」

「それはむろんそうですけれど……」

「それとも、大河に気押《けお》されて、やるべきことがやれないとでもいうのかね。」

「そんなことはありません。ぼくはただ朝倉先生のあとについて、仕事をやっていくだけのことなんですから。」

「じゃあ、何も気にすることはないじゃないかね。」

「ええ。」

と、次郎はこたえたが、まだ何となく気持ちを始末《しまつ》しかねているふうであった。

田沼先生は、しばらくその様子を見まもったあと、

「やはり気がひけるらしいね。」

「ええ、ぼく、代われたら代わりたいと思うぐらいなんです。」

「代わる？　そんなことはできないよ。かりにできたところで、それは小細工《こざいく》という

もんだ。そんな小細工をするよりか、与《あた》えられた立場をそのまますなおに受け取って、それを生かす工夫《くふう》をしたらどうだ。君自身のためにも、大河のためにも、塾生たちみんなのためにも、生かそうと思えばどんなにでも生かされると思うがね。私は、ある意味では、むしろ、いいチャンスが、君にめぐまれたとさえ思っている。元来《がんらい》、環境《かんきょう》というものは、それが不合理であっても、無理に小細工をして変えようとしてはならないものなんだ。まずその環境をそのまま受け取って、その中で自分を練りあげる。それでこそほんとうの意味で環境に打《う》ち克《か》てるし、またそれでこそ、どんな不合理も自然に正されていくだろう。私は何事《なにごと》についても、そういう考えから出発したいと思っている。暴力に訴《うった》える社会革命《かくめい》に私が絶対に賛成できないのも、根本《こんぽん》はそういうところにあるんだ。」

次郎はじっと考えこんだ。すると田沼先生は急に笑いだし、

「つい、話がとんでもない、大きな問題に飛躍《ひやく》してしまったね。しかし、真理は問題の大小にかかわらないいんだ。小細工はいわば小さな暴力革命だし、暴力革命はいわば大きな小細工だからね。……大きな小細工なんて、言葉はちょっと変だが。……とにかく君は、君のやるべきことを落ちついてやって行くことだ。大河に気《き》おくれして仕事がにぶってもならないし、かといって、大河に心で兄事《けいじ》することを忘れてもならない。世間《せけん》には、先生よりも弟子《でし》のほうが偉《えら》い場合だってよくあることだし、それは気にすること

はない。大事なのは、そういう関係を先生も弟子も、どう生かすかを考えることだよ。」

次郎はやはり考えこんでいた。田沼先生も何かしばらく考えるふうだったが、

「ところで、どうだね、今日の気持ちは？　式場では、いつもに似ず、まごついていたようだったが。……」

次郎は、田沼先生が、わざわざ広間にやって来て自分に話しかけた目的はこれだな、と直感した。同時に、かれの胸の中では、感謝したいような気持ちと圧迫《あっぱく》されるような気持ちとが入りみだれた。かれはすぐには答えることができなかった。自分の感想を、あからさまにいうのが、何となくはばかられたのである。

それに、今はもう式場や食卓で感じた不愉快《ふゆかい》な気持ちもかなりうすらいでいて、だれかにそれをぶちまけなければ治まらないというほどではなかった。大河無門が早くも田沼先生の注目をひいているということを知ったことで、かれの気分がかなり明るくなっていたうえに、さっきから二人で取りかわした問答《もんどう》の間から、自分の生き方に何か新しい方向を見いだしたような気になり、そのほうにかれの関心が高まりつつあったのである。

かれには、これまでとはまるでちがった気持ちと態度とをもって、戦いに臨《のぞ》もうとする意志が、ほのかに湧《わ》きかけていた。むろんそれが決定的にかれの行動を左右するまで

には、まだ数多くの試練を経《へ》なければならなかったであろう。しかし、少なくともかれの頭だけでは、そうした意志に生きることの必要が、かなりはっきりと、理解されていたようであった。――真の勝利は、相手を憎《にく》み、がむしゃらに相手に組みつくだけでは、決して得られるものではない。自分みずからを充実《じゅうじつ》させることのみが、それを決定的にするのだ。友愛塾の精神を勝利に導く手段もまたそこにある。そして、友愛塾の内容を充実させるために、自分にとって必要なことは、友愛塾の助手としての自分の道を、ただまっしぐらにつき進みつつ、人間としての自分を充実させることであって、いたずらに荒田老や平木中佐の言動を気にし、かれらに対して感情的に戦いをいどむことではない――かれの頭は次第にそんな考えに支配されはじめていたのであった。

かれが答えをしぶっていると、田沼先生は、その張りきった豊かな頬《ほお》をほころばせて言った。

「軍人にあのぐらいどなられると、ちょっとこわくなるね。大河は別として、塾生たちには、ずいぶん強くひびいただろう。」

「ええ――」

と、次郎はあいまいに答えたが、すぐ、

「それは、かなりひびいただろうと思います。」

「私の話も、朝倉先生の話も、すっかり嵐《あらし》に吹《ふ》きとばされた形だったが、こんなふうだと、今度の塾生は、いつもとは少し調子がちがうかもしれないね。」

「ええ、それはもう覚悟しています。」

「これからは、この塾の生活も、だんだんむずかしくなって来るだろう。しかし、いい試練だね。われわれにとってはむろんだが、塾生たちにとっても、こうした摩擦《まさつ》は決して無意味ではない。どうせ将来は、もっと大きなスケールで経《へ》なければならない試練だからね。」

次郎は眼をふせて、畳《たたみ》の一点を見つめているきりだった。

「軍人のああした話に、盲目的《もうもくてき》に引きずられるのも険呑《けんのん》だが、感情的に反発《はんぱつ》するのも険呑だ。時代はそんな反発でますます悪くなって行くだろう。あんな話を、相手にしない、――といっては語弊《ごへい》があるが、冷静に批判《ひはん》しながら聞くような国民がもっと多くならないと、日本は助からないよ。」

次郎はやはり眼をふせたまま、

「ぼく、さっきからそんなようなことを考えていたところなんです。」

「そうか。うむ。」

と、田沼先生は大きくうなずいたが、

「しかし、理屈《りくつ》ではわかっていても、実際問題となると、またべつだからね。せいぜい自重《じちょう》してくれたまえ。今の日本では、青年たちは、何といったって、軍からの影響《えいきょう》を最も多く受けやすいし、そう簡単《かんたん》にはわれわれのいうことを受け付けないだろう。そんな場合に、あんまりあせって、塾生とにらみあいのような形になっては、友愛塾も台なしだよ。」

塾生とにらみあう。――そんなことは、次郎がこれまで夢《ゆめ》にも考えたことのないことだった。しかし、幼年時代からの闘争心《とうそうしん》が、今でも折《おり》にふれて鼬《いたち》のように顔をのぞかせる自分を省《かえり》みると、今度の場合、それがまったく起こり得《え》ないことでもないような気がして胸苦《むなぐる》しかった。

「ぼく、先生にご心配をかけないように、気をつけます。」

かれは、やっとそれだけいって、田沼先生の顔を見た。田沼先生もかれの顔をみつめて、かるくうなずいたが、その眼は、仏《ほとけ》の眼のように静かであたたかだった。

「もう時間だね。」

と、先生は腕時計《うでどけい》を見て立ちあがりながら、

「しかし、今度のような時に、大河のような塾生をむかえたのは、非常にしあわせだったね。多分大河はいい緩衝地帯《かんしょうちたい》になってくれるよ。はっはっはっ。」

次郎は笑わなかった。そして、田沼先生のあとについて広間を出ると、すぐ板木《ばんぎ》を鳴らしたが、その眼は何かを一心《いっしん》に考えつめているかのようであった。

午後の行事は、これまでの例を破《やぶ》ってごくあっさりしていた。朝倉先生は、塾生たちが広間に集まると、簡単に「探検」の主旨《しゅし》を説明しただけで、さっそくそれにとりかからせた。また「探検」がすんでもう一度広間に集まった時にも、つぎのようなことをいっただけで、すぐ解散した。

「今日式場で、田沼先生なり私なりから話したこの塾の根本の精神と、ただ今諸君が実際に見て来た探検の結果とを土台にして、これからのお互《たが》いの共同生活をどう組み立てて行くか、それを今から相談したいと思うが、しかし、これだけの人数が、まだめいめいの頭を整理しないうちに、いきなり一堂《いちどう》に集まって相談しあってみたところで、大した収穫《しゅうかく》は得られないだろうと思う。で、ひとまずこの集まりは解散して、各室《へや》ごとに集まって、その下相談《したそうだん》をすることにしたい。むろん、その下相談にしたところで、急にはまとまらないかもしれない。しかし、まとまらなければまとまらないでも結構《けっこう》だ。それで一人一人の頭に何程《なにほど》かの準備《じゅんび》ができればいいのだから。……そのつもりで、ともかくも、いちおう各室ごとに、小人数で意見をたたかわしておいてもらいたい。そして、夕食後にはもう一度ここに集まって、みんなでじっくり話しあうことにしよう。その時には、私も私の考えを十分のべてみたいと思っているが、それはむろん一つの参考意見であって、決してそれを君らに押《お》しつけるのではない。もっとも、あらかじめこれだけは断わっておきたい。それは、毎日朝食から中食《ちゅうじき》までの時間は講義にあててあるということだ。これには外来の講師の都合《つごう》もあるので、時間を勝手《かって》に動かすわけには行かない。それ以外の時間は、みんなの合意によってどうにでも使えるし、なるだけお互いの創意を生かしたいと思う。要するに、ここの生活の根本になるものは、あくまでも友愛と創造の精神なのだから、それを忘れないで、各室で仲よく、しかも活発に頭をはたらかして、夕食後の集まりまでの時間を十分に生かしてもらいたい。」

次郎の眼は、その話の間にも、注意ぶかく塾生たちの顔に注がれ、その動きからたえず何かを読もうとしていた。とりわけ大河無門はかれの注目の的《まと》だった。しかし、どの顔にも、これといって変わった表情は見られなかった。大河無門の近眼鏡の奥《おく》に光っている大きな眼は、特異《とくい》な眼ではあったが、それもふだんと変わった表情をしているとは思えなかった。みんなは、ただかしこまって朝倉先生の言葉をきいているというにすぎないらしかった。

次郎の張りつめていた注意力は、いくらか拍子抜《ひょうしぬ》けの気味《きみ》だった。

かれはその日、田沼先生とふたたび顔をあわせる機会がなかった。塾生たちの「探検」の案内をしている最中に、先生が帰って行ってしまったので、見おくることもできなかったのである。朝倉夫人が、あとでかれに話したところによると、先生は、玄関を出がけに、

「友愛塾の関係者も、今日は軍から正式に自由主義者のレッテルをはられたわけですね。奥さんもその有力なメンバーですから、これからは何かと風当たりが強くなるかもしれませんよ。そのうち、憲兵《けんぺい》なんていう、招《まね》かれざるお客もたずねて来るでしょう。ご迷惑《めいわく》ですね。」

と、冗談めかしていい、朝倉先生と二人で、声をたてて笑ったそうである。

五　最初の懇談会《こんだんかい》

「何だか、だらしがないね。やっぱり自由主義的だよ。」

次郎が、夕食後、小用をたしたかえりに第一室の前を通りかかると、中から、すこししゃがれた声で、そんな言葉がきこえて来た。かれは思わず立ちどまって耳をすました。

「探検だなんていうから、よほどめずらしい設備でもあるのかと思うと、何もありゃ

あしないじゃないか。このぐらいの設備なら、どこの青年道場にだってあるよ。」

同じ声である。次郎は自分の印象に残っている室員の顔の中から、声の主をさがしてみたが、まるで見当《けんとう》がつかなかった。

「そりゃあ、そうだね。」

と、ちがった声が相《あい》づちをうった。それはしかし、大して気乗りのした相づちだとは思えなかった。すると、また、しゃがれた声が、

「探検だの、室《へや》ごとの相談だの、まったく時間の浪費《ろうひ》だよ。塾生活《じゅくせいかつ》の設計だなんていったって、はいって来たばかりの僕《ぼく》たちに、そんなことができるわけがないじゃないか。ね、そうだろう。」

「じっさいだね。」

第三の声が、今度《こんど》は心から共鳴したらしくこたえた。

そのあと、しばらくは、がやがやといろんな声が入りみだれた。どの声もいくぶんうわずった真剣味《しんけんみ》のない声だったが、しゃがれた声に相づちをうっていることはたしかだった。おりおり、何かを冷笑《れいしょう》するような声もまじっていた。

そうしたざわめきをおさえつけるように、また、しゃがれた声がいった。

「だからさ、だから、もう相談なんかする必要はないよ。」

みんなは、ちょっとの間沈黙《ちんもく》したが、すぐだれかが、

「しかし、懇談会《こんだんかい》がはじまったら、何とか報告はしなくちゃならないんだろう。」

「そりゃあ、報告はするさ。ぼく、やってもいいよ。」

「何と報告するんだい。」

「相談の必要なし、ということに相談できめた。そういえばいいだろう。」

どっと笑い声がおこった。すると、しゃがれた声が、おこったように、

「ぼく、ふざけていってるんじゃないんだ。じっさいそうだから、そういうよりほかないじゃないか。もしそれでいけなかったら、ぼくいつでも退塾《たいじゅく》するよ。わざわざ旅費を使って出て来たのが、ばかばかしいけれど、しかたがない。」

室内が急にしいんとなった。

次郎は、これまでの例で、この日の室《へや》ごとの相談会に大した期待はかけていなかった。また、軽い気持ちでなら、かれらの間にそうした言葉のやりとりぐらいはあるだろう、とも想像していた。しかし、しゃがれた声の調子はあまりにもいきりたっていたし、それを今朝《けさ》の式場での平木《ひらき》中佐《ちゅうさ》の言葉と結びつけて考えないわけには行かなかった。かれは変な胸さわぎを覚《おぼ》えながら、息をころしていた。

「じゃあ、君《きみ》にまかせるかな。」

だれかが不安そうにいった。

「ほかの室では、どうなんだろう。」

べつの声で、これもいかにも不安そうである。

「ぼく、様子《ようす》を見て来るよ。」

だれかが立ちあがる気配《けはい》だった。

次郎は、それであわてて事務室のほうにいそいだ。

かれは、事務室にはいっていって自分の机《つくえ》のまえに腰《こし》をおろすと、急に、立ち聞きをしたり、あわてて逃《に》げだしたりした自分のみじめさが省《かえり》みられて、さびしかった。それは、変にいらいらしたさびしさだった。しだいに腹もたって来た。いつもなら、ごく気軽に、いまのことを朝倉《あさくら》先生に報告するところだったが、――そして今日の場合、とくべつその必要が感じられていたはずなのだったが――なぜか、かれは、いつまでも机の上にほおづえをついたまま、動こうとしなかった。

それでも、七時になると、かれは元気よく立ちあがって、廊下《ろうか》の板木《ばんぎ》を打ち、そのまま広間《ひろま》にはいって行った。夜の懇談会がはじまる時刻《じこく》だったのである。

みんなが集まると、朝倉先生のつぎの言葉で懇談会がはじまった。

「では、これから、いよいよおたがいの共同生活の具体的な設計にとりかかりたいと思う。それには、まず、各室《へや》で話しあった結果をいちおう報告してもらって、それを手がかりに相談をすすめることにしたい。どの室からでもいいから、遠慮《えんりょ》なく発表してくれたまえ。」

塾生《じゅくせい》たちは、しかし、そう言われても、おたがいに顔を見合わせるだけで、だれも口をきこうとするものがなかった。次郎は、第一室のしゃがれ声の発言を、今か今かと待っていたが、それもすぐには出そうになかった。

かなりながい沈黙《ちんもく》がつづいた。

朝倉先生は、しかし、そんなことは毎回慣らされていることなので、ちっとも困ったような顔を見せなかった。みずから考え、みずから動く訓練よりも、指導者の意志どおりに動く訓練をうけることによって、よりよき人間になると信じこまされて来た青年たちにたいして、塾堂《じゅくどう》の主脳者《しゅのうしゃ》たる自分から、そんなふうに相談をもちかけることが、いかに場《ば》ちがいな感じを彼等《かれら》にあたえるかは、先生自身が、一《いち》ばんよく知っていたのである。

先生は、しんぼうづよく待った。待てば待つほど沈黙が深まった。しかし、こうした沈黙というものは、ある程度《ていど》以上に深まるものではない。またそうながくつづくものでもない。というのは、だれも自分の考えを深めるために沈黙しているのではなく、ただ沈黙のやぶれるのをおたがいに待っているにすぎないような沈黙でしか、それはないのだから。——このことについても、先生は決して無知ではなかったのである。

事実、三分とはたたないうちに、沈黙に倦怠《けんたい》を感じたらしい視線《しせん》が塾生たちの間にとりかわされはじめた。すると、その視線にはげまされたように、ひとりの塾生が口をきった。

「ぼくは第五室ですが、さっき板木《ばんぎ》が鳴るまで真剣《しんけん》に話しあってみました。しかし、話がばらばらになって、まだ、まとまった案が何もできていないのです。ほかの室はどうでしょうか。」

いくぶん気がひけるといった調子で、そういったのは、塾生中での最年長者でもあり、郡の連合青年団長でもあるというので、次郎が気をきかして、大河無門《おおかわむもん》と同室に割り当《わ あ》てておいた、飯島好造《いいじまこうぞう》という青年だった。職業は農業となっていたが、農村青年らしい風はどこにもなく、つやつやした髪《かみ》を七三《しちさん》にわけて、青白い額《ひたい》にたらし、きちんと背広《せびろ》を着こんだところは、どう見ても小都会のサラリーマンとしか思えなかった。

本人が第五室といったので、朝倉先生もすぐ思いあたったらしく、名簿《めいぼ》を見ながら、たずねた。

「飯島君だね。」

「ええ。」

飯島は、自分の存在がすでに塾長《じゅくちょう》にみとめられているのを知って、ちょっと意外に感じたらしかったが、つぎの瞬間《しゅんかん》には、もう、いかにも得意《とくい》らしくあたりを見まわし、自分をみんなに印象づけようとするかのような態度を見せていた。

朝倉先生は、その様子を見まもりながら、

「そりゃあ、二時間や三時間のわずかな時間で、ここの生活全体についての案をまとめあげるわけには行かないだろう。しかし、部分的なことで、こんなことをぜひやってみたいというような希望なら、何か一つや二つはまとまりそうなものだね。」

「それがなかなかそうはいかないんです。」

と、飯島は、もうすっかりなれなれしい調子になり、

「何しろ、責任をもって話をまとめる中心がないんでしょう。ですから、ただめいめいにわいわいしゃべるだけなんです。中には、手紙を書いたり、雑誌をよんだりして、話に加わらないものもありますし……」

「なるほど。」

と、朝倉先生は、飯島の言うことを肯定《こうてい》するというよりは、むしろさえぎるように言って、眼《め》をそらした。そしてちょっと思案《しあん》したあと、

「ほかの室《へや》はどうだね。」

返事がない。塾生たちの大多数は、ただにやにや笑っているだけである。次郎は、第一室の一団に眼をやったが、気のせいか、どの顔も変に緊張《きんちょう》しているように思えた。

「どの室も、やはり同じかな。」

と、朝倉先生は微笑《びしょう》しながら、

「すると、わずか六人の共同生活でも、だれか中心になる人がいないと、うまく行かないという結論になるわけだね。」

みんなの中には、それを自分たちに対する非難《ひなん》の言葉とうけとって、頭をかいたものもあった。しかし、大多数は、それがあたりまえだ、といった顔をしている。とりわけ、飯島の顔にそれがはっきりあらわれていた。かれはいくらか抗議《こうぎ》するような口調《くちょう》で言った。

「ぼくは、中心のない社会なんて、まるで考えられないと思います。おたがいに協力することは、むろんたいせつですが、みんなが平等の立場でそれをやったんでは、どんな小さな社会でも、まとまりがつかなくなってしまうのではないでしょうか。」

「大事な問題だ。そういうことを理論と実生活の両面から、もっと深く掘《ほ》りさげて行くとおもしろいと思うね。平等という言葉なんかも、うかうかとは使えない言葉だし……しかし、そうした研究は、ゆっくり時間をかけてやることにして、とりあえず必要なことは、あすからの生活を具体的にどうやっていくかだ。まがりなりにもその生活計画がたたなくては、まるで動きがとれないのだから、さしあたり必要なことだけでも、きめておこうじゃないか。」

「そんなことは、先生のほうでびしびしきめていただくほうが、めんどうがなくていいんじゃありませんか。」

「めんどうがない？　なるほどめんどうはないね。しかし、みんなでめんどうを見るのが、ここの生活ではなかったのかね。」

「しかし、それでは、時間ばかりくって、実質的なことが何もできなくなってしまうと思うんです。」

「何が実質的なことか、それも問題だ。君が時間のむだづかいだと考えていることに、あんがい人間としての実質的な修練《しゅうれん》に役だつことがないとも限らんからね。しかし、そんなこともおいおい考えることにしよう。そこでさっきの話だが、どの室《へや》でもわずか六人の話しあいが、今のままでは、うまくいかないということだったね。」

「そうです。」

「各室だけの話しあいさえうまくいかないようでは、これだけの人数の共同生活が成りたつ見込《みこ》みは絶対になさそうだ。だから、まず、第一にその問題から解決してからなければならないが、それはどうすればいいのかね。」

「室長といったものをきめさえすれば、何でもなく解決するんじゃありませんか。」

飯島は、いかにも歯《は》がゆそうに言った。

「そう。まあ、そんなことかな。室長というものが、はたしてどの程度に必要なものか、あるいは、六人ぐらいの人数では、これからさき君たちの生活のやり方次第《しだい》で、その必要がないということになるかもしれん。しかし、さっきの話のようだと、少なくとも現在のところは、それをきめておいたほうがいいらしいね。で、どうだ、さっそく今《こん》夜《や》のうちにそれをきめることにしては？」

むろん、どこからも反対意見は出なかった。朝倉先生は、しばらくみんなの顔を見まわしていたが、

「では、懇談会が終わったら、すぐ各室で相談してきめてくれたまえ。それがまとまらないなんて言ったら、今度は、君らの恥《はじ》だよ。君ら自身でそうすることにきめたんだから。」

みんなが笑った。その笑いの中から、

「投票《とうひょう》で選挙《せんきょ》するんですか。」

「そんなことは、私にきいたってわからない。君らの室長を君らできめるんだから。」

朝倉先生は、くそまじめな顔をしてこたえた。それから、

「これで、生活設計の大事な一つである組織が、どうなりきまったわけだ。各室《へや》が室長を中心に小さな共同社会を作る。それが集まって、塾全体の共同社会ができる。その中心は塾長である私。それでいいね。」

みんなは、また笑いだした。なあんだ、そんなことが生活設計か、という意味の笑いらしかった。すると朝倉先生は、それをとがめるように、きっとなって言った。

「君らは、そんなことはあたりまえだ、今さら生活設計だの何だのと言ってさわぐことはない、と考えているかもしれない。しかし、これは大事なことだ。だれかにきめてもらった組織と、自分たちでその必要を感じて作った組織とは、全然意味がちがうからね。君らは、君ら自身の幾時間《いくじかん》かの体験によって、室長の必要を感じ、その制度を作り、その人選をすることになった。そうしてできあがった室長は、よかれあしかれ、君ら自身のものだ。したがって室長の言動に対しては君ら自身が責任を負《お》わなければならない。そういったぐあいに、すべてを自分のものにしていくところに、おたがいの生活設計の意義があるんだ。何も世間《せけん》をあっと言わせるような、珍《めずら》しい生活形式を強《し》いて作りだそうというのではない。形式は、むしろ平凡《へいぼん》なほうがいい。その平凡な形式を、ほんとう

に自分のものにして、内容を深めていこうというのが、ここの生活のねらいなんだ。どうか、そのつもりで、奇抜《きばつ》な案でなければいけないだろう、などという考えにとらわれないで、実際君らが、君ら自身の生活に必要だと思っていることを、正直《しょうじき》に提案してもらいたいと、私は思っている。そこで、――」

と、先生は、次第《しだい》にやわらいだ顔になり、

「組織については、むろんまだほかにいろいろ工夫《くふう》しなければならないことがあるだろう。しかし、さしあたっては、室長と塾長とがあれば、どうにかやっていける。ところで、さっそく困るのは、明日からの行事だ。何時に起きて何時にねて、その間に何をするのか、とりあえず明日一日のことだけでもきめておかないと、まったく動きがとれない。それについて、君らに何か考えはないかね。」

「先生！」

と、かなり激昂《げっこう》したような声が、みんなの耳をいきなり刺激《しげき》した。それは次郎の耳にはききおぼえのある、しゃがれた声だった。

「そんなことまで、みんなで相談してきめるんですか。」

みんなの視線が一《いっ》せいにそのほうにあつまった。頰骨《ほおぼね》の高い、眉《まゆ》の濃《こ》い、いくらか南洋の血がまじっていそうな顔だちの、二十四、五歳《さい》の青年が、膝《ひざ》に両腕《りょううで》を突《つ》っぱり、気《き》味《み》のわるいほど眼をすえて、朝倉先生を見つめている。

「むろんそうだよ。みんなの生活は、みんなで相談してきめるよりしかたがないだろう。」

朝倉先生はしずかにこたえた。

「しかたがあると思うんです。」

「どういう方法があるかね。」

「ここは塾堂でしょう。そして先生はその塾長でしょう。」

「そうだ。それで?」

「先生には、何もご方針はないのですか。」

「方針はあるとも。それは、今朝ほどから、くりかえし話したとおりだ。」

青年は、つぎの言葉にちょっとまごついたようだったが、

「ああいうことがご方針なら、それはわかりました。しかし、毎日の行事まで、ぼくたちに相談してきめるなんて、あんまり無責任じゃありませんか。」

「無責任? これはきびしいね。」

朝倉先生は、そう言って苦笑《くしょう》したが、

「そりゃあ、私のほうでも、一通《ひととお》りの案は作ってあるよ。君らの相談が行きづまった

り、あんまり無茶《むちゃ》だったりする時の参考にするつもりでね。だから、君が思っているほど無責任ではないつもりだ。」

「案があったら、そのとおりに実行してください。ぼくたちは、うんと鍛《きた》えていただくつもりで、わざわざ田舎《いなか》から出て来たんですから、先生の案がどんなにきびしくても、決して驚《おどろ》かないつもりです。」

「いい覚悟《かくご》だ。」

と、朝倉先生は相手の顔から眼をはなして、塾生名簿を見ながら、

「君は何室だったかね。」

「第一室です。」

「名前は？」

「田川大作《たがわだいさく》。」

田川の返事は、しだいにぶっきらぼうになっていった。

名簿には、「熊本県、二十六歳、村農会書記、村青年団長、農学校卒」とあり、備考《びこう》欄《らん》に、「歩兵伍長《ごちょう》、最近満州より帰還《きかん》」とあった。塾生たちも、しきりに名簿と本人の顔とを見くらべた。本人は、しかし、それでてれた様子はすこしもなく、相変《あいか》わらず力《りき》みかえって、朝倉先生の顔を見すえていた。

朝倉先生は、名簿から眼をはなして、田川と視線をあわせながら、

「君の覚悟は、なるほどいい覚悟だが、しかし、そういう覚悟は、何かとくべつの場合の覚悟で、日常の生活を建設するための覚悟ではないようだね。第一、自分というものをあまりに軽《かろ》んじすぎている。というよりは、自分の力を惜《お》しみすぎている、と言ったほうが適当かもしれないがね。」

「それはどうしてです？　ぼくは――」

と、田川は、ふるえる唇《くちびる》をつよくかんだあと、

「ぼくは軍隊生活をやって来た人間ですが、自分の力を出しおしみしたことなんか、一度だってなかったんです。これからもないつもりです。ぼくは、今日、平木中佐殿《どの》が言われたように、なにごとにでも死ぬ覚悟でぶっつかるつもりでいるんです。なまぬるいことは、ぼく、大きらいです。」

「よろしい。私は、だから、それはそれとしていい覚悟だと言っているんだ。しかし、君はだれかに鍛《きた》えてもらうことばかり考えて、自分で自分を鍛える努力を惜しんでいるんではないかね。」

「そんなことはありません。ぼくは、自分を鍛えたいと思ったからこそ、自分で希望して、わざわざ遠い田舎からこんなところにも出て来たんです。」

「しかし、自分の生活のことを自分で考えてみようともしないで、人に計画してもらおうとしているんだろう。それで自分の力を惜しんでいないといえるかね。」

田川は返事に窮《きゅう》したらしく、黙《だま》りこんだ。しかし、心で納得《なっとく》したようには、すこしも見えなかった。かれは、それまで膝の上に突っぱっていた両腕を組んで、天井《てんじょう》を仰《あお》いだ。

朝倉先生は、注意ぶかくその様子を見まもっていたが、

「田川君――」

と、ものやわらかな、しかし、どこかに重みのある声で呼びかけた。

「君の気持ちは、私にはわからんことはない。大いに鍛練《たんれん》されるつもりで、はるばるやって来て、ちっとも鍛練してもらえないとなったら、そりゃあ腹もたつだろう。無理はないよ。しかし、君がのぞんでいるような鍛練なら、君はもう軍隊生活で、十分うけて来たんではないかね。」

天井をにらんでいた田川の眼が、やっと朝倉先生のほうにもどって来た。しかし返事はしない。朝倉先生は、すこし考えてから、

「どうも、君と私とでは、鍛練という言葉の意味が、まるでちがっているようで、そこいらに君の不平の原因もあるようだが、自分たちの生活を自分たちで築《きず》きあげる能力を養《やしな》うことも、一つの鍛練だと考えて、ここでは一つ、そういった意味での鍛練に精進《しょうじん》

してみる気にはなれないかね。」

田川の顔には、冷笑に似たものが浮《う》かんだだけだった。

「やはり納得《なっとく》が行かないようだね。」

と、朝倉先生はちょっと眼をふせたが、すぐ何か決心したように、

「じゃあ、君にたずねるが、君は、私のほうできめたことなら、それにどんな無理があっても、無条件に従う気なんだね。」

「そうです。それがぼくたちの鍛練のためでさえあれば、喜んで従います。」

「もし、私が、明日からの起床《きしょう》は午前三時、就寝《しゅうしん》は午後十一時ときめたとしたら?」

田川は、かなりめんくらったらしく、眼玉《めだま》をきょろつかせたが、すぐ決然として、

「むろん、その通りにします。」

「よく考えてから、答えてくれたまえ。睡眠《すいみん》時間はわずかに、四時間だよ。」

「いいんです。覚悟をきめたら、がまんできないことはありません。ナポレオンは四時間しかねなかったんです。」

「なるほど、ナポレオンはそうだったそうだね。」

と朝倉先生は微笑しながら、

「しかし、一日や二日はがまんできるだろうが、一か月半もの期間、はたしてできる

かね。」

「できます。」

「君はできても、ほかの諸君《しょくん》はどうだろう。」

「そうきまったら、その覚悟をするほかはありません。それが共同生活です。」

「ふむ、なるほどそれが共同生活か。しかし、そう無理をしては、病人が出るかもしれないね。」

「そんなことで病気になるのは覚悟が足りないからです。」

「かりに君らの覚悟次第《しだい》で病人は出ないとしても、飯島君がさっき言った実質的なことがお留守《るす》になる心配はないかね。」

「それも覚悟次第です。」

田川は、追いつめられて、何もかも「覚悟」でかたづけたが、もうすっかりやけ気味《ぎみ》らしかった。朝倉先生は、それ以上、深追《ふかお》いすることを思いとまって、しばらくじっと田川の顔を見つめていたが、

「君、片意地《かたいじ》になっては、いけないよ。それじゃあ、ちっとも君自身の心の鍛練にはならない。とかく世間では、意地をはって心にもないやせがまんをするのを、鍛練だと思いがちだが、それは鍛練の本筋《ほんすじ》ではない。鍛練の本筋は、すなおな気持ちになって、

道理《どうり》に従っていく努力を積むことなんだよ。君にはその大事な本筋が、まだわかっていないんじゃないかね。……いや、君だけじゃない。私の見るところでは、今の日本人の大多数に、それがわかっていないらしい。そのために、日本は今、国全体として変に力《りき》みかえり、意地をはって、非常な無理をやっている。国の内でも外でも、意地をはり、無理をやることが、日本の生きて行くただ一つの道でもあるかのような考え方で、すべてのことが運ばれているんだ。だから、自然、君らも、鍛練といえば、すぐ、意地をはったり無理をやったりすることだ、というふうに考えたがるのかもしれないが、しかし、そうした傾向《けいこう》は、日本にとって決して喜ぶべき傾向ではないよ。私は、そうした傾向から、おそろしい結果が近い将来に生じて来やしないかと、それをいつも心配しているぐらいなんだ。私が、こうして、及《およ》ばずながら、この塾の責任をひきうけているのも、せめては、ここに集まって来る青年諸君だけにでも、すなおな、道理にかなった共同生活の建設に努力してもらって、その体験をとおして、いくらかでもそうした危険な傾向を阻止《そし》してもらいたいためなんだ。わかってもらえるかね。」

朝倉先生は、しだいに、しみじみとした調子になっていった。田川も、さすがに、それでいくらか心を動かされたらしく、もう、あからさまな反抗的《はんこうてき》態度は示していなかった。しかし、何かまだ腑《ふ》におちないところがあるのか、ちょっと首をふっただけで、やはり返事はしなかった。

するると、それまで、窓の近くにいて、腕をくみ、眼をつぶり、何か深く考えこんでいるらしく見えていた一人の青年が、急に眼を見ひらいて、言った。

「ぼくは、先生のおっしゃることが、やっと、どうなりわかったような気がします。しかし、ずいぶんむずかしい生活ですね。」

どちらかというと、青白い顔の、知性的な眼をした、しかし十分労働できたえたらしい、がっちりした体格の持ち主だった。

「第三室の青山敬太郎《あおやまけいたろう》君です。」

次郎が朝倉先生に小声《こごえ》で言った。

青山の推薦者《すいせんしゃ》から塾堂に来た手紙によると、かれは二十三歳の若さで、弘前《ひろさき》の郊外に、相当《そうとう》大きなりんご園を経営しており、しかも、そのりんご園の中に、私財を投じて、付近の青年たちのために小さな集会所を建て、毎晩《まいばん》のように、自分もいっしょになって読書会や農業研究会などをやっている、とのことであった。そのせいで、大河無門とともに最初から次郎の注目をひいていた一人だったのである。

朝倉先生は、青山の青年集会所のことが簡単《かんたん》に名簿の備考欄に書きこまれてあるのに目をとおしながら、何度《なんど》もうなずいていたが、

「むずかしいっていうと？」

「強制されないでうまくやっていくほど、むずかしいことはないと思うんです。」

「しかし、強制されないとやれないほど、むずかしいことをやろうというんではないよ。」

「ええ、それはわかっています。」

「常識をはたらかせさえすれば、だれにもできる生活をやろうというんだから。こんなやさしいことはない、とも言えると思うがね。」

「しかし、常識をはたらかせると言っても、ふまじめではこまるんでしょう。」

「そりゃあむろんさ。まごころのこもった常識でなくちゃあ――」

「そのまごころのこもった常識というのが容易《ようい》ではないとぼくは思うんです。常識的な、平凡《へいぼん》なことをやる時ほど、人間はふまじめになりがちなものですから。」

「うむ。」

と、朝倉先生は大きくうなずいて、

「たしかに、君の言うとおりだ。その点では、ここの生活は非常にむずかしい。これまで、鍛練というと、とかく常識はずれのことばかりが考えられて、まともな日常生活に必要な常識を、まごころをこめてはたらかすための鍛練ということは、ほとんど忘れられていたようだが、実は、一ばんたいせつで、しかも一ばんむずかしいのは、そうした鍛練なんだ。そのたいせつでむずかしい鍛練を、これから君らおたがいの間でやってもらおうというのが、ここの生活の目的なんだから、そういう意味で、君がここの生活をむずかしいと言ったのは、ほんとうだ。しかし、そこに気がついて、そのつもりで努力する気になってさえもらえば、もうほかにむずかしいことはないだろう。特別にすぐれた能力がなくても、常識のある人間なら、だれにだってできる生活なんだからね。この生活を甘《あま》く見てもらっても困るが、おびえる必要もないよ。」

塾生たちの表情は、さまざまだった。次郎は、その一人一人の顔を注意ぶかく観察していたが、先生の言ったことを十分理解したのは、青山のほかには大河無門だけではないかという気がした。

朝倉先生は、そこでちょっと腕時計《うでどけい》をのぞいたが、

「話がついいろんなことにとんだが、しかし、むだではなかったようだね。ところで、かんじんの明日からの行事計画に、まだちっとも目鼻《めはな》がついていないが、どうだね。ここいらで話を具体的なことにもどしては？　もし君らのほうに特別な案がなければ、私のほうから話のきっかけを作る意味で、それを出してみてもいいが。」

「どうかお願いします。」

飯島がまっさきにこたえた。つづいて同じような答えがほうぼうからきこえた。飯島はそれにつけ足すように言った。

「はじめからそうしていただくと、むだな時間がはぶけてよかったんですがね。」

朝倉先生は、あっけにとられたように飯島の顔を見た。それから、ちょっと皮肉《ひにく》らしい苦笑《くしょう》をうかべながら、

「なるほどね。しかし、君らにうのみにされて、あとで腹いたでも起こされては困ると思ったものだからね。」

塾生たちの中に笑ったものがあった。しかし、それはほんの二、三人にすぎなかった。大多数は先生の言った皮肉の意味が、まだ、まるでわかっていないかのような、まじめくさった顔をしていた。飯島もやはりその一人だった。

朝倉先生は、ちょっとため息《いき》をついたあと、

「では、まず起床と就寝の時刻からきめていこう。これは、まさか、午前三時に起きて午後十一時にねる、というわけにはいくまいね。それとも、鍛練のつもりで、やってみるかね。」

「わあっ！」

塾生たちは、一せいにどよめいて、頭に手をやった。田川も、さすがに苦笑しながら、

頭をかいている。

「みんな不賛成らしいね。すると、何時が適当かな。」

「先生の原案はどうなんです。」

飯島がまた原案を催促《さいそく》した。

「これぐらいは、私から原案を出さなくても、何とかまとまりそうなものだね。」

「しかし、みんなで相談していたら、起床はなるだけおそいほうがいいということになりゃあしませんか。」

「あるいは、そういうことになるかもしれないね。極端《きょくたん》にいうと、十時起床ということになるかもしれない。」

「かりにそうなるとしたら、それでもいいんですか。」

「君自身はどう思う？　私の意見より、まず君自身の意見からききたいね。」

「ぼくは、むろん、いけないと思います。」

「君のまじめな常識がそれを許さないだろう。」

「そうです。」

「そうだとすると、みんながまごころをこめて常識をはたらかしさえすれば、落ちつくべきところに落ちつくんではないかね。」

「そうなればいいんですが、実際は、やはり、なるだけおそくということになりそうに思うんです。」

「その実際を、おたがいに鍛《きた》えあうのが、ここの生活だろう？」

「はあ。しかし、それには、先生のほうからもいくらかの強制を加えていただかないと――」

「やはり強制が必要だというのかね。それじゃあ話はまた逆もどりだ。」

朝倉先生は、手にもっていた塾生名簿を畳《たたみ》のうえになげだして、腕をくんだ。そして、かなりながいこと、眼をつぶってだまりこんでいたが、やがて眼をひらくと、ちょっと飯島のほうを見たあと、みんなの顔を見まわして言った。

「強制されると、どんな不合理なことにでも盲従《もうじゅう》する。おたがいの相談に任《まか》されると、なまけられるだけなまける工夫をする。もしそういうことが人間にとってあたりまえのことだとして許されるとすると、いったい人間の自主性とか良心とかいうものは、どういう意味をもつことになるんだ。いや、いつになったら、人間はおたがいに信頼《しんらい》のできる共同生活を営《いとな》むことができるようになるんだ。」

先生の言葉の調子は、はげしいというよりは、むしろ悲痛《ひつう》だった。

「私は、君らを、良心をもった自主的な人間としてここに迎《むか》えた。だから、かりに君ら自身が、君らを機械のように取りあつかってくれとか、犬猫《いぬねこ》のようにならしてくれとか、私に要求したとしても、私には絶対にそれができない。私は、あくまで、君らが人間であることを信じ、君らに人間としての行動を期待するよりほかはないのだ。むろん私も、人間の世の中に、強制の必要が全然ないとは思っていない。弱い人間にとっては、やはりそれが必要なこともあるだろう。時には、それが弱い人間を救う唯一《ゆいいつ》の方法である場合さえあるのだ。それは私にもよくわかっている。しかし、私は、君らがこの塾堂の生活にもたえないほど弱い人間であるとは思っていないし、また思いたくもない。だから、私は、君らが何かの強制力にたよるまえに、まず君ら自身の良心にたより、人間として、君らの最善をつくしてもらいたいと思っているんだ。君らが、ほんとうにその気になりさえすれば、少なくとも、この塾堂の生活ぐらいは、何の強制もなしに運営していけるだろうと、私は信じている。君ら自身も、人間であるからには、そのぐらいの自信は持っていてもいいだろう。いや、持っていなければならないはずなのだ。もし君らに、それだけの自信、――人間としてのそれだけの誇《ほこ》りも持てないとすると、私としては、もう何も言うことはない。明日からの行事計画をたてることも、まったく必要のないことだ。……どうだ、飯島君、やはり強制がなくてはだめかね。」

「わかりました。」

飯島は、いくぶんあわて気味《ぎみ》にこたえた。それだけに、いかにも無造作《むぞうさ》な、たよりない答えだった。

「田川君は、どうだね。」

田川は、それまで、眉根《まゆね》をよせ、小首《こくび》をかしげて、いやに深刻《しんこく》そうに畳《たたみ》の一点を見つめていたが、だしぬけに自分の名をよばれて、飯島とはちがった意味で、あわてたらしかった。しかし、かれはすぐにはこたえなかった。こたえるかわりに、何度も小首を左右にかしげ直し、するどい眼で畳をにらみまわした。それから、朝倉先生のほうをまともに見て、そのしゃがれた声をとぎらしがちにこたえた。

「ぼく……もっと……考えてみます。」

「もっと考える？　ふむ。腑《ふ》に落ちなければ、腑に落ちるまで考えるよりないだろう。自分で考えないで、人の言うことをうのみにする生活なんて、まるで意味がないからね。」

朝倉先生は、そう言って微笑した。そして、それ以上口で説《と》きふせることを断念した。いずれはこれからの生活体験が、徐々《じょじょ》にかれらを納得させるだろう、というのが先生のいつもの信念だったのである。

「田川君のほかにも、まだよく納得がいかないでいる人がたくさんあるだろうと思うが、そうした根本問題《こんぽん》については、これから何度でもむしかえして話しあう機会があるだろう。そこで、それはいちおう未解決のままにして、ともかくも具体的な問題にはいることにしよう。じゃあ、時間もおそくなったし、私のほうから案を出すことにするよ。」

先生は、そう言って、次郎に目《め》くばせした。次郎は待ちかまえていたように、自分のそばに置いていた紙袋《かみぶくろ》から、ガリ版の印刷物をとり出して、みんなに配布した。

それには、組織や、講義科目や、諸行事の時間割など、必要な諸計画が一通《ひとと》りならべられていたが、そのどの部分を見ても常識からとびはなれたようなことは一つもなかった。塾堂と名のつくところでは、そのころほとんどつきもののようになっていた「みそぎ」とか、「沈黙《ちんもく》の労働」とか、およそそういった、いわゆる「鍛練《たんれん》」的な行事がまったく見当たらないのは、むしろみんなには、ふしぎに思われたくらいであった。五時半起床というのが、二月の武蔵野《むさしの》では、ちょっとつらそうにも思えたが、それも青年たちにとっては、決しておどろくほどのことではなかった。むしろかれらをおどろかしたのは、生活にうるおいを与《あた》えるような行事が、かなりの程度に、織《お》りこまれていることであった。とにかく、見る人が見れば、日常生活を深め高める目的で、すべてが計画されているということが明らかであった。

相談は安易《あんい》にすぎるほど、すらすらとはこび、ほとんど無修正だった。特異《とくい》な行事を期待していた塾生たちにとっては、多少物足《ものた》りなく感じられたらしかったが、そのために、これという強硬《きょうこう》な主張も出なかった。最も多く発言したのは飯島だった。しかし、それも、自分の存在を印象づける目的以上の発言ではなく、たいていは原案賛成の意見をのべ、同時に進行係をつとめるといったふうであった。田川は、はじめから終りまで、一言《ひとこと》も口をきかなかった。

ただ、組織に関することで、室《へや》編成のほかに、生活内容の面から、いろいろの部が設《もう》けてあり、全員が期間中に、一度はどの部の仕事も体験するという仕組みになっていたので、その運営の方法や、人員の割《わ》り当《あ》てなどについて、いろいろの質問が出、その説明に大部分の時間がついやされたのであった。

就寝《しゅうしん》は九時半、消灯《しょうとう》十時ときまったが、懇談会を終わったときには、すでに九時半をすぎていた。

解散するまえに、朝倉先生が言った。

「これで、ともかくも、ここの生活設計がおたがいのものとしてできあがった。おたがいのものとしてできあがった以上、それがうまくいかなければ、おたがいの責任だ。むろんこの設計は、明日からのすべり出しに、いちおうのよりどころを与えたまでで、これが最上のものであるとは保証できない。だから、だんだんやっていくうちに、不都《ふつ》合《ごう》な点があれば、いつでも修正しようし、また、新しい案が出て、それがいいものであれば、どしどしとり入れて行くことにしたい。そういうことをやるのも、やはりおたがいの責任だ。あらためて言うが、友愛と創造、この二つを精神的基調《きちょう》として、これからのおたがいの生活を、すみからすみまで磨《みが》きあげ、いきいきとした、清らかな、そして楽しいものに育てあげていきたいと思う。」

そのあと、就寝前の行事として、最初の静坐《せいざ》がはじまった。塾生たちは、各室ごとに、きちんと縦《たて》にならび、朝倉先生の指導にしたがってその姿勢《しせい》をとった。

次郎は足音をたてないように、みんなの間をあるきまわり、いちじるしく姿勢のわるいのを見つけると、それをなおしてやった。

まっさきにかれの目についたのは、田川だった。田川はいやに胸を張り、軍隊流の不動の姿勢でしゃちこばっていた。そして、次郎が肩《かた》から力をぬかせようと、どんなに骨をおっても、なかなかそうはならなかった。これに反して、飯島は最初から、ごく器用に正しい姿勢をとっていた。もしかれが、おりおりうす目《め》をあけて朝倉先生の顔をのぞくようなことさえしなかったら、かれの静坐は、塾生の中でも、最もすぐれた部類に属していたのかもしれなかったのである。

静坐は十分足らずで終わった。

次郎は、いつになくつかれていたが、床《とこ》についてからも、なかなか寝《ね》つかれなかった。

六　板木《ばんぎ》の音

コーン、コーン、――コーン、コーン。

凍《こお》りついたような冷たい空気をやぶって、板木が鳴りだした。そとはまだ、真っ暗である。白木綿《しろもめん》の、古ぼけたカーテンのすき間《ま》から、硝子戸《ガラスど》ごしに、大きな星がまたたいているのが、はっきり次郎《じろう》の眼《め》に映《うつ》った。

かれは、あたたかい夜具《やぐ》をはねのけ、勢いよく起きあがって、電灯《でんとう》のスウィッチをひねった。その瞬間《しゅんかん》、枕時計《まくらどけい》がジンジンと鳴りだした。きっかり起床時刻《きしょうじこく》の五時半である。いそいで、寝巻《ねまき》をジャンパーに着かえ、夜具を押《お》し入《い》れにしまいこむと、ぞんぶんに窓をあけた。風はなかったが、そとの空気が、針先《はりさき》をそろえたように、顔いっぱいにつきささった。

かれは、そのつめたい空気の針をなぎ払《はら》うように、ばたばたと部屋《へや》じゅうにはたきをかけはじめた。

開塾《かいじゅく》中は、次郎は、朝倉《あさくら》先生夫妻だけを空林庵《くうりんあん》に残して、本館の事務室につづく畳《たたみ》敷《じ》きの小さな部屋に、ひとりで寝起きすることにしているのである。

次郎がはたきをかけおわり、箒《ほうき》をにぎるころになっても、ほかの部屋は、まだどこもひっそりと静まりかえっていて、板木の音だけが、いつまでも鳴りつづけていた。

かれは、むろん、そのことに気がついていた。しかし、べつに気をくさらしてはいなかった。毎回開塾の当初はそうだったし、時刻どおりに板木が鳴ることさえ珍《めずら》しかったので、今朝《けさ》の板木当番の正確さだけでも上《じょう》できだぐらいに思っていたのである。

かれは、掃除《そうじ》をしながら、根気よく鳴りつづけている板木の音に、ふと好奇心《こうきしん》をそそられた。それは、鳴りはじめた時刻がきわめて正確だったからばかりでなく、その音の調子に何かしら落ちつきがあり、しかも、いつまでたってもそれが乱《みだ》れなかったからであった。

（最初の朝の板木の音が、こんなだったことは、これまでにまったくないことだ。だれだろう、今朝の当番は？）

そう思ったとき、自然に、かれの眼にうかんで来た二つの顔があった。大河無門《おおかわむもん》の顔と、青山敬太郎《あおやまけいたろう》のそれだった。ゆうべの懇談会《こんだんかい》の様子《ようす》から判断して、こんな落ちついた板木《ばんぎ》の打ちかたのできるのは、おそらくこの二人のほかにはないだろう。そして、第一週の管理部の責任をひきうけたのは第五室だったのだ。――そこまで考えると、かれはもう、今朝の板木が大河の手で打たれていることはまちがいないことだと思った。

かれは、自分の部屋の掃除をすますと、そっと事務室との間の引き戸をあけた。いつもなら、そのあとすぐ事務室の掃除にとりかかる順序だったが、しばらく敷居《しきい》のところに突《つ》っ立《た》って耳をすました。それから、足音をしのばせるようにして入り口に近づき、ドアを細目《ほそめ》にあけて、板木のほうに眼をやった。板木は、事務室前の廊下《ろうか》と中廊下との角に、斜《なな》め向《む》きにかかっていたのである。

板木を打っていたのは、はたして大河無門だった。シャツにズボンだけしか身につけていず、足袋《たび》もはいていなかった。しかし、べつに寒そうなふうでもなく、両足をふんばり、頭から一尺《いっしゃく》ほどの高さの板木を、近眼鏡の奥《おく》から見つめて、いかにも念入《ねんい》りに、ゆっくりと槌《つち》をふるっていた。

次郎は、思いきりドアをあけ、

「おはようございます。」

とあいさつして、大河に近づいた。

大河は、その時、ちょうど槌をふりあげたところだったが、それを打ちおろしたあと、ちらと次郎のほうを見て、あいさつをかえした。

そして、そのまま、すこしも調子をかえないで、また槌をふるいつづけた。

「もういいでしょう。ずいぶんながいこと打ったんじゃありませんか。」

次郎が、寒そうに肩《かた》をすくめながら、言うと、

「ええ、でも、まだだれも起きた様子がないんです。」

と、大河は槌をふるいながら、こたえた。

「しかしもう眼はさましていますよ。」

「そうでしょうか。」

「きっとさましていますよ。どの室《へや》にも、眼をさましているものが、もう何人かはあるはずです。」

大河は、それでも同じ調子で打ちつづけながら、

「いつもこんなに起きないんですか。」

「ええ、はじめのうちは、いつもこんなふうですよ。五分や七分はたいていおくれます。」

「すると、起こしてまわるほうが早いですかね。」

「そうかもしれません。しかし、それはやらないほうがいいでしょう。板木で起きる

約束《やくそく》をしたんですから。」

「じゃあ、やはり打ちつづけるよりほかありませんね。」

「打ちやめると、それでかえって起きることもありますがね。」

「なるほど。……ふん。……そういうものですかね。……あるいはそうかもしれない。」

大河は、ひとりごとのように、そう言いながら、やはり打ちやめなかった。そして、相変《あいか》わらず板木《ばんぎ》に眼をすえ、

「ぼくたち、学生時代の学寮《がくりょう》生活を自治だなんていって、いばっていたものですが、本気にやろうとすると、実際むずかしいものですね。」

「ええ、結局は一人一人の問題じゃないでしょうか。」

「ぼくもそうだと思います。命令者に依頼《いらい》する代《か》わりに、多数の力に依頼するんでは、自治とは言えませんからね。」

次郎は大河の横顔を見つめて、ちょっとの間だまりこんでいたが、ふと、何か思いついたように、

「ちょっとぼくに打たしてみてください。」

大河は板木を打ちやめ、けげんそうに次郎のほうをふり向いて槌《つち》をわたした。次郎は、

すぐ大河に代わって板木を打ちだしたが、その打ちかたは、一つ一つの音が余韻《よいん》をひくいとまのないほど急調子で、いかにも業《ごう》をにやしているような乱暴《らんぼう》さだった。

大河は、あきれたように、その手《て》ぶりを見つめて立っていた。次郎は、しかし、それには気づかず、おなじ乱暴な調子で、つづけざまに三、四十も打つと、急にぴたりと手をやすめた。そして、半《なか》ば笑いながら、言った。

「板木を打つのは、もうこれでおしまいにしましょう。これで起きなければ、ほっとくほうがいいんです。」

ところで、かれの言葉が終わるか終わらないうちに、二、三の室《へや》から、急にさわがしい人声や物音《ものおと》が、廊下をつたってきこえだした。

「起きだしたようです。もうだいじょうぶですよ。」

次郎は、そう言って、槌を柱にかけ、事務室のほうにかえりかけた。すると、その時まで眉根《まゆね》をよせるようにしてかれの顔を見つめていた大河が、急に、真赤《まっか》な歯《は》ぐきを見せ、にっと笑った。そして、

「何だか、ひどく叱《しか》りとばされて、やっと起きた、といったぐあいですね。」

「はっはっはっ。」

次郎は愉快《ゆかい》そうに笑って、事務室にはいり、すぐ掃除《そうじ》をはじめたが、その時になって、

大河のにっと笑った顔と、そのあとで言った言葉とが、変に心にひっかかりだした。

塵《ちり》を廊下に掃《は》き出《だ》すと、かれはバケツに水を汲《く》んで来て、寝間《ねま》と事務室とに雑巾《ぞうきん》がけをはじめた。窓をすっかりあけはなった、まるで火《ひ》の気《け》のない、二月の朝の空気は、風がないためにかえってきびしく感じられた。これまでたびたび同じ経験をつんできたかれにとっても、仕事は決してなまやさしいものではなかった。どうかすると、手がしびれるようにかじかんで、雑巾が思うようにしぼれず、また、拭《ふ》いたあとの床板《ゆかいた》が、つるつるに凍ることさえあるのだった。かれは、しかし、二つの室《へや》をすみからすみまで、たんねんに拭きあげた。

もう、そのころには、廊下を行き来する塾生《じゅくせい》たちの足音も頻繁《ひんぱん》になり、ほうぼうから、わざとらしいかけ声や、とん狂《きょう》な笑い声などもきこえていた。ゆうべの懇談会で分担《ぶんたん》をきめ、かれら自身の室はもとより、建物の内部を、講堂《こうどう》や、広間《ひろま》や、便所にいたるまで、全部清掃《せいそう》することに申し合わせていたので、かれらも、まがりなりにも責任だけは、果たさなければならなかったし、それに、きびしい寒さと、おたがいの眼とが、かれらを、外見だけでも、いかにも忙《いそが》しそうな活動に駆《か》りたてていたのである。

次郎は、自分の責任である二つの室の掃除を終わると、すぐ便所掃除の手伝いに行った。これは、かれが助手として塾生活をはじめた当初からの、一つの誓《ちか》いみたようになっていたのである。

かれが、便所に通ずる廊下の角をまがると、一段さがった入り口のたたきの上に立って、何かしきりと声高《こわだか》にがなりたてている一人の塾生がいた。見ると飯島好造《いいじまこうぞう》だった。

「おはよう。ここは何室の受け持ちでしたかね。」

次郎は近づいて行って声をかけた。

「第五室です。僕《ぼく》たちで、最初にここを受け持つことにしたんです。」

飯島は、いかにも得意《とくい》らしくこたえた。

ゆうべの懇談会で、日々の掃除の分担は管理部で割《わ》りあて、毎晩就寝前《まいばんしゅうしんまえ》に、翌日の分を各室に通告するということにきまったのだったが、その管理部の責任を、最初の一週間第五室が負《お》うことになっている関係上、だれしもいやがる便所掃除を、まず手始めに自分たちで引きうけることにしたものであろう。それはそれで、むろんいいことにちがいない。しかしあたりまえ以上のいいことでもなさそうだ。――次郎は、つい、そんな皮肉《ひにく》な気持ちになったのだった。

しかし、つぎの瞬間《しゅんかん》に、かれの頭にひらめいたのは大河無門のことだった。かれは、すると、もう飯島の存在を忘れて、大河の姿《すがた》を便所のあちらこちらにさがしていた。

左右の窓の下に、小便つぼがそれぞれ七つほど並《なら》んでおり、そこを四人の塾生が二人ずつにわかれて、棒《ぼう》だわしで掃除していたが、その中には、大河の姿は見えなかった。

つきあたりに、大便所がこれも七つほどならんでいる。そのうちの、右はじの一つだけが戸が開いており、その少し手前の、たたきの上に、水をはったバケツが一つ置いてあるのが見えた。戸の開いた便所の内側は、電灯の光を斜《なな》めにうけているので、よくは見えない。しかし、だれか中で掃除をしていることだけはたしかだった。六人の室員のうち、飯島は入り口に立っており、両がわの小便所に二人ずつ働いているのだから、あとの一人は大河にきまっている。次郎は、そう思って、すぐ声をかけようとした。しかし、なぜか思いとまった。そして、入り口の横に板壁《いたかべ》にかけてあった便所用の雑巾《ぞうきん》を一枚とり、それをたたきの上のバケツの水にひたして、しぼったあと、大河のはいっているのとは反対のはじの大便所の戸をあけ、中にはいった。

飯島は、それまで、やはり入り口の階段に立って、何かと指図《さしず》がましい口をきいていた。しかし、次郎が雑巾をもって大便所の中にはいったのを見ると、さすがに気がひけたらしく、指図する言葉のはしばしがにぶりがちになり、何かしら気弱《きよわ》さを示していた。

「こんな寒い時には、ぐいぐいはたらくに限るよ。室長なんかになるもんじゃないね。」

じょうだんめかして、そんなこともいった。ゆうべ各室《へや》で就寝前に行なわれた互選《ごせん》の結果、かれは第五室の室長になっていたのである。

次郎は吹《ふ》きだしたい気持ちだった。同時に、心の中で思った。

（飯島のような人間はとうてい救えない。それにくらべると、田川大作《たがわだいさく》のほうはまだ見込《みこ》みがある。）

かれは、窓ガラス、窓わく、板壁《いたかべ》、ふみ板《いた》と、上から下へ、つぎつぎに拭《ふ》きあげて行きながら、おりおりそとをのぞいて飯島の様子に注意していた。そのうちに、飯島は急に何か思い出したように叫《さけ》んだ。

「あっ、そうだ。僕はここだけにへばりついていては、いけなかったんだ。」

そして、次郎のほうをちょっとぬすむように見ながら、

「第五室は、管理部として全体の責任を負っているんだからね。僕、一《ひと》まわりして、様子を見て来るよ。」

飯島は、そう言うと、いかにもあわてたように、あたふたと廊下に足音を立てて去った。

朝倉先生は、かつて次郎に、「現在の日本の指導層の大多数は、正面からはまったく反対のできないようなことを理由にして、自分たちの立場を正当化したがるきらいがあるが、そうしたずるさは、ひとり指導層だけに限られたことではないようだ。たいてい

の日本人は、何かというと、表面堂々《どうどう》とした理由で自分の行動を弁護《べんご》したり、飾《かざ》ったりする。しかも、それで他人をごまかすだけでなく、自分自身の良心をごまかしている。それをずるいなどとはちっとも考えない。これはおそろしいことだ。友愛塾《ゆうあいじゅく》の一つの大きな使命は、共同生活の実践《じっせん》を通じて、青年たちをそうしたずるさから救い、真理に対してもっと誠実《せいじつ》な人間にしてやることだ。」というような意味のことを、いったことがあったが、次郎は、便所の中から、飯島のうしろ姿を見おくりながら、その言葉を思いおこし、今さらのように、大きな困難にぶっつかったような気がしたのだった。

飯島の足音がきこえなくなると、小便所の掃除をしていた四人が、かわるがわる言った。

「ずいぶん、ちゃっかりしているなあ。」

「何しろ紳士《しんし》だからね。」

「郡の団長なんかやってると、あんなふうになるもんかね。」

「そりゃあ、あべこべだよ。あんな人だから、郡の団長なんかになりたがるんだ。」

「つぎは、そろそろ県会議員というところかね。」

「ふ、ふ、ふ。」

「そういうと、ゆうべの室長選挙も何だか変だったぜ。」

「はじめから、自分が室長だときめてかかっているんだから、かなわないよ。」

「心臓だね、じっさい。」

「その心臓に負けて、いやいやながら全員一致《いっち》の推薦《すいせん》をやったというわけか。」

「妙《みょう》なもんだね、選挙なんて。」

「選挙なんてそんなものらしいよ。どこでもたいていは心臓の強いのが勝っているんだ。」

「はっはっはっ。」

次郎は、そんな対話の中にも、友愛塾に課された大きな問題があると思った。そして、かれらの話がどう発展していくかを興味をもって待っていた。かれらは、しかし、笑ったあと、急に口をつぐんでしまった。次郎が大便所の中にいることをだれかが思い出して、みんなのおしゃべりを制止する合《あ》い図《ず》をしたものらしい。

次郎と大河とは、まもなく、それぞれに最初の大便所の掃除を終わって、となりの大便所に移っていた。まだだれも手をかけない大便所が、あいだに三つほどはさまっている。次郎は、さっきから、大河に話しかけてみたい気持ちは十分だった。しかし、遠くからのかけ合い話は、この場合、何となくぴったりしなかったし、また、雑巾《ぞうきん》をゆすぎに出たついでに、そっとのぞいて見た大河の様子が、いかにも沈黙《ちんもく》の行者《ぎょうじゃ》といった感銘《かんめい》をかれに与《あた》えていたので、口をきるのがよけいにためらわれるのだった。

そのうちに、小便所の掃除が終わったらしく、それにかかっていた四人のうちの三人が、とん狂《きょう》な笑い声をたてながら、大便所の掃除をはじめ、あとの一人が、たたきに水を流しはじめた。で、次郎は、二つ目の大便所の掃除をおわると、すぐそこを去って講堂のほうに行った。大河とは、ついに言葉をかわさないままだったのである。

講堂では、掃除はもうあらかた終わって、机《つくえ》や椅子《いす》の整頓《せいとん》にとりかかるところだった。そこは、第一室と第二室の共同の受け持ちだったらしく、田川大作や、青山敬太郎などの顔も見えていた。田川は、例のしゃがれた、激《はげ》しい号令口調《くちょう》で、ほかの塾生たちをせきたてながら、自分でも椅子や机を運んで敏捷《びんしょう》にたちはたらいていた。これに反して、青山の態度はきわめて冷静だった。かれは、田川の声には無頓着《むとんちゃく》なように、並《なら》べられて行く机の列をじっとにらんでは、そのみだれを正《ただ》していた。――二人とも、それぞれに室長に選ばれていたのである。

次郎が入り口に立って様子をながめていると、

「もうここはだいたいすんだようですよ。」

と、みんなにきこえるような声で言いながら、教壇《きょうだん》をおりてかれのほうに近づいて来た塾生があった。飯島である。次郎は思わず苦笑《くしょう》した。何かむかむかするものが、胸の

底からこみあげて来るような気持ちだった。しかし、かれはしいて自分をおちつけて、

「そうですね。」

と、なま返事をして眼をそらした。そして、そのまま、すぐそこを去り、塾長室のほうに行った。

塾長室の掃除は、朝倉先生夫妻が、空林庵《くうりんあん》の掃除をすましたあと、給仕《きゅうじ》の河瀬《かわせ》に手つだってもらって、自分たちの手でやることになっていたが、次郎も、都合《つごう》がつきさえすれば、手つだうことにしていたのである。

中にはいって見ると、もう掃除はすっかりすんでおり、河瀬がストーヴに火を入れているところだった。夫人は炊事場《すいじば》のほうにでも行ったらしく、朝倉先生だけが、まだあたたまらないストーヴのそばの椅子にかけて、手帳に何かを書き入れていた。

「どんなふうだね。」

先生は、次郎の顔をみると、手帳をひらいたまま、たずねた。

「はあ――」

と、次郎は笑いながら、

「例によって、指導者がいるようですね。」

「飯島なんかも、そうだろう。」

「ええ、とくべつ露骨《ろこつ》なようです。」

「田川はどうだい。」

「ちょっとその気があるようですが、軍隊式ですから、飯島とは質がちがいます。気持ちはあんがい純真《じゅんしん》じゃないかと思いますが……」

「そうかもしれないね。……それで、べつにこれまでと大して変わったこともなかったんだね。」

「ええ――」

と、次郎はちょっと考えていたが、

「今のところ、平木《ひらき》中佐《ちゅうさ》の影響《えいきょう》でどうこうというようなことは、全然ないように思います。」

「そりゃあそうだろう。それがあらわれるのはまだ早いよ。」

それから、朝倉先生は、何かおかしそうにひとりで笑っていたが、

「それに、今朝はずいぶん寒かったし、平木中佐どころではなかったんだろう。」

次郎は、すぐには、その意味がのみこめないで、きょとんとしていた。すると、先生は、

「こんな寒い朝に、死ぬ気になってみんながはね起きてくれると、平木中佐に感謝し

ても いいんだがね。」

二人は声をたてて笑った。次郎は、しかし、すぐ真顔《まがお》になり、

「けさの板木《ばんぎ》の音、どうでした？」

「最初の朝にしては、めずらしいことだったね。時刻が非常に正確だったし、それに、打ち方がちっとも寒そうでなかった。」

「先生もそうお感じでしたか。」

「感じたとも。あんな落ちついた打ち方は今日のような寒い朝には、なかなかできるものではないよ。」

「僕もそう思って、わざわざ廊下に出てみたんですが、当番は大河君だったんです。」

「なるほど。そうか。――しかし、大河にしちゃ惜《お》しかったね。おしまいごろにはかい、い、かんしゃくをおこしていたようだったが。」

「はあ――」

次郎はぎくりとして、うまく返事ができなかった。大河のにっと笑った顔と、その時言った言葉とがあらためて思い出されたのだった。かれはしばらく眼をふせていたが、

「おしまいのほうは、実は僕が打ったんでした。」

それから、ちょっと柱時計をのぞき、

「その時、実は大河君にいわれたこともあるんですが、あとでゆっくり先生に教えていただきたいと思っています。」

かれは、そう言うと、すぐおじぎをして、塾長室を出た。朝倉先生は無言《むごん》のまま、かれのうしろ姿を見おくっていた。

もうそのころには、塾生たちは、室内の掃除整頓《せいとん》をすべて終わって、最後に、廊下や、玄関《げんかん》や、そのほかの出入り口の掃除にかかっているところだった。むろんそうした掃除も、分担《ぶんたん》は一通《ひととお》りきまっていたが、厳密《げんみつ》には境界が定められないために、塾生たちはかなり入りみだれていた。

次郎は、すぐ、事務室の前から玄関にかけての掃除を手伝った。朝倉先生も、そのうちに塾長室から廊下に出て、みんなの様子を見ていたが、それもほんのしばらくで、すぐまた塾長室にもどり、椅子に腰《こし》をおろすと、そのまま何か深く考えこんでいた。

掃除がすっかりすみ、洗面その他を終わると、みんなは広間に集まって朝の行事をやることになったが、それまでには、起床からたっぷり四十分ぐらいはかかっていた。次郎が、これまで毎朝、空林庵の寝《ね》ざめに親しんで来た雀《すずめ》の第一声がきこえるのは、ほぼその時刻だったのである。

朝の行事は、まず室内体操にはじまった。それは友愛塾のために特に考案されたもので、その指導も指揮《しき》も次郎の役割《やくわり》だった。体操がすむと、朝倉先生の合い図で静坐《せいざ》に入った。これは就寝前の静坐にくらべると、いくぶんながかったが、それでも、せいぜい十四、五分ぐらいだった。次郎は、今朝も足音をしのばせながら、塾生たちの姿勢《しせい》を直してやった。

静坐のあとは遥拝《ようはい》だった。――これは皇大神宮《こうたいじんぐう》と皇居《こうきょ》に対する儀礼《ぎれい》で、その当時は、極左分子《きょくさぶんし》や一部のキリスト教徒以外の全国民によって当然な国民儀礼と認《みと》められ、集団行事においてそれを欠くことは、国民常識に反するものとさえ考えられていたのである。

遥拝がすむと、おたがいの朝のあいさつをかわし、そのあと、もう一度静坐に入った。そして、それが三分もつづいたころ、朝倉先生は、自分も静坐《せいざ》瞑目《めいもく》のまま、おもむろにつぎのような話をした。

＊

越前永平寺《えちぜんえいへいじ》に奕堂《えきどう》という名高い和尚《おしょう》がいたが、ある朝、しずかに眼をとじて、鐘楼《しょうろう》からきこえて来る鐘《かね》の音《ね》に耳をすましていた。和尚は、今朝の鐘の音には、いつもにない深いひびきがこもっているような気がしたのである。

やがて、最後のひびきが、澄《す》みわたった空に消え入るのを待って、和尚は侍僧《じそう》を呼んでたずねた。

「今朝の鐘をついたのはだれじゃな。」

「新参《しんざん》の小僧《こぞう》でございます。」

「そうか。ちょっと、たずねたいことがある。すぐ、ここに呼んでくれ。」

まもなく、侍僧に伴《ともな》われて、一人のつつましやかな小僧がはいって来た。和尚は慈愛《じあい》にみちた眼で、小僧を見ながらたずねた。

「ほう、お前か。今朝の鐘をついたのは。……で、どのような気持ちでついたのじゃな。」

「べつにこれと申す心得《こころえ》もございません。ただ定めに従いましてつきましただけで……」

と、小僧はあくまでもつつましくこたえた。

「いや、そうではあるまい。世の常の心では、ああはつけるものではない。わしの耳には、そのまま仏界《ぶっかい》の妙音《みょうおん》ともきこえたのじゃ。鐘をつくなら、あのようにつきたいものじゃのう。何も遠慮《えんりょ》することはない。みんなの心得にもなることじゃ。かくさず、そなたの気持ちをきかせてはくれまいか。」

「おそれいります。では申しあげますが、実は国《くに》もとにおりましたころ、いつも師匠《ししょう》に、鐘をつくなら、鐘を仏《ほとけ》と心得て、それにふさわしい心のつつしみを忘れてはならぬ、と言い聞かされておりましたので、今朝もそれを思い出し、ひとつきごとに、礼拝《らいはい》をしながらついたまででございます。」

突堂和尚《えきどうおしょう》は聞きおわって、いかにもうれしそうにうなずいた。そして、まだどこかに漂《ただよ》っていそうな鐘の音を追い求めるように、ふたたびしずかに眼をとじた。

この妙音をつきだした小僧こそは、実に、後年に森田悟由禅師《もりたごゆうぜんじ》だったそうである。

＊

朝倉先生は、この話を語りおわると、しばらく沈黙《ちんもく》した。

塾生たちは、かるくとじたまぶたをとおして、窓のすりガラスに刻々《こっこく》に明るくなって行く朝の光を感じながら、つぎの言葉を待った。軒端《のきば》には、雀がちゅんちゅんと、間《ま》をおいて鳴きかわしている。

やがて先生は言葉をついだ。

「私はけさ、君《きみ》らの中のだれかが打った板木《ばんぎ》の音を聞きながら、ふと、この話を思い出したが、それはおそらく、けさの板木が、ここの生活にふさわしい心をもって打たれていたからだと思う。君らの耳にあの音がどう響《ひび》いたかは知らない。しかし、私は、あの音から、この塾はじまって以来のゆたかな感じをうけたのだ。じっくりと落ちついて、すこしも軽《かる》はずみなところのない、また、すこしも力《りき》んだところのない、おだやかな、そして辛抱《しんぼう》づよい努力、――心の底に深い愛情をたたえた人だけに期待しうるような努力を、私はあの音から感じとり、これこそここの生活を象徴《しょうちょう》する響きだと思ったのである。――私は、しかし、奕堂和尚《えきどうおしょう》のように、だれが、どんな気持ちで、今朝の板木《ばんぎ》を打ったかを、しいて知りたいとは思わない。それは、もともとここの生活では、だれがどんな働きをして、どんな名誉《めいよ》を担《にな》うかということは、あまりたいせつなことではないからだ。ここの生活でたいせつなのは、名でなくて実《じつ》である。心である。その心がむだにならないで、共同生活全体の中に生かされていけば、個々の人の名などは、しいて問題にする必要はない。そういう意味で、私は、今朝のような板木の打ちかたをする心をもった人が、君らの中に、少なくとも一人だけはいる、ということを知っただけで満足したいと思う。そして、その一人の心が、おたがいの生活の中に、すこしもむだにならないで生かされていくことを、心から期待したい。……つまり、愛情に出発した、おだやかな、しかも辛抱づよい努力、そういう努力を、単に板木を打つ場合だけでなく、すべての場合に払《はら》ってもらいたいのである。……名を求めず、ひたすらに実を捧《ささ》げるという気持ちに徹《てっ》して、そういう努力を、みんなで払ってもらいたいのである。――」

朝倉先生は、そこでまた口をつぐんだ。塾生たちの中には、話がそれで終わったのかと思い、そっと眼をひらいて、先生の顔をのぞいて見たものもあった。

次郎は、しかし、それどころではなかった。かれは、もう、先生のつぎの言葉が、槍《やり》の穂先《ほさき》のような鋭《するど》さで、自分の胸にせまっているのを感じ、かたく観念の眼をとじていたのだった。

「ところで――」

と、先生は、かなり間《ま》をおいてから、つづけた。

「私は、率直《そっちょく》に言うと、君らが私の期待を裏切らないだろうということについて、残念ながらまだ十分の自信を持つことができない。というのは、今朝の板木が、あまりにもながく鳴りつづけたからだ。あれほど辛抱づよく、しかも、あれほどおだやかに鳴りつづけたということは、一方《いっぽう》では、あれを打っていた一人の塾生の心の深さを物語るが、また、一方では、その一人をのぞいた多数の塾生の心の浅さを物語ることにもなったのだ。君らの大多数は、板木を打った一人の塾生があれほどの誠意《せいい》を示したにもかかわらず、容易《ようい》にそれにこたえようとはしなかった。君らにとっては、その誠意よりも、寝床《ねどこ》の中のぬくもりのほうがはるかにたいせつだったのだ。あたたかい寝床の中で、うつらうつらと、できるだけ眠《ねむ》りを引きのばすことを、人間の誠意以上に、たいせつにする心、これは決して深い心だとはいえまい。……もっとも、君らの中には、内心それをいくらか恥《は》じていたものも、おそらく幾人《いくにん》かはあったであろう。気がとがめるといった程度《ていど》なら、あるいは君らのすべてがそうであったのかもしれない。しかし、それも結局は何の役にもたたなかったのだ。では、なぜ役にたたなかったのか。今、君らに真剣《しんけん》に考えてもらいたいのはこの一点だ。――」

静かな空気の中を、えぐるような沈黙の数秒が流れたあと、朝倉先生の言葉が沈痛《ちんつう》につづけられた。

「私に言わせると、それは、君らに、ほんとうの意味で自分をたいせつにする心がないからなのだ。言いかえると、君らには、自分で自分をたいせつにする自主性《じしゅせい》というものがまるでない。さらに言いかえると、君らは多数をたのみ、多数のかげにかくれて、何よりもたいせつな自分の良心を眠らせることに平気《へいき》な人間なのだ。私は、現在の日本人の大多数がもっている最大の弱点を、君らの今朝の起床の様子でまざまざと見せつけられたような気がして、まったく、暗然《あんぜん》とならざるを得《え》なかったのだ。――」

次郎は、朝倉先生が、開塾最初の朝の訓話《くんわ》で、これほど激《はげ》しい言葉をつかって、真正《ましょう》面《めん》から塾生たちに非難《ひなん》をあびせかけたのを、これまでにきいた覚《おぼ》えがなかった。かれは、まだあとに残されている自分への非難が、どんな言葉で表現されるかを、身がちぢまる思いで待っていた。

「君らのそうした非良心的な態度は、君ら自身をますます非良心的にするばかりではない。それがある限度をこすと、ついには、愛情と忍耐《にんたい》とをもって、君らの良心を力づけようと努力している人の心までをきずつけ、その愛情と忍耐とを、憎《にく》しみと怒《いか》りとに代えてしまうものだ。現に君らは、今朝の板木《ばんぎ》の音の調子が途中《とちゅう》から変わったことで、それがわかっただろうと思う。あの、おだやかで辛抱づよかった板木の音が、おしまいになって、急に怒りだしたとしか思えないような乱調子《らんちょうし》になったが、あれは、君らのあまりにも非良心的な態度が、板木をうつ人の心をきずつけた証拠《しょうこ》なのだ。……むろん、私は、愛情も忍耐心も失った、ああした乱暴な打ちかたを是認《ぜにん》はしていない。また、それをやむを得ないことだとして弁護しようとも思っていない。怒りや短気は、友愛塾の精神とは根本的《こんぽんてき》に相《あい》いれないものなのだから、どんな事情のもとでも、ああした打ちかたは、二度とくりかえされてはならないことなのだ。もし今朝の板木当番が、ついに業《ごう》をにやしてあんな打ちかたをしたとすると、私はその人のために、まことに残念なことだと思っている。しかし、いっそうわるいのは、ああした打ちかたを余儀《よぎ》なくさせた君らの態度だ。君らさえもう少し良心的であってくれたら、板木を打った人も、ああしたあやまちを犯《おか》さないですんだのだろうと思うと、それが私はくやしくてならない。……

だが、それはまあいい、それは百歩をゆずってあきらめるとしても、ここにどうしても私にあきらめのつかないことが一つある。それは、愛情で打たれた板木《ばんぎ》の音では寝床をはなれようとしなかった君らが、怒りで打たれた板木の音では、わけなくはね起きたということだ。その点で、君らは精神的にはまだ奴隷《どれい》の域を一歩も脱《だっ》していないということを証明している。いや、それどころか、君らはよりいっそうみじめな奴隷になることを希望しているとさえ私には思える。これはほんとうになさけないことだ。私は、むろん、こう言ったからといって、怒りに対しては怒りをもって立ち向かえ、と君らにすすめているのではない。ただ私は、愛情に対しては、つけあがり、怒りに対しては、ただちに膝《ひざ》を屈《くっ》するような君らの奴隷根性《こんじょう》が、なさけなくて、じっとしてはいられない気持ちがするのだ――」

次郎は、先生の言葉がますます激しくなっていくのにおどろいた。先生は、あるいは、昨日の入塾式における平木中佐の影響《えいきょう》から、できるだけ早く塾生たちを救い出そうとしていられるのかもしれない。しかし、それにしても入塾したばかりの青年たちに話す言葉としては、あまりにも激しすぎる。これではかえって逆効果を生むのではあるまいか。

しかし、かれにとっていっそう不安に感じられたのは、今朝の板木の打ちかたについて、大河無門がぬれぎぬを着せられていることであった。

（おしまいの、あの乱暴な打ちかたをやったのが、自分だということは、すでに先生に言っておいたのに、先生はどうしてそのことをはっきり言われないのだろう。もしそれが助手としての自分の立場をまもってくださるためだとしたら、自分はむしろ心外《しんがい》だ。大河もむろん心外に思っているにちがいない。）

かれは、そう思って、われ知らず眼をひらき、塾生たちの中に大河の顔をさがした。かれは塾生たちの静坐の姿勢を直したあと、朝倉先生の横に斜《なな》め向《む》きにすわっていたので、よく全体が見渡《みわた》せたのである。

大河は第五室の列の一番うしろにすわっていた。しかし、ただ静かに瞑目《めいもく》しているだけで、その顔からは、かれの気持ちがどう動いているかは、すこしもうかがえなかった。

朝倉先生は、それっきり口をつぐんでいる。次郎はいよいよ不安だった。もし先生の話がそれで終わったとすると、大河に対してはむろんのこと、あとでほんとうのことがわかった場合、他の塾生たちに対しても、このままでは決していい結果をもたらさないだろう。

かれは視線《しせん》を転じて、そっと先生の顔をのぞいて見た。すると、ふしぎなことには、先生のいつもの端然《たんぜん》たる静坐の姿勢がいくらかくずれている。顔をすこし伏《ふ》せ、その眉《まゆ》の間には深いしわさえ見えるのである。次郎は、先生が気分でも悪くなったのではないか、と思った。

先生は、しかし、まもなく顔をまっすぐにした。そして、これまでの激しい調子とはうって代わった、沈《しず》んだ調子で言葉をつづけた。

「だが、考えてみると、なさけないのは決して君らだけではない。こんなことを言っている私自身が、今朝は、君らに対して重大な過失を犯《おか》してしまったようだ。私は、さっき君らを非難して、平気で自分の良心を眠らせている人間だと言った。また、君らの奴隷根性がなさけないとさえ言った。こういう言葉は人間に対する最大の侮辱《ぶじょく》の言葉で、心に愛情をもつものの容易に口にすべきことではない。少なくとも同じ屋根の下で、一つ釜《かま》の飯《めし》をたべながら、これから共同生活をやっていこうとする人たちの間では、決してとりかわされてはならない言葉なのだ。しかるに、私は、つい、自分の感情にかられて、そんな言葉をつかってしまった。それは、私に忍耐心が欠けていたからだ。いや、君らに対する愛情が、まだ十分でなかったからだ。私は、板木《ばんぎ》当番の乱暴な打ちかたを非難しながら、自分自身で、それとちっともちがわない過失を犯してしまった。私は、いま、それに気がついて、心から恥じている。同時に、私は、今日の私の言葉が、君らを強制して、盲従《もうじゅう》を強《し》いるような結果にならないことを、心から祈《いの》らずにはいられない。……くれぐれも言っておきたいのは、人間にとって良心の自由をまもるほどたいせつなことはない、ということだ。板木の音であれ、先生の言葉であれ、そのほか、そとから与《あた》えられたどんな刺激《しげき》であれ、それがきびしいから従う、甘《あま》いから軽んずるというのでなく、君ら自身の良心の自由な判断に訴《うった》え、従うべきものには進んで従い、従うべからざるものには断じて従わない、というようであってこそ、君らはほんとうの人間だといえるのだ。私は、愛情と忍耐心が足りないために、つい激しい言葉を使いすぎたが、それも、君らに、あくまでも良心的・自主的に行動してもらいたいと願っていたからのことだ。私は私として十分反省するが、どうか君らにも、私のその気持ちだけはくんでもらいたい。そして、その意味で、私の激しすぎた言葉をよいほうに生かしてもらいたいと思う。――最後に、私は君らとともに、永平寺の小僧さんが、礼拝《らいはい》しながら鐘をついたという、あの敬虔《けいけん》な態度の意味を、もう一度深く味わって、けさの私の話を終わることにしたい。」

みんなは、しずかに眼を見開いた。窓のすりガラスはもう十分明るくなっており、ほのかな紅《べに》をさえとかしていた。

だれの顔にも、何かしら、ゆうべとはちがった感情が流れており、互礼《ごれい》をすまして広間を出て行く時のみんなの足音も、これまでになく静粛《せいしゅく》だった。

七時の朝食までには、まだ二十分ほどの時間があり、その間に食事当番は食卓《しょくたく》の準備《じゅんび》をやり、そのほかのものは、自由に新聞に目をとおしたり、私用をたしたりするのだった。次郎は、いつもなら、こんな時間にも、できるだけ塾生たちに接触《せっしょく》して、かれらの感想をきいたりするのだったが、今日は、広間を出るとすぐ、塾長室に行き、朝倉先生に向かって、なじるように言った。

「先生は、ぼくのやりそこないを、どうしてあからさまに話してくださらなかったんですか。」

「板木《ばんぎ》のことか。あれは、私が直接見ていたわけではなかったのだからね。」

「しかし、ぼくから先生にそう申しておいたんじゃありませんか。」

「うむ。それはきいた。しかし、私が何もかも知っていたことにすると、君の名前だけでなく、大河の名前も出さなければならなくなるんでね。」

「出してくだすってもいいじゃありませんか。」

「出してわるいことはない。しかし、出さないほうがいいんだ。少なくとも、今朝の話には、出さないほうがよかったんだ。」

次郎はちょっと考えていたが、

「ええ、それはぼくにもわかります。しかし、そのために、大河君がぬれ衣《ぎぬ》をきなければならないという道理《どうり》はないでしょう。ぼくとしては、それがたまらないほど心苦《こころぐる》しいんです。」

「心苦しければ、君自身で何とか始末《しまつ》したらいいだろう。原因はもともと君にあるんだから。……私は、板木の音そのものを問題にしただけなんだ。」

次郎は、朝倉先生らしくない詭弁《きべん》だという気がしてさびしかった。かれは語気《ごき》を強めて言った。

「むろん、ぼくは大河君にあやまるつもりでいます。しかし、大河君としては、ぼくがあやまっただけでは、気がすまないでしょう。」

「そうかね。――」

と、朝倉先生は、まじまじと次郎の顔を見ながら、

「私は、大河をそんなふうに思うのは、むしろ大河に対する侮辱だという気もするんだがね。」

次郎は、いきなりぴしりと胸に笞《むち》をあてられたような気がした。かれの眼には、大河の、今朝のしずまりきった静坐の姿がひとりでに浮《う》かんで来た。むろん、先生に返す言葉は見つからなかった。先生は、すると、微笑《びしょう》しながら、

「君は大河の思《おも》わくなんかを問題にするまえに、君自身のことを問題にすべきだと思うが、どうだね。」

それは第二の笞《むち》だった。しかも、第一の笞よりはるかにきびしい笞だった。

「わかりました。」

と、次郎は眼をふせたまま頭をさげ、逃《に》げるように塾長室を出た。

やがて朝食の時間になった。次郎は箸《はし》をにぎっている間も、ときどき眼をつぶって、何か考えるふうだった。

食後には、みんな卓についたまま、雑談的に感想を述べあったりする時間が設《もう》けられていた。次郎は、その時間が来るのを待ちかねていたように立ちあがった。そして、みんなに今朝の起床の板木《ばんぎ》のいきさつを話し、最後につけ加えた。

「ぼくは、ながいこと友愛塾の仕事を手伝わせていただいていながら、その精神がまだちっとも身についていなかったために、けさのようなあやまちを犯してしまいました。ほんとうに恥《は》ずかしいことだと思っています。しかし、そのあやまちによって、開塾そうそう、大河君のような、友愛塾精神に徹底《てってい》した、実践家《じっせんか》の魂《たましい》にふれることができたことを思いますと、一方では、かえってありがたいような気持ちもしています。」

みんなの視線は、もうさっきから大河に集中されていた。大河の顔には、しかし、それでてれているような表情はすこしも見られなかった。かれはただ一心《いっしん》に次郎の顔を見つめ、その声に耳をかたむけているだけであった。

事が終わった。

そのあと、八時から正午まで、「郷土社会と青年生活」という題目で、朝倉先生の講義があり、午後は屋外清掃《せいそう》と身体検査、夜は読書会や室内遊戯《ゆうぎ》などで、開塾第一日の行事が終わった。

消灯まで、これといってとりたてていうほどの変わったこともなかった。しかし、大河無門が、かれ自身の希望に反して、あまりにも早くその存在を認《みと》められ、みんなの注目の的《まと》になったということは、この塾にとって、よかれあしかれ、決して小さなできごとではなかったといえるであろう。

朝倉夫人は、行事をおわって空林庵《くうりんあん》に引きあげるまえに、わざわざ次郎の室《へや》にやって来て、しばらく話しこんだ。その話の中にこんな言葉もあった。

「次郎さんの板木の打ちかたには、行事の性質や、そのときどきの必要で、少しずつちがった調子が出ますわね。あたしは、それがいいと思いますの。それでこそ、そのときどきの気分が出るんですもの。板木だって、打ちかた次第《しだい》では芸術になりますわ。あたし、次郎さんの板木の音をきいていると、いつもそう思いますのよ。先生には叱《しか》られるかもしれないけれど、今朝の打ちかただって、頭かぶせにわるいとばかりいえないいんじゃないかしら。」

次郎は、それで安心する気にはむろんなれなかった。しかし、夫人がそんなことを言って自分をなぐさめるために、わざわざ自分の室《へや》にやって来たのだと思うと、何か心のあたたまる思いがした。そして、その日のかれの日記の中に、そのことが、今朝からのできごとともに、大事に書きこまれていたことは、いうまでもない。

七　最初の日曜日

最初の日曜が来た。開塾《かいじゅく》の日がちょうど月曜だったので、まる一週間になる。

この一週間は、塾生《じゅくせい》たちにとっては、まったく奇妙《きみょう》な感じのする一週間だった。朝倉《あさくら》先生夫妻も、次郎も、生活の細部の運営については、自分たちのほうからは、何ひとつ指図《さしず》をせず、また、塾生たちから何かたずねられても、「ご随意《ずいい》に」とか、「適当に考えてやってくれたまえ」とか、「みんなでよく相談してみるんだな」とかいったような返事をするだけだったので、とかくかれらはとまどいした。中には、それをいいことにして、ずるくかまえるものもないではなかった。その結果、むだとへまとがつぎつぎにおこり、かれらの共同生活のすがたは、見た眼《め》には決していいものではなかった。時には、不規律と怠慢《たいまん》だけが塾堂《じゅくどう》を支配しているのではないか、と疑《うたが》われるような場面もあり、もし学ぶことよりも批評《ひひょう》することにより多くの興味を覚《おぼ》えている参観者がたずねて来たとしたら、その人は、批評の材料をさがすのに、決して骨は折れなかったであろう。

朝倉先生は、しかし、どんな悪い状態があらわれて来ても、すぐその場でそれを非難《ひなん》することがなかった。すべてをいちおう成《な》り行《ゆ》きにまかせ、行くところまで行かせておいて、あとで、——たとえば食後の雑談や、夜の集まりなどの際に、——それを話題にして、みんなといっしょに、その原因結果をこまかに究明《きゅうめい》し、その究明をとおして、共同生活の基準になるような原則的なものを探求する、といったふうだったのである。

塾生たちのある者にとっては、朝倉先生のそうしたやり方が、非常に皮肉《ひにく》に感じられた。「気がついているなら、すぐそう言ってくれたらよかりそうなものだ」と、そんな不平をもらすものもあった。また中には、「先生は要するに指導者でなくて批評家だ」などと、したり顔《がお》に言うものもあった。しかし日がたつにつれて、しだいにかれらの間に取りかわされだしたのは、「ひまなようで、いやに忙《いそが》しい」とか、「しまりがないようで、変にきびしい」とか、そういったちぐはぐな気持ちをあらわす言葉だった。

かれらの大多数は、まだむろん、人間生活にとっての自由の価値《かち》や、そのきびしさについて、ほんとうに目を覚《さ》ましていたわけではなく、友愛塾《ゆうあいじゅく》というところは一風《いっぷう》変わった指導をやるところだぐらいにしか考えていなかった。しかし、それにしても、そうした言葉が、しだいにかれらの間にとりかわされるようになったということは、たしかに一つの進歩であり、混乱《こんらん》と無秩序《むちつじょ》の中で、不十分ながらも、何か自主的創造的な活動が始まっている証拠《しょうこ》にはちがいなかったのである。

日曜日は、特別の計画がないかぎり、朝食後から夕食前まで自由外出ということになっていた。東京見物を一つの大きな楽しみにして上京して来た塾生たちは、最初の夜の懇談会《こんだんかい》で、ほとんど議論の余地《よち》なく、満場一致《まんじょういっち》でそれを決議していたのだった。

事務室にそなえつけてあった何枚かの東京地図は、すでに二、三日前から各室《へや》で引っぱりだこだった。土曜日の晩《ばん》には、炊事部《すいじぶ》はみんなの弁当の献立《こんだて》をするのに忙しかった。次郎が道順の相談のために、各室に引っぱりこまれたことはいうまでもない。そして、いよいよ日曜の朝食がすむと、二十分とはたたないうちに、塾内はもの音《おと》一つしないほど、しんかんとなってしまったのである。

みんなが出はらってしまうと、次郎も一週間ぶりで解放された時間を持つことができた。いつもだと、さっそく読書をやるか、空林庵《くうりんあん》に行って、朝倉先生夫妻とゆっくり話しこむかするはずだったが、今日は、事務室の隣《となり》の自分の部屋《へや》で、机《つくえ》によりかかったまま、ながいことひとりで考えこんでいた。

机の上には、二、三日まえ、兄の恭一《きょういち》から来たはがきが、文面を上にしてのっていた。

それには、

「朝倉先生にもしばらくお目にかかっていないので、近いうちに、ぼくのほうから訪《たず》ねたいと思っている。塾がまたはじまったそうだから、先生も君《きみ》も日曜でなければひまがないだろうと想像して、だいたい今度《こんど》の日曜を予定している。ぼくのほうはたぶん変《へん》更《こう》の必要はあるまいと思うが、君のほうでさしつかえがあったら、すぐ返事をくれたまえ。さしつかえなければ返事の必要はない。」

とあった。

次郎は、その中の「ぼくのほうはたぶん変更はあるまいと思うが」という文句《もんく》が気になった。もし恭一だけの考えで日取《ひど》りがきめられるものだったら、そんなあいまいな言いかたをするわけがない。これはだれかほかの人の都合《つごう》を念頭《ねんとう》においてのことらしい、もしそうだとすると、それは道江《みちえ》の着京の日取りにちがいないのだ。

では、なぜそれならそれとはっきり書かないのだろう。道江の名を書くのがきまりわるくて、暗々裡《あんあんり》にそれをほのめかしたつもりなのだろうか。あるいは、予告なしに道江をつれて来て、自分をおどろかすつもりなのだろうか。いずれにしても、自分にとっては、あまり愉快《ゆかい》なことではない。何という いい気《き》な、甘《あま》っちょろい兄だろう、と軽蔑《けいべつ》してやりたい気にさえなる。

もっとも道江にたいして自分の抱《いだ》いている気持ちに、兄がまだまるで気がついていないらしいのは、ありがたいことだ。しかし、だからといって、二人がむつまじくつれだってやって来るのまでを、ありがたく思うわけにはいかない。痛いきずは、どんなに用心ぶかくさわられても痛いのに、まして、そのきずに気がつかないで、無遠慮《ぶえんりょ》にさわられてはまったくたまったものではないのだ。

しかし、兄はおそらく道江をつれて来る。いや、かならずつれて来る。そして、無意識な残酷《ざんこく》さで自分の痛いきずにさわろうとしているのだ。二人はあらゆる好意にみちた言葉を自分になげかけるだろう。二人のむつまじさを三人にひろげることによって、二人は一《いっ》そう深いよろこびを味わおうとつとめるだろう。二人はいろいろと過去の思い出を語るにちがいないが、その思い出の愉快《ゆかい》さも不愉快さも、三人に共通するものとして語られるにちがいない。自分は、二人のそうした無意識な残酷さにたいして、いったいどういう態度をとればいいのか。いや、どういう態度をとりうるというのか。

かれには、まったく自信がなかった。白鳥会時代の心の修練《しゅうれん》も、友愛塾の助手としての現在の信念も、こうした場合の態度を決定するには、何のたしにもならなかった。かれがこれまで信奉《しんぽう》もし、実践《じっせん》にもつとめて来た、友愛・正義・自主・自律・創造、といったような、社会生活の基本的徳目《とくもく》は、今のかれには、まったく力のない、空疎《くうそ》な言葉の羅列《られつ》でしかなかった。そしてそこに気がつくと、かれはいよいようろたえた。

道江という一女性が、まもなく、自分の目のまえに現われるという小さなできごとの予想、——大きな人間社会の運行《うんこう》の中では、まったくどうでもいいような、そうした小さなできごとの予想が、どうしてこれほどまでに自分をまごつかせ、自分の不断の心の修練を無力にするのか。どうして、現在友愛塾におおいかぶさっている深刻《しんこく》な問題以上に、自分の心をなやますのか。女性とは、恋愛《れんあい》とは、いったい何だろう。それは、これまで自分が考えて来た人間生活の秩序とは、まったく次元のちがった秩序に属するものだろうか。

そんなはずはない！

かれは心の中で強く否定《ひてい》した。しかし、否定した心そのものが、やはり、ふだんの秩序を失った心でしかなかったのである。

事務室の柱時計《はしらどけい》がゆっくり、十時をうった。次郎はかぞえるともなくその音をかぞえていたが、かぞえおわると、やにわに立ちあがった。

二人が午前中に来るとすれば、もうそろそろ来るころだ。めいった顔は見せたくない。いっそ門のそとまで出て愉快に自分のほうから迎《むか》えてやろう。あとはあたって砕《くだ》けるまでのことだ。——かれは冒険《ぼうけん》とも自棄《じき》ともつかない気持ちで、自分自身をはげましたのだった。

すると、ちょうどその時、事務室に人の足音がして、仕切りの引き戸を軽くノックする音がきこえた。

「どなた?」

次郎が、いぶかりながら戸をあけると、そこには大河無門《おおかわむもん》が立っていた。

「おや、外出しなかったんですか。」

次郎は大河の顔を見ると、救われたような、こわいような、変な気になりながら、つとめて平静をよそおってたずねた。

「ええ、べつに出る用もなかったので……」

「でも、道案内によく引っぱり出されなかったことですね。」

「やんやと頼《たの》まれましたが、断わることにしました。」

「うらまれやしませんか。」

「ふ、ふ、ふ。」

大河はとぼけたような顔をして、笑った。

「どの方面の希望者が多かったんです。」

「たいていは二重橋《にじゅうばし》を見て、それから銀座《ぎんざ》に行きたがっていたようでした。」

「相変《あいか》わらずですね。」

「いつもそうなんですか。」

「ええ、最初の日曜は、きまってそんなふうです。」

「二重橋のつぎが、銀座というのは、しかし、おもしろいじゃありませんか。」

「ええ、ちょっと皮肉ですね。しかし、今の日本の青年としては、おそらくそれが正《しょう》直《じき》なところでしょう。」

二人はいつのまにか、火鉢《ひばち》を中にしてすわりこんでいた。大河はまじめな顔をして、

「それは、しかし、青年ばかりではないでしょう。本職の軍人だって、正直なところは、たいていそんなものですよ。銀座みたいなところの魅力《みりょく》は、超時代的《ちょうじだいてき》というか、本能的というか、とにかく人間の本質にこびりついたものでしょうから、非常時局のかけ声《ごえ》ぐらいでは、どうにもならないでしょう。」

「そんなことを考えると、時代の力なんていっても、たいしたものではありませんね。」

「ええ、本質的なものに対しては、結局無力かもしれません。せいぜいできることは、お体裁《ていさい》を作るために形をかえてそれを満足させることでしょう。しかし、だからといって、時代の力は軽蔑《けいべつ》はできませんよ。うそを本気でやらせる力もあるんですから。」

「うそを本気で？……それはどういうことです。」

「早い話が、今の時代がそうじゃないですかね。このごろ時局だ時局だと叫《さけ》んでいる人たちはむろんのこと、それにおどらされている人たちも、自分では本気のつもりなんですよ。本気でなくちゃあ、あんな気ちがいじみたまねはまさかできないでしょう。ところで、その本気が、冷静に物事《ものごと》を考え、自分の心をどん底《ぞこ》までたたいてみた上での本気かというと、決してそうではありません。たいていは時局のかけ声に刺激《しげき》されて、自分でも気づかないうちに、本心にないことを本気で言ったり、したりしているだけなんです。そうは思いませんか。」

「なるほど、そう言われるとそうですね。ここの塾生たちの中にも、入塾当初には、そんなのがざらにいますよ。」

「その意味で、銀座に行くのは、正直でいいじゃありませんか。少なくとも、うそを本気でやるよりはいいことでしょう。」

「かといって、正直だとほめてやるほどのこともなさそうですね。」

二人は声をたてて笑った。次郎は、しかし、笑いながら、道江のことでなやんでいる自分が何かあわれなもののように感じられて、いやにさびしかった。

かれはふと、思い出したように、

「何か用事じゃなかったんですか。」

「ええ、今日はみんなが帰るまでに、風呂《ふろ》をわかしておきたいと思ったもんですから。」

「風呂？　今日は、やすむことになっていたんじゃありませんか。」

最初の日曜に、風呂当番だけが外出できなくなっては気《き》の毒《どく》だというので、みんなの相談でそうきめていたのである。

「ええ、しかし、わかしておいてもいいんでしょう？」

「そりゃあ、むろん、いいどころじゃありませんよ。わかしてくれる人がありさえすれば……。」

「じゃあ、ぼく、やっぱりわかしておいてやりましょう。……わくのに何時間ぐらいかかりますかね。ぼく、まだ、ここの風呂のぐあいがわかっていないんですが。」

「時間はまだゆっくりでいいんでしょう。しかし、いったい、どういうわけなんです。風呂なんか……。」

「べつにわけなんかありません。ただ、ひまなので、風呂でもわかしておいてやろうかと思っただけなんです。みんなは、今日はほこりをかぶって来るでしょうし、それに、今夜はお国自慢《くにじまん》の会をやって遊ぶ予定でしょう。風呂でもあびて、さっぱりしたほうがいいんじゃありませんか。」

大河無門は、そう言ってにっと笑ったが、すぐ、

「おじゃましました。」

と、ぴょこりと頭をさげた。そしてのっそり立ちあがると、そのまま室《へや》を出て行ってしまった。

次郎は、ぽかんとして、そのずんぐりしたうしろ姿《すがた》を見おくっていたが、戸がしまったあとまで、大河のにっと笑った顔が、あざやかに眼に残っていた。その笑顔《えがお》は、こないだの板木《ばんぎ》一件以来、これで二度目だったのである。

かれは、いつまでもその笑顔にとらわれていた。まんまるな顔の輪郭《りんかく》、近眼鏡のおくにぎらりと光る眼、真赤《まっか》な厚い唇《くちびる》、剃《そ》りあとの真《ま》っ青《さお》な頬《ほお》の肉、そうしたものが、組みあわさってできあがる大河の笑顔には、一種異様《いよう》な表情があった。それは、決して冷たい皮肉だとは受け取れなかった。かといって、単なるあたたかい親愛感の表現と受け取るには、その奥《おく》に何かきびしすぎるものが感じられたのである。

次郎は、その笑顔を思いうかべながら、風呂をわかすことについての大河との問答《もんどう》を心の中でくりかえした。そして、大河が最後に言った言葉まで来ると、われ知らず肩《かた》をすくめ、吐息《といき》をついた。

（やはり、どこか突《つ》きぬけたところのある人だ。ものごとにとらわれない、あの自然さは、ぼくなんかとは、まるで段がちがう。）

かれは、それからもながいこと、机の上にほおづえをついて、大河の笑顔と言葉との意味を心の中でかみしめていた。かれの臂《ひじ》の下には、恭一から来たはがきがあった。

と、だしぬけに、窓のそとから、給仕《きゅうじ》の河瀬《かわせ》の声がきこえた。

「本田《ほんだ》さん、朝倉先生がお呼びです。空林庵のほうにすぐおいでくださいって。」

次郎が窓をあけると、

「どなたかお客さんのようですよ。」

「お客さん？」

次郎の眼には、つい忘れかけていた恭一と道江の顔が、大河の顔に代《か》わって、やにわに大きく浮《う》かんで来た。

「どんなお客さんだい。」

「大学生のようですが。」

「ひとり？」

「いいえ、女の人がいっしょです。」

「そうか、いま来たんかい。」

「ええ、たった今でした。」

河瀬はにやにや笑っている。次郎は、自分がどんなおろかな問答をくりかえしているかには、まるで気がついていないらしく、

「今すぐ行くよ。」

と、ぶっきらぼうに言って、窓をぴしゃりとしめた。

かれは、しかし、容易《ようい》に立ちあがろうとはしなかった。そして、机の上にあったはがきに、かなりながいこと眼をこらしていたが、いきなりそれをとりあげると、両手でもみくちゃにし、屑《くず》かごの中に投げこんだ。そのあと、やっと思いきったように、立ちあがるには立ちあがったが、それでもすぐには室《へや》を出ようとせず、うつろな眼を戸口に注《そそ》いだまま、立ちすくんでいた。

かれが空林庵の玄関《げんかん》をはいったのは、それからおおかた、十分ほどもたったあとのことだったのである。

先生の書斎《しょさい》からは、にぎやかな話し声がきこえていた。かれは、しいて自分をおちつけながら、玄関をあがり、書斎のふすまをあけたが、その瞬間《しゅんかん》、みんなの顔がピントのあわない写真のようにかれの眼にうつった。

「何かお仕事でしたの?」

朝倉夫人がたずねた。

「ええ、……ちょっと。」

次郎は、突《つ》っ立《た》ったまま、どもるようにこたえた。

「めずらしいお客さまでしょう。」

「ええ。」

次郎は、しかし、道江のほうは見ないで恭一に向かってわざとらしく、

「やあ。」

と声をかけ、自分のすわる場所を眼でさがした。

「どうぞ、あちらに。」

朝倉夫人に指《ゆび》さされた座ぶとんは、恭一と道江との間にはさまれていた。入り口に近いほうに夫人と道江、床《とこ》の間《ま》に近いほうに先生と恭一とが席を占《し》めていたのである。かれがまだ尻《しり》をおちつけないうちに、

「次郎さん、しばらく。」

と、道江が座ぶとんを半分すべって、あいさつをした。

「やあ、しばらく。」

次郎も、すぐあいさつをかえしたが、道江の顔をまともには見ていなかった。かの女《じょ》

れただけだった。

の羽織《はおり》や帯の色が、美しい雲のように、うずを巻《ま》いて、眼のまえに浮動《ふどう》するのが感じら

「道江さんにお会いするのは、私も家内《かない》も今日がはじめてなんだよ。君のお父《とう》さんか

らのお手紙や何かで、お名前だけは、すこし前から存じていたんだがね。」

朝倉先生が次郎に言った。次郎は、固くなって、

「はあ。」

とこたえたきりだった。しかし、心の中では、父が朝倉先生にあてた手紙に道江のこ

とを書いたとすれば、それは恭一との婚約《こんやく》に関係したことにちがいない。それ以外のこ

とで、道江のことなんか書く必要はすこしもないはずなのだから、と思った。

「うちで、白鳥会の連中が先生の送別会をやった時には、道江さんもいたんじゃなか

ったかな。」

恭一が道江にたずねた。

「あの日は、あたし、お台所でお手伝いをしていましたの。」

「お給仕《きゅうじ》には出なかった?」

「ええ、おばさんに出るように言われたんですけれど、あたし、とうとうしりごみし

ちゃって。……でも、あの時は、男の学生ばかり、三十人もならんでいらしったんです

もの。」

「すると、先生がたのお顔も今日がはじめてなんだな。」

「そりゃあ、お顔だけは存じていましたわ。あのとき拝見《はいけん》したんですもの。」

「のぞき見《み》したの？　どこから？」

「はしご段《だん》のところからですわ。ほほほ。」

みんなが笑った。次郎も笑ったが、苦しそうだった。何でもない会話ではあったが、そうした対話が、自分を中にはさんで、二人の間にすらすらと取りかわされるのをきいていると、次郎は平気《へいき》ではいられなかったのである。

そのあと、話は、そのころの思い出で、つぎからつぎに花が咲《さ》いた。共通の話題は、いつまでたってもつきなかった。次郎をのぞいては、だれもが雄弁《ゆうべん》だった。そして、次郎がとかくだまりこみがちになっても、それは全体の話の流れには何のさまたげにもならないかのようであった。

道江の言葉づかいは、以前に変わらず素直《すなお》で、すこしも才走《さいばし》ったところがなかった。それが、かつては、次郎に道江を平凡《へいぼん》な女だと思わせた一つの理由だったが、今はまるでちがった感じだった。素直さが、そのまま知性的に高められて、この上もない美しい品格《ひんかく》を作っているように思われたのである。かれは、その感じが深まるにつれ、恭一が上京以来しばしば、かの女のためにいろいろの本を選択《せんたく》して送ってやっていたことを思い出し、これまでに覚えたことのない、異様なねたましさを覚えたのだった。

朝倉夫人は、話の途中《とちゅう》で、みんなの昼飯《ひるめし》の用意をするために、本館の炊事場のほうに行ったが、行きがけに次郎に言った。

「これからどんなお話が出るか、よく覚えていてくださいよ。あとできかしていただきますから。」

次郎には、夫人のそんな言葉までが、何かとくべつの意味があるような気がして、平気では受け答えができないのだった。

そのあと、話は主として朝倉先生と恭一との間にとりかわされた。道江は、女の話し相手を失って、口を出す機会が自然に少なくなったのである。次郎は、そうなると、いよいよ気がつまり、舌《した》がこわばった。

道江は、朝倉先生と恭一とが話している間に、たびたび次郎の顔を見て、何か話しかけたいような様子《ようす》を見せた。次郎は、むろん、それに気がついていた。かれは、しかし、あくまでも眼を先生と恭一とのほうにそそぎ、熱心に二人の話に聞き入っているかのように装《よそお》った。

「ねえ、次郎さん――」

と、道江が、とうとう身をすりよせるようにして、小声《こごえ》でいった。

「お手紙、どうして一度もくださらなかったの？」

次郎はちらっと道江の顔を見たが、その眼はまたすぐ恭一のほうにそそがれていた。そして、かなり間《ま》をおいて、

「べつに用がなかったからさ。」

と、ほかの人にきこえるのをはばかるような、ひくい声でこたえ、頰《ほお》を紅潮《こうちょう》させた。

まもなく朝倉夫人が玄関口までもどって来て、言った。

「おひるは本館のほうに用意しておきますわ。あと三十分ほどでしたくができますけれど、それまでに、お二人に館内をご覧《らん》いただいたら、どうかしら。恭一さんも、まだ本館のほうはよくご存じないんでしょう。次郎さん、すぐご案内してくださいよ。」

次郎はふすまを半分あけて夫人にこたえたが、むろん気はすすんでいなかった。かれは夫人の足音が消えると、恭一を見て、

「本館を見る？　もうたいてい知っているだろう。」

「くわしくは知らないよ。いつも、塾生たちのじゃまをしてはいけないと思って、先生の室《へや》と、君の室よりほかには、はいったことがないんだ。」

「そうだったかな。」

次郎は、そう言いながら、やはりぐずついていた。すると、朝倉先生が、

「恭一君はいつでも案内できるが、道江さんはそうはいかない。ぜひ見ておいてもらいたいね。案内するなら、早いほうがいいよ。午後になると、塾生たちが帰って来るかもしれないからね。」

次郎は、それで、しかたなしに立ちあがり、二人を本館に案内した。案内したといっても、大して説明することもなかった。かれが口をきかないと、道江のほうから、何かと話しかけた。それがかれには気《き》づまりだったが、まるで相手にならないわけにもいかなかった。

「次郎さんは、すっかり以前とはお変わりになったようね。」

「そうかな。」

「ご自分では、お変わりになったこと、お気づきにならない？」

「そりゃあ、中学時代とは、ちっとは変わっているだろうさ。もうそろそろ四年近くになるんだもの。」

「ちっとどころじゃないわ。」

「そうかな。」

次郎は、うわの空《そら》らしくよそおって、そっぽを向いたが、つぎの瞬間には、ぬすむよ

うに恭一の顔をうかがっていた。

「あたし、今日は何だか次郎さんがこわいような気がしますわ。」

「こわい？　どうして？」

「だって、おそろしく、かまえていらっしゃるでしょう？　あたしなんか、まるで相手にならないっていうふうに。」

「そんな……」

と言いかけたが、次郎の舌は、それっきり動かなかった。

「あたし、さっきから考えていますの。塾生活なんかなさると、自然そんなふうにおなりなのじゃないかしらって。」

道江はひやかしているのか、腹をたてているのかわからないような調子で言った。それが、次郎の胸にはひどくこたえた。かれはそのあと、ろくに塾の説明もできなくなったのだった。

しかし、よりいっそう大きな打撃《だげき》をかれにあたえたのは、一通《ひととお》り案内を終わって、最後にかれの居室《きょしつ》をのぞいたとき、それまでほとんど口をきかないでいた恭一が、まじまじとかれの顔を見つめながら言ったことだった。

「今日は、君、たしかにどうかしてるね。ぼくの眼にも、いつもと非常に違《ちが》っているように見えるよ。何か苦しんでいることがあるんじゃない？　もしそうだったら、打ちあけて朝倉先生に相談するがいいじゃないか。むろん、ぼくでよかったら、いくらでも相談にのるがね。」

次郎は、恥《は》ずかしさと腹だたしさとで、顔じゅうが引きつるような気持ちだった。

「何でもないよ。」

と、かれはおこったようにいって、すぐ二人を、食卓《しょくたく》の準備《じゅんび》されている広間《ひろま》に案内した。

食卓は、日《ひ》ざしのいい窓ぎわに据《す》えられており、朝倉先生夫妻のほかに、大河無門がもう卓について、三人がはいって来るのを待っていた。

「大河さんがおひとりで居残《いのこ》っていらしって、お風呂に水をいれていただいていたものですから、ごいっしょにお食事をしていただくことにしましたの。」

夫人は、次郎にそう言ってから、恭一と道江を大河にひきあわした。そのあとで、朝倉先生は微笑《びしょう》しながら、恭一に言った。

「大河君は、普通《ふつう》の塾生とはちがって京大を出た人だよ。専門は哲学《てつがく》だ。しかし概念《がいねん》の哲学者じゃない。孔子《こうし》とかソクラテスとかいった型の、いわゆる哲人だね。今日は居残っていてもらってちょうどよかった。大いに教えてもらうんだな。」

ごちそうはさつま汁《じる》だった。あたたかい日ざしの中でそれをすすっていると、汗《あせ》をかきそうだった。食後の蜜柑《みかん》が、舌にひやりとして甘《あま》かった。

朝倉夫人が食卓のあとかたづけをはじめると、道江がそれを手伝った。そのあとは、またいっしょになって話がはずんだ。話題は、ひる前《まえ》の空林庵での懐旧談《かいきゅうだん》とはちがって、人生論めいたことを中心に、民族とか、国家とか、階級とかいうことにまで及《およ》んだ。おもに口をきいたのは、先生と恭一と大河の三人だった。中でも大河が主役の観《かん》があった。それは、朝倉先生も、恭一も、大河を相手に話しかけがちだったからである。

次郎はほとんど聞き役だったが、かれの関心の中心もやはり大河だった。かれはまず第一に、大河の頭が論理的にもすばらしく緻密《ちみつ》であるのにおどろいた。しかし、いっそうおどろいたのは、その緻密な論理の中から、間歇的《かんけつてき》に、気味《きみ》わるいほどの激《はげ》しい情熱と強い意力とがほとばしり出ることだった。大河は、いつも半《なか》ば顔を伏《ふ》せ、眼をつぶるようにして、ぼそぼそと、落ち葉をふむ足音のような声で話すくせだったが、何か大事だと思う話の焦点《しょうてん》にふれだすと、その眼は、やにわにぎらぎらと光って相手をまともに見つめ、その厚い真赤な唇からは、青竹をわるような澄《す》んだ調子の高い声が、つづけざまに爆発《ばくはつ》するのだった。

次郎が、その日感銘《かんめい》をうけた大河の言葉は、一つや二つではなかったが、とりわけ心に深くしみたのは、つぎの言葉だった。

「先生は、さっき、ぼくを、孔子やソクラテス型の哲人だなんて持ち上げてくだすったんですが、ぼくは、実は、そんなふうに言われると、悲観《ひかん》するんです。悲観するというのは、そんな偉《えら》い人たちと、ぼくとの間に距離《きょり》がありすぎるからばかりではありません。そういう事とは別に、ぼくにはぼくの考えがあるからなんです。生意気《なまいき》なことを言うようですが、孔子やソクラテスは凡俗《ぼんぞく》の上に立って凡俗を教えた人たちではありましたが、凡俗といっしょに暮《く》らした人たちではなかったと思います。その意味で、ぼくの今の気持ちには、何かぴったりしないところがあるんです。ぼくは、今のところ、教える人になりたいとは、ちっとも考えていません。自分も凡俗の一人として、凡俗といっしょに暮らしてみたい。おたがいに凡俗のまごころをつくして暮らしてみたい。ただそう思うだけなんです。これは、あるいはまちがっているかもしれません。しかし、現在のぼくは、それよりほかに、気持ちよく生きて行く道がないような気がしているんです。」

この言葉には、次郎だけでなく、みんなも強い刺激《しげき》をうけたらしかった。ことに、朝倉先生は、その言葉をきくと、何かにおどろいたように目を見張り、しばらくして、うむ、うむ、と何度《なんど》もうなずいたり、ながいため息《いき》をもらしたりしたほどであった。

恭一と道江とが帰ったのは、四時近いころだった。次郎は門のそとまで二人を見おくって出たが、わかれぎわになって、ふと思い出したように恭一に言った。

「ぼく、今度の期間を終わったら、ひょっとすると、ここの助手をやめるかもしれないよ。」

「え?」

と、恭一は、しばらく穴《あな》のあくほど次郎の顔を見つめていたが、

「何か失敗した?」

「失敗なんていうことはないけれど、ぼく、もっと考えてみたいことがあるんだ。」

「塾がいやになったんじゃないだろうね。」

「そんなことないさ。そんなこと――」

と、次郎はいかにも心外《しんがい》だというように、口をとがらしたが、

「要するに、ぼく、今のままじゃあ、不適任《ふてきにん》だという気がするんだ。」

「どうして?」

「どうしてって――」

と、次郎は目をふせたが、その視線《しせん》の中には、白い足袋《たび》をはいた道江の足がはっきり浮《う》かんでいた。かれは、あわてたようにそれから眼をそらし、

「ぼく弱すぎるんだ。自信がなくなったんだ。だから、もっと自分を鍛《きた》えてみたいんだ。」

「自分を鍛えるのに、助手をやめる必要はないだろう。やめたら、かえって――」

「ぼく、孤独《こどく》になってみたいんだよ。」

「孤独に?」

「ぼく、実は、大河君がうらやましくなったんだ。大河君には、ぼくとちがって、朝倉先生のような、先生らしい先生がなかったらしい。大河君の力は孤独から生まれた力なんだ。ぼくはこれまで、あんまり先生をたよりすぎて来た。だから、ぼく自身でぼくを始末《しまつ》する力がないんだ。」

恭一は、複雑《ふくざつ》な表情をして、しばらくだまりこんでいたが、

「しかし、塾を出て、どこへ行くんだい。」

「それは、これから考えるさ。」

「君に去られたら、先生がお困りじゃないかね。」

「助手には大河君をつかってもらえば、かえっていいと思っているんだ。大河君も、たのめばきっと喜んでやってくれるだろう。」

「ふむ――」

と、恭一は、もう一度考えこんだが、

「しかし、大事なことだ。もっとおたがいに、考えてみようじゃないか。いずれ近いうちにまたやって来るよ。できれば、今度は大沢君《おおさわ》をさそって来る。三人でゆっくり話しあってみよう。朝倉先生に話すのはそのあとにしたらどうだい。……まだ話してはいないんだろう。」

「むろん先生にはまだ話してないさ。こんなことを考えたの、今日がはじめてなんだから。」

「今日がはじめて？　なあんだ、そうか。」

と、恭一は笑いかけたが、その笑いは、急に何かに払《はら》いのけられたように消えた。そしてつぎの瞬間には、かれの聡明《そうめい》そうな眼が、しずかに次郎と道江との間を往復《おうふく》していた。

道江は、二人の話を心配そうにきいているだけで、ひとことも口をきかなかった。しかし、いよいよわかれる時になると、遠慮《えんりょ》ぶかそうに次郎に言った。

「次郎さんは、今でもやっぱりどこかに一途《いちず》なところがあるのね。どんなわけだか知らないけれど、短気をおこさないでくださいよ。何ていったって、次郎さんは朝倉先生のおそばにいらっしゃるのが一ばんいいと、あたし思うわ。」

次郎は、そっぽを向きながら、悲しいような、腹だたしいような気持ちで、それをきいていた。返事はむろんしなかった。そして、二人にわかれて、自分の室《へや》にかえると、机の前にすわりこんで、いつまでも動かなかった。

塾生たちの大多数は、時間ぎりぎりに帰って来た。早めに帰って来たものは一人もなく、中には夕食に間《ま》にあわなかったものも幾人《いくにん》かあったので、ちょっと心配されたが、それでも食卓をかたづけるころまでには、どうなり全部の顔がそろった。

入浴は、みんなの帰りがおそかったので、夕食後になり、一時に殺到《さっとう》したため、かなりこんだ。しかし、大河のおかげで、予期《よき》しなかった入浴ができたのを、みんなは心から喜んだ。かれらにとっては、大河は、最初の朝の板木《ばんぎ》一件以来、いわば、いい意味での一種の変人であり、何かしら人の意表《いひょう》に出るような親切をやって喜ぶ性質《たち》の人であった。かれらはいつのまにか、大河を「さん」づけで呼ぶようになっていたが、それは、そうした変人に対するかれらの親しみの情をこめた敬称《けいしょう》だったのである。

入浴がすむと、いよいよ待望の「お国自慢《くにじまん》の会」がはじまった。

広間にあつまったみんなの顔は、つやつやと光って晴れやかだった。

「今夜は何だか銀座の匂《にお》いがするようだね。」

朝倉先生は、座につくと、すぐそんなしゃれを飛ばした。

「銀座の匂いは、もう風呂で流してしまったんです。」

だれかがすかさず応酬《おうしゅう》した。つづいて、

「おみやげに、すこし残しておくところだったね。」

そんなふうで、最初から笑いが室内の空気をゆりうごかしていた。

「お国自慢の会」は、一面「郷土《きょうど》を語る会」であり、他面「郷土芸術の発表会」であった。あるものは演説口調《くちょう》で郷土の偉人《いじん》や、名所旧蹟《きゅうせき》や、特殊《とくしゅ》の産業などを紹介《しょうかい》し、あるものは郷土の民謡《みんよう》や舞踊《ぶよう》を披露《ひろう》した。かれらは決して各府県青年の代表という資格で集まって来ていたわけではなかったが、たいていは、立ちあがるとすぐ、力《りき》みかえって「ぼくは○○県を代表して」などと、前口上《まえこうじょう》をのべるのであった。かれらを、日本の青年に通有《つうゆう》な、そうした無意味な構え心から脱却《だっきゃく》させようとしても、それは、友愛塾の一週間ぐらいの共同生活では、どうにもならないことだったのである。

注目されていた飯島《いいじま》は、徹頭徹尾《てっとうてつび》演説口調で、村を語り、郡を語り、県を語ったが、話の内容は、とかく政治勢力の問題にふれ、地についたところがほとんどなかった。田《た》川《がわ》は白鉢巻《しろはちまき》をして勇壮活発《ゆうそうかっぱつ》な剣舞《けんぶ》をやった。青山《あおやま》は民謡をうたったが、その声は美しくさびて、おちついていた。大河は、飯島とはちがった意味で、やはり注目されていた一人だったが、自分の順番が来ると、くそまじめな顔をして、のそのそと窓のほうに行き、

そこの柱にしがみついた。そして、

「ぼくの村には、夏になると、こんな声を出して鳴く蟬《せみ》が、たくさんいます。――みいん――みいん――みいん――」

と、蟬の鳴き声をたて、その声にあわせて、ぶるぶるとからだをふるわせた。声だけは、いかにも蟬らしかったが、からだのほうは、まるで小牛が身《み》ぶるいしているような格好《かっこう》だった。みんな腹をかかえて笑った。その笑い声の中を、大河は、相変わらず、くそまじめな顔をして自分の席にもどり、とぼけたようにあたりを見まわした。それでもう一度笑いが爆発した。

この席には、炊事夫の並木《なみき》夫婦《ふうふ》や、給仕の河瀬も加わっていて、みんなそれぞれに何か一芸をやった。最後に、次郎と朝倉先生夫妻の三人だけが残されていた。

「本田さん、まってました。」

「先生、お願いします。」

「小母《おば》さんも、どうぞ。」

塾生たちがほうぼうから叫《さけ》び、拍手《はくしゅ》が何度も鳴りひびいた。

いつもなら、次郎がすぐ立ちあがって何かやるところだったが、今日は変に立ちしぶっていた。すると、朝倉先生が、急にいずまいを正《ただ》し、謡曲《ようきょく》でもやりだしそうな姿勢《しせい》になった。みんなは急にしんとなって、片唾《かたず》をのんだ。

「猛虎《もうこ》一声、山月高し――」

朗々《ろうろう》たる詩吟《しぎん》の声が流れた。ところが、詩吟はそれっきりで、そのあと先生は、ひょいと畳《たたみ》に両手をついて四《よ》つんばいになった。そして首を前につき出し、しばらく塾生たちのほうをにらめまわしていたが、いきなり、その咽《のど》から、

「うおーっ」

と、窓ガラスを振動《しんどう》させるような、すごいうなり声《ごえ》がほとばしり出た。これは先生がいつもやるたった一つのかくし芸だったが、はじめての塾生たちの中には、虚《きょ》をつかれて、思わず首をちぢめたり、「ひやッ」と叫び声をあげたりするものもあった。今夜もそうだった。しかし、あとは笑い声と拍手の音がながいこと室内にうずをまいた。

笑い声がしずまりかけると、塾生のひとりが言った。

「先生、それは先生の郷土芸術の一つですか。」

「まあ、そんなものだ。」

「何だか、あいまいですね。」

「私は、子供のころ、父が転任《てんにん》ばかりして、ほうぼううろついていたものだから、実は、郷土というほどの郷土を持たないんだ。今のところ、しいて郷土を求めるとすれば、

この塾の近所がそうかな。」

「じゃあ、ここいらの民謡でも。」

「そいつは無理だ。ここに落ちついてから、まだながくならんのでね。それに、第一、こんなに東京に近いところでは、民謡なんか、残っているはずがないよ。」

「今度は小母《おば》さんの番だ。お願いしまあす。」

だれかが夫人のほうに鋒先《ほこさき》を向けた。

「あたしも郷土芸術はだめ。」

「何でもいいんです。」

すると、すみのほうから、

「猫《ねこ》の鳴き声。」

と、小声で言ったものがあった。笑いがまた爆発した。朝倉夫人も笑いながら、

「猫の鳴き声なんか、陰気《いんき》じゃありません？　それよりか、ここには友愛塾音頭《おんど》というのがありますから、あたしそれをご披露《ひろう》しますわ。」

一《いっ》せいに拍手がおこった。夫人は、

「では、本田さん。」

と、次郎に目くばせした。次郎は自分のそばにおいていたガリ版《ばんず》刷りを塾生たちに渡《わた》

した。それには音頭の歌詞《かし》が印刷してあったのである。

ガリ版刷りがみんなにゆきわたったころには、次郎は、もう、室《へや》の隅《すみ》に据《す》えてあったオルガンの前に腰《こし》をおろしており、先生夫妻と、炊事《すいじ》の並木夫妻と、給仕の河瀬の五人が、室の中央に輪を作って立っていた。

やがて、オルガンにあわせて、五人は歌をうたいながら、踊《おど》りだした。手《て》ぶりや、足のふみ方や、ぐるぐるまわって行進したり、あともどりしたりするところなど、すべては盆踊《ぼんおど》りそっくりだった。歌の文句は朝倉先生と次郎の合作《がっさく》で、つぎの四節から成っていた。

板木《ばんぎ》鳴る、鳴る。浄《きよ》めの朝だ。
こころしずめて打つかしわ手《で》は、
わかい日本の脈音だ。
くぬぎ、赤松《あかまつ》、ほのぼの白《しら》みゃ、
さあさ、世界のあけぼのだ。

板木鳴る、鳴る。張りきる胸だ。

咲《さ》いたつつじが照る日に燃えりゃ、
わかい日本の血の色だ。
真理《まこと》もとめて走ろか、友よ。
さあさ、世界の駆《か》けくらだ。

板木《ばんぎ》鳴る、鳴る。そら飯時《めしどき》だ。
色は黒ろても、半《はん》つき米は、
わかい日本の持《も》ち味《あじ》だ。
腹ができたら、ひと汗《あせ》かこか。
さあさ、世界の地固《じがた》めだ。

板木鳴る、鳴る。日暮《ひぐ》れの杜《もり》だ。
一風呂《ひとふろ》あびて円座《えんざ》を作りゃ、
わかい日本のいしずえだ。
語れまごころ、歌えよのぞみ。
さあさ、世界の平和《やわらぎ》だ。

五人の中で、朝倉先生の踊りが目《め》だってぎこちなかった。しばしば手のふり方や、足のふみ方をまちがえて、前後の人を面《めん》くらわせ、時には鉢合《はちあ》わせしそうになることもあった。そのたびに、塾生たちは手をたたき、腹をかかえて笑った。

朝倉夫人は、手振《てぶ》りのあい間《ま》あい間《ま》に、おりおり塾生たちを手《て》まねきしては、踊りの輪に加わらせようとした。はじめのうちは、みんな尻《しり》ごみして、笑ってばかりいたが、踊りに自信のできたらしい塾生が、二、三名、思いきって飛びこむと、あとは、つぎつぎにその数がふえて行った。

踊りはいつまでもつづき、時がたつにつれてその輪が大きくなり、あとでは、輪を二重にしなければ、室《へや》が狭《せま》すぎるほどになった。そして、そのころになると、まだ輪に加わらないでいる塾生は、ほんの四、五名にすぎず、その四、五名も、そうなると、すわっているのがかえってきまりわるくなったらしく、とうとう頭をかきかき、一人のこらずたちあがった。その四、五名の中には田川や飯島がいた。大河や青山は、もうとうに踊りはじめていたのだった。

踊りの輪が大きくなり、二重になるにつれて、全体としては、しだいに熟練《じゅくれん》の度をまして行った。しかし、朝倉先生のように、いつまでたってもじょうずにならないものもあり、また新加入者があるごとに、かならず二度や三度は何かのへまをやったので、爆《ばく》笑《しょう》の種は容易につきなかった。

　最も多く爆笑の種をまいたのは大河無門だった。かれの不器用《ぶきよう》さは朝倉先生どころではなく、その手振りはまるで拳闘《けんとう》でもやっているような格好《かっこう》であり、その足の運びには、四股《しこ》をふむ時のような力がこもっていた。しかも、かれ自身は、どんなへまをやっても微笑一つもらさず、いつも真剣《しんけん》そのものといった顔つきをしていたのである。

　次郎は、その晩は、最後まで、心から愉快《ゆかい》にはなれなかった。みんなが愉快になればなるほど、変にいらだつような気持ちになり、オルガンをひきながら、大河無門の不器用な踊りを見ていても、ただ淋びしく笑うだけだった。そして、その晩の集まりが友愛塾音頭を打ちどめにして終わったあと、自室に引きとってからも、ともすると、大河の踊っている時の顔が眼に浮かんで来た。それは、かれの今朝《けさ》からのにがい思い出を茶化《ちゃか》しているような顔にも思え、また真剣に憂《うれ》えているような顔にも思えるのだった。

　かれは、ふと、何と思ったか、このごろしばらく手にしなかった「歎異抄《たんにしょう》」を本立てからひき出して机の上にひらいた。しかし、かれの眼は、その中にしるされた文字に深くはいっていくようではなかった。かれは何度か髪《かみ》の毛《け》をむしり、ため息をついたあと、ばたりと「歎異抄」をとじ、その上に顔をふせてしまったのである。

八　手　紙

それから四日目の、昼食後の休み時間のことであった。次郎が、葉の落ちつくしたくぬぎ林の、日《ひ》あたりのいい草っ原で、四、五人の塾生《じゅくせい》たちを相手に雑談をしていると、郵便物当番の塾生がやって来て、かれに一通の分厚《ぶあつ》な封書《ふうしょ》を渡《わた》した。見ると恭一《きょういち》からの手紙である。

同じ東京に住むようになってからは、しばしば顔を合わす機会も得られたので、これまで、恭一との間の通信は、おたがいに葉書ぐらいですませており、長い手紙など、一度もやりとりしたことがなかったし、それに、先日道江《みちえ》といっしょにたずねて来てもらった時のいきさつもあったので、次郎はその分厚な封書を受け取ると、心にかなりの動《どう》揺《よう》を感じ、もう落ちついて雑談などしておれなくなった。かれは、しかし、しいて平気《へいき》をよそおいながら、無造作《むぞうさ》に手紙をかくしに突《つ》っこんだ。それから、立ちあがって背《せ》のびをしたり、両腕《りょううで》をふりまわしたりしたあと、一人でぶらぶらと赤松《あかまつ》の林のほうに歩きだした。そして、林をすこしはいって、人目《ひとめ》ののどかないところまで来ると、いそいで手紙の封をきり、むさぼるように読みだした。

「……直接会って話すほうが誤解《ごかい》がなくていいと思ったが、しかし、話しているうちに、おたがいの感情がもつれあって、かえって誤解を招《まね》くような結果になりはしないか、というふうにも考えられたので、やはり手紙を書くことにした。ぼくは手紙を書くことによって、だれにもさまたげられないで、ぼくの考えていることを、その正否《せいひ》は別として、いちおうピンからキリまで君《きみ》につたえることができると思うのだ。もっとも、この手紙を書くことになった動機は、現在の君の心境についての、ぼくの一方的《いっぽうてき》な判断――むしろ想像といったほうが適当かもしれないが――にあるのだから、その判断がてんで見当《けんとう》ちがいだとすれば、この手紙は全然、無意味だということになるだろう。いや、無意味だけですめばまだいいが、あるいは君の怒《いか》りを買うようなことになるかもしれない。しかし、ぼくとしては、結果がどうであろうと、ともかくもいちおうこの手紙を書かないではおれないような今の気持ちなのだ。会って話をすれば、事情がはっきりして、一方的な判断で、無意味な、あるいは危険な手紙を書いたりする必要がないではないか、と君は言うかもしれない。それはその通りだ。ぼく自身、一応も二応もそう考えてみないではなかった。しかし率直《そっちょく》に言うと、ぼくは実は、会って話をすると、君が君の本心をいつわって、ぼくの君にたいする判断を、頭から否定《ひてい》してかかるのではないか、と心配したのだ。もしそういうことになれば、ぼくは二の句《く》がつげなくなる。むろん君の否定が真実であれば、ぼくが二の句がつげないのは当然なことで、ぼくはただ君に対して陳謝《ちんしゃ》するほかはない。しかし、万一《まんいち》にも、ぼくの心配があたっているとすると、ぼくが二の句がつげないということは、あるいはぼくたち二人にとって一生の不幸を意味することになるかもしれないのだ。真実を語ればかえって物《もの》ごとの解決が困難《こんなん》になるという場合、それを語らないのは、むろんいいことにちがいない。しかし、真実がわかりさえすれば、わけなく解決の道が発見されそうに思えるのに、それをかくしておいて、一生の不幸を見るということは、何というばかげたことだろう。ぼくはそういう気持ちで、一方では君の怒りを招《まね》くという危険をおかしながらも、思いきってこの手紙を書くことにしたのだ。つまり、ぼくは君にはひとまず物を言わせないで、言いかえると、君の本心をいつわる機会を君に与《あた》えないで、ぼくの言いたいことだけを言ってしまう方法として、この手紙を書くことにしたのだ。だから、そのつもりで、ともかくもいちおう最後まで眼《め》をとおしてもらいたい。」

次郎には、そうした前置きがもどかしくもあり、気味《きみ》わるくも感じられた。恭一がふれようとする問題が、道江のことにちがいないという気もしたし、また一方では、まさかという気もしたのである。まさかという気がしたのは、自分が道江に対して抱《いだ》いている気持ちを恭一が知っていようはずがない、と思っていたからである。

しかし、恭一の手紙は、そのつぎの行では、残酷《ざんこく》なほどあからさまだった。

「君は道江を愛している。これが、ぼくの君に対する判断だ。ぼくはまずそのことをはっきり言っておきたい。」

いきなりそんな文句《もんく》があった。その文句を見た瞬間《しゅんかん》、次郎は、眼のまえに炎《ほのお》が渦巻《うずま》くような気がして、しばらくはつぎの文字を見ることができなかった。

「この判断には、しかし、たしかな根拠《こんきょ》はない。ただ、先日君をたずねたあとで、直観的にそう判断したまでのことだ。しかし、ぼくだけでは、この直観にあやまりはないという気がしている。むろん、ぼくは、あの日最初から君をそう思って観察していたわけではない。じつは、君に塾内を案内してもらっていた間に、君の道江に対する態度のあまりにもよそよそしいのに気がつき、なぜだろうと思ったのがはじまりで、そのあと、ぼくはかなり注意ぶかく君の一挙一動《いっきょいちどう》を見まもっていたのだ。すると、君にはまるで落ちつきがなかった。君は何の原因もないのに、いつもおどおどしていた。かと思うと一人で何かに腹をたてているようにも思えた。君はただの一度も君のほうから道江に言葉をかけなかったばかりか、まともに道江の顔を見ることさえしなかった。ぼくたち兄弟《きょうだい》のなかでだれよりも道江に親しかったはずの君が、何年ぶりかで会ったというのに、あんな態度に出るからには、何かよほど重大な理由がなければならない。ぼくは、あの時、そう思わないわけには行かなかったのだ。しかし、あの日君とわかれるまで、その理由が、何であるかには思いあたらなかった。ただぼんやり、道江が何かひどく君を怒らせるようなことをしたにちがいない、と考えていたのだ。もっとも、別れぎわになって、君が急に友愛塾《ゆうあいじゅく》をやめたいというようなことを言いだしたときには、理由はそんな単純《たんじゅん》なことではない、という気がしないでもなかった。しかし、それも、君のそうした考えが以前からのものではなく、その日の急なでき心《ごころ》だと知ると、やはり道江と結びつけて考えてみないではいられなかったのだ。――」

「で、ぼくは帰る途中《とちゅう》、道江にそれとなく、君との間に何かいきさつがありはしなかったか、とたずねてみた。そして、あの時の道江の答えによって、ぼくは非常におどろかされたのだ。道江の言うところでは、君は、上京以来、郷里《きょうり》のいろんな人たちに、かなり多くの通信をしているにかかわらず、道江に対してだけは、葉書一枚も書いていないし、道江のほうから通信をしても、受け取ったという返事さえ出していないというではないか。もし事実その通りだとすると、これほど変なことはない。というのは、ぼくの知っているかぎりでは、君は上京のその日まで道江とは十分親しくしていたし、まさか君が汽車に乗って東京につくまでの間に、仲違《なかたが》いをするような原因が発生するとは思えないからだ。そこで、ぼくは、君の道江にたいするこの変な仕打《しう》ちの意味を真剣《しんけん》に考えてみた。その結果、ぼくの下《くだ》した判断はこうだ。君は道江を深く愛している。しかし、それはある事情によって実《み》を結ばない。だから君は永久に道江とわかれる決心をした。そしてその機会を上京に求めたのだと。ぼくは、実は今になって思うのだが、君が卒業間近《まぢか》になって中学を退学《たいがく》しなければならなくなったのを、あんがい平気でしのび得《え》たのは、それが道江からのがれる一つの機会を君に与えることになったからではあるまいか――」

次郎の心は、一瞬《いっしゅん》、強く反発《はんぱつ》した。かれにとっては、退学の問題と道江の問題とは何の関係もないことで、正義感によって動いた自分の行動を、一女性に対する私の感情と結びつけて考えられるのはまったく心外《しんがい》だったのである。しかし、道江にわかれた時のかれの気持ちが、未練《みれん》以外の何ものでもなかったことに気がつくと、むしろ、恭一に自分が高く評価されたような気もして、その反発はすぐ羞恥《しゅうち》と自嘲《じちょう》に代《か》わった。

「むろん、ぼくは、君が喜んで道江と別れたとは思わない。君にとっては、それはおそらく退学などとは比べものにならないほどの大きな苦痛《くつう》であったろうと想像する。それにもかかわらず、君はそれをしのんで道江とわかれる決心をした。そして、その原因になった事情が、おそらくぼく自身に関係したことであるだろうことに思《おも》い到《いた》ると、ぼくはいても立ってもいられないような気がして来たのだ。今さら何をいうのか、と君はあるいは怒るかもしれない。しかし、もしあの当時、君の道江にたいする気持ちに、ぼくが、少しでも気がついていたとしたら、君にこんな苦痛をなめさせないでもすんだにちがいない。そう思うと、ぼくは実際たまらなくなるのだ。ぼくは誓《ちか》っていうが、あの当時、道江にとくべつな関心をもっていたわけではなかった。ぼくの道江に対する気持ちは、親類のおとなしい女の子という以上には出ていなかったのだ。また、婚約《こんやく》のことにしたところで、まだ何も正面切っての話があっていたわけではなかった。なるほど、父《とう》さんからは、たった一度だけ、それもごくぼんやりと、ぼくの気持ちをきかれたことがあるにはあった。しかし、その時も、ぼくは、結婚《けっこん》はまだずいぶん先のことだし、ゆっくり考えておきましょうぐらいな、いいかげんな返事をしたにすぎなかったのだ。むろん、ぼくは、はっきり道江をきらいだとは言わなかった。しかし、それは、あんなやさしい子をそんなふうに言う気がしなかったからで、決して異性《いせい》として、将来の結婚の相手として、いくらかでも心をひかれていたからではなかった。要するに、ぼくは、親類のやさしい女の子として、道江を十分愛しもし、尊敬《そんけい》もしていたが、道江がだれと結婚しようと、その相手がいい人でさえあれば、それは、その当時、ぼくにとってはどうでもいいことだったのだ。では、今はどうか。これがおそらく君にとっても、ぼくにとっても最も大事な問題だと思うが、それについても、ぼくははっきり言うことができる――」

次郎は思わず息をのんだ。

「道江は、今でも、ぼくにとっては、親類の愛すべき女の子以上の存在ではない。ただその当時と、いくぶんちがっている点があるとすると、それは、彼女《かのじょ》がこの数年の間に読書によってその当時よりはるかに尊敬すべき女性に成長しているということだ。――」

次郎は、のんだ息を大きく吐《は》いた。そのあと、深い呼吸がしばらくとまらなかった。

「こう言うと、君は、今度《こんど》はぼくのほうが本心をいつわっていると思うかもしれない。しかし、その疑《うたが》いを解《と》くのはさほど困難ではない。そのたしかな証拠《しょうこ》は、もし君がちょっと骨折ってそれをさがす気にさえなれば、すくなくとも二つは見つかるはずだ、その一つは、先月はじめ、ぼくが父《とう》さんに出した手紙であり、もう一つは、それから少しおくれて朝倉《あさくら》先生に出した手紙だ。どちらも、道江との婚約問題についてぼくの考えをたずねられたのに対する返事だが、父さんあての返事には、婚約は、相手のいかんにかかわらず、自分が社会的に独立する目《め》あてがはっきりするまでは絶対にやりたくない。もし道江がそれまで自由な立場にあれば、その時になって、あらためて考えてみることにしたい。しかし、そういうことを先方に通じて、それが少しでも道江を拘束することになっては困るから、いちおうこの話は、打ち切ってもらいたい、という意味のことを書き、朝倉先生に対しては、ごく簡単《かんたん》に、当分結婚のことは考えたくない、という返事を出しておいたのだ。もっとも、ぼくはこの二つの手紙を書きながら、道江自身の気持ちをおしはかってみないのではなかった。そして、もし万一にも、道江自身がぼくとの結婚を希望し、それがこの話の糸口になっているとすれば――と、そう考えると、道江がいじらしくてならないような気もしたのだ。しかし、これは、同じような立場に立たされた女性に対してだれでもが感じうる人間的感情を、ぼくがいくぶん強く感じたというまでのことで、断じて恋愛《れんあい》というべき性質のものではない。君はこの点についてもぼくを信じていいのだ。――」

次郎は信ずるよりほかなかったし、また、信じたくもあった。しかし、それを信ずるということは、この場合、かれにとって何の慰《なぐさ》めにもなることではなかった。

（道江は恭一を愛している、それはちょうど自分が道江を愛しているように。）

このことは、道江の今度の上京の意味を考えてみるまでもなく、かれにとっては、あまりにも明瞭《めいりょう》なことだったのである。

恭一の手紙は、しかし、かれの気持ちに頓着《とんちゃく》なく、しだいに論理的になって行った。

「さて、君が道江に対していだいている気持ちについてのぼくの判断に誤《あやま》りがなく、そして、ぼくが道江に対していだいている気持ちについてぼく自身のいうことを君が信じてくれるとすると、残る問題で最も重要なことは、道江自身の気持ちはどうか、ということだ。君は、おそらく、それはもうわかりきったことだ、と言うだろう。今の君としては、無理もないことだ。そう思っていたればこそ、これまで一人で苦しんで来たのだろうから。……しかし、もし、ぼくの将来の結婚の相手として、道江のことが内輪《うちわ》話《ばなし》の種《たね》になっていたのを、君がたまたま耳にして、それだけで、すぐ道江の気持ちまでを決定的なもののように君が思いこんでしまったとすると、それはあまりにも軽率《けいそつ》だったと言わなければなるまい。それでは、道江が第一気《き》の毒《どく》だし、ぼくも非常に迷惑《めいわく》する。だいたい、この話は、双方《そうほう》の老人たちの軽い茶話《さわ》の間から生まれたことで、もともと道江の気持ちにもぼくの気持ちにもまったくかかわりのないことだったのだ。それが多少真剣な話になって来たのは、つい半年ばかり前からのことだが、それでも、その中に道江の気持ちが反映しているとは思えない。というのは、そのことについての父《とう》さんからの最初の手紙に、若い女の心をきずつけてはならないから、お前の肚《はら》がきまらないかぎり、道江本人には絶対秘密《ひみつ》にするように、双方で固く申し合わせてある、と書いてあったからだ。おそらく現在でもこの秘密は守られていることだと思う。要するに、道江のぼくに対する気持ちということと、ぼくに婚約の話が持ちかけられたということとは、最初から全然無関係のことだし、今でもやはり無関係だとぼくは信じている。この点をまず君に了解《りょうかい》してもらいたいと思う。――」

次郎は、ふんと鼻を鳴らし、冷笑《れいしょう》とも苦笑《くしょう》ともつかぬ変な笑いを口元にうかべた。しかし、その目は、むさぼるように先を読みすすんでいた。

「もっとも、こういうことは、いくら秘密にしても、周囲の空気で何とはなしにわかることもあるし、何かのはずみで、話の片鱗《へんりん》ぐらいは耳にはいらないものでもない。だから、道江がまるでこのことに感づいていないとは断言できないだろう。そして、もし感づいているとすれば、それが、よかれあしかれ、道江の心理に相当《そうとう》大きな影響《えいきょう》を及《およ》ぼしているであろうことも、想像できないことではない。――」

次郎の変な笑いは、いつのまにか、またもとの緊張《きんちょう》に変わっていた。

「しかし、現在までのところ、ぼく自身が直接道江からうけた印象だけで判断すると、その心配もなさそうだ。道江は、これまで、ただの一度も、ぼくに対して、とくべつの意味を持つと察《さっ》せられるような言葉をかけたことがないし、またそんな態度に出たこともない。手紙はしばしばもらったが、それもたいてい、新刊書の選択《せんたく》の依頼《いらい》のついでに、故郷の消息をつたえるといった程度《ていど》以上のものではなかった。そのうちの何通かは、ちょうど君が来あわせた時に、君にも見せたのだから、たいてい想像がつくだろう。もっとも、いつごろだったかはっきり記憶《きおく》しないが、かなり以前にもらった手紙の中に、ちょっと変わったことが書いてあったのを今でも思い出す。それは君自身に関係したことだった。女学校時代に、いつも君に低能あつかいにされていたので、今度君にあうときには、すこしは君の話し相手になるように勉強しておきたい、といったような意味だったと思う。今だからいうが、ぼくは、実は、それを読んだとき、道江は君を愛しているのではないかと、ちょっと疑ってみたくなったくらいなのだ。——といっても、それが原因で、ぼくが道江との婚約を断わったわけでは、むろんない。——なお、これも手紙に関連したことだから、ついでに言っておくが、道江は、君が上京以来一度もたよりをしなかったことを、なぜぼくのほうにうったえて来なかったのか、今になって思うと、それもぼくにはふしぎでならないのだ。ひかえ目《め》な女性というものは、自分が心の中でひそかに愛している人の消息を、他の人にはたずねたがらないものだが、道江もあるいはそうではなかったのか、などとぼくが疑ったとしても、必ずしも無茶《むちゃ》ではないと思うが、どうか。——」

次郎は、それが恭一の自分に対する気《き》やすめ以上のものではないと思いながらも、ふしぎに怒りを感じなかった。

「書くことが少し先走《さきばし》りしすぎたが、要するに、道江とぼくとの間柄《あいだがら》は、どちらのがわからいっても、親類ないし友だち以上のものではない。少なくとも、ぼく自身に関するかぎり、このことは誓《ちか》っていえることだし、また道江のがわから言っても、おそらくぼくの判断に誤りはないだろうと思う。そこでつぎの問題は、何といっても道江の君に対して抱《いだ》いている気持ちいかんだが、これについては、今言ったようなきわめて薄弱《はくじゃく》な判断の材料があるだけで、ぼくには決定的なことは何も言えない。これは、むしろ、君自身で判断するほうが一番たしかではないかと思うのだ。――」

次郎は急に突《つ》っぱなされたような気がしながらも、やはり眼《め》だけはつぎの文字を追っていた。

「こう言うと、君の今の心境では、ただ失望だけを感ずるかもしれない。もし道江の気持ちについての君の判断が、これまで通りで少しも変わらないとすると、それは無理のないことだし、またしかたのないことだ。しかし、君のその失望は、君にとって、まだ決して最後のものではない。いや、最後のものであらせてはならないのだ。橋のないところには橋をかけて進むという方法もあるのだから。……ぼくの考えるところでは、君の現在の悲観的判断がかりに当たっているとしても、道江が君以外のだれかを愛しているということがたしかでないかぎり、断念するにはまだ早い。というのは、道江が少なくとも君に対して友情を感じていることだけはたしかだからだ。しかもその友情は、ぼくの見るところでは、通《とお》り一《いっ》ぺんの友情ではない。見ようでは、それは自然の成《な》り行《ゆ》きに任《まか》せておいても、友情以上のものに、育っていきそうに思えるほどの友情なのだ。だから、もし君が欲《ほっ》するならば、いや許すならば、ぼくはその友情を一刻《いっこく》も早く友情以上のものに育てるために積極的に何らかの手段に出たいと思っているのだ。むろんその手段に少しでも無理があってならないことは、ぼくもよく心得《こころえ》ている。その点についてはぼくを信じてもらってもいい。ぼくは、決してそのために君ら二人の友情までも傷つけるようなことはしないつもりだ。しかし、何といっても、まずたいせつなのは、君の真意《しんい》だ。最初に言ったとおり、すべては君の道江に対する気持ちについてのぼくの判断が誤っていないということを前提とするのだから、それが誤っておれば、手段も何もあったものではない。で、どうか、君の真意を率直《そっちょく》にきかせてくれ。返事は、イエスかノーかでたくさんだ。くれぐれも言っておくが、心にもない返事は、この場合ぜひやらないでくれ。こうした問題は、あまり考えていると、つい答えがあいまいになったり、心にもないことを言いたくなったりするものだ。ほかの場合はとにかくとして、今度の場合だけは、君が子供のように単純率直であることをぼくは心から祈《いの》っている。」

読み終わった次郎の顔は、いくぶんほてっていた。うれしいような、恥《は》ずかしいような、それでいて憤慨《ふんがい》したいような、変にこんがらかった感情が、かれの胸の中に渦《うず》を巻《ま》いていたのである。

かれは赤松の幹《みき》によりかかって、手紙をもう一度はじめから読みかえした。それは最初の時よりはるかに時間をかけた、念入《ねんい》りな読みかただった。そして読みおわると、それをかくしにつっこみ、腕組《うでぐ》みをして、しばらくじっと考えこんでいたが、急に何か決心したらしく、大《おお》いそぎで自分の居室《きょしつ》に帰って行った。居室に帰ると、すぐ机《つくえ》の上に便《びん》箋《せん》をひろげた。そして、もう一度考えこんだあと、ペンを走らせた。

「手紙見た。感謝する。しかし、道江の気持ちは、ぼくにはわかりすぎるほどわかっているのだ。君がとろうとする方法は、ただ道江を悲しませるばかりだろう。それは同時に、ぼくにとっても、たえがたい苦痛なのだ。ぼくは、君がぼくに対して注《そそ》ぐ愛情を道江に対して注ぐことを心から希望する。それは同時に、ぼくに対する大きな愛情でもあるのだ。」

かれはそれを封筒《ふうとう》に入れて封をした。が、上書《うわが》きを書こうとして、何かにはっと気がついたように、ペンをにぎったまま、その封筒を見つめた。

しばらく考えたあと、かれはその封筒を、手紙ごとめりめりと裂《さ》き、もみくちゃにし、さらにずたずたに裂いて屑籠《くずかご》に投げこんだ。

それからまた、便箋を前にして、じっとどこかを見つめていたが、やがてかれの頬《ほお》には冷たい微笑《びしょう》が影《かげ》のように流れた。そして一気《いっき》に記されたのはつぎのような文句であった。

「君の手紙を見て、ぼくは失笑《しっしょう》を禁《きん》じ得《え》なかった。とんでもない誤解だ。しかも君は、ぼくに対する判断を誤っているばかりでなく、道江に対する判断をも誤っている。ぼくの場合は、笑ってもすませるが、道江の場合は、そうはいくまい。道江にとっては、それはおそらく致命的《ちめいてき》な打撃《だげき》を意味するだろう。おそろしいことだ。ぼくは、道江の一生の幸福のために、婚約拒絶《きょぜつ》について、君の再考を祈ってやまない。それは同時に君自身の幸福のためでもある、とぼくは信ずるのだ。——なお、これはついでだが、こないだちょっと話したこと（ぼくが塾の助手をやめる問題）は、もっとぼく自身でよく考えてみたい。君や大沢《おおさわ》さんに相談する必要があったら、あらためて通知するから、それまでは気にかけないでおいてくれ。このことを道江の問題などと結びつけて考えてもらうのは、むしろ滑稽《こっけい》だ。」

かれは封筒を書きおわると、今度はすぐ切手をはって、事務室に備えつけてある発信ばこに投げこんだ。——午後二時半になると、郵便物当番の塾生が、その中のものをひとまとめにして、近くの郵便局にもって行くことになっているのである。

まもなく板木《ばんぎ》が鳴った。午後は屋外《おくがい》作業で、くぬぎ林の枝《えだ》をおろして薪《まき》を作る予定になっていたのである。塾生たちは、いったん玄関《げんかん》前に集まり、班別にわかれてすぐ作業にとりかかった。

入塾後、すでに二週間近くになっていたので、作業は割合《わりあい》順序よく運ばれた。木にのぼって枝をおろすもの、おろされた枝を一定の場所に集めるもの、集められた枝を適当な長さに切るもの、切られた枝を縄《なわ》でゆわえるもの、ゆわえられた束《たば》を薪小屋に運んで整理するもの、とだいたい五つの班にわかれていたが、管理部の人員の割《わ》り当《あ》てに、多少の誤算があり、はじめのうちは手持ちぶさたの塾生や、忙《いそが》しすぎる塾生がないでもなかった。しかし、そのでこぼこも、まもなく修正された。

朝倉先生も、次郎も、むろん作業に加わった。こうした場合、二人は決して計画したり、指揮《しき》したりする側にはたたなかった。それどころか、一般《いっぱん》の塾生たちと同じように、それぞれどの班かに割り当ててもらって、班長の指揮の下《もと》に働くようにしていたのである。もっとも、全体の様子《ようす》も観察する必要から、比較的《ひかくてき》自由な立場にいたことは、言うまでもない。

次郎は木のぼりの班に加わり、朝倉先生は薪小屋整理の班に加わっていた。

木にのぼって、鋸《のこぎり》をひきながら、次郎は、たえず、恭一にあてて書いた手紙のことばかり考えていた。

（もし恭一の手紙にあるように、道江の自分に対する気持ちに、いくらかでも望みがあるとするると――）

そんな仮定がいくたびとなくかれの頭の中を往復した。ばかな！ と、そのたびごとに自分を叱《しか》ってはみるが、しばらくたつと、いつのまにか、また同じ仮定がかれの心にしのびこんでいるのだった。そして、

（何もあわてて返事を出す必要はない。出してしまったらもう取りかえしがつかなくなるのだ。）

と、そう考えて、いそいで木をおり、事務室の発信ばこのほうにかけつけたくなったことも、一度や二度ではなかった。

しかし、また一方では、恭一の手紙を信じようとする自分の甘《あま》さを思った。それを信じて返事をおくらしたために、自分の本心を恭一に見ぬかれるということは、かれの自《じ》尊心《そんしん》がゆるさなかったのである。

かれは、枝を一本おろすごとに、自分の腕時計《うでどけい》を見た。最初見たときには、二時半までには、まだ四十分以上の時間が残されていたので、かれの気持ちには、かなりのゆとりがあった。しかし、十五分、十分と、残された時間が少なくなるにつれ、かれの焦躁《しょうそう》

感《かん》はしだいに高まって行った。そして、いよいよその時刻《じこく》が来て、郵便物当番が塾堂《じゅくどう》の玄関に自転車をひき出して来たのを見ると、かれはもう、枝をおろすのを忘れて、何かにつかれたように、一心《いっしん》にそのほうに目をこらしていた。

（やっぱり、もう一度考えなおそう。）

自転車が動きだした瞬間《しゅんかん》、かれはそう決心した。そして、手をふりあげて郵便物当番の名を呼んだ。かれは思いきり大声をあげたつもりだった。しかし、その声は、咽《のど》の奥《おく》から何かの力で引きもどされたように、変なうなり声《ごえ》になっただけだった。郵便物当番は、むろん、ふり向きもしなかった。かれは、玄関をはなれると、くぬぎ林のまえの広場を斜《なな》めに、正門のほうに向かって自転車の速力をはやめた。

次郎には、もう一度、大声をあげてそれを呼びとめるいとまがなかった。いとまがなかったというよりも、心のゆとりがなかったといったほうが適当であった。かれは、気ぬけがしたように、ぽかんとしてそのあとを見おくっていた。そして、自転車が正門を出て見えなくなると、急にがくりと首をたれ、両腕で木の幹を抱《だ》いた。

いっさいは終わった。道江の問題に関するかぎり、いっさいは終わった。自分のとった方法が賢明《けんめい》であったにせよ、おろかであったにせよ、これでほんとうにいっさいは終わったのだ。と、いったんはあきらめたようにそう思うのだったが、しかし、ながいこと闇《やみ》にうずくまっていた自分のまえに思いがけなく一つの灯火《とうか》がともされたのに、その灯火の正体をよくつきとめもしないで、自分はあわててそれを吹《ふ》き消《け》してしまったのではないか、と思うと、やり場《ば》のないくやしさと、さびしさとが、胸の底からつきあげて来るのだった。

「どうしたんです。気分がわるいんじゃありませんか。」

だしぬけに木の根《ね》もとから声をかけたものがあった。大河無門《おおかわむもん》の声だった。大河は枝を運ぶ役割《やくわり》にまわっていたのである。

次郎はぎくりとした。大河無門の声が、この時ほど次郎の耳に気味わるく響《ひび》いたことは、おそらくこれまでにもなかったことであろう。

「いいえ、何でもないんです。……鋸屑《おがくず》が目にはいったような気が、ちょっとしたもんですから。」

次郎は、そう言って、わざわざ目を手の甲《こう》でこすった。しかし、つぎの瞬間には、そんなごまかしをやった自分が、たまらなくいやになり、思わず肩《かた》をすくめた。

「おりて来ませんか。鋸屑がはいっているなら、はやくとったほうがいいですよ。ぼく、見てあげましょう。」

「ええ、もうだいじょうぶです。」

次郎は、目をぱちぱちさせながら、大河を見おろした。大河は、まだ心配そうな顔をして次郎を見あげている。次郎は、大河の顔に例の笑いが浮《う》かんでいなかったので、ほっとした気持ちだった。

「ほんとうにだいじょうぶです。何でもなかったんです。」

次郎はもう一度そう言って、すぐ鋸《のこぎり》をひきはじめた。

大河がそこいらにあった木の枝を運び去ったあと、次郎は、まるで質のちがった二つのにがい味を、同時に心の中で味わいながら、黙々《もくもく》として鋸をひいた。永久に恋《こい》を失ったということも、にがい味のすることだったが、弱い人間として大河無門の前に立たされているということも、それにおとらず、にがい味のすることだったのである。

三時になると、みんなは草っ原に腰《こし》をおろして、お茶をのみ、ふかし芋《いも》を食《く》った。一人あたり一日五十銭の食費の中から、こうした場合のおやつ代をひねり出すのは、炊事《すいじ》部《ぶ》に任《まか》された権限なのであった。

郵便物当番も、もうむろんそのころには帰って来て、仲間に加わっていた。かれは、芋を頬張《ほおば》りながら、みんなに今日の発信数と、これまでの累計《るいけい》とを報告したあとで、言った。

「封書だけで言うと、今日がレコードだったよ。故郷をはなれて二週間近くにもなると、そろそろ綿々《めんめん》たる手紙が書きたくなるらしい。ことに今日の手紙には異性あてのが多かった。それも差出人《さしだしにん》とは姓《せい》のちがった宛名《あてな》が多かったようだ。」

すると、にぎやかな笑い声にまじって、いろんな野次《やじ》がとんだ。

「時局がら、憂《うれ》うべき傾向《けいこう》だ。査問会《さもんかい》をひらいたら、どうだい。」

「しかし、いったい、郵便物当番に、異性あての手紙が何通だなんていうことまで調査する権限があるのかね。」

「まさか開封《かいふう》して見たんではないだろうな。」

「とにかく、発信人の名前ぐらいは公表してもよさそうだ。」

「これからは、各人別に異性あての手紙の累計《るいけい》をとるべきだよ。」

そういった調子である。

朝倉夫人も、こんな時間には、かならず顔を出し、茶をついでまわったりする習慣になっていたが、一通《ひととお》り野次がとんでしまって、笑い声がおさまったころ、夫人は、みんなの顔を見まわしながら、真顔《まがお》になってたずねた。

「それはそうと、みなさんの中に、もう奥《おく》さんがおありの方は、どなた?」

みんなにやにや笑っているだけで、返事がない。

「あたしには、おおよそわかりますわ。あててみましょうか。飯島《いいじま》さんはおありでしよう？」

飯島は、めずらしく子供のようにはにかみながら、しばらく頭をかいたあとで、こたえた。

「あります。」

みんなが拍手《はくしゅ》した。拍手にまじって、だれかがとん狂《きょう》な声で叫《さけ》んだ。

「小母《おば》さんはさすがに体験家だなあ。」

それでまた笑いが爆発《ばくはつ》した。朝倉夫人も笑いながら、

「大河さんは？」

みんなは、飯島のときよりも興味深そうな目をして、一《いっ》せいに大河を見た。大河は、しかし、近眼鏡の奥《おく》に、どこを見るともなく目をすえ、とぼけたようにこたえた。

「ありませんね。うっかりして、恋《こい》をしたこともまだないんです。だから、ぼくは入《にゅう》塾《じゅく》してから一度も手紙を書いたことがありません。さびしい人間ですよ。」

みんなは腹をかかえて笑った。中には、たべかけた芋を吹《ふ》き出《だ》したものもあった。朝倉先生も夫人も、むろん笑った。ただ次郎だけは、どうしても笑えなかった。かれには、そんなことをいった大河がいよいよ気味わるく感じられたのだった。

かれは、ふたたび作業がはじまるまで、とうとうその場の空気にとけこむことができ

ず、まともに人の顔を見ることさえしなかった。それがいよいよかれを苦しめた。自分はもう、友愛塾の中の人間ではない。そんな気がしみじみとするのであった。

予定の作業が全部おわったのは五時近いころだった。作業のあとは入浴の時間だった。浴室はかなり広かったので、一度に二十人ぐらいははいれた。朝倉先生も、次郎も、塾生たちと裸《はだか》の皮膚《ひふ》をふれあい、おたがいに背中を流しあうのだった。

着物を着ている時の顔と、まる裸になった時の顔とは、まだ十分知りあわないうちは、とかく一致《いっち》しにくいものである。そのため、はじめのころは、湯《ゆ》ぶねにひたりながら、おたがいに名前をたしかめあうというようなこともよくあった。しかし、このごろでは、もうそんなことはほとんどなくなっている。それどころか、おたがいに渾名《あだな》を呼びあうことさえ、すでにはやりだしているのである。そして、その渾名の中には、入浴時のある発見や偶然《ぐうぜん》のできごとを機縁《きえん》にして命名《めいめい》されたものも少なくはなかった。たとえば「河馬《かば》」とか、「仁王《におう》」とか、「どぶ鼠《ねずみ》」とか、「胸毛《むなげ》の六蔵」とか、いったようなのがそうであった。

大河無門も、入浴中に渾名をもらった一人だった。かれの眼は、近眼鏡をはずすと、いつもの光を失い、とろんとした眼になるのだったが、かれはその眼を半眼《はんがん》にひらき、周囲のさわがしさとはまるで無関係に、湯ぶねのすみに、黙然《もくねん》として首だけを出していることがよくあった。ある日、かれのそうした様子を見ていた茶目《ちゃめ》な一塾生が、四月八日の甘茶《あまちゃ》だといって、タオルにふくませた湯を、かれの頭上にたらたらとかけてやった。かれは、しかし、それでも身《み》じろぎ一つせず、ただしずかに眼をつぶっただけで、その湯を最後までうけていた。それ以来、「お釈迦《しゃか》さま」というのが、かれの渾名になってしまったのである。

今日も大河は、その黙然たる姿《すがた》でしばらく湯にひたっていたが、急に、何と思ったか、そのとろんとした眼で、すぐとなりにいた塾生の顔をのぞきこみながら、にこりともしないでたずねた。

「君は恋愛《れんあい》の経験がありますか。」

たずねられたのは青山敬太郎《あおやまけいたろう》だった。かれは面《めん》くらったように、眼を見張って大河の顔を見ていたが、やがて、くすぐったそうに笑いながら、

「ありませんね。」

「ほんとうにありませんか。」

大河は真顔《まがお》だった。青山も真顔になりながら、

「あれば、どうなんです。」

「ちょっとたずねてみたいことがあるんです。」

「どんなことでしょう。」

大河は、しばらくだまっていたが、

「恋愛の経験のない人にたずねても、答えが出るはずがありません。よしましょう。」

青山は苦笑して、

「実は、ないこともないんですがね。」

「ないこともないぐらいな恋愛では、しようがない。」

大河は、そう言うとまたもとの黙然たる姿勢《しせい》にかえり、それっきり口をききそうにならなかった。すると、湯ぶねの中で、二人の問答《もんどう》をおもしろそうにきいていたほかの塾生たちの一人が、ふざけた調子で言った。

「ぼくは、目下命《もっか》がけの恋をやっている最中なんですがね。」

みんながどっと笑った。大河は、しかし、そのほうをふりむこうともしなかった。

朝倉先生は、その時、たたきで塾生の一人に背を流してもらっていたが、それが終わると、湯ぶねの中にはいって来て、言った。

「大河君、何かおもしろそうな問題らしいが、私では相手にならんかね。」

「ええ――」

と、大河はにっと笑って立ちあがり、湯ぶねのふちに腰《こし》をおろしながら、

「先生は、恋愛をやられたとしても、時代が古いでしょう。」

「古くては、問題にならんかね。」

「まったく問題にならんこともありませんが――」

と大河は真顔になり、

「実は、ぼくは、世間《せけん》できわめて重大だと考えている公《おおや》けの問題、たとえば現在でいうと、国家の非常時というような問題に対して、恋愛というものが、その本人にとって、実際どのぐらいの比重をもつものか、正直《しょうじき》なところをきいてみたかったんです。」

「ふむ。」

と、朝倉先生も真顔になって首をかしげた。

「むろん、恋愛か、戦場か、という問題につきあたった場合、日本の青年たちが実際にとる態度はもうきまっています。よほど変わった青年でないかぎり、国家の要請《ようせい》のまえには恋愛などは何でもないといった態度をとるんです。しかし、そういう態度がはたして恋愛の比重を正直にあらわしたものかどうかは、疑問だと思うのです。正直なところは、むしろ恋愛のほうの比重が大きい場合が、多いんじゃないでしょうか。」

「そうかもしれないね。何と言ったって、恋愛は本能的なものだから。しかし、恋愛のほうの比重が大きければ、それが、どうだというんだね。」

「ぼくは、日本の青年は、恋愛について、もっと正直であってもいいと思うんです。」

「というと、恋愛の比重が大きければ、公けの義務なんか、けっとばしてもいいと言うのかね。」

「一概《いちがい》にそうは考えていないんです。人間が組織の中に生きている以上、いっさいの個人的関心を乗りこえて果たさなければならない公けの義務があることは、ぼくも知っています。ただ、ぼくがおそれるのは、青年たちが、自分の心に問うてみて非常に比重の大きい、しかも、当然生かしてもいい、いや、進んで生かさなければならない純潔《じゅんけつ》な恋愛までを、時局とか、国家の要請《ようせい》とかいうような意識で、むりにしめ殺しているんではないか、しめ殺さないまでも、その価値《かち》を不当に低く見ようとしているんではないか、ということです。」

「うむ、たしかにそういう憂《うれ》いはあるね。」

「しかも、時局とか、国家の要請とかいったような意識が、しっかりした理性に導かれたものであれば、まだいいのですが、たいていは、マンネリズムといいますか、群集心理といいますか、まあそういった程度のものでしかありませんし、そんなうすっぺらな意識で、深く生命の自然に根をおろした恋愛を否定したり、軽視したりするのは許しがたいことだと思うのです。」

大河の声は、しだいに熱気をおびて来て、浴室のすみずみまでひびきわたった。みんなは私語《しご》をやめ、湯の音をたてることさえひかえて、かれのほうに注意を集中した。

「ぼく自身に恋愛の体験がなくて、恋愛を論じては、あるいは見当ちがいになるかもしれませんが、ほんとうの恋愛はどんな時局下でも抑圧《よくあつ》されてはならない。むしろ、時局が緊迫《きんぱく》すればするほど、それを正しく生かしてやるようにしなければならないと思っているんです。ほんとうの恋愛が抑圧されると、男女の関係は堕落《だらく》します。それは恋愛が人目にふれない暗いところに追いやられるからです。そして、そうなると、いっさいが不健全になります。時局のために精神主義の名において恋愛を軽視することが、かえって精神を低下させ、国民道徳の頽廃《たいはい》を招く、というような結果にならないとは限らないと思います。何と言ったって、恋愛は人間社会のあらゆる創造の源《みなもと》なんですから、それが正しく評価され、堂々《どうどう》と生かされないかぎり、すぐれた個人も、すぐれた民族も、すぐれた文化も生まれない。したがって、いわゆる精神主義とか鍛練《たんれん》主義とかで、どんなに力《りき》んでみても、国は衰《おとろ》えるばかりだということを、ぼくたちは忘れてはならないと思うんです。」

大河はそこまで言って、みんなの注意が自分に集まっているのに、はじめて気がついたらしく、急に口をつぐんで、にこりと笑った。そして、もう一度、とっぷりと湯にひたり、首を湯ぶねのふちにもたせかけた。

「さすがはお釈迦《しゃか》さまだ。これからは、みんな安心して、恋文《こいぶみ》が書けるぜ。」

だれかが浴室のすみから、そんなことを言った。すると、また、べつの声で、

「恋文なら、もう安心して書いているんじゃないか。現に今日もたくさん出たんだろう。」

「しかし、それは時局がら憂《うれ》うべき傾向だなんて憤慨《ふんがい》した人もいたからね。」

それで浴室はまたにぎやかになり、笑い声がうずまいた。大河は、しかし、もうにこりともしなかった。

朝倉先生は、何かものを考えるときのくせで、その澄《す》んだ眼をぱちぱちさせながら、湯ぶねを出て、からだをふいていたが、みんなの笑い声がしずまると、言った。

「大河君の考えている恋愛と、君らの考えている恋愛との間には、かなりのへだたりがありそうだ。うっかり安心して、やたらに恋文を書いていると、今に大河君に叱られるかもしれないよ。」

みんなは、それでまた笑った。しかし、その笑いは、まえほどにぎやかではなかった。

次郎も、大河の議論のはじまる前から浴室にいた一人だったが、かれは、大河が話している間、湯ぶねの中には一度もはいって来なかった。それどころか、しじゅう自分の

顔を大河からかくすようにさえしていたのである。しかし、だれよりも熱心に耳をかたむけていたのが、かれであったことは言うまでもない。

かれは、むろん、大河の言葉のすべてを肯定《こうてい》した。しかし、肯定すればするほど、やり場のない感情がかれの胸をしめつけ、ゆすぶり、にえたぎらした。

それは後悔《こうかい》でもあり、自嘲《じちょう》でもあり、怒《いか》りでもあった。かれは浴室にたちこめた濃《こ》い湯気《ゆげ》の中にじっと裸身《らしん》を据《す》え、ながいこと、だれの眼にも見えない孤独《こどく》の狂乱《きょうらん》を演じていたのである。

九　異変《いへん》(I)

恭一《きょういち》からは、それっきり何の音沙汰《おとさた》もなかった。次郎には、日がたつにつれ、それが気になって来た。

自分であんな返事を出しておきながら、それに対して、恭一から押《お》しかえして、また何か言って来るのを期待するのは、おかしなことだし、むろん、返事を書くときに、それを予期《よき》していたわけでは毛頭《もうとう》なかった。それにもかかわらず、かれは、三日とたち、四日とたつうちに、朝夕二回配達される郵便物がしだいに待ちどおしくなり、その中にそれが見つからないと、失望もし、何か欺《あざむ》かれたような気にさえなるのだった。

しかし、また一方《いっぽう》では、自分がそんな気持ちになるのを、するどく反省もした。そして反省の結果は、いつもたえがたい自己嫌悪《じこけんお》と自嘲《じちょう》だったのである。

何という弱さだ。いや、何という見《み》ぐるしさだ。いったい自分は、これまで自分を育てるために何をして来たというのだ。白鳥会以来の苦心と努力とは、いったい何を目《め》あてにしたものだったのだ。こんなふうでは、自分は、里子《さとご》から帰って来た幼年時代と少しも変わったところがないではないか。いや、あのころの自分は、まだ今ほどには見ぐるしくはなかった。なるほど、自分はあのころ、虚言《きょげん》、策略《さくりゃく》、暴力、偽善《ぎぜん》、そのほかありとあらゆる卑劣《ひれつ》な手段を毎日もてあそんでいた。しかし、それらはすべて、自分の心の底からの願い、――自分にとっては生きるということとまったく同じ意味をもつほどの、せっぱつまった願いをみたすために、自然が自分に教えてくれた手段だったのだ。自分は何よりもまず母の愛を求めていた。また、母をはじめ、肉親の人たちの自分に対する公平な待遇《たいぐう》を求めていた。それはあのころの自分にとって、決して不当な願いではなかったはずなのだ。いや、不当な願いでないどころか、それはかえって、自分を虚偽《きょぎ》や、策略や、暴力や、偽善から救い、正常な人間になるために、絶対に必要な願いであったとさえいえるのだ。その意味で、あのころの自分は、無意識的ではあったにせよ、自分に対してきわめて忠実《ちゅうじつ》であったと言えるのではないか。しかるに今はどうだ。今の自分のどこに少しでも真実さというものが残されているのだ。自分は、いったい、自分にとってどんなたいせつな願いを生かそうとしているのだ。どんなたいせつな願いを生かそうとして、兄に対してあんな返事を書いたというのだ。——

道江《みちえ》の生涯《しょうがい》の幸福のために？——なるほど、自分は心のどこかで、そんなことを考えていないのではない。だが、それがはたして自分の真実の願いだと言えるのか。道江と恭一との幸福な生活を将来に想像して、自分は今現に心の底からの喜びを感じていると言えるのか。正直《しょうじき》のところ、心の底には、喜びどころか、むしろ呪《のろ》いに似た気持ちさえ動いているのではないのか。——

あらゆる苦悩《くのう》にたえて、そうした呪いに似た気持ちを克服《こくふく》するのだ、と、そう自分に言いきかせて、自分をはげますことに、ある誇《ほこ》りを感じていないのではない。だが、そうした誇りに生きることが、自分にとってはたしてのっぴきならぬ願いなのか。その願いのまえには、どんな他の願いも犠牲《ぎせい》にされていいほど自分にとって高価《こうか》な願いなのか。もしそれが、それほど高価な、それほどのっぴきならぬ願いなら、兄からのつぎの手紙を期待するような今の気持ちは、いったいどこから湧《わ》いて来るのか。心のどこにそんな余地《よち》があり、そんなすき間《ま》があるのか。――

考えてみると、道江の問題について、これまで自分のとって来た態度のすべては、要するにお体裁《ていさい》であり、偽善であり、下劣《げれつ》な自尊心《じそんしん》の満足であり、劣等感《れっとうかん》をごまかすための虚勢《きょせい》でしかなかったのだ。何というなさけない自分だろう。

かれの反省の最後は、いつも、そうしたところに落ちて行くのだった。そして、それから先には一歩も進むことができず、相変《あいか》わらず恭一から手紙が来ないのが気になり、またそれを反省しては、ますますみじめな気持ちになるばかりだったのである。

とりわけ、かれが自分をなさけなく思い、ほとんど絶望的な気持ちにさえなったのは、ふと恭一に対してつぎのような疑《うたが》いを抱《いだ》いたときであった。――兄は、兄自身のためにぼくの気持ちをさぐってみたにすぎないのだ。ぼくの返事を見て、今ごろはおそらくほくそ笑《え》んでいることだろう。――

もっとも、この疑いはほんの一瞬《いっしゅん》だった。かれはいそいでそれを打ち消したし、疑いそのものが、あとまでながくかれを苦しめたわけではなかった。しかし、かれは、そうしたいやしい疑いがかりそめにもしのびこんで来る余地のある自分の心が、あまりにもなさけなかった。かれは、その時、事務室で、郵便物当番を手伝って、配達された郵便物を各室《へや》ごとによりわけていたのだったが、その当番に顔を見られるのが苦しくなり、いきなり自分の室にかけこんだために、かえって当番に目を見張らしたほどであった。

かれが、このごろ、だれの眼《め》よりもおそれたのは、大河無門《おおかわむもん》の眼だった。かれは、むろん、大河が自分の心の中を見とおしているなどとは考えていなかった。どんなに洞察《どうさつ》力《りょく》のある大河でも、こないだの日曜に恭一と道江とがたずねて来たおり、いっしょに飯《めし》を食《く》ったり、わずかの時間話したりしただけで、それができるとは思えなかったのである。しかし、かれが恭一に返事を出したその日に、大河がたまたま浴室で持ち出した恋《れん》愛論《あいろん》は、期《き》せずしてかれに対する大きな人間的抗議《こうぎ》となっていた。そして道江に対するかれの恋情《れんじょう》が深ければ深いほど、また自分という人間がなさけなく思えて来れば来るほど、この抗議がきびしく胸にこたえ、大河と顔をあわせるのが息ぐるしくなり、その眼がこわくなって来るのだった。こんな時こそ、自分から進んで大河にぶっつかり、その助言を求むべきではないか、という気もして、何度《なんど》か、かれを自分の室に招《まね》き、二人きりで、話してみたいと思ったこともあったが、いざとなると、どうしてもその勇気が出なかったのである。

朝倉《あさくら》先生夫妻に対しても、いくぶん息ぐるしさを感じないではなかった。しかし、仕事の上でどうしても話しあわなければならないことが多かったので、いつもいつも二人を避《さ》けてばかりはおれなかった。それに、二人と言葉をかわしていると、やはり何とはなしに慰《なぐさ》められるような気もして、いったん話しだすと、あんがい尻《しり》がおちつくのだった。しかし、話したあとがいつもいけなかった。というのは、自分の態度に何か不自然なところがあり、それが二人の眼にとまったのではないか、と、それがいやに気になったからである。

かれがこの数か月間、最も親しんで来たのは「歎異抄《たんにしょう》」で、今度《こんど》の開塾《かいじゅく》のすこし前ごろからは、すでに書いたように、毎朝まだ暗いうちに起きて、かならずその幾節《いくせつ》かを読むことにしていたのであるが、ことにこの数日間は、ひまさえあると自分の室《へや》にとじこもり、くりかえしそれに眼をさらしては、何か考えこむといったふうであった。

かれが最初「歎異抄」というものを読んでみる気になったのは、実は、それが宗教の古典として非常に有名であるというだけの理由からにすぎなかった。しかし、一度それに眼をとおすと、これまでの読書の場合とはまるでちがった魅力《みりょく》をそれに覚《おぼ》えた。そして読めば読むほど、底の知れない苦悩と、限りなく清澄《せいちょう》な心境とに、同時に誘《さそ》いこまれて行くような気がするのだった。むろん「弥陀《みだ》」だの、「念仏《ねんぶつ》」だの、「往生《おうじょう》」だのという言葉は、かれにはまだ、十分には理解もされず、気持ちの上でもぴったりしない言葉であった。その点からいって、かれは、おそらく、親鸞《しんらん》の他力信心《たりきしんじん》をそのまま素直《すなお》に受けいれていたとは言えなかったであろう。しかし、それにもかかわらず、その中には無条件にかれの胸にくい入《い》る何ものかがあった。それは、親鸞の徹底《てってい》した真実性であり、つきつめた自己反省による罪悪深重《ざいあくしんちょう》の自覚であり、そしてその結果としての自力《じりき》の絶対否定《ひてい》であった。「善悪のふたつ、総じてもて存知せざるなり」とか、「とても地獄《じごく》は一定《いちじょう》すみかぞかし」とか「親鸞は弟子《でし》一人も持たずさふらふ」とか、「父母の孝養《こうよう》のためとて、念仏一返にても申したること未《いま》ださふらはず」とか、そういった一途《いちず》な言葉に接するごとに、かれはおどろきもし、むちうたれもし、また同時に救われたような気もするのだった。

こうして、かれは「歎異抄」に親しむにつれ、これこそ人間の知性と情意《じょうい》との一如的《いちにょてき》燃焼《ねんしょう》であり、しかも知性をこえ、情意をこえた不可思議な心境の開拓《かいたく》を物語るものだ、というふうに考えるようになり、自分みずからその心境に近づくために、いよいよそれに親しむようになって来ていたのだった。ことにこのごろのように、内心の動揺《どうよう》がはげしくなり、自己嫌悪《じこけんお》の気持ちが深まって来ると、その中の一句一句が実感をもって胸にせまり、もう一ときもそれが手放せなくなって来たのである。

＊

二月二十四日は日曜だった。昨日の正午ごろからふりだした雪は、まだやんでいなかった。やむどころか、朝のラジオは、近年まれな新記録を出すかもしれないとさえ報じた。寒さもことのほかきびしかった。そのために、昨夜までは外出を計画していた塾生《じゅくせい》たちも、一人残らずそれを断念し、めずらしくみんなそろって日曜の一日を塾内ですごすことになったのである。

次郎も、実をいうと、内々その日の外出を、計画していた一人だった。かれは「歎異《たんに》抄《しょう》」に親しんでいるうちに、しだいに自分のこれまでの虚偽にたえられなくなり、いっそ自分から恭一の下宿をたずね、思いきって何もかも打ちあけてしまいたい、という気になっていたのである。むろん、かれは、自分が外出することをだれにももらしてはいなかった。それをもらしたために、塾生たちに道案内をせがまれたりして、行動の自由を束縛《そくばく》されてはならないと思ったからである。しかし、いよいよその日になると、かれも結局外出を思いとまるよりしかたがなかった。むりに出ようとすれば出られないほどの深い雪には、まだなっていなかったが、塾生全部が思いとまっているのに、めったに外出したことのない自分が、しいてそんな日を選んで外出するからには、少なくとも朝倉先生夫妻だけには、十分納得《なっとく》の行く理由を述べて断わる必要があった。しかし、その理由を正直に述べる気にはまだどうしてもなれなかったし、かといって、うそをつくのは、このごろのかれとしては、なおさら苦しいことだったのである。

朝倉先生夫妻は、これまで、日曜には、朝の行事をおわり、朝食をすましたあとは、すぐ空林庵《くうりんあん》に引きとり、読書をしたり、書きものをしたりしてすごす習慣だったが、居《い》残《のこ》りの塾生の中には、よく個人的問題について相談をもちかけて行くものがあり、先生夫妻も、喜んでそれを迎《むか》えるといったふうだったので、そうした塾生が三、四人もあると、それで一日が終わるというようなことも決してめずらしくはなかった。今日は、しかし、朝食のあとで、全員居残りだときくと、朝倉先生は、夫人と顔を見合わせ、

「じゃあ、私たちも居残りだ。何か話がある人は塾長室《じゅくちょうしつ》にやって来たまえ。」

と言って、すぐ塾長室にはいり、何か書きものをはじめたのだった。

こうして、雪は塾生たちから外出の楽しみを奪《うば》ったが、それは必ずしもかれらの気持ちを冷たくしたとばかりは言えなかった。考えようでは、何のきまった行事もない、最も自由な日を選び、塾長夫妻をはじめ、全員を一堂《いちどう》にとじこめることによって、みんなの心をいっそうあたためてくれたとも言えるのであった。その証拠《しょうこ》には、塾生たちは、だれがだれを誘《さそ》うともなく、いつのまにか一人のこらず広間《ひろま》に集まり、朝倉先生夫妻を中心に、のびのびと話しあったり、かくし芸を披露《ひろう》したり、友愛塾音頭《ゆうあいじゅくおんど》を踊《おど》ったりしていたのである。

次郎も、むろん広間に顔を出していた。そして、オルガンをひくとか、そのほか、こ

んな場合にかれでなくてはできないような役目は、いつもと変わりなく引きうけた。しかし、それがこの日のかれの気持ちにぴったりしていなかったことは、いうまでもない。かれは、ただ、自分の本心をだれにも見すかされないために、みんなと調子をあわせていたにすぎなかった。そして、そうした虚偽がさらに新たな苦汁《くじゅう》となってかれの胸の中を流れ、つぎからつぎに不快な気持ちをますばかりだったのである。

虚偽をにくむ心は尊《とうと》い。しかし、人間が徹底して虚偽から自由であることは、ほとんど不可能に近い。この故《ゆえ》に、虚偽をにくめばにくむほど、人間の苦しみは深まるものである。次郎にとって、この日は終日《しゅうじつ》、そうした意味での苦しみをなめる日であったとも言えるであろう。かれは、実際、開塾以来の、いや、かれ自身の気持ちとしてはもの心《ごころ》ついて以来の、最もいやな日を、この雪の日にすごしたわけだったのである。

翌日も雪空だった。ときどき晴れ間を見せたが、雪は解《と》けるより積もるほうが多かった。塾生たちは戸外《こがい》の作業がまったくできないために、やはりとじこめられた形だった。しかし、次郎にとっては、昨日の日曜にくらべるとはるかに楽な日だった。それは、予定の行事を予定に従ってすすめて行けばよかったし、そして、それだけのことは、自分の心をいつわっているという不愉快《ふゆかい》な自覚なしにもできることだったからである。

雪のせいか、その日の午後の郵便物は二時間もおくれて、日暮《ひぐ》れ近くに配達された。

ちょうど夕食まえの休み時間で、次郎はその時、何かの用で塾長室にいたが、用をすまして出て来ると、廊下《ろうか》を急いでいた郵便物当番が声をかけた。

「本田《ほんだ》さん、あなたにも来ていましたよ。お部屋《へや》にほうりこんでおきました。」

次郎は胸をどきつかせながら、自分の室《へや》にかけこんだ。しかし、そこにかれが見いだしたものは、つめたい畳《たたみ》の上にぴったりとくっついている一枚《まい》の葉書にすぎなかった。しかもそれは、ひろいあげて見るまでもなく恭一の手跡《しゅせき》だったのである。文面にはこうあった。

「重田《しげた》父子《おやこ》は、昨日曜夜の急行で退京した。二人の在京中、一度君《きみ》にも出て来てもらいたいと思っていたが、ついにその機会が見つからなかった。

君の手紙は、むろん見た。しかし、今はすべてを白紙にかえしたい。適当な機会が来るまで、僕《ぼく》はあのことについては沈黙《ちんもく》する。同時に君にも沈黙してもらいたい。ただし、これは僕ら二人の間だけのことで、他に対しての発言は自由だ。

手紙を書くと、くどくなると思ったので、わざと葉書にした。以上。」

重田は道江の姓《せい》である。次郎は、読みおわると、つめたい葉書の中にこめられた兄の情熱と意志とを感じた。また、おぼろげながら、その情熱と意志との方向をも察《さっ》することができた。しかし、それはすこしもかれの心を喜ばせなかった。それどころか、かれは恭一に対して一種の敵意《てきい》に似たものをさえ抱《いだ》きはじめていた。自分はさらしものにはなりたくない。そういった気持ちだったのである。

かれは、すぐ、机《つくえ》のひきだしから一枚の新しい葉書をとり出して、恭一あての返事を書いた。ペン先にやけに力がこもった。

「はがき見た。何のことやらわからぬ。沈黙はむろん結構《けっこう》。的《まと》なきに矢を放つようなことを君のほうでやりさえしなければ、僕ははじめから沈黙しているのだ。前便再読をのぞむ。これだけいって、いよいよ沈黙しよう。」

かれはつめたく微笑《びしょう》しながらペンをおいた。しかし、それと同時にかれの眼をひいたものがあった。それは机の上に開いたままになっていた「歎異抄《たんにしょう》」だった。

かれは、しばらく、今書いたばかりの葉書と「歎異抄」とを見くらべていたが、やにわにその葉書をわしづかみにし、もみくちゃにしてにぎりしめ、そして、にぎりしめたこぶしの上に顔を突《つ》っ伏《ぷ》せた。

こうして、この日も、次郎にとっては、決して昨日より楽な日だったとは言えなかったのである。

翌二十六日は火曜日だった。雪は昨夜もふりつづいたらしく、赤松《あかまつ》がずっしりと重く枝《えだ》をたれており、くぬぎ林が、雪だるまをならべたようにまるまっていた。

この数日は、門から玄関《げんかん》までの道の雪をかくことが、塾生たちの朝食後の仕事になっていたが、今日は、まだかき終わらないうちに、外来講師《がいらいこうし》の小川《おがわ》先生が、ゴム長をはいてやって来た。たいていの外来講師は、下赤塚《しもあかつか》駅から、塾《じゅく》で特約してあるタクシーに乗って来るのだったが、小川先生はこの村に住宅を構《かま》えているので、いつも徒歩だったのである。

次郎は、外来講師の中のだれよりも小川先生に親しみを感じていた。先生は農学博士で、日本の村落史研究の権威《けんい》であり、友愛塾では、毎回その研究を背景《はいけい》にして、新しい農村協同社会の理想を説《と》くのだったが、色の黒い、五分刈《ごぶが》り無髯《むぜん》の、ごつごつしたその風貌《ふうぼう》は、学者というよりは、鍬《くわ》をかついでいる百姓《ひゃくしょう》の親爺《おやじ》さんといったほうが適当であり、講義の調子も、その風貌にふさわしく、訥々《とつとつ》として渋《しぶ》りがちだった。しかし、そうした調子の中に、理論の骨組みが力強くとおっており、それを人間の誠実《せいじつ》さが肉付けしていて、何となく鰹節《かつおぶし》の味を思わせるものがあった。なお、田沼《たぬま》理事長や、朝倉塾長とは古くから親交があり、塾創立の協力者として理事会に名をつらねていたばかりでなく、この村に住んでいる関係で、自分の講義のない日でも、ひまさえあると顔を出し、夜の座談会などにも、喜んで加わるといったふうであった。そんなわけで、次郎はもうとうから、小川先生に対しては家族的な親愛感をさえ覚え、塾生たちといっしょに、その講義をきくのを楽しみにしていたのである。――むろん、講義の骨組みは毎回大体同じであった。しかし、先生がおりおり眼をつぶったあと、じっと塾生たちを見つめてもらす言葉の中には、深い人生体験と、思索《しさく》の中から生まれた、新しい知恵の言葉があり、それが次郎をして同じ講義を何度きいてもあかせない魅力《みりょく》になっていたのであった。

小川先生の講義は八時からはじまった。正午までの四時間を適当に二回に切って話すことになっていたが、その第一回目の半《なか》ばをすぎたころ、給仕《きゅうじ》の河瀬《かわせ》が講堂《こうどう》にはいって来て、一番うしろの席で講義をきいていた次郎の耳に、何かこっそりささやいた。

次郎は、すぐ立ちあがって、河瀬のあとについて廊下に出たが、

「長距離《ちょうきょり》？　どこからだい。」

「東京からです。あなたに出てもらうようにいわれました。」

「田沼先生からかな。」

「そうじゃないようです。若い人の声でした。」

そう言っている間に、次郎はもう、事務室の受話機の前に立っていた。

相手はあんがいにも恭一だった。次郎がどぎまぎしながら、自分の名を告げると、恭一はかなり興奮《こうふん》した調子で言った。

「どうだい、そちらには、まだ何も変わったことはないのか。」

次郎は、いきなりそんなことを言われて、いよいよどぎまぎしたが、

「変わったことって、べつにないよ。……君の葉書は昨日見た。」

「見たか。しかし、あのことは、当分《とうぶん》沈黙だ。今は、それどころじゃない。そんなことよりか――」

と興奮する声を強《し》いておさえ、あたりをはばかるように、

「東京は大変《たいへん》なことになったんだぜ。」

「大変なこと？　何があったんだ。」

「真相はまだはっきりしないがね。とにかく宮城《きゅうじょう》のまわりを軍隊がとりまいていて、あの辺の交通が自由でないそうだ。」

「ふうん。」

「重臣《じゅうしん》がだいぶ殺されたらしいという噂《うわさ》もとんでいる。」

「ふうん。」

「総理大臣官邸《かんてい》はたしかにやられたらしいんだ。そのほか、どういう人がやられたかわからんが、何でも、一人や二人ではないらしいよ。」

「ほんとうかい。」

「どうも、ほんとうらしいね。」

「すると、まったくの叛乱《はんらん》じゃないか。」

「そんな風《ふう》に思えるね。クーデターと言ったほうが適当かもしれんが。」

「なるほど。とにかく大変だね。街《まち》は大さわぎだろう。」

「大さわぎというより、今のところ、不安で身動きができないといった形だ。」

「オフィスや商店は戸をしめているのかい。」

「そんなことはない。丸《まる》の内《うち》付近はどうかわからないが、一般《いっぱん》は、表面べつにまだ変わった様子《ようす》は見せていない。もっとも、雪のせいで、人通りも少ないがね。」

「民間から暴動がおこるというような気配《けはい》はないのか。」

「それはないね。今のところは、軍人だけの仕事のように思えるんだ。もっとも、農民と何か連絡《れんらく》があるかもしれん、なんて噂《うわさ》もとんでいる。」

「それは、どんな人が言うんだい。」

「僕《ぼく》がきいたのは、右翼《うよく》団体に関係のある学生からだがね。」

「ふうん。もしそれが事実だとすると、いよいよ大変だね。」

「しかし、それは、僕は信じない。農村にそれほどの組織があろうとは思えないからね。」

「うむ、今のところはね。しかし、将来はわからんよ。事件の成《な》り行《ゆ》き次第《しだい》では。

……それで交通機関はどうなんだい。」

「ごく一部に遮断《しゃだん》されているところもあるようだが、大体は市内電車も平常通り動いている。」

「新聞や、ラジオは？」

「あっ、そうそう。何でも朝日新聞が襲撃《しゅうげき》されたという話だ。しかし、今朝《けさ》はあたりまえに出ているんだから、変だよ。もっとも、事件については、まだ何も書いてないし、かりに襲撃されたとしても、そのまえに刷《す》ったものかもしれない。……ラジオはだいじょうぶらしい。今朝は予定のプログラム通りだ。そちらでもきこえるんだろう。」

「今日はまだきいていないが……」

「そうか。しかし、これから状況《じょうきょう》は刻々《こっこく》変わるだろう。ぼくは今から大沢《おおさわ》君と二人で様子を見に行こうと思っている。何かわかったら、またすぐ電話で知らせるよ。もっとも、電話なんか通じなくなるようなことになるかもしれないがね。」

そう言われて、次郎はぎくりとしたが、しいて自分をおちつけながら、

「あぶないところに行くのはよせよ。こちらは、そう一刻《いっこく》を争って知らせてもらう必要はないんだから。」

「必要がないことなんかあるもんか。さっきも大沢君と話したことだが、状況次第で

は、塾は早く閉鎖《へいさ》したほうがいいかもしれんよ。ぐずぐずしているうちに、とんでもないことにならんとも限らんからね。」

「塾が?　どうして?」

「どうしてって、友愛塾は自由主義精神の砦《とりで》なんだろう。第一番に砲撃《ほうげき》されるよ。」

恭一の言葉の調子には、じょうだんめいたところがあった。次郎は、しかし、それをまったくのじょうだんだとして受け取る余裕《よゆう》がなかった。かれの眼には、もう荒田老《あらたろう》や平木中佐《ひらきちゅうさ》の顔がちらつき、二人と東京の異変とが無関係なものとは考えられなかったのである。

かれは、電話をきると、すぐ塾長室に飛んで行って、きいたままを朝倉先生に報告した。朝倉先生も、さすがに愕然《がくぜん》として、しばらくは口をきかなかったが、

「とうとうそんなことにまでなってしまったのか。おそろしいものだね。徒党《ととう》の争いというものは。」

と、にぎっていたペンをなげすてるように机の上において、腕《うで》をくみ、眼をつぶった。

次郎は、先生が徒党の争いといったのを、政党の争いという意味にとった。

「やはり政党の腐敗《ふはい》に憤激《ふんげき》してのことでしょうか。」

「それもあるだろう。それはたしかに事《こと》をおこす名目《めいもく》にはなる。しかし、今度のこと

は、おそらく陸軍内部の派閥《はばつ》争いに直接の原因があるだろう。」

「陸軍の内部にそんな争いがあっていたんですか。」

「挙国一致《きょこくいっち》」という合《あ》い言葉《ことば》の本家本元《ほんけほんもと》が軍隊であり、そしてその合い言葉で、国民を刻一刻《こくいっこく》と、のっぴきならぬ羽目《はめ》に追いたてているのがこのごろの軍人であるということ以外に、軍隊の裏面について何も知らなかったかれとしては、それは無理もない質問だったのである。

「去年の八月だったか、永田鉄山中将《ながたてつざんちゅうじょう》が、軍務局長室で相沢《あいざわ》中佐に暗殺された事件があったね、覚えているだろう。」

「ええ、覚えていますとも、まだ裁判はすんでいないでしょう。」

「あれなんかも、陸軍の派閥争いの一つの犠牲《ぎせい》だよ。裁判がややこしくなるのも無理はない。」

朝倉先生は、それから、陸軍内部の近年の動きについて、あらましの説明をしてきかせたが、それによると、全陸軍の主脳部《しゅのうぶ》が統制派と皇道派《こうどうは》の二派にわかれて、醜《みにく》い勢力争いをやっている、というのであった。

「何より恐《おそ》ろしいのは、両派の巨頭連《きょとうれん》が、自分たちの勢力を張るために、青年将校の意を迎《むか》えることに汲々《きゅうきゅう》として、全軍に下剋上《げこくじょう》の風《ふう》を作ってしまったことだ。これがほかの社会だと弊害《へいがい》があると言っても程度《ていど》が知れているが、軍隊の下剋上だけはまったく恐ろしいよ。鉄砲《てっぽう》をぶっ放《ぱな》す兵隊を直接握《にぎ》っているのは下級《かきゅう》将校だからね。しかもその下級将校が、単純《たんじゅん》な頭で、勇ましく鉄砲をぶっ放しさえすれば国力はいくらでも増進するように考えて、盛《さか》んに政治・外交・経済を論ずる。それに将軍連が心ならずも調子を合わせ、正論を圧迫《あっぱく》してとんでもない国論を作ってしまう。こうなると、まるでめちゃくちゃだよ。今度の事件にしたって、おそらく青年将校が主動者になっていると思うが、それも、もとをただせば巨頭連の派閥争いが原因さ。こんなふうで、日本も結局行くところまで行くのかな。」

朝倉先生は、そう言って、深いため息《いき》をつき、窓の外に眼をやったが、しばらくして、

「日本では、雪の日によく血《ち》なまぐさい事件が起こるものだね。四十七士《しじゅうしちし》の討ち入《うい》り、桜田門外《さくらだもんがい》の変《へん》、……しかし、今度の事件ほど暗い運命的な感じのする事件はないね。何だか、国民全体が浅《あさ》はかな野心《やしん》のためにくずれて行くような気がするよ。」

朝倉先生は、これまで、どんな悲観的な問題について話しても、きく人の気持ちまでを陰気《いんき》にさせるようなことはなかった。先生の言葉の奥《おく》には、いつも強い意志が動いていたからである。しかし、今日はそうでなかった。次郎は、きいていて、くずおれそうな気持ちになり、雪の反射《はんしゃ》で異様《いよう》に明るい室《へや》の空気の中に、しょんぼりと眼をふせてい

た。

するとすると、朝倉先生は、急に自分をとりもどしたように、椅子《いす》から立ちあがり、窓のほうにあるきながら、言った。

「しかし、できてしまったことは、できてしまったことだ。悔《く》やんでもしかたがない。……すべては、どうなるかでなくて、どうするかだ。友愛塾は友愛塾として、できるだけのことをすればいい。」

それから、次郎のほうを向いて、

「今日は幸《さいわ》い小川先生もおいでくださっているし、ご都合《つごう》がついたら、午後までお残り願おう。塾生には、休みの時間が来ても、そのことについて何も話さないでおいてくれたまえ。いいかげんな話をして、ただ気持ちを動揺《どうよう》させるだけでもつまらんからね。話すときには、ゆっくり時間をかけて話すほうがいいんだ。それに、恭一君からの電話だけでは、どこいらまでが確実だかもわからんし。……そうだ、さっそく田沼先生におたずねしてみよう。先生には、もっとくわしいことがわかっているにちがいない。すぐお宅《たく》に電話をかけてお出先《いでさき》をきいてくれたまえ。」

次郎はいそいで事務室に行ったが、まもなくもどって来て、

「田沼先生は、今朝《けさ》早くお出かけになって、お行先は、わからないそうです。しかし、

お出かけの時に、昼ごろまでには友愛塾に行くから、必要があったら、そのほうに連絡《れんらく》するように、とお言い残しだったそうです。」

「この雪に、ご自分でこちらにお出《い》でになるのか。ふむ、そうか。」

二人は、いよいよ事件の重大さを直感したらしく、だまって眼を見あった。

「では、君は今日はなるだけ事務室か、君の室《へや》かにいて、電話に気をつけていてくれたまえ。」

次郎は、それで自室に引きとったが、机の上には、相変わらず「歎異抄《たんにしょう》」がひらかれたままだった。かれは、しかし、今はふしぎにそれに心をひかれなかった。東京の異変でゆすぶられたかれの血は、「歎異抄」とは別の世界に流れ出ようとしているかのようであった。自己沈潜《ちんせん》の深い洞穴《ほらあな》から、急にあれ狂《くる》う嵐《あらし》の中におどりだして、胸を張り大声をあげて叫《さけ》ぼうとしている自分自身を、かれはかれの全身に感じていたのである。

かれの眼には、宮城《きゅうじょう》をとりまいて所々に配備されている機関銃《きかんじゅう》や、大砲《たいほう》や、歩哨《ほしょう》や、また、総理官邸《かんてい》の付近に、雪を血に染めて横たわっている人間の死体や、それらの間を何か声高《こわだか》に叫びながら疾駆《しっく》している若い乗馬将校の姿《すがた》などが、つぎからつぎに浮《う》かんで来た。

かれは落ちついてすわっていることさえできなかった。せまい室内を歩きまわりながら、暗殺された重臣たちの顔ぶれを想像してみた。それは、しかし、かれには皆目見当《かいもくけんとう》がつかなかった。また、かれは、全国の軍隊が真二《まっぷた》つに割《わ》れ、敵味方になって弾丸《たま》をうちあう場合のことを想像してみた。内乱などということは、外国のできごとだとしか考えていなかったかれにとっては、それはまったく思慮《しりょ》にあまることだった。まさか、という気持ちと、今にもそこいらから銃声《じゅうせい》がきこえて来そうに思える気持ちとの間に、かれはただ、うろうろするばかりであった。

友愛塾の運命、ということが、しだいにかれの頭をなやましはじめた。それは内乱というとほうもない大きな事態の下《もと》では、まるで問題にならない些事《さじ》のようにも考えられたし、また、その反対に、そういう事態になるような国情だからこそ、かえって軽視《けいし》できない、というふうにも考えられた。しかし、いずれにせよ閉鎖《へいさ》の運命はまぬがれないだろう。内乱状態がまもなく鎮定《ちんてい》されるにせよ、ながくつづくにせよ、また、いずれの派閥《はばつ》によって勝利が占《し》められるにせよ、政治の全権が軍の手に握《にぎ》られる以上、こうした種類の青年指導機関が、無事にその存在を許されるはずがない。それどころか、危険はあるいは、田沼先生や、朝倉先生や、小川先生などの身辺にまで及《およ》ぶかもしれないのだ。

かれは、そこまで考えると、田沼先生が、今日雪をおかしてさっそくここにやって来られる意味がわかるような気がして、いよいよ落ちつけなくなって来た。そんなことは考えすぎだ。ばかな！　と何度か自分を叱《しか》ってみたが、気持ちはどうにもならなかった。

講義が中休みになったらしく、廊下を歩く塾生たちのにぎやかな笑い声がきこえた。次郎の耳には、それが変にうつろにひびいた。そのうちに、二、三名の塾生が事務室にはいって来て、すみの机で謄写版《とうしゃばん》をすりだした。――塾生たちは、分担の仕事の種類によっては、そのための特別の時間を与《あた》えられていなかったので、それを間《ま》にあうように果たすためには、どんなわずかな休み時間をでも活用することを怠《おこた》るわけには行かなかったのである。

謄写版をすりながら、かれらは話しだした。最初に口をきったのは、たしか青山敬太郎《あおやまけいたろう》だった。

「農村の科学化とか共同化とかいうことも、あんなふうに話してもらうと、なるほどと思うね。」

「ぼく、これまで同じような題目の話をほうぼうできいたが、今日ほどぴんとこたえたことはないよ。内容に大したちがいはないがね。」

「やっぱり話す人の人柄《ひとがら》が大事なんだな。」

「そう言うと、ここに来る先生は、外来の先生でも、人柄に一脈《いちみゃく》通ずるところがあるんじゃないかな。」

「うむ、どの先生もしみじみとしたところがあって、本気でぼくたちのことを考えていてくれるという気がするね。」

「ぼくは、はじめのうち、この塾の先生たちには、何だか活気がなくて物足《ものた》りない気がしていたんだが、今から考えてみると、こちらが上《うわ》っ調子《ちょうし》だったんだね。」

「それは、おそらく、君だけじゃないだろう。入塾式の日には、たいていの塾生が田沼先生や朝倉先生の話よりも、平木中佐の元気な話に感激《かんげき》したんだからね。」

「ははは。……しかし平木中佐だって、ふまじめではないだろう。あの人はあの人なりに、本気で日本の青年のことを考えているにちがいないよ。」

「それはそうかもしれない。しかし本気ぶりがちがうよ。自分の考えだけに夢中《むちゅう》になって、国民の地についた日常生活のことなんか、まるで忘れてしまっているような本気では困るね。」

「そうだ。そういうことが、ぼく、この塾にはいってから、よくわかって来たような気がする。」

「そういうことのわかった青年が、一村に五、六名もいると、心強いんだがね。」

「そうだ。ぼくも、このごろしみじみそういうことを考えているよ。それで、ぼくの村からは、このつぎにもぜひだれか入塾させたいと思って、昨日手紙を出してすすめておいたんだ。」

「ずいぶん手《て》まわしがいいね。ぼくもさっそく手紙を書くことにしよう。」

次郎は仕切《しき》り戸《ど》ごしにそんな話し声をきいていて、泣きたいような喜びを感じた。しかし、その喜びは、かれを一《いっ》そう憂《ゆう》うつにする原因でしかなかった。

(これほど塾生たちが期待してくれているこの塾の運命も、遠からず決定するのだ。何という矛盾《むじゅん》だろう。何という大きな損失だろう。)

かれは、そう考えて、地《じ》だんだをふみたい気持ちだったのである。

まもなく、また講義がはじまり、事務室も廊下も、ひっそりとなった。次郎は、休みの時間に塾長室で、今日の事変のことを朝倉先生から聞かされたにちがいない小川先生が、どんな講義をされるか、きいてみたい気持ちで一《いっ》ぱいだったが、電話のことが気がかりで、やはり自室に残っていた。

かれの眼は、べつに見る気もなく、机の上にひらいたままの「歎異抄《たんにしょう》」にそそがれた。そして、最初に眼にとまったのは、つぎの一節だった。

「念仏は、行者《ぎょうじゃ》のために、非行非善なり。わがはからひにて行ずるにあらざれば、非行といふ。わがはからひにてつくる善にあらざれば、非善といふ。ひとへに他力《たりき》にして、自力《じりき》をはなれたるゆゑに、行者のためには、非行非善なり。」

かれは、これまで、こうした絶対自力否定の言葉に強く心をひかれていた。それは、しかし、その言葉を素直《すなお》に受けいれてのことではなく、むしろその反対に、素直に受けいれることのできない自分の心のいたらなさをもどかしく思うからのことであった。どうして自分はこうも自分にとらわれるのだろう。自分の力ではどうにもならないということがはっきりわかっている場合でも、自分は身を投げ出して人の助けを求める気にはどうしてもなれない。何というあくどさだ。いや、何というけちくささだ。自分はかつて白鳥会時代には、「無計画の計画」とか、「摂理《せつり》」とかいう言葉を自分の心のよりどころにして、明るく人生を眺《なが》める態度を養《やしな》って来たつもりであったが、それは単なる観念の遊戯《ゆうぎ》にすぎなかったのか。――そういった反省の気持ちで、かれはこれまで、その一節と取っくんで来たのである。

ところが、今はまったく別の方向にかれの気持ちが動きだしていた。もしこの一節に真理があるとするならば、友愛塾とはいったい何だ。たとえひそやかなものではあっても、その時代への抵抗《ていこう》は決して「非行」ではないはずだ。民族生活の将来に描《えが》くその理想と、その実現のための実践《じっせん》は、決して「非善」とは言えないはずだ。「わがはからひ」を否定して、何の人生があり、何の喜びがあろう。生命とは、自主自律の力そのものを言うのではないのか。「念仏」だけでは、東京の事変はかたづかないのだ。――

かれの心には疑惑《ぎわく》の嵐《あらし》が吹きはじめた。これまで胸の底ふかく培《つちか》い育てて来た「歎異《たんに》抄《しょう》」の魅力《みりょく》が、それで根《ね》こそぎになるというほどではなかったが、その枝葉《えだは》の動揺《どうよう》はかなり激《はげ》しかった。かれはせっかちに、ページを先にめくり、またあともどりした。しかし、どこにもかれの疑惑《ぎわく》を解く鍵《かぎ》は見つからなかった。それどころか、かれはただ親鸞《しんらん》にあざけられるような気がするばかりだったのである。

火鉢《ひばち》の火は小さくなっていて、さすがに寒さが身にしみた。次郎は、「歎異抄」をばたりと閉じ、それを本立てに立てると、事務室に行って、ストーヴのそばの椅子《いす》に腰《こし》をおろした。事務室には給仕の河瀬もいなかった。

柱時計《はしらどけい》を見ると、もう十一時を二十分ほどすぎていた。かれは、昼ごろには田沼先生が見えることを思い出し、走って炊事室《すいじしつ》に行き、中食の用意を臨時《りんじ》に一人《ひとり》分だけ加えておくように頼《たの》むと、またすぐ事務室にもどって来た。そして、いきなりストーヴの火をかきまわし、それに、石炭を何ばいもつぎたした。変にめいるような、それでいて何かしないではいられないような気持ちだったのである。

そこへ、朝倉夫人がはいって来た。ふだんは、美しくひらいた眉根《まゆね》が、引きつるように、よっていた。

「次郎さん、東京は、まあ、大変ですってねえ。」

「ええ、おきまでしたか。」

「たった今、塾長室できいて来ましたの。」

「それで、今日は田沼先生がおいでになるそうです。」

「それもうけたまわりましたの。——でも、恭一さん、よく気をきかして早くお知らせくだすったわね。」

「大沢君と二人で、塾のことを心配しているらしいんです。」

朝倉夫人は何度もうなずいたきり、それには返事をしなかったが、しばらくして、

「五・一五事件の時も私たちいやな思いをしましたけれど、今度はそれどころじゃないらしいわね。でも、世間《せけん》の人たちは、あのころよりか、かえって目を覚《さ》まして来ているんじゃないかしら。」

「そうかもしれません。しかし、それだけに、無理な圧迫《あっぱく》もいっそうひどくなるでしょう。」

「そうね。悪い時代って、そんなものね。」

と朝倉夫人は、しばらく何か考えていたが、

「でも、おちつきましょうよ。せめて、あたしたちだけでもおちつかないと、これから育つ人たちに申しわけありませんわ。それにながい目で見ると、世の中は、おちつい

てあたりまえのことをする人の希望どおりに、きっとなっていくものですわ。あたしそう信じるの。」

次郎は、何か心のなごむような気持ちで、じっと眼をふせていた。心の動揺を感じたあと、夫人と二人きりで話していると、かれはいつとはなしにそんな気持ちになるのだった。夫人の言葉の内容にそれだけの説得力《せっとくりょく》があるわけでは必ずしもなかったが、その言葉のはしばしからにじみ出るものが、かれのいらだつ神経をやわらかになでてくれたのである。

ストーヴは底ごもるような音をたて、鉄の膚《はだ》をほの赤くぼかしており、窓外の木々は雪をかぶってどっしりと重かった。

「ぼくには、落ちつくということ、まだよくわからないんです。」

次郎は、かなりたって、ぽつりとそんなことを言った。それはしかし、朝倉夫人に対する抗議《こうぎ》ではむろんなかった。また、かれの深い苦悶《くもん》の表白であるとも言えなかった。うら悲《がな》しいような、甘《あま》えたいような気持ちが、自然にそんな言葉となって、かれの唇《くちびる》をもれたといったほうが適当だったのである。

一〇　異変(Ⅱ)

田沼《たぬま》先生が、雪をけって自動車をのりつけたのは、もう小川《おがわ》先生の講義もすみ、食事当番の塾生《じゅくせい》たちが広間《ひろま》に食卓《しょくたく》の準備《じゅんび》をはじめていたころであった。次郎が胸をどきつかせながら出迎《でむか》えると、先生は、まだ靴《くつ》もぬがないうちに言った。

「ちょうど、昼になってしまったが、私のぶん、食事の用意ができるかね。」

「はい、用意しておきました。」

「用意しておいた？　私が来るの、わかっていたのかい。」

「ええ、お宅《たく》にお電話をしましたら、こちらにお出《い》でになるようにおっしゃったものですから。」

「ふうむ――」

と、先生が、けげんそうに次郎の顔を見ているところへ、朝倉《あさくら》先生がやって来て、

「お待ちしていました。雪の中を大変《たいへん》だったでしょう。」

「いや――」

と、田沼先生は次郎にオーバーをぬがせてもらいながら、ちょっと声をひそめて、

「東京のさわぎ、もうこちらにもわかっているんですね。」

「ええ、あらまし。……大学にかよっている、本田《ほんだ》君の兄から電話で知らしてくれたものですから。」

「なるほど。……ここだけは別天地《べってんち》だなんて考えるわけには、いよいよいかなくなって来ましたかね。はっはっはっ。」

朝倉先生も笑った。が、すぐ真顔《まがお》になり、

「実は小川博士もお待ちかねです。今日はちょうどご講義の日でお見えになっていたものですから。」

「ああ、そう。それは好都合《こうつごう》でした。」

次郎は、二人がそういって塾長室《じゅくちょうしつ》にはいるのを、自分もあとについてはいりたい気持ちで見おくっていた。すると、すぐ耳のうしろで、いきなり、中食を報ずる板木《ばんぎ》の音が鳴りひびいた。

食事は、まもなくはじまった。むろん、田沼・朝倉・小川の三先生も、塾長室で話をするいとまもなく、食卓に顔をならべたのだった。塾生たちは、田沼先生が塾に顔を出すのは珍《めずら》しいことではなかったので、雪をおかしてやって来たのを、べつにあやしむふ

うもなく、ただ親しみをこめた眼《め》で迎えただけだった。三先生の食事中の対話も、いつもとたいして変わりはなかった。すべては平日《へいじつ》どおりだった。

次郎の気持ちは、しかし、はじめからおわりまで、緊張《きんちょう》そのものだった。かれの眼はたえず田沼先生のほうに注《そそ》がれ、その一挙一動《いっきょいちどう》をも見のがさなかった。先生は、肥満型《ひまんがた》で、血圧が高かったため、酒も煙草《たばこ》もたしなまなかったが、その代《か》わりに、非常な健啖《けんたん》家《か》で、速度もなみはずれてはやく、それがしばしば食卓の笑い話の種《たね》になるほどだった。今日も相変《あいか》わらずだったが、先生は何杯目《なんばいめ》かのお代わりを朝倉夫人によそってもらいながら、とうとう自分から笑いだして言った。

「だしぬけに飛びこんで来て、こんなに食べても、だいじょうぶですかね。」

「ええ、ええ、ご安心なすって。そのつもりで、こちらのお鉢《はち》にうんと入れておきましたから。ほほほ。」

「それはどうも。……しかし、今日はとくべつですよ。何しろ、暗いうちに茶ものまないでうちを飛び出して、やっと昼飯にありついたというわけですからね。」

田沼先生は、そう言って、もう一度大きく笑った。しかし、朝倉夫人はもう笑わなかった。笑いかけていた朝倉先生や小川先生の顔も、何かにつきあたったように固くなった。そうした顔を見くらべていた次郎の眼は、もう一度、田沼先生のほうに注がれたが、その時には、田沼先生も次郎のほうを見ていた。二人の眼はあってすぐはなれた。しかし、次郎には、何で田沼先生が自分のほうを見たかがわかるような気がした。

食事がすむと、いつもなら、各部から緊急《きんきゅう》な報告や、ちょっとした生活上の注意などをやり、そのあと五分か七分雑談をやってすごすことになっていたが、塾生たちは、田沼先生が食卓に顔を出すと、きまってその雑談の時間を先生に提供することにしており、先生もそのつもりで、いつも何かちょっとした話の種を用意しているのだった。ところが、今日は、その時間になると、すぐ朝倉先生が言った。

「今日は、田沼先生は、あとですこし時間をかけて、ある大事なことを諸君《しょくん》にお話しくださるはずだから、いつものおねだりはやめにして、これで解散する。午後は読書会の時間になっているが、その時間にお話をうけたまわることにしたい。お話がすんだあと、読書会がやれるかどうかわからないが、その用意だけはしておいてもらいたい。」

塾生たちはいつにない緊張した顔をして食卓をはなれた。

そのあと、塾長室には、三先生のほかに、朝倉夫人と次郎とが集まった。夫人も次郎も、食卓をはなれて事務室に行きかけたところを、田沼先生に呼びこまれたのであった。

田沼先生は椅子《いす》に深く身をうずめ、両手を前にくみ、伏目《ふしめ》がちになって話しだした。言葉の調子には、すこしも興奮《こうふん》したところがなかった。むしろ重々《おもおも》しい、考えぶかい調子だった。事変の輪郭《りんかく》は恭一《きょういち》からの電話と変わりはなかったが、もっとくわしく、具体的で、確実性があった。

叛乱《はんらん》に参加したのは、近衛《このえ》歩兵《ほへい》第三連隊・歩兵第一、第三連隊・市川野戦砲《いちかわやせんほう》第七連隊などの将兵《しょうへい》の一部で、三宅坂《みやけざか》・桜田門《さくらだもん》・虎《とら》の門《もん》・赤坂見附《あかさかみつけ》の線の内側を占拠《せんきょ》し、陸軍省・陸相官邸《かんてい》・参謀《さんぼう》本部などはもとより、警視庁もすでにその占領下《せんりょうか》にあり、各所に立てられた旗じるしには、「尊王討姦《そんのうとうかん》」の四文字が書かれている。暗殺された重臣《じゅうしん》中、すでに確実となったのは、斎藤実《さいとうまこと》・高橋是清《たかはしこれきよ》・渡辺錠太郎《わたなべじょうたろう》、といった人々で、そのほかに、牧野伸顕《まきののぶあき》・鈴木《すずき》貫太郎《かんたろう》の二重臣も襲撃《しゅうげき》をうけたらしいが、その生死はまだ確実ではない。総理大臣の岡田啓介《おかだけいすけ》も消息不明だが、十中八九《じっちゅうはっく》、官邸で殺害されているだろう、というのであった。

なお、朝日新聞社襲撃も事実で、暗殺終了後《しゅうりょうご》、午前九時ごろに、トラック三台に分乗した叛軍《はんぐん》の一部が、「国賊《こくぞく》朝日を破壊《はかい》する」と叫《さけ》んで社内に乱入《らんにゅう》し、印刷局の活字ケースなどをめちゃくちゃにひっくりかえしたそうである。

叛軍の一部は今朝から赤坂の山王《さんのう》ホテルに宿営している。料亭幸楽《りょうていこうらく》も午前十時ごろ若い将校から多量の酒と弁当の注文をうけたが、ここもあるいはかれらの宿営所として占領されるかもしれない。

田沼先生は、一通《ひととお》り以上のような状況《じょうきょう》を話しおわると、言った。

「何より心配だったのは、軍部の巨頭《きょとう》がこれに参加してはいないかということでしたが、それはさすがにないようです。少なくとも、今のところ、直接指揮《しき》しているとは思えません。その点からいって、さわぎがすぐにも全軍に波及《はきゅう》するようなことは、おそらくないだろうと思います。もっとも、派閥《はばつ》を作るような巨頭連のことですから、今後どう動くか、安心はできません。現に、巨頭連の中には、叛軍の説得《せっとく》に行って、〝ご苦労さん、よくやったね〟とか、〝お前らの心はようくわかっとる〟とか言って、かえってご機嫌《きげん》をとったり、はなはだしいのは万歳《ばんざい》をとなえてやったものもあったそうですからね。」

「それはひどい。」

と、小川先生はひとりごとのように言って、その鈍重《どんじゅう》な眼をぎろりと光らせたが、

「いったい、そういう人たちは、この事件を、どう考えているんでしょう。それにいくらかでも、正当性があるとでも思っているんでしょうか。」

「そこなんです、心配なのは。われわれの考え方からすると、これほど明白な叛乱はないのですが、軍首脳部《しゅのうぶ》で、まだ一人も叛乱という言葉をつかった人はないようです。それどころか、五・一五の場合と同じように、行動を正当づけるような名称を案出《あんしゅつ》する

のに苦心しているらしいのです。」

「むろん、もう陛下《へいか》のお耳にもはいっているでしょうが、陛下はどうお考えでしょう。」

「そのことは、まだ、はっきりしたことは私にはわかりません。しかし、陛下はご聡《そう》明《めい》です。それに――」

と、田沼先生は、ちょっと言いよどんだが、

「ご側近《そっきん》には、湯浅《ゆあさ》内大臣のような方もおられます。内大臣はあくまでも筋《すじ》の通った方だと私は信じます。」

「内大臣には危険はなかったのですね。」

「ええ、ご無事でした。」

と、田沼先生は何かを回想するようにしばらく眼をつぶったが、

「実は、今朝ほんの五分間ほどお目にかかって来たのです。」

みんなは眼を見はった。田沼先生は、しかし、もうそれ以上そのことについて何も言おうとはしなかった。沈黙《ちんもく》がかなりながいことつづいた。次郎はかつて経験したことのない異様《いよう》な興奮と、厳粛《げんしゅく》な気持ちとを同時に味わいながら、じっと先生の横顔を見つめていた。すると、朝倉先生が、沈黙をときほぐすように、たずねた。

「叛乱をおこした若い将校たちは、すると、皇道派《こうどうは》ですね。」

「ええ、まあそうだと見なければなりますまい。統制派と見られていた教育総監《そうかん》の渡辺大将が遭難《そうなん》されたのですから……。しかし、叛乱がいずれの側からおこされたかということは、今はもう問題ではありますまい。罪は軍全体にありますよ。」

「それは、むろん、そうです。もっとつきつめると、国民全体にあるとも言えますね。」

「ええ。おたがいとしては、そこまで考えてあと始末《しまつ》にかかる覚悟《かくご》がたいせつでしょう。ことにこの塾堂《じゅくどう》なんかではね。」

朝倉夫人は、眼をふせがちにして三人の話をきいていたが、

「叛乱に参加している人数は、すべてで、どのくらいでございましょう。」

「千四、五百のところらしいのです。むろん正確ではありませんが。」

「すると、それだけの兵隊さんが、はじめから計画に加わっていたわけなのでございましょうか。」

「そんなことはないでしょう。下士官《かしかん》以下は将校の命令で動いているにすぎないと思いますね。」

「そんな兵隊さんたちこそ、ほんとうにお気《き》の毒《どく》ですわね。」

「ええ、それなんです。だれの胸にもすぐぴんとこたえるのは……。成《な》り行《ゆ》きしだいでは、青年将校たちと同じように賊名《ぞくめい》を負《お》わなければなりませんし、万一《まんいち》そんなことにでもなったら、実際、何と言っていいか……」

「そのうち、参加者の名前もわかるでしょうが、家族の方たちのお気持ちはどんなでしょう。」

「実は、市内の人で、自分の息子《むすこ》が参加していやしないかと、それを心配して、走りまわっている人が、もう何名もあるそうです。」

「そうでしょうともねえ。」

みんなは、めいめいにテーブルの一点に眼をおとして、まただまりこんだ。

「そこで――」

と、田沼先生は、ちょっと腕時計《うでどけい》を見て、

「午後の読書会は一時からでしょう。もうあと二十分しかないが、塾としてこの事件を、どういう態度で取《と》り扱《あつか》って行きましょう。実は、私は、デマがおそろしかったので、私自身の見聞《けんぶん》で、正確なところをみんなに話しておきたいというだけの考えでやって来たんですが、塾長に何かとくべつのお考えがあれば、それもふくんでいて話すほうがいいと思いますが。」

次郎は息をのんで朝倉先生の答えを待った。朝倉先生は、しかし、あんがい無造作《むぞうさ》にこたえた。

「塾としては、やはり理事長がさっきおっしゃったように、国民全体の責任というような考え方で行くよりほかありませんし、その点を反省させながら、できるだけ落ちついて、これまでどおりの生活をつづけて行きたいと思いますが。」

「結構《けっこう》ですね。」

と、田沼先生も無造作にうなずいたが、すぐ、

「しかし、だからといって、事件の批判《ひはん》をあいまいにしておきたくはないものですね。」

朝倉先生は、けげんそうな眼をして田沼先生を見つめた。すると、田沼先生は、ちょっと次郎のほうを見たあと、苦笑《くしょう》しながら、

「批判などというと、大《おお》げさにきこえるかもしれませんが、何も軍の内情まであばきたてて、かれこれ言おうというのではありません。そういうことは、この塾ではいっさいふれたくないし、また、ふれる必要もないと思います。しかし、叛乱軍をはっきり叛乱軍と言いきることだけは遠慮《えんりょ》してはなりますまい。それをあいまいにして、事件の全責任をただちに国民全体が負うというようになりますと、まるで筋が通らなくなります。

通すべき筋だけははっきり通して、その上で、負うべき責任を全国民が負う、そういったぐあいに指導していただきたいように思いますが……」

「いや、よくわかりました。むろん同感です。国民の責任といったところで、それは要するに、満州事変以来、おっしゃるような筋を通すことに国民が卑怯《ひきょう》だった点にあるんですからね。」

田沼先生はうなずいて、じっと眼をふせた。そして、しばらく考えていたが、

「しかし、筋を通すには、それだけの覚悟がいりますね。」

と、今度《こんど》は朝倉夫人のほうに眼をやり、急に、じょうだんめかして、言った。

「奥《おく》さん、五・一五事件の折りは、大変いやな思いをなすったんですが、もう一度ご苦労をおかけするかもしれませんよ。」

「ええ、ええ。それが必要でしたら。」

と、夫人も微笑《びしょう》しながら、

「あたくしどもの苦労なんて、苦労のうちにははいりませんわ。どうせ先生のおあとをついてまわるだけですもの。ほほほ。」

夫人は、しかし、そのあとすぐしんみりして、

「でも、この塾はどうなるんでございましょう。あとにどなたか……」

「それは、あなた方《がた》と運命をともにするよりほかありませんね。」

田沼先生は、きっぱりこたえた。すると、小川先生がどもるような声で、

「理事長、すると、あなたはもう、塾の閉鎖《へいさ》まで決心されているんですか。」

「ええ、最悪の場合は、こちらが決心しなくても、自然そうなるでしょうし……」

「しかし、それは避《さ》けられないことではないでしょう。」

「むろん、避けられるだけは避けます。無用《むよう》な摩擦《まさつ》をおこして自分から最悪の事態に落ちこむようなことはしないつもりです。しかし大義名分《たいぎめいぶん》をみだすようなことにまで、お調子をあわせるわけには行きますまい。」

「軍では、もう、そういうことについて、何かいいだしているんですか。」

「正面きって何もいいだしているわけではありません。しかし、叛乱とか叛軍とかいう言葉は、今のところ絶対禁物《きんもつ》のようです。それをはっきり口に出したら、それだけで、最悪の事態におちいるかもしれません。今朝の状勢では、そうとしか思えませんでした。今度の場合は、しかし、何としてもそれに妥協《だきょう》するわけには行かないと思います。友愛《ゆうあい》塾《じゅく》が、そのために犠牲《ぎせい》になっても、いたし方《かた》ないでしょう。身を焼いて灰《はい》からよみがえるという不死鳥《ふしちょう》の覚悟をしようじゃありませんか。」

小川先生は、大きな息をして眼をつぶった。そして眼をつぶったまま、ひとりごとの

ように言った。

「惜《お》しい、実に惜しい。こういう塾こそ今の時代の良心なんですがね。」

「その良心を守ろうというんです。ははは。」

と、田沼先生は快活に笑った。

次郎は小川先生の気持ちにしみじみとした共感を覚《おぼ》えていた。そのせいか、田沼先生の笑い声に腹がたつような気持ちがした。すると、朝倉先生が言った。

「どうだい、本田《ほんだ》君、理事長のおっしゃるような覚悟ができたかね。」

次郎は田沼先生のほうをぬすむように見ながら、

「ぼくは、この塾では、事件を無視《むし》することにしたらいいと思っているんです。」

「無視する、というと?」

「いっさい、ふれないんです。ふれないでおいて、ふだんのとおりの生活を、おちついてやって行くんです。」

「おちつくのはいい。しかしこれほどの事件を無視するわけには行かんだろう。われわれが無視しようとしても、いずれどういう形でか新聞にも出るだろうし、塾生たちが問題にしないではおかないよ。その時、君はどうする? にげるかね。」

次郎は返事ができなくて、顔をあからめた。すると、今度は田沼先生が微笑しながら、

「無視するとはうまく考えたな。いかにも本田君らしい。しかし、それは一種の小細《こざい》工《く》だ。そういう小細工はやらないほうがいい。やはり塾生を愛することだよ。塾生の良心をね。その愛さえあれば、塾堂はつぶれても、塾はどこかで生きる。塾長、そうでしょう。」

「ええ、そうですとも。」

朝倉先生が答えた時には、次郎はもう椅子《いす》をはなれて棒立《ぼうだ》ちになっていた。田沼先生の言った「小細工」という言葉が、鋭《するど》い刺《とげ》のようにかれの胸をつきさしていたのである。かれは何か言おうとしたが、言葉が出なかった。

「そう窮屈《きゅうくつ》にならんほうがいい。」

と、田沼先生はにこにこ笑いながら、

「窮屈になるから、やることがつい小細工になるんだよ。君《きみ》の真剣《しんけん》なのはいいが、人間は大事な時ほど大《おお》らかでないと、的《まと》をはずしてしまうものだ。ちょうど火事の時にくだらんものを持ち出すようなものでね。はっはっはっ。」

次郎は、しかし、笑うどころではなかった。田沼先生のきわめて自然な、的をはずさぬ物《もの》ごとの判断が、その深い人間愛から流れ出ているということに気がつけばつくほど、かれは、かれ自身の気持ちが、いよいよ窮屈さと不自然さの中に追いこまれて行くような気がするのだった。

「わかりました。」

かれは、ばかに声に力を入れてそう言ったが、それはほんとうに納得《なっとく》したというよりは、しいて言葉をはげまして、自分の不安をはらいのけているといった調子だった。

ちょうどその時、午後の行事を報ずる板木《ばんぎ》が鳴った。次郎はそれをきくと、逃《に》げるように室《へや》をとびだした。

読書会は、広間の畳《たたみ》に、食卓を四角にならべてやることになっていた。塾生たちが「二宮翁夜話《にのみやおうやわ》」を持って席につき終わったころには、三先生ももう顔をならべていた。

朝倉夫人は、読書会には、ふだんは手《て》すきの時だけ顔をだすことにしていたが、今日はむろんはじめから、次郎とならんで席についていた。

「今日は、非常に残念なことを、諸君の耳に入れなければならないが――」

と、田沼先生は、いつものにこやかな態度に似ず、いかにも苦しそうに話しだした。言葉はきわめて平凡《へいぼん》で、刺激的《しげきてき》な形容詞など一語も使わなかった。ただ実際に見聞した事実を、それも要点だけ、ごく手短かに話したにすぎなかった。ただ最後に、いくぶん調子をつよめて言った。

「勅命《ちょくめい》なくして兵を動かし、重臣を殺害したということは、明らかに叛乱だ。そういうことが日本にあろうとは、諸君は夢《ゆめ》にも思わなかったにちがいない。しかし残念ながらこれは事実だ。私は、今日は取りあえずその事実だけを諸君の耳に入れておく。いずれこれからは、いろんな報道がつたわるだろうと思うが、その中には、デマもあるだろうし、雑音もまじるだろう。しかし、私が話したことだけは、間違《まちが》いのないことだから、それを基礎《きそ》にして、これからのすべての報道を冷静に判断してもらいたい。」

塾生たちのうけた衝撃《しょうげき》は、むろん大きかった。先生の言葉が、いつもに似ずしぶりがちで、しかも簡単《かんたん》だったのが、かえってかれらに気味《きみ》わるい感じを与《あた》えたらしかった。次郎は、かれらが眼を光らせ、耳をそばだてて聞いている沈黙《ちんもく》の底に、すさまじく渦《うず》を巻《ま》いている感情の嵐《あらし》を明らかに感ずることができた。

話がおわったあと、しばらくは部屋《へや》じゅうが凍《こお》ったようにしんとしていた。かなりたって、塾生の一人が、だしぬけに、

「先生！」

と、叫《さけ》んだ。田川大作《たがわだいさく》だった。かれは自分のまえにおいた「二宮翁夜話《にのみやおうやわ》」をにぎりこぶしで押《お》しつぶすようにしながら言った。

「ぼくたちは、実は、こういうことになりはしないかと、とうから心配していたんです。」

田沼先生は返事をしないで、じっと、田川の顔を見つめたきりだった。すると田川は、「ぼくは二年近く満州にいたんですが、あちらから見ていると、日本の政治はだらしがなくて、なっていないんです。」

「そういう見方もあるようだね。」

田沼先生が、あっさりそうこたえて、眼を朝倉先生のほうにそらしかけると、田川は追っかけるように、

「先生は、どうお考えですか。」

「私も、日本の政治がこのままでいいとは思っていない。しかし、だからといって、そのために、今度のような事件が起るのもやむを得《え》ないなどとは、なおさら思わない。日本には、憲法《けんぽう》というものがあるからね。」

「ぼくは、政党がこんなに堕落《だらく》していては、議会政治なんかだめだと思うんです。」

「なるほど。」

と、田沼先生はまじめにうけて、

「どうです、朝倉先生、今の意見は日本が憲法政治を否定《ひてい》するかどうかという大問題をふくんでいるようですが、あとでじっくり時間をかけて話しあってみられては?」

「ええ、そういたしましょう。」

と、朝倉先生もまじめにこたえ、次郎のほうを向いて、

「今夜の研究会の問題は何だったかね。」

「青年団と政治ということになっています。」

「じゃあ、ちょうどいい。今夜は、今度の事件を中心に、いま、田川君が言ったような問題をまず論じあって、それから、青年団と政治の問題にはいることにしよう。……どうだい、研究部のほうは、それでいいね。」

「結構です。」

答えたのは青山敬太郎《あおやまけいたろう》だった。今週は第三室が研究部を受け持っていたのである。

みんなの興奮した感情は、しかし、事件についての論議を夜までのばす気持ちにはなれなかったらしく、あちらこちらで不服《ふふく》らしい私語《しご》がはじまった。すると、飯島好造《いいじまこうぞう》が心得顔《こころえがお》にいった。

「読書会を夜にして、このまま話をつづけたらどうでしょう。夜になると、田沼先生も小川先生も、いらっしゃらないでしょう。こんな話は、やはり両先生にもきいていただくほうがいいと思うんです。」

「私は、そうゆっくりはしておれない。」

と、田沼先生は腕時計を見ながら、

「それに読書会は読書会で、あたりまえにやるほうがいい。何もあわてることなんかないんだからね。やはり、朝倉先生がいつもいわれるように、大事なのは平常心だよ。それをなくしちゃあ、何を話しあってみても、いい結論が生まれるわけがない。」

そのとき、事務室から、けたたましい電話のベルの音がきこえて来た。次郎は、はじかれたように座をたって行ったが、すぐもどって来て、かなり興奮した調子で、田沼先生に言った。

「荒田《あらた》さんからです。急に先生にお目にかかりたいんですって、ご自分でこちらに来てもいいといわれますが、どうご返事しましょう。」

「そうか。」

と、田沼先生はちょっと首をかしげたが、

「私、電話に出てみよう。」

田沼先生が広間を出て行くと、みんなは申しあわせたように黙《だま》りこんで耳をすました。先生の電話の声がはっきりきこえるわけではむろんなかったが、そうしないではいられない気持ちだったのである。

まもなく田沼先生は広間の入り口までもどって来て、

「じゃあ、私、いそぎますから、これで失礼します。」

朝倉先生が立とうとすると、

「私にかまわず読書会を始めてください。予定を狂《くる》わしてすみませんでした。」

それから、塾生たちみんなに軽く会釈《えしゃく》したあと、急いで、玄関《げんかん》のほうに去った。

見おくりには、朝倉夫人と小川先生とが立って行き、あとは読書会のいつもの顔ぶれだけになった。

読書会では、テキストのページを追って輪読《りんどく》する場合もあったが、「二宮翁夜話《にのみやおうやわ》」の取り扱いはそうではなかった。あらかじめ、めいめいのひまな時間にその幾節《いくせつ》かを読んでおき、その中から、心にふれたとか、疑義《ぎぎ》があるとかいうような節をだれからでも発表して、それについて相互《そうご》に意見を述べあうといったやり方であった。このやり方は、実は次郎の提案によるもので、それが「二宮翁夜話」の場合、特に適切であったせいか、毎回非常な成功をおさめ、塾生たちのそれを読む態度もそのために次第《しだい》に真剣味《しんけんみ》をまして来ていたのであった。

ところが、今日はかなり様子《ようす》がちがっていた。いつもだと、朝倉先生が、「では、だれからでも……」と口をきると、先を争うようにして幾人《いくにん》かの塾生が手をあげるのだったが、今日は、それどころか、かんじんの「夜話」をひらきもしないで、ひそひそと私語をつづけているものが多かった。それに、第一、次郎自身の様子がおかしかった。かれは私語こそしなかったが、その眼は廊下《ろうか》の硝子戸《ガラスど》をとおして、食《く》い入《い》るように玄関のほうを見つめていた。玄関では、田沼先生が小川先生と朝倉夫人とを相手に、まだ立ち話をつづけていたのである。

朝倉先生は、しかし、みんなのそんな様子を見ても、べつに注意をうながすのでもなく、その澄《す》んだ眼に微笑をうかべて、しずかに待っていた。

すると、大河無門《おおかわむもん》がだしぬけに言った。

「巻の一の第二十八節をぼくに読ませてもらいます。」

その声は、例の落ち葉をふむような低い声だったが、みんなの私語をぴたりととめた。だれよりもぎくりとしたのは次郎だった。次郎にとっては、それが大河の声であるということだけで、もう十分な刺激だった。しかも、その大河は、これまで読書会ではほとんど沈黙を守りつづけて来ており、真《ま》っ先《さき》に口をきったことなど、まったくなかった人なのである。

みんなが、あわててページをひらくと、大河は、ぼそぼそと読みだした。

「翁曰《いわ》く、何事にも変通といふ事あり。知らずんばあるべからず。則《すなわ》ち権道《けんどう》なり。夫《そ》れ難《かた》きを先にするは聖人の教へなれども、これは先《ま》づ仕事を先にして而《しか》して後に賃金を取れと云《い》ふが如《ごと》き教へなり。ここに農家病人等ありて、耕し耘《くさぎ》り手おくれなどの時、草多きところを先にするは世上の常なれど、右様の時に限りて、草少なく至って手易《やす》き畑より手入れして、至って草多きところは最後にすべし。これ最も大切の事なり。至って草多く手重のところを先にする時は、大いに手間取れ、その間に草少なき畑も、みな一面草になりて、いづれも手おくれになるものなれば、草多く手重き畑は、五畝《せ》や八畝は荒《あら》すともままよと覚悟して、しばらく捨ておき、草少なく手軽なるところより片付くべし。しかせずして手重きところにかかり、時日を費す時は、僅《わず》かの畝《せ》歩《ぶ》のために、総体の田畑順々手入れおくれて、大なる損となるなり。国家を興復するもまたこの理なり。知らずんばあるべからず。また山林を開拓《かいたく》するに、大なる木の根はそのままさしおきて、まはりを切り開くべし、而して二、三年を経《へ》れば、木の根おのづから朽《く》ちて、力を入れずして取るるなり。これを開拓の時、一時に掘《ほ》り取らんとする時は労して功少なし。百事その如し。村里を興復せんとすれば必ず反抗《はんこう》する者あり。これを処するまたこの理なり。決して拘《かかわ》るべからず、障《さわ》るべからず。度外に置きてわが勤めを励《はげ》むべし。」

ぼそぼそと読みだした大河無門の声は、おわりに近づくにつれて、次第に高くなり、澄んで来た。そして最後の一句を、思い切り張った調子で読みおわると、また、ぼそぼそとした声で言った。

「さっき田沼先生に事件のお話をきいたあとで、ページをめくっていると、偶然《ぐうぜん》この一節が眼にとまりました。何だか関係があるような気がしたので読んでみたんです。それだけのことで、べつに感想はありません。」

塾生たちは、同じページにあらためて眼を走らせはじめた。朝倉先生は眼をつぶって何度《なんど》もうなずいていた。その中で、次郎だけが、こわいものでものぞくように、遠くから大河の横顔を見ていた。

その時、田沼先生の自動車が玄関をはなれる音がきこえた。つづいて小川先生と朝倉夫人のスリッパの音がきこえたが、それは廊下をつたって塾長室のほうに消えた。次郎はそれを意識しながらも、眼を大河からそらすことができなかった。大河の表情には、ふだんとちっとも変わったところがなかったが、それがかえって次郎の心を強くとらえていたのである。

そのあと、読書会はいつもとあまり変わりなく進められたが、大河のなげかけた問題は、たいして論議の種にならないですんでしまった。大多数の塾生たちの頭では、大河の読みあげた一節と東京の異変とが、すぐには、ぴんと結びついて来なかったらしいのである。朝倉先生も、それを夜の研究会にゆずるつもりか、強《し》いては深入りしようとしなかった。

読書会のあとは軽い室内体操、つづいて音楽。それがすんだのが四時半で、それから五時半の夕食までは自由時間だった。塾生たちがその時間を、異変の話についやしたのはいうまでもない。どの室《へや》からも興奮した声がひっきりなしに流れた。

一方《いっぽう》、塾長室では、小川先生と朝倉先生と次郎とが加わって、ひそひそと話しあいをはじめた。話は、しかし事変そのもののことよりも、事変が塾に及《およ》ぼす影響《えいきょう》についてのことが多かった。

小川先生は言った。

「さきほど玄関口で理事長からちょっとおききしたところでは、荒田さんが変なことを思いついているらしいですよ。」

「変なことと？　何でしょう。」

と、朝倉先生が眼を見はると、

「全国の私設の青年指導機関の連合組織を作ってはどうか、というんだそうです。」

「それで思想を統制しようとでもいうんですか。」

「むろん、そうでしょう。表面は連絡提携《れんらくていけい》とか、共励切瑳《きょうれいせっさ》とかうたうでしょうが。」

「そんなこと、急に思いついたんでしょうか。これまで私はまだ一度も耳にしたことがありませんが。」

「さあ、それはわかりません。理事長もさっきの電話ではじめてきかれたらしいんです。何でも、荒田さんは、今度のような事件がおこるのも、国民の頭のきりかえができていないからだ、それには青年の指導者に大きな責任がある、とかいって、大変、息まいていられたそうです。」

「なるほど。それで、そういうことをまずここの理事長と話し合おうというのですね。」

「荒田さんの電話では、ここの理事長のほかに、小関君が相談にのるらしいのです。」

小関というのは、古い文部官僚《かんりょう》で、こちこちの国家主義者としてその名が通っており、在官中から「興国《こうこく》青年塾」という私塾を腹心《ふくしん》の教育家に経営させ、退官《たいかん》後は、自らその指導の中心になっている人であった。友愛塾に対しては、その創設当時から好感をもっていない一人だった。人物は、正直《しょうじき》そうに見えて策《さく》があり、それに神経質なところもあって、気にくわないことがあると、いつまでも陰気《いんき》に押《お》しだまっているといったふうであった。したがって、友愛塾の関係者は、これまでなるべくその人との接触《せっしょく》をさけるようにして来ていたのである。

「小関さんが?」

と、朝倉先生はかなりおどろいたらしく、

「理事長も、荒田さんと小関さんの二人を相手では、お骨が折れるでしょう。これは、ひょっとすると、全国的連合組織に名をかりて、友愛塾を窒息《ちっそく》させる算段《さんだん》かもしれませんね。」

「私もそれを心配しているんです。じつは、もうずいぶん前のことですが、ある会合で小関君と偶然隣《ぐうぜんとな》りあわせにすわったことがあったんです。その時、小関君は私に青年塾の話をしだして、現在東京付近にある青年塾で、最も特色があり、各方面の注目をひいているのは、興国塾と友愛塾の二つだと思うが、お互《たが》いに塾そのものの内容をいっそう充実《じゅうじつ》させるためにも、また、双方《そうほう》の塾生が地方に帰ってから気持ちよく提携《ていけい》ができるようにするためにも、今後は二つの塾がもっと連絡を密にする必要がある、といったような意味のことを言っていました。私は、それを正面から受け取って、小関さんにしては珍《めずら》しいことを言うと思って感心してきいていましたが、今から考えると、もうそのころから、何か変なことを考えていたんじゃないかという気がしますね。」

「連絡を密にするということでは、実は私にも小関さんから一度お話がありました。ところが、その具体的な方法というのが、おりおり日を定めて、双方の塾生を交換《こうかん》して指導したり、あるいはいっしょにして討論会《とうろんかい》みたようなことをやらせたりしようというのですから、こちらとしては、どうもお受けするわけには行かなかったのです。」

「ふうむ。そんなことで友愛塾を押しつぶそうなんて、小関君もなかなかの自信家だな。するど、今度もその手で来るかもしれませんね。」

「そういうことも考えられますが、まさか理事長がそれをご承諾《しょうだく》なさるようなことはありますまい。」

「ええ、それはだいじょうぶ。しかし今度は理事長もお骨が折れますね。何しろあの荒田老人が正面きって口をききだしたんですから。」

それまでだまって二人の話をきいていた朝倉夫人が、涙声《なみだごえ》になって言った。

「ほんとうに、田沼先生のお気持ちはどんなでございましょう。先生は、どういう方に対しても、けんか別れなんか決してなさらない方ですし、そして守るところはちゃんとお守りになる方だけに、なみたいていのご苦心ではなかろうと思いますわ。」

次郎は、むろん、田沼先生の強い面もあたたかい面も、もう知りすぎるほど知っていた。しかし、先生が大きな難局に当面して、その二つの面を、実際にどう調和して行くかを、まのあたりに見たことがなかった。かれは、眼をふせて、三人の対話の様子を想像した。荒田老の怪物《かいぶつ》のような顔とならんで、まだ一度も見たことのない小関という人の顔がうかんで来たが、それは血色《けっしょく》のわるい、頰《ほお》のこけた胃病患者《かんじゃ》のような顔で、眼だけがいやに光っていた。その二人と向きあっている田沼先生の顔は、にこにこ笑っているようでもあり、ゆたかな頰を紅潮《こうちょう》させて、きっと口を結んでいるようでもあった。

「でも、田沼先生にはちゃんとしたお考えがおありでございましょうし、あたしなんかが、こんなことご心配申しあげるの、かえって失礼でございますわね。ほほほ。」

と、朝倉夫人はさびしく笑ったあと、次郎のほうを向いて、

「あたしたち、こういう時に、しっかり世の中のことを勉強さしていただきましょうね。いい機会ですわ。」

「ええ。」

と、次郎はうなずいたが、いかにも心細そうな、元気のないうなずき方だった。

それからまもなく、朝倉夫人は炊事《すいじ》のほうの用で塾長室を出て行き、あとは三人で夕食になるまで話しこんだ。その話の間に、次郎は、友愛塾に対する軍部の圧迫《あっぱく》が、荒田老や小関氏を通じてばかりでなく、かなり以前から文部省を通じても加えられており、その間に処しての田沼理事長の苦労が一通《ひとと》りでなかったことを知った。

夜の研究会には、小川先生も自ら進んで加わった。

討議は、なまなましい異変を中心題目にして、最初から興奮の渦《うず》をまいた。塾生の大多数は、どうなり友愛塾生活の意義だけは理解しており、不十分ながらもその実践《じっせん》にも努力して来たのであるが、それがかれらの生活感情に焼きついて動かないものになるま

では、まだ多くの時日を必要とした。かれらの血を染めているのは、何といっても過去の社会環境《かんきょう》であり、軍国主義的指導者によって植えつけられた思想であった。ことに最近は独逸《ドイツ》のナチズムや伊太利《イタリー》のファッシズムの大波に上下をあげてもまれている時代であり、その影響《えいきょう》にくらべると、まだ一か月にも足りない友愛塾生活の影響など物《もの》の数《かず》ではなかった。ちょっとしたきっかけさえあれば、それはあとかたもなく消え去るような、根の浅いものでしかなかったのである。したがって、かりに田川大作のような狂熱《きょうねつ》的《てき》青年がいて、血涙《けつるい》をふるって叛軍《はんぐん》に同情するようなことがなかったとしても、塾生たちが冷静でありうる道理《どうり》がなかった。事実、かれらの半数は、田川の側に立って激《はげ》しい意見を述べ、他の半数も叛軍の行動には、かなり批判的でありながら、あからさまにそれを叛軍と認《みと》めるには忍《しの》びない、といった意見であった。こうして、意見は塾生相互の間で戦わされるよりも、むしろ、朝倉・小川の両先生と塾生たちの間に戦わされる場合が多かったのである。

　二人の先生の言葉の調子は、その風貌《ふうぼう》の異《こと》なるように異《ちが》っていた。朝倉先生の澄んだ張りのある声は、水のようにさわやかに流れ、小川先生のさびた低い声は、ごつごつと石がころがるように断続した。しかし、両先生が、あくまでも真剣《しんけん》にかれらと取りくみ、かれらのどんな言葉に対しても熱心にうけ答えをしたという点では、変わりはなかった。

こうした場合、塾生に十分ものを言わせなかったり、言うことを聞き流しにしたり、冷《れい》笑《しょう》をもって迎《むか》えたりすることが、どんな結果をもたらすかを、両先生ともよく心得《こころえ》ていたのである。しかし、さればといって、両先生は、その真剣さと熱心さのために、感情的興奮に駆《か》られてはげしい言葉づかいをするようなことは決してなかった。真剣であり熱心であるということと、冷静であり理性的であるということを一致《いっち》させることの困難《こんなん》さを、両先生は、その教育的信念と年齢《ねんれい》とによって、すでに十分克服《こくふく》していたのである。

だが、両先生のそうした真剣さと聡明《そうめい》さとにもかかわらず、塾生たちの興奮は、なかなか治まらなかった。どうなり治まりかけたかと思うと、だれかのちょっとした刺激的な発言によって、またすぐ火がつくといったぐあいであった。青年の集団では、一般《いっぱん》に理知よりも激情《げきじょう》が勝利をしめがちなものだが、とりわけ説得者が大人《おとな》であり、青年自身の中からその強力な支持者が一人もあらわれない場合、理知の勝利はほとんど絶望的だとさえ言えるのである。だから、もし塾生の中に大河無門や青山敬太郎のような青年たちがいなかったとしたら、両先生も、わずか二時間ぐらいの研究会では、政治に対する青年団のあり方について正しい結論を引き出しうるまでに、かれらの気分を落ちつけることができなかったかもしれないのである。

この研究会における大河無門のはたらきは、実際すばらしかった。かれは、ひる間《ま》の読書会のおりに読みあげた「夜話《やわ》」の一節をもう一度くりかえし、政治革新《かくしん》のために暴力を用いることの罪悪を痛論《つうろん》するとともに、いっさいの建設は個々人が脚下《きゃっか》を照顧《しょうこ》しつつ、一隅《いちぐう》を照らす努力を払《はら》うことによってのみ可能であることを力説し、最後にそれを青年団と政治の問題に結びつけた。

「青年団の政治革新への協力の第一歩は、青年団自体の、共同生活をみごとに組織だてることであり、つぎは郷土《きょうど》社会の実体を研究して、その将来の理想化を準備することである。もしこの二つのことに十分の成功を収めるならば、府県政や国政の腐敗堕落《ふはいだらく》はおのずからにして救われるであろう。」

要するに、これがかれの結論であった。かれはこの結論を引き出すために、巧《たく》みに「夜話」の中の言葉を利用した。そして、その間にかれが示した気魄《きはく》と、機知と、明徹《めいてつ》な論理と、そして自然のユーモアとは、異変に眩惑《げんわく》されていた塾生たちを常態《じょうたい》に引きもどすのに大きな役割《やくわり》を果たしたのである。

青山敬太郎は大河ほど雄弁《ゆうべん》な口はきかなかった。かれはむしろ沈黙《ちんもく》がちであり、ごくまれに断片的《だんぺんてき》な意見を発表するにすぎなかった。しかし、かれの明敏《めいびん》さと誠実《せいじつ》さから出る言葉は、田川大作のような激情家や、飯島好造のような機会主義者とはいい対照をなしており、それが他の塾生たちの心の動きに及ぼした効果は、決して小さいものではなかった。

こうして、この晩《ばん》の研究会は、いつもにない波瀾《はらん》を見せたとはいえ、一、二のすぐれた塾生の協力によって、ともかくも友愛塾らしい結論を生み出すことに成功して、最後の幕《まく》をとじた。さすがの田川大作も、大河無門の気魄《きはく》がぐいぐいと全体の空気を支配して行く力には勝てず、とうとう「そうかなあ」という嘆息《たんそく》に似た言葉を最後にもらして、旗をまいたのである。

ただふしぎだったのは、次郎の態度だった。かれは、はじめから終わりまで一言《ひとこと》も口をきかなかったが、そうしたことは、これまでにまったく例のないことだった。研究会の場合、とりわけその研究題目が青年団に関したものである場合、かれはもう朝倉先生とともに指導的立場に立ってものをいう資格があったし、また、これまでは、自分でも十分な自信をもって、論議を戦わして来ていたのである。そのかれが今度のような大事な場合にかぎって沈黙を守ったということには、何か大きな理由がなければならなかった。

いったい人間というものは、自分とあまり年齢《ねんれい》の差のない人たちの間に、自分の及びもつかないほどすぐれた人物を発見すると、とかく自信を失いがちなものであり、そして、その危険は、これまで自分の持っていた自信の大きさに比例して大きくなるものだが、万一にも、その自信が何か他の事情によって多少でも傷つけられている場合であると、それはほとんど絶対的だとさえ言えるのである。次郎は、少年時代からの苦闘《くとう》によって、自分の人間としての価値《かち》にすでにかなりの自信をもっていた。ことに郷里《きょうり》の中学を退《しりぞ》き、道江《みちえ》への愛着を断《た》ちきって、友愛塾の生活に専念《せんねん》するようになってからは、心《こころ》ひそかに自分を朝倉先生の後継者《こうけいしゃ》にさえなぞらえていたのである。だが、かれのそうした自信も、一方では荒田老という怪奇《かいき》な人物の出現によって、他の一方では道江の上京の通知によって、ゆすぶられはじめていた。そしてそこに現われたのが、大河無門という、すばらしい人物だったのである。

かれは大河との初対面から、すでにある程度《ていど》のひけ目《め》を感じていたが、それは塾生活の進展とともに、いよいよ深まるばかりであった。それに拍車《はくしゃ》をかけたのが、道江の来訪と、それにつづく恭一との手紙のやりとりの間に感じた心の動揺《どうよう》であった。そして最後に、東京の異変がおとずれたが、この異変をめぐっての、かれ自身の態度と大河の態度との、あまりにも大きなちがいに気がついたとき、かれはこれまでの自信をほとんど完全に打ちくだかれてしまったのである。

これが、おそらく、その晩の研究会で、かれが沈黙に終始《しゅうし》した大きな理由であったにちがいないのである。

一一　混《こん》迷《めい》

翌日から塾生《じゅくせい》たちは、毎朝、ラジオと新聞の大きな活字によって、あらためて大きな興奮《こうふん》にまきこまれた。ラジオは事務室に備えつけてあり、ふだんはゆっくり聞く時間がないので、めったにスウィッチを入れたこともなかったが、事変以来は、きまった行事の時間でないかぎり、ほとんどかけっぱなしの有様《ありさま》だった。

何といっても、最も刺激的《しげきてき》だったのは、重臣《じゅうしん》暗殺の報道だった。とりわけ斎藤実《さいとうまこと》、高《たか》橋是清《はしこれきよ》といったような、ながく国民に敬愛《けいあい》されていた人たちの遭難《そうなん》の詳報《しょうほう》は、田川大作《たがわだいさく》のような右《う》翼的傾向《よくてきけいこう》の強い塾生たちにも、さすがに悲痛《ひつう》な気持ちをもって迎《むか》えられたらしかった。ほとんど確実に死んだと見られていた岡田《おかだ》首相の生存の報が、この塾堂《じゅくどう》につたわったのは、もういくぶん刺激に慣れて来た三十日の朝だったが、それがあまりにも意《い》想外《そうがい》であったために、一種のユーモアをまじえた好奇心《こうきしん》をもって迎えられた。

新聞にせよ、ラジオにせよ、その報道の中に、たえず塾生たちを困惑《こんわく》させた一事があった。それは「蹶起《けっき》部隊」とか、「行動部隊」とか、あるいは「占拠《せんきょ》部隊」とかいう言葉が使用され、三日目になって、やっと「騒擾《そうじょう》」という言葉が使用されたが、それもはっきり「叛乱《はんらん》」を意味するものとは思えないことであった。このことは、塾生たちの間に、しばしば先夜の研究会の論議《ろんぎ》をむしかえさせる種《たね》になり、また朝倉《あさくら》先生に対する正面切っての質問ともなった。そうした場合の朝倉先生の答えは簡単《かんたん》だったが、内容はいつも複雑《ふくざつ》だった。たとえば、

「何も知らない兵隊たちには、汚名《おめい》を負《お》わせないですめばそれにこしたことはないだろう。」とか、

「報道者の苦心はなみたいていではないだろう。ちょっとした文章や声の調子にもそれがあらわれているのがわかるね。」

とかいうのであった。

報道は一報ごとに不安と疑惑《ぎわく》を増大せしめるようなものばかりであった。戦時警備令が下り、香椎《かしい》中将の下に第一師団と近衛《このえ》師団《しだん》とがその任に当たることになったのは当然だとしても、叛乱軍の諸部隊が、そのまま警備部隊に編入され、それぞれの占拠地《せんきょち》において警備に任ずることになり、戒厳令《かいげんれい》が布《し》かれてもやはり同様であった。しかも叛軍《はんぐん》の一将校はその占拠地において民衆に、「尊皇義軍《そんのうぎぐん》」の精神を説《と》くアジ演説をさえやった。また永田町《ながたちょう》首相官邸《かんてい》の付近には、青年団体や日蓮宗《にちれんしゅう》の信者などが押《お》しかけて、ラッパを

吹《ふ》き、太鼓《たいこ》を鳴らし、叛軍のために万歳《ばんざい》を唱《とな》えたが、どこからも制止されなかった。軍首脳部《しゅのうぶ》や長老の動きは頻繁《ひんぱん》で、その代表者は叛軍の説得《せっとく》に赴《おもむ》いたが、その結果はきわめてあいまいであり、しかもその夕方には、叛軍の疲労《ひろう》をねぎらう意味で首相官邸をはじめ、鉄道、文部、大蔵《おおくら》、農林の諸大臣の官邸や、山王《さんのう》ホテル、料亭幸楽《りょうていこうらく》等が彼等《かれら》の宿舎として提供された。こうした矛盾《むじゅん》にみちた報道がつぎつぎに伝わる一方《いっぽう》、二十八日の夕《ゆう》刻《こく》ごろからは、九段《くだん》戒厳司令部の警戒《けいかい》が次第《しだい》に厳重《げんじゅう》を加え、叛軍包囲の態勢が刻々《こっこく》に整って行くかのような印象を与《あた》えるラジオ放送もちらちらきこえだした。

塾生たちが最も不安の念《ねん》にかられたのは、二十八日夜から二十九日にかけてであった。皇軍相討《こうぐんあいう》つ危険が、こうした報道を通じて、避《さ》けがたいものに感じられて来たのである。ことに二十九日朝のラジオはアナウンサーの切々《せつせつ》たる情感をこめた声をとおして、戒厳司令官の兵に対する原隊復帰勧告《かんこく》の言葉をつたえ、いよいよ事態の切迫《せっぱく》を思わせた。司令官は、その中で、すでに奉勅《ほうちょく》命令が下ったことを告げ、それに従わないものは「逆《ぎゃく》賊《ぞく》」であるということを明言し、「今からでも決しておそくはないから、直《ただ》ちに抵抗《ていこう》をやめて軍旗の下《もと》に復帰するようにせよ。そうしたら、今までの罪は許されるのである。」と諭《さと》し、また、「お前たちの父兄《ふけい》は勿論《もちろん》のこと、国民全体もそれを心から祈《いの》っている。」と訴《うった》えていた。

この放送は、これまでの矛盾《むじゅん》にみちたいろいろの報道にはっきりした終止符《しゅうしふ》をうち、一部の塾生の頭にまだいくらか残っていた義軍の観念を一掃《いっそう》するに役だった。しかしそれだけに、それはまた流血の惨事《さんじ》を間近《まぢか》に予想させる原因でもあった。「逆賊《ぎゃくぞく》」と決定したものをそういつまでも放任するわけには行くまい。もしかれらが直《ただ》ちに原隊復帰を肯《がえ》んじないとすると。……そう思うと焦躁感《しょうそうかん》はいやが上につのり、それがめいるような悲哀感《ひあいかん》にさえなっていくのであった。

しかし、そうした不安の中にあった塾生たちも、二十九日夕方から三月一日にかけての諸報道によって、どうなりいちおうの落ちつきを見せた。叛乱兵は、一、二の下士官《かしかん》をのぞき、二十九日の午後それぞれ原隊に復帰し、首謀者《しゅぼうしゃ》将校のうち数名は自決《じけつ》、その他は検束《けんそく》されて、ともかくも事件はいちおう終わったのである。

事変中、塾堂の諸行事の運営が、時間的にも内容的にも、目《め》だつほどの狂《くる》いを見せたことは、幸《さいわ》いにして一度もなかったが、気分の波が常にそれに作用していたことは、さすがに見のがせないものがあった。しかし、その波も事変がすぎてみると、たいしてながくあとをひくというほどではなかった。月があらたまるとともに、むしろ台風一過《いっか》の感さえあった。事変後の国内諸状勢の深刻《しんこく》さは、まだ多くの塾生たちの関心のそとにあったのである。

田川大作は意気銷沈《いきしょうちん》の姿《すがた》であり、何事《なにごと》についてもほとんど発言しなくなっていた。飯島好造《いいじまこうぞう》は相変《あいか》わらず多弁で、とかく話題を政治に向けがちだったが、その興味の中心は後継内閣《こうけいないかく》の顔ぶれといったことにあるらしかった。またしばしば叛乱将校の個人に関する噂話《うわさばなし》などを、何かにつけやりだしたり、口《くち》ぎたなくかれらの罪状《ざいじょう》に追《お》い討《う》ちをかけたりして、心ある塾生たちの反感を買った。大河無門《おおかわむもん》は、二十六日の読書会と研究会で発言したきり、事変中も事変後も沈黙《ちんもく》を守りつづけたが、それは田川の場合とはちがって、むしろ本来のかれの面目《めんぼく》にかえった姿だった。塾生たちは、しかし、研究会でのかれの雄弁《ゆうべん》に圧倒《あっとう》されて以来、議論がめんどうになって来ると、とかくかれの意見を求めたがった。かれも求められると何か言うには言ったが、いつも結論だけをぼそっと言って、あとはとぼけているといった風《ふう》であった。青山敬太郎《あおやまけいたろう》も本来あまり口をきかないほうだったが、事変以来は、大河とは反対に、進んで発言する場合がかえって多くなっていた。もっとも、その発言は、友愛塾《ゆうあいじゅく》生活の根本《こんぽん》の精神にふれるような論議の場合にかぎられているようだった。また、かれは、しばしば朝倉先生や次郎《じろう》に対して、こんな感想をもらした。

「事変が起こってみて、ここの生活の意味が、いっそうはっきりわかりました。しかし、一方では、いよいよむずかしくなったという気もします。」

事変後、塾生たちに何か目《め》だつようなことがあったとすれば、まずそんなようなことで、一般《いっぱん》の塾生たちは、たよりないほど自然に、もとの気分に立ち直りつつあったのである。

そうした中で、だれの目にもついたのは次郎の変わり方であった。かれが無口《むくち》になったことは、田川や大河などの比ではなかった。二十六日の研究会以来、よんどころない用件以外は絶対に沈黙を守っているといったほうが適当なぐらいであった。しかもそれは集会の場合にかぎられたことではなかった。廊下《ろうか》で塾生たちにあっても、目を伏《ふ》せて通りすぎることが多かったし、塾長室や空林庵《くうりんあん》にも自分から顔を出すことはほとんどなく、行事がない時には、たいてい自分の室《へや》にとじこもっているといったふうであった。

このことが、朝倉先生夫妻の話題に上《のぼ》らないわけは、むろんなかった。二人は、しかし、いつもそれを塾の不安な将来と結びつけて考えていた。

「そりゃあ、むりもありませんわ。次郎さんにとっては、今ではこの塾だけが、ただ一つの世界ですものね。いつでしたか、ここを自分の死に場所にしたいなんて、本気でそう言っていらしったこともありますわ。」

「そんなことを言っていたのか、わかいくせに。元来《がんらい》それほど単純《たんじゅん》な男でもないが、打ちこむと馬車馬《ばしゃうま》のようになるんで困る。」

「でも、あんなに純な気持ちになれるのは尊《とうと》いと思いますわ。」

「尊いかもしれんが、そのために、あんなにふさぐようでは、感心ばかりもしておれんね。」

「何とか慰《なぐさ》めてあげたほうがいいんじゃありません？」

「うむ。そうも考えるが、ほっておくのもわるくはないだろう。いざとなったら、ふさいでばかりもおれないだろうし、自分で何とか始末《しまつ》するよ。」

「あたし、それじゃあ何だか残酷《ざんこく》なような気がしますけれど。」

「そうかね。しかし、そんな残酷さは、友愛塾では毎日のことじゃないかね。」

「そうおっしゃられると、そうですけれど。」

二人の話は、いつもそんなふうで終わりになるのだった。二人とも、次郎のふさぎの虫の原因の大半が道江《みちえ》の問題にあるということには、まるで気がついていなかったし、まして、それが塾の運命についての不安感とからみあって、かれの人間としての自信をゆすぶり、さらにそれが大河無門という人物の存在によって拍車《はくしゃ》をかけられているという複雑な事情など、とうてい思いも及《およ》ばなかったことなのである。

道江の問題といえば、次郎は、その後、そのことについていっそうきびしい試練にあわなければならなかった。しかも、その試練は東京の事変が塾内の空気を不安の絶頂《ぜっちょう》にかりたてていた二月二十八日の夕方にはじまったのである。かれは、その日、夕食をすまして自室にかえると、机《つくえ》の上に一通の分厚《ぶあつ》な封書《ふうしょ》を発見した。かれは、その発信人が道江であることを知った瞬間《しゅんかん》、おどろくというよりは、むしろ恐怖《きょうふ》に似た感じで胸をふるわした。かれには、すぐには封を切る勇気が出なかった。もしもそれが一枚《まい》のはがきに帰郷《ききょう》を報じて来たものにすぎなかったとしたら、かれはただ寂《さび》しい気持ちでそれを読みすてたかもしれなかった。また封書ではあっても、それがわずか二、三枚の便箋《びんせん》に書かれたものであったとしたら、かれはその中から何か言外《げんがい》の意味を探ろうとして、くりかえし読んでみたかもしれなかった。だが、それはあまりにも分厚であり、分厚であるというそのことが、内容を想像してみるまえに、ただわけもなくかれを不安にしたのである。

かれは封を切らないままで焼きすてようかと、何度《なんど》か思ってみた。しかし、それははかない努力であった。焼きすてようと思ってみただけで、焼きすてたあとに感ずるであろう不安が、現在の不安以上の力をもってかれにせまって来るのだった。かれは封書を前にしたままながいこと迷った。迷えば迷うほど、一方では自分のふがいなさが感じられて、腹だたしくも悲しくもなった。かれは何かにしがみつきたい気持ちだった。そして、いつのまにか、「歎異抄《たんにしょう》」の中のいろいろの言葉を心の中でくりかえしていた。く

りかえしているうちに、

（そうだ、自分の「はからひ」なんか、なんの力にもなるものではない。）

と、そんな考えが自然にかれの頭をかすめた。この場合、それは実は、かれ自身に対する言いわけ以上のものではなかったのかもしれない。しかし、それでも一つの救いであったにはちがいなかった。かれはとうとう思いきって封を切った。

手紙には、帰郷のあいさつらしい文句《もんく》はどこにもなく、最初から次郎を息づまらせるような言葉ではじまっていた。

「こんなお手紙を差しあげては、次郎さんはきっと私を軽蔑《けいべつ》なさるだろうと思いますけれど、次郎さんよりほかに、今の私の気持ちを訴《うった》えるところがありませんから、軽蔑されるのを覚悟《かくご》の上で、思いきって書くことにいたしました。どうか私のこの気持ちをお察《さっ》しくださって、おいやでも、読むだけは、最後までお読みくださるよう、切《せつ》に切《せつ》にお願い申します。」

この書き出しを見ただけで、次郎はもう、道江がこれから自分に訴えようとする問題の中心が何であるかを想像し、自分がその問題について第三者的立場に立たされていることを、はっきり意識した。それはにがい、そして冷たい味のする意識だった。封を切る時に、かすかながらもある期待をかけていた自分の甘《あま》さに対する自嘲《じちょう》が、そのにがさと冷たさとを倍加した。かれの眼《め》は、しかし、そうであればあるほど鋭《するど》く手紙の上に光っていた。

手紙の文句はふしぎなほどの冷静さをもってつづられていた。次郎はかつて道江を平《へい》凡《ぼん》な女だと思ったことがあったが、読んで行くうちに、その平凡さのおどろくべき成長を見せつけられ、それに一種の威《い》圧《あつ》をさえ感ずるのだった。

「……実は私は、女学校を卒業前後から、いつとはなしに、恭一《きょういち》さんと私とは許婚《いいなずけ》の間柄《あいだがら》だとばかり信じて来ました。今になって考えてみますと、あらたまってそれを私に言って聞かしてくれた人はだれもありませんので、まったく私の思いちがいだったのかもしれません。もしそうだとすると、私の軽《かる》はずみを恥《は》じるほかないような気がいたします。しかし、これは次郎さんもたぶんおわかりくださることだろうと思いますが、親類じゅうが、私にそう信じこませるような空気を作っていたことも事実だと思います。私は、自分の家にいても、大巻《おおまき》の姉の家や次郎さんのお家をおたずねしても、何かにつけ、そうとしか思えないようなことを耳にして、よく顔をあからめたものでした。その中には、だれがどんな場合にどういうことを言ったのかさえ、今でもはっきり思い出せるものも少なくはないのです。女というものは、そういうことについては男よりずっと敏《びん》感《かん》だということを次郎さんがお認《みと》めくださるなら、私が恭一さんと許婚の間柄だと信じこんでいたのも無理はない、とお許しいただけるのではありますまいか。そしてそれをお許しいただけますなら、私が恭一さんをお慕《した》い申しあげる気持ちがそのために日に日に深まっていって、今ではそれだけが私の生きる力になっている、と申しあげても、きっとおさげすみにはならないだろうと信じます。」

次郎は、こうした理詰《りづ》めの言葉がつづけばつづくほど、かえって道江の苦悩《くのう》の深さを感じた。一心不乱《いっしんふらん》になって色青ざめている額《ひたい》の下から、二つの眼がじっと自分のほうを見つめているような気さえするのだった。

「しかし、何という愚《おろ》かな私だったことでしょう。私はこれまで、私の希望をつなぐためにも何よりもかんじんな、というよりは、それを忘れては何もかもが空《から》になるような、ただ一つのよりどころを、私自身ではっきりたしかめることを忘れていたのです。私はながい間、いわば根のない希望の花を胸にさして、水だけを周囲の人たちに注《そそ》いでもらっていたようなものでした。そのことをはっきり知らされたのは、ついこないだ上京して帰りの汽車の中だったのです。」

そのあと、道江の手紙は、上京から退京までのことをかなりこまかに記していたが、それを要約すると、――

道江は幸福に胸をふくらまして上京した。そして滞在中《たいざいちゅう》は、父が用事で忙《いそが》しかったために、たいていは恭一の案内で見物や買い物に出かけ、その間に、二人きりで食事をすることもまれではなかった。恭一はいつも親切で、二人の将来の家庭生活の夢《ゆめ》を語るというようなことこそなかったが、思想・文芸などの話から、かなり突《つ》っこんだ人生問題などにふれたこともあり、道江は最後まで何か新鮮《しんせん》な明るい光につつまれたような気持ちで日を過ごした。ただ、退京の前夜、恭一が宿《やど》にたずねて来て、荷造りをしている道江をあとに残し、父だけを誘《さそ》って外に出たが、二時間あまりもたって帰って来た父が、いやに考えぶかそうな顔をしており、口もあまりきかなかったので、それが道江にはちょっと気になった。しかし、翌日、東京駅に見おくってくれた恭一は、道江に対しては、これまでとまったく変わりはなかった。ただ、父とのあいだは何かしら気《き》まずそうで、気のせいか、あいさつもぎごちなく思われた――。

「私はそれでいよいよ気がかりになりましたが、それでも、それが私自身の問題に関係のあることだとは夢にも思っていませんでした。ところが、列車が静岡をすぎたころになって、それまで眼をつぶってばかりいて、ほとんど口をきかなかった父が、だしぬけに、お前はこれまで恭一君といっしょになるつもりでいたんだろうね、とたずねるのです。それがあんまりだしぬけであり、また、事《こと》がらが事がらだけに、私はもちろん返事ができませんでした。私がその時どんな顔をしたか、今から自分で想像してみましても、まるで見当《けんとう》がつきません。ただ、覚えていることは、父がそれっきり、また眼をつぶってしまい、大方《おおかた》十分近くもおたがいに口をききあわなかったことです。それほど私はその一言《ひとこと》をきいただけで自分を取り失っていたのでした。沈黙のあとで、父は、今度《こんど》はしいて笑いを浮《う》かべながら話しだしました。私は今、父がどんな言葉をつかい、どんな順序で話したのか、とても思い出せませんが、私の頭にはっきり残りましたことは、恭一さんは私と結婚《けっこん》することなど夢にも思っていらっしゃらない、それどころか、ご自分と非常にお親しいお友だちで、死ぬほど私のことを思っていてくださる方があるから、私にぜひその方との結婚のことを考えてみるように熱心におすすめくだすった、ということでした。そのお友だちがだれだかは私にはわかりません。父は私にそれを申しませんでしたし、私もたずねてみる気にもならなかったのです。」

次郎は、それ以上読み進む勇気がしばらくは出なかった。

かれの気持ちは、非常に複雑だった。まず第一に、かれは恭一のやり方がきわめて愚《ぐ》劣《れつ》であり、自分に対するこの上もない侮辱《ぶじょく》であると思った。自分が道江を思っていることは、道江の父にはもうはっきりわかっているにちがいない。それがまだ道江にはわかっていないとしても、いつかは彼女《かのじょ》の耳にもはいるだろう。その時の道江の顔を想像しただけでも、身がちぢむような気がするのだった。しかし、また一方では、道江が、

「お友だちの名をたずねてみる気にもならなかった」と書いているのには、ある怒《いか》りを感じないではいられなかった。これが死ぬほど自分を愛している者に対する態度だろうか。かりに彼女の父があからさまに真実を語ったとしたらどうだろう。それでも彼女はそうした冷淡《れいたん》な態度に出られるのだろうか。もし出られるとすると、彼女にとって自分は一《いっ》たい何なのだ。いや自分にとって彼女は一たい何なのだ。――そこまで考えると、恭一のやり方の愚劣さに対する怒りは、その底に、自分で意識しない嫉妬《しっと》の感情を波うたせて、いよいよ昂《こう》じて行くのであった。

かれは、しかし、懸命《けんめい》に自分を落ちつけて先を読んだ。今となっては、手紙を読みやめるのが卑怯《ひきょう》なような気がしたのである。

「そのあと、親子二人がどんな汽車旅行をつづけたか、また家に帰りついてから今日までの日々を、私がどんな気持ちですごしたか、それはいっさい次郎さんのご想像にお任《まか》せいたします。ただ私がこの数日間に考えましたことの中で、ぜひ次郎さんに知っておいていただきたいことがあります。それは、私のこれまで抱《いだ》いて来た希望が、まったく根のない切り花のようなものであったとしましても、私はその希望を恥《は》じても悔《くや》んでもいないということです。むろん、根のないものを根があるように信じこんでいた私の愚かさは、笑われても致《いた》し方《かた》ありません。しかし、その愚かさの中で育った希望そのものは、私にとっては、もう決して愚かな希望ではないのです。それどころか、それは私の生命の花であり、私の生命のあるかぎりは、たとえ根はなくとも決して枯《か》れることのない花なのです。私はその花を、根のないままに私の胸にさして一生を終わりたいとさえ思っているのです。次郎さんは、それを少女の感傷《かんしょう》にすぎないとしてお笑いになるでしょうか。」

次郎は笑うどころではなかった。心のどこかにまだかすかに残っていたぬくもりが、すっとぬぐい去られたような気がしながら、いそいでつぎの行に眼を走らせた。つぎの行は、次郎にとって、いっそう残酷《ざんこく》だった。

「しかし、次郎さん、これは決して私の感傷ではありません。なるほど、根のない花を、根のないままに胸にさして一生を終わるなどと申しますと、いかにもため息《いき》まじりの感傷にすぎないかのようにきこえるかもしれませんが、私はそういうことをただあきらめの気持ちで申しているのではないのです。私は弱い女ながらもやはり一人の人間として生きております。人間には意志があります。意志は、それにふさわしい知恵と情熱との助けをかりることさえできれば、根のない希望に根をはやすことだってできると信ずるのです。私はこのことを挿木《さしき》のことから思いつきました。次郎さんも、まだきっとお忘れではないと思いますが、何年か前の梅雨《つゆ》のころに、私と二人で、お宅《たく》の畑にいろんな木を挿木にしてみて、それがたいてい成功したので大喜びをしたことがありましたね。私、今度のことで思いなやんでいるうちに、ふとそのことを思い出したのです。それを思い出すと、私の胸には、何かしら勇気みたようなものがよみがえってきました。そしてそれと同時に、今は根のない私の希望も、それを大事に胸にさしてさえおれば、きっと根をはやすにちがいない、いや、根をはやさせずにはおかないと思うようになったのです。それにしても、次郎さんと二人で挿木をして楽しんでいたころの記憶《きおく》が、こうした場合に私を力づけてくれるなんて、運命というものは、何とふしぎなものでしょう。」

次郎の頭に、自然に浮かんで来たのは、いつもかれの人生哲学《てつがく》の奥《おく》にひそんでいる「無計画の計画」という言葉であった。これは、しかし、この場合、かれにとって何とにがい味のする言葉だったろう。

「次郎さん、今、私がどんな気持ちでいるかは、これでもうおわかりくだすったことと思います。私はむろん悲しいには悲しいのですが、決して悲しみに負けてはいません。それだけはどうぞご安心ください。そして、もし私の今の気持ちをお認めくださいますなら、私がこれから進もうとする道にお力をおかしくださいさい。実は、私は、はじめのうち、私を思っていてくださるという恭一さんのお友だちがどなたであるか、知りたいとは少しも思いませんでした。それは前にも書いた通りです。しかしいろいろ考えていますうちに、すべてのことをはっきり知った上でありませんと、自分の進む道も見つからないだろうということに思いあたったのです。それで、今では一ときも早くその方のお名前を知りたいと思っていますが、父はなぜか、どうしてもそれを私に教えてくれません。何度《なんど》かたずねてみましたけれど、いつもむずかしい顔をして、お前は知らないほうがいい、と答えるだけなのです。私自身では、恭一さんにどんなお友だちがおありなのか、それさえわかっていませんので、見当をつけようにもつけようがありません。もっとも、大沢《おおさわ》さんという方には上京中二、三度お目にかかり、一度は恭一さんと三人で映画を見に行ったこともありましたので、あるいはあの方かとも思ってみました。しかし、お見うけしたところ、二度や三度顔を見たばかりの女に心を動かすような、そんな軽薄《けいはく》な方だとも思えませんし、そう疑ってみるだけでも失礼なような気がいたします。恭一さんだって、そんな軽薄な人を私におすすめくださるほど、私に対して不親切ではないでしょう。私は、私の希望に根をはやすために、せめてそれだけは信じていたいと思います。」

次郎は、鋭《するど》い切尖《きっさき》がじりじりと胸にせまるような気味《きみ》わるさと、何もかもが身辺から消えて行くような寂《さび》しさとを、同時に感じながら、最後に残された二枚の便箋《びんせん》に眼を走らせた。

「こんなわけで、私にはその方のお名前を知る手がかりがまったくありません。むりやりに父にたずねたら、あるいは、しまいには言ってくれるかもしれませんが、恭一さんのことを私に忘れさせようとして苦しんでいる父を、この上苦しめたくはありません。で、最後にたよるところは次郎さんです。実をいうと私ははじめのうち、こんなことを次郎さんに打ちあけたくはありませんでした。それは次郎さんに軽蔑されそうな気がして、それがこわかったからでもありますが、それよりも、恭一さんがそれをどうお思いになるだろうかと、それが心配だったからです。しかし、今はもうそんなことにかまってはいられません。私は、とにもかくにも、ほんとうのことが知りたいのです。ほんとうのことを知ることが、私のこれからの道を私に教えてくれるだろうという気がするのです。次郎さん、どうか私にお力をおかしください。軽蔑しながらでもいいから、お力をおかしください。私は何もめんどうなことをお願いするつもりはありません。ただその方のお名前とお所を知るだけで結構《けっこう》です。次郎さんなら、あるいはもう何もかもご存じでしょうとも思いますが、もしそうでしたら、すぐにもご返事をください。もしまだご存じなければ、恭一さんにおたずねになるなり何なりして、できるだけ早くお知らせください。私から直接恭一さんにおたずねしたらいいではないか、とお考えになるかもしれませんが、それは、今のところ私にはとてもできないことなのです。私がこの後恭一さんにお手紙を差しあげるのは、私を思っていてくださるというお友だちの方に、すっかり私のことを思いきっていただいたあとのことにいたしたいと存じております。このこともお心にとめていただいて、ぜひ今度だけはご返事をお願いいたします。自分のことだけを書きつらねて、ほんとに相《あい》すみませんでした。今の私の気持ちをお察しくだすって、どうかお許しください。」

それで手紙は一《いっ》たん終わったが、宛名《あてな》のあとにさらにつぎの三行ほどが書きそえてあった。

「東京には大変なさわぎが起こっているそうですが、朝倉先生をはじめ皆《みな》さんさぞご心配あそばしていることでしょう。恥ずかしいことですが、私には、それさえ今はよそごとのような気がしてなりません。お笑いくださいませ。」

次郎は読み終わったあと、しばらくは化石したようにすわっていた。胸の中には、熱いとも冷たいともしれないものが、激《はげ》しい渦《うず》を巻《ま》いてその突破口《とっぱこう》を求めていた。

（何という醜《みにく》い一途《いちず》な執念深《しゅうねんぶか》さだろう。そして、何という落ちつきはらった我《わが》ままな要求だろう。愛情の対象として完全に自分を無視《むし》しておきながら、道江は一たいどんな返事を自分に期待しようというのだ。）

そう思うと、かれはにえるような怒りを感じた。

しかし、道江の執念を醜いと思う心は、すぐかれ自身にもはねかえってきた。

(道江に何の罪がある。道江はただ自分を信じてすべてを自分に訴えているだけなのだ。それを醜いと思う心こそ、何にもまして醜い心ではないか。我執《がしゅう》と自負と虚偽《きょぎ》とのわなにかかって身《み》もだえしている嫉妬心の亡者《もうじゃ》、それ以外に今の自分に何が残されているというのだ。)

憎悪《ぞうお》と自責とが恋情《れんじょう》の灯火《とうか》のまわりをぐるぐると回転した。それは際限《さいげん》のない回転だった。

いっそうかれをみじめにしたのは、道江の手紙が、かれに返事をせきたてていることだった。今度という今度は、これまでのように、まるで返事を出さないでおくというわけにはいかない。もし自分がそういう態度に出たら、道江は自分を人間だとは思わないだろう。それは次郎としてたえがたいことだった。だが、真実を書いた場合の結果を思うと、それは身《み》ぶるいするように恐《おそ》ろしいことだった。それは自分の自尊心《じそんしん》を台なしにして、道江をいっそう深い苦悩に追いこむだけのことではないか。――残された道はうその返事を書くことだが、では一たいどんなうそを書けばいいのか。第一、そんなことに心を苦しめて、それに一たい何の意味があるというのだ。

かれは迷いに迷った。そしてこの迷いにも際限がなかった。

とうとうその日は決心がつかないままに暮《く》れた。かれはうつろな心で塾の行事を終わり、解決を翌日にのばして、冷たい床《とこ》にはいった。眠《ねむ》られない一夜だった。混迷《こんめい》はやはり翌日もつづいた。また夜がきた。こうして二日とたち三日とたつうちに、かれはもうそのことを考えることさえいやになってきた。そして事実は、結局、返事を書かない決心をしたのと同じ結果になり、それがいよいよかれの気持ちを不安にし、かれを陰気《いんき》な沈黙に誘《さそ》いこんでいったのである。

道江の手紙を受け取って以来、次郎の関心が、事変後の国情とか、塾の運命とかいうようなことからいくぶん遠ざかっていたことは、いうまでもない。かれはおりおり自分でそのことに気がついて、ぎくりとした。一女性の問題に心を奪《うば》われて公《おおや》けの問題を忘れることは、かれにとっては、人間としての良心の問題であり、少なくとも自尊心の問題だったのである。そしてこの反省は、大河無門の顔がかれの視界《しかい》にあらわれる時に、とりわけきびしかった。そのために、かれはこのごろいよいよ大河がおそろしくなってきたのだった。

さて、二月二十六日の事件が始まって十日近くもたつと、新聞の記事もそろそろ平常に復し、友愛塾では、しばらくぶりで日曜らしい日曜を迎《むか》えることになった。その日は天気もよかったので、塾生たちは朝食をすますと、先を争うようにして外出した。事変のあった現場を見たいという好奇心《こうきしん》もかなり強く手伝っていたらしかった。

次郎は、まだやはり道江の手紙のことが気になって、外出する気にはむろんなれず、かといって落ちついて読書もできず、例によって日《ひ》あたりのいい広間《ひろま》の窓によりかかって、ひとりで思《おも》い悩《なや》んでいた。床《とこ》の間《ま》の掛軸《かけじく》に筆太《ふでぶと》に書かれた「平常心」の三字も、今のかれにとっては、あまりにもへだたりのある心の消息でしかなかったのである。

塾生たちの出はらった本館の静けさは、気味わるいほどだった。そとには風もなかった。霜柱《しもばしら》のくずれる音さえきこえそうな気がした。次郎は、しかし、あたりが静かであればあるほど、気がいらだつのだった。

ふと、しずかな空気をやぶって、玄関《げんかん》のほうに人の足音がした。つづいて、

「次郎さん、いらっしゃる?」

と朝倉夫人の声がきこえ、事務室と次郎の室《へや》との間の引き戸をあける音がした。

次郎があわてて広間をとび出すと、朝倉夫人は、もう廊下《ろうか》をこちらに歩いて来ながら、

「何かお仕事?」

「いいえ。」

次郎はどぎまぎして答えた。夫人は微笑《びしょう》した眼を次郎にすえながら、

「このごろ空林庵《くうりんあん》のほうはすっかりお見かぎりのようね。でも、今日はぜひいらっしていただかなければなりませんわ。」

次郎がいくぶん顔をあからめながら、眼を見はっていると、

「今日は、先生と三人で重大会議を開かなければなりませんの。」

「重大会議？　何でしょう。」

朝倉夫人は、やはり微笑したまま、それにはこたえず、

「もし大河さんが外出していらっしゃらなかったら、次郎さんとごいっしょに、ご相談に加わっていただきたいんですって。だけど、いらっしゃるかしら。」

「さあ。」

次郎は大河の名が出たので、いよいよまごついた。「さあ」というかれの返事は狼狽《ろうばい》の表現でしかなかったのである。

「じゃあ、ちょっとお室《へや》をのぞいてみてくださらない？　そして、もしいらしったらすぐごいっしょに空林庵のほうにおいでくださいね。」

朝倉夫人は、そう言って、いそいで玄関を出て行った。

次郎は、考える余裕《よゆう》もなく、すぐ第五室に行って戸をノックした。

「はあい。」

にぶい大河の返事がきこえた。戸をあけると、大河は坐禅《ざぜん》でも組んでいたかのように、背筋《せすじ》をのばしてあぐらをかいていた。かれの前の机の上には、何一つのっていなかった。窓の光線をうしろにしてふり向いたその顔には、近眼鏡のふちだけが強く光った。

次郎が朝倉夫人の言葉をつたえると、

「そうですか。」

と、べつにふしぎに思った様子《ようす》もなく、のっそりと立ちあがり、それっきりだまって次郎のあとについて来た。次郎も空林庵の玄関を上がるまで、口をきかなかった。

空林庵の朝倉先生の書斎《しょさい》は、深く陽《ひ》がさしこんで温室のようにあたたかだった。二人がはいって来ると、先生はすぐ言った。

「やあ、大河君も来てくれたか。いてくれてしあわせだったな。……実は、ちょっとうるさいことがあってね。それが対外的の意味をもっているんで、いつもの通り、いきなり塾生みんなの相談にかけても、どうかと思ったもんだから。……」

対外的という言葉をきいて、次郎の眼はやにわに光った。それはこのごろにない鋭《するど》い光だった。大河もいくぶん緊張《きんちょう》した顔をして朝倉先生を見つめた。

朝倉先生は、しかし、笑いながら、

「対外的なんていうと、少し大《おお》げさにきこえるかもしれんが、そう大したことじゃない。いわゆる招《まね》かれざる客がやって来るだけのことなんだよ。」

そう言って朝倉先生が説明したところによると、その招かれざる客というのは、小関氏を塾長とする興国塾《こうこくじゅく》の塾生約五十名で、来塾の目的は見学と交歓《こうかん》、日時は今度の土曜の午後一時から夜八時まで、夕食をともにするが、実費は先方《せんぽう》の分は先方で負担する、プログラムは当方に一任、ただし、意見交換《こうかん》の時間をできるだけ長くする、というのであった。

「いつのまに、そんなことがきまったんですか。」

次郎は、話をきき終わると、詰問《きつもん》するようにたずねた。

「つい二、三日前。――荒田《あらた》老人から、田沼《たぬま》先生を通じて申し入れがあったんで、そうきめたんだ。こないだ君《きみ》もきいて知っているだろうと思うが、やはりこれも、私設青年塾堂の全国的連合組織を作るための準備工作《じゅんびこうさく》だそうだ。」

「どうしてそれをお断《こと》わりにならなかったんです。」

「表面、悪いことではないし、それを強《し》いて断わるのは現在の客観的状勢が許さないのでね。」

「しかし、先方の肚《はら》はまるでちがったところにあるんでしょう。」

『むろんちがっているだろう。……まあ昔《むかし》でいえば、道場やぶりというところだろうね。」

次郎は、そんなことを平気《へいき》で言う朝倉先生が、ふしぎでならなかった。まさか先生が、時代の重圧に負けてやけくそになるわけがない。そうは思うが、やはり何となく不安である。かれはだまって先生の顔を見つめた。すると先生は、その澄《す》んだ眼をぱちぱちさせながら、

「道場やぶりがこわいかね。」

次郎はめんくらった。同時に闘志《とうし》に似たものがかれの心にうごめいた。

「そんなことないんです。」

と、かれはおこったように答え、きっと口をむすんだ。

「こわくなけりゃあ、そうむきになって拒絶《きょぜつ》することもないだろう。受けて立つという法《ほう》もある。もしこういう機会に少しでもこちらの理想を相手の心に植えつけることができれば、むしろ一歩の前進だ。しかし、それにはけちくさい闘志を燃やしてはいけない。ただこちらのふだんの生活のすがたをくずさないようにすれば、それでいいのだ。人間は、結局、一番自然で、一番合理的な生活に心をひかれるものなんだから、君らがそれをくずしさえしなければ、いつかは必ず相手の心に響《ひび》く時があるだろう。それでいいんじゃないかな。どうだい、大河君。」

「ええ、結構だと思います。」

それまで眼をつぶって二人の話をきいていた大河は、無造作《むぞうさ》にそうこたえると、またすぐ眼をつぶった。

「本田《ほんだ》君も、いいねえ。」

「ええ、わかりました。」

次郎の意識の中には、やにわに大河の存在が大きく浮《う》かんでいた。かれは朝倉先生に説《と》き伏《ふ》せられたというよりは、大河の無造作な答えに説き伏せられたといったほうが適当であった。

「じゃあ、プログラムを二人で相談して組んでみてくれたまえ。こまかなことはどうでもいいんだ。どうせみんなにも相談してきめることなんだから、こまかなことは、その折にきめることにして、動かせない大筋《おおすじ》だけを考えておいてもらいたいね。かんじんなのは、ここの生活の空気をこわさないことだよ。できればお客さんをこちらの空気にまきこんでしまいたいのだが、そこまではちょっとむずかしいな。とにかく、そこいらがうまくいきさえすれば、あとは、どうでもいいんだ。」

「大変《たいへん》ね。」

と、その時、火鉢《ひばち》のはたでみんなのためにコーヒーをいれていた朝倉夫人が言った。

「でも、お二人でお考えくだされば、きっといいプログラムがおできになりますわ。」

それから、何か思い入ったように、

「あたし、その日は、お役にたつことでしたら、どんなことでもいたしたいと思っていますの。」

次郎はそのしみじみとした調子が変に気になりながら、コーヒーをすすった。

大河と次郎とは、それからまもなく本館にかえり、さっそくプログラムをねりはじめた。次郎が大河と二人きりでながい時間話すのは、しばらくぶりだった。かれの気持ちは変に落ちつかなかった。威圧《いあつ》されるような気持ちと、よりかかりたいような気持ちがたえず交錯《こうさく》していたのである。しかし、一方では、かれのこのごろの暗い混迷した気持ちが、新しい問題を投げかけられたせいもあって、少しずつうすらいでいくかのようであった。

プログラムを組むのに、二人が最も重要だと思ったのは、意見交換の時間をできるだけながくするように、という先方の申し入れに、どう応ずるかということであった。先方の肚《はら》が、それによって激論《げきろん》をまきおこし、日本精神とか時局とかの名において、こちらを窮地《きゅうち》に追いこみ、あわよくば重大な失言をさせようとしていることは明らかであった。その手に乗ってはならない。かといって、その申し入れを無視するわけにも行かない。そこに二人の苦心があったのである。だが、これは大河の提案によってあんがい簡単に片づいた。それは八つの室《へや》に分散して地方別の懇談会《こんだんかい》を開き、それにできるだけ多くの時間を費やすことであった。大河は言った。

「小人数にわかれると肩肘張《かたひじは》った演説もできまいし、それに地方別ということが、自然話題を地についたものにするだろうと思います。そうなると、こちらの生活のほんとうの意味が、先方の人たちにもいくらか納得《なっとく》してもらえるかもしれません。」

このことがきまると、あとはわけはなかった。二人は中食前にだいたいの案を朝倉先生に報告することができた。朝倉先生は一通《ひととお》り案に目を通すと、笑いながら言った。

「地方別懇談会とはうまく考えたね。先方では裏をかかれたと思うかもしれないが、文句をつけるわけにはいくまい。まあ、名案《めいあん》としておこう。」

それから、しばらく何か考えていたが、

「しかし、こういう細工をやるのは、あまり愉快《ゆかい》なことではないね。」

その日、塾生たちが外出から帰って来て夕食をすますと、さっそくその問題が相談にかけられたが、ほとんど原案通り決定された。ただ原案になかったことで、こちらの塾生代表と進行係とをだれにするかが問題になり、進行係のほうはすぐ次郎にたのむことにきまったが、塾生代表については、いろいろの意見が出た。室長の互選《ごせん》という意見も出たのでそれに落ちつけば一番合理的なはずだったが、それには室長の多数がふしぎに賛成しなかった。そして結局、青山敬太郎の発言で大河を推《お》し、それがほとんど全部の塾生に拍手《はくしゅ》をもって迎《むか》えられたのであった。

その晩《ばん》、自分の室に帰った次郎の気持ちには、ふしぎな変化がおこっていた。かれは机の引き出しの奥深《おくふか》くしまいこんでいた道江の手紙を取り出して、もう一度しずかに読みかえした。そして読み終わると、すぐ二通の手紙を書いた。一通は道江あて、もう一通は恭一あてだった。恭一あてのには、

「道江からこんな手紙が来たが、僕《ぼく》には返事のしようがない。すべては君の責任において解決してもらいたい。」

とだけ書いて、道江の手紙を同封《どうふう》した。道江あてのもきわめて簡単だった。

「お手紙拝見。ご胸中同情にたえません。返事が遅《おく》れてすまなかったが、おたずねの人物については、いろいろ考えてみました。しかし、結局僕には見当がつきません。で、思いきって、お手紙をそのまま兄におくり、その返事を求めることにしました。あるいは直接そちらに返事が行くかもしれません。とにかく、この事については、兄自身がすべての責任を負うのが当然だと思います。道江さんもそのつもりで勇敢《ゆうかん》に兄にぶっつかってみてください。切《せつ》に前途《ぜんと》の光明《こうみょう》を祈《いの》ります。」

一二　交歓会《こうかんかい》

それからの一週間は、次郎にとって、変に矛盾《むじゅん》にみちた明け暮《あく》れだった。

二通の手紙を出したあとのかれの胸には、大きな空洞《くうどう》があいており、その空洞の中を、悔恨《かいこん》と、嫉妬《しっと》と、未練《みれん》と、そしてかすかな誇《ほこ》りとが、代《か》わる代《が》わる風のように吹《ふ》きぬけていた。しかも、一方《いっぽう》では、興国塾《こうこくじゅく》との交歓会をひかえて、その同じ胸が、空洞どころか、重い鉛《なまり》でもつめこんだように心配で一《いっ》ぱいになっていた。心配といっても、それはむろん、こざこざした準備《じゅんび》や、その日の手順などのことについてではなかった。そうしたことは、もうたいてい塾生《じゅくせい》たちの分担に任《まか》しておいても、決して不安はなかったのである。ただ、かれがたえず悩《なや》んだのは、ともすると心の底に、朝倉《あさくら》先生のいわゆるけちな闘志《とうし》がうごめくことであった。交歓会とは名ばかりで、その実、戦いをいどまれているようなものであり、しかも、その結果いかんは、ただちに塾の運命を左右するのだ、と思うと、怒《いか》りがこみあげて来て、何くそ、負けてなるものか、という気になる。

だが、そうした闘志に身を任せることは、決して友愛塾《ゆうあいじゅく》としての真の勝利をもたらすゆえんではない。それどころか、そのこと自体がすでに敗北を意味するのだ。かりに百歩をゆずってそうした闘志をゆるすとしても、その闘志をどう使えば相手を打ち負かすことができるのか、相手はこちらが相手以上に軍国調にならないかぎり、絶対に負けたとは思わない人たちなのだ。そう思いかえしては、自分をおさえるのだったが、おさえればおさえるほど、無念《むねん》でならない気がして来るのである。

こうした闘志は、むろん次郎だけのものではなかった。気の強い塾生たちの中には、次郎ほどの反省力や責任感がないせいもあって、あからさまにそれを口に出していうものも決してまれではなかった。それがいっそう次郎をなやました。かれは自分自身の闘志にたえずなやまされつつ、その同じ闘志が他の塾生たちの心にきざすのを注意ぶかく警戒《けいかい》していなければならなかったのである。

そのために、かれはもうこれまでのように、ひまさえあると自分の室《へや》にばかりとじこもっているというわけにはいかなかった。かれは塾生たちの気持ちの動きを知るために、かれらとの個人的接触《せっしょく》の機会をできるだけ多くすることにつとめなければならなかった。このことは、自然かれをいくらか饒舌《じょうぜつ》にし、一見《いっけん》いかにも快活《かいかつ》らしく見せた。しかし、それが見かけだけのものであったことは、かれ自身が一ばんよく知っていたのである。

こうして、ついに約束《やくそく》の土曜日が来た。天気は快晴《かいせい》というほどではなかったが、この季節の武蔵野《むさしの》にしては、風も静かで、割合《わりあい》あたたかい日だった。準備は昨夜までにすっかりととのっていたので、塾生たちの気分には十分のゆとりがあり、午前中は、外来講《がいらいこう》師《し》小西先生の民芸に関する講義も落ちついてきいた。小西先生は良寛和尚《りょうかんおしょう》を思わせるような風格の人で、その言葉や動作の中に作為《さくい》のないユーモアがあふれ、それが話の内容にぴったりしていて、この日の講義としては、あつらえ向きだった。

中食後の座談がすむと、民芸に特別の関心を有する二、三の塾生が小西先生の帰りを見おくって、門のあたりまでついて行った。そのほかの塾生たちも、そのあとから、ぞろぞろと塾庭に出て、三人五人と、草っ原に腰《こし》をおろしたり、森をぶらついたりしていた。その光景《こうけい》は、いかにものんびりしていた。今日のお客を迎《むか》える前にしてはのんきすぎるようにも思えたが、これも実は次郎と大河《おおかわ》とが組んだプログラムの中の、かくれた一コマだったのである。

一時ちょっと前になると、朝倉先生夫妻も塾庭に姿《すがた》をあらわした。それとほとんど同時に、自家用車らしい黒塗《くろぬ》りの自動車が一台、正門をすべりこんで来るのが見えた。みんなの眼《め》は、自然そのほうにひかれた。中でも次郎の眼がぎらりと光った。かれはその時、草っ原に腰をおろしていた仲間の一人だったが、いきなり立ちあがって、朝倉先生のほうに走って行き、何かささやいた。

自動車は、もうその時には、二人のすぐ前まで来ていたが、通りすぎたかと思うと、すぐとまった。そして、その中から出て来たのは、鈴田《すずた》に手をひかれた荒田老《あらたろう》だった。

「あっ、荒田さんでしたか。ようこそ。……あなたがお出《い》でになることはまったく存じがけなかったものですから、どなたのお車かと思っていました。」

と、朝倉先生が歩みよりながら声をかけた。

荒田老は、和服の上にマントをひっかけ、毛皮製のスキー帽《ぼう》みたようなものをかぶっていたが、帽子には手もかけず、

「やあ、塾長《じゅくちょう》さんですか。」

と、黒眼鏡《くろめがね》を朝倉先生の声のするほうに向け、

「今日は、しばらくぶりで、わしも見学にあがりましたんじゃ。まだ興国塾からは見えませんかな。」

「一時に到着《とうちゃく》という約束になっていますので、もうすぐ、見えるでしょう。」

そう言っているうちに、正門の外から、「歩調取れ」といういうかん高《だか》い号令の声がきこえ、つづいて、カーキー色の服を着た一隊の青年が、ももを高くあげ、手を大きく前後にふりながら、堂々《どうどう》と門をはいって来た。

それを見ると、こちらの塾生たちは、ほうぼうから急いで朝倉先生の立っている近く

に集まって来た。そして、手を高くあげて叫《さけ》んだり、拍手《はくしゅ》をしたりして、歓迎《かんげい》の意を表《ひょう》した。むろん、みんなの顔は笑いでほころびていた。それはちょうど町の群衆が凱旋《がいせん》の軍隊を迎える時のような光景であった。

その間、先方《せんぽう》の隊はわき目《め》もふらず行進しつづけて来たが、やがてこちらの集まっている前まで来ると、「分隊止まれ」の号令で停止し、「左向け左」の号令で横隊《おうたい》になった。そして両翼《りょうよく》の嚮導《きょうどう》によって整頓《せいとん》を正《ただ》され終わると、そのあとは壁《かべ》のように動かなくなった。

同時に、こちらの歓迎のざわめきもぴたりととまり、あたりはしいんとなった。するとそれまで隊のあとから見《み》えがくれについて来ていた背広《せびろ》の紳士《しんし》が、つかつかと進み出て、まず荒田老と、つぎに朝倉先生と、あいさつをかわした。年格好《としかっこう》といい、容貌《ようぼう》といい、その人が興国塾長の小関氏であることは、次郎には一目《ひとめ》でわかった。

小関氏は、あいさつをすますと、こちらの塾生たちの群をさげすむように見ながら、朝倉先生に言った。

「どういう順序になっていますかね。私のほうは、もうすべてご予定通りに動くように準備ができていますが。」

「あ、そうですか。これは失礼しました。」

と、朝倉先生は、すぐそばに立っていた次郎をかえり見て、

「じゃあ、予定どおりすすめてくれたまえ。」

そこで次郎は双方《そうほう》の中間に進み出て言った。

「僕《ぼく》は、本田《ほんだ》という者です。今日の進行係をつとめさしていただきます。実はいちおう皆《みな》さんを舎内にお迎えした上で予定のプログラムを進めるのが礼儀《れいぎ》だと思いますが、幸《さいわ》いに天気もよいし、それにこれからの進行の都合《つごう》もありますので、双方の最初のごあいさつの交換《こうかん》だけは、この青天井《あおてんじょう》の下でお願いしたいと思います。では、まず友愛塾生代表の歓迎《かんげい》の辞《じ》……」

するど、大河無門《むもん》がのそのそと進み出て、歓迎の辞をのべた。それはきわめて簡単《かんたん》だった。わざわざ訪《たず》ねて来てもらったお礼と、うちくつろいで歓談してもらいたいという希望とをのべたにすぎなかった。それに要した時間も、おそらく一分以上には出なかったであろう。

つぎは先方のあいさつだった。隊の指揮《しき》をしていた青年が、そのまま先方の代表として進み出た。かれはまず大河をはじめこちらの塾生たちに厳粛《げんしゅく》な挙手注目《きょしゅちゅうもく》の礼をおくったあと、精一《せいいっ》ぱいの声をはりあげて、

「不肖《ふしょう》黒田勇は興国塾生一同を代表して、友愛塾の諸兄《しょけい》に初対面のごあいさつを申し

述べる光栄を有します。」

と叫んだ。それから、およそ五、六分間は、十分に暗誦《あんしょう》して来たらしい文句《もんく》をつらねて、熱烈《ねつれつ》に世界の大勢《たいせい》を説《と》き、日本の生命線を論じた。そして論旨《ろんし》を一転して青年の思想問題に入りかけたが、そのころからかれの言葉は次第《しだい》にみだれがちになり、またしばしばゆきづまった。ゆきづまると、かれの視線《しせん》はきまって空のほうにはねあがり、血走《ちばし》った白眼《しろめ》が大きく日に光った。そんなふうで、さらに五、六分の時間がどうなりすぎたが、そのうちに、いくら空をにらんでも、どうしてもあとの言葉がつづかなくなってしまった。するとかれは、ちょっと肩《かた》をすくめ、右手をあげて耳のうしろをかいた。それからにやりと笑って胸のかくしから草稿《そうこう》を引きだし、大いそぎでそれをめくった。

そのあと、かれがふたたびもとの厳粛さと熱烈さをとりもどしたことは言うまでもない。それは、しかし、必ずしも草稿にたよれるという安心ができたからばかりではなかったらしい。というのは、かれの演説《えんぜつ》は決して単なる朗読《ろうどく》演説ではなく、一つの句切りの最初の言葉さえ見つかれば、あとの数行は草稿なしでも自然に口をついて流れ出て来たし、そのあいだに、かれはかれの予定通りの厳粛さと熱烈さとを十分に発揮《はっき》することができたからである。ただかれのために残念だったのは、かれの前にテーブルが据《す》えてなかったことであった。もしそれさえあったら、かれはもっと巧《たく》みに草稿に眼を走らせることができたであろうし、またしたがってかれの演説はいっそう雄渾《ゆうこん》であることができたかもしれなかったのである。

かれは最後に、草稿をにぎった左手を腰のうしろにまわし、右手で力一《ちからいっ》ぱい空間をたたきつけながら言った。

「諸君《しょくん》、お互《たが》いの修練《しゅうれん》の場所はちがっても、等しくこれ日本の青年であります。日本の青年である以上、修練の目的とするところはまったく同一《どういつ》でなければなりません。その意味で、諸君がすでにわれわれの同志であることは、一点の疑《うたが》いをいれないところであります。ただ、人により、また修練の場所により、体得《たいとく》するところに深浅《しんせん》高低の差があるのは、おそらく免《まぬが》れがたいところであり、また時としては、自ら知らずして誤《あやま》った方向に進んでいる者もないとは限りません。そのことに思いをいたしますと、本日の交《こう》歓《かん》の意義はまことに深いものがあります。われわれは、この半日の交歓において、われわれの信念と体験の全部をひっさげて諸君にぶっつかるつもりでやってまいりました。諸君もまた全力をあげてわれわれの妄《もう》をひらかれんことを希望します。終わりっ。」

かれはもう一度挙手の礼を送り、まわれ右をして、駆《か》け足《あし》で隊の右翼《うよく》に帰って行き、そこではじめて「休め」の号令をかけた。

すると次郎がふたたび進み出て、言った。

「では、これからしばらくの間、皆《みな》さんにこの塾の施設《しせつ》を見ていただきたいと思います。それには、小人数にわかれて見ていただくほうが、説明や何かにも便利だと思いましたので、こちらは、九州班とか東北班とかいうぐあいに、地区別にわかれてご案内することにいたしております。皆さんのほうでも、そんなぐあいにわかれていただければ、何よりだと思います。そして一通《ひととお》りご覧《らん》くだすったあと、夕食までの時間を、お互いの意見交換なり研究なりに費《つい》やしたいと思いますが、それもやはり地区別にわかれてやったほうが、自然親しみもあり、話が具体的にもなって、将来の連絡提携《れんらくていけい》のために非常にいいのではないかと考え、そういうことにプログラムを組んでおきました。ご懇談《こんだん》くださる場所は、いちおう本館の各室《へや》をそれぞれ割《わ》り当《あ》てておきましたが、天気もこんなにいいことでありますし、森蔭《もりかげ》や草っ原をご利用くださるのも一興《いっきょう》かと思います。その辺は各班のご希望によって、ご随意《ずいい》にお願いいたします。夕食は五時半に、本館の広間《ひろま》に集まって、ごいっしょにいただくことにしておきました。そのあと、八時のお引きあげの時刻《じこく》までは、親交を主としてできるだけおもしろくすごしたいと思います。その進行係は私にお任せ願いますが、あるいは皆さんに隠《かく》し芸《げい》を出していただくようなことがあるかもしれませんから、そのご用意を願っておきます。なお、念《ねん》のため申しそえておきますが、この塾堂《じゅくどう》には、秘密《ひみつ》の室とか、出入り制限の室とかいうものは一室もありませんし、また了解《りょうかい》のもとにここの門をはいって来た人なら、どんな人でも家族同様の気持ちでお迎えすることになっています。ですから、皆さんもどうかそのおつもりで、今日はお客でなく、もとからの家族だというお気持ちでおすごしくださるようにお願いしたいと思います。」

次郎がそう言って引きさがると、大河無門がすぐ手をあげて、何か友愛塾の塾生たちに合《あ》い図《ず》をした。すると、塾生たちは、五人、七人とかたまって、興国塾生たちのほうに近づいて行き、「関東地方の諸君はこちらに」とか、「東北地方の方は私どもがご案内します」とか、いったぐあいに、口々《くちぐち》に叫《さけ》びだした。

次郎は、もうそのときには、塾生たちのほうよりは、荒田老や小関氏のほうに注意をひかれていた。黒眼鏡をかけた荒田老の表情はほとんどわからなかった。ただ気のせいか、そのでっぷりとふとったきずだらけの顔が、いつもよりいくぶん赤味《あかみ》をおびているように見えただけだった。

しかし、小関氏の表情はたしかに普通《ふつう》ではなかった。骨にぴったりとくっついたような、青白い、つるつるに光った顔面筋肉が、唇《くちびる》を中心にびりびりとふるえており、その眼は塾生たちのほうを見つめて凍《こお》ったように動かなかったのである。

次郎は二人を見た眼を転じて、朝倉先生と夫人の顔をのぞいた。先生のほうはべつに変わった顔もしていなかったが、夫人はさすがに緊張《きんちょう》していた。先生はしばらくして小関氏に言った。

「では、夕食まで私の室《へや》でお休みいただきましょうか。それまでは、私たちは、べつに用もなさそうですし。」

小関氏はそれには答えないで、ちょっと荒田老の顔を見たあと、詰問《きつもん》するように言った。

「こういう計画はあなたがおたてになったんですか。」

「いいえ、塾生たちに考えてもらったんです。ここでは、なるだけ塾生たちの創意を生かす方針でやっているものですから。」

「なるほど。すると、あなたもこういう計画だということは、今はじめておわかりになったんですね。」

「そうじゃありません。決めるまえには、むろん私にも相談はするんです。」

小関氏は、もう一度荒田老の顔をのぞいた。それからつめたい微笑《びしょう》をもらしながら、

「じゃあ、今日の計画は、やはり、あなたがお認《みと》めになった計画ですね。」

「それはそうですとも。」

と、朝倉先生は相手の皮肉《ひにく》にはいっこう無頓着《むとんちゃく》なように、まじめくさって、

「創意を生かすといったところで、任《まか》せっきりでは、まだ何といってもあぶないことがあるものですから。」

「しかし、あなたにお認めいただいたにしては、今日のご計画は少し変ではないですかね。」

小関氏は、真正面《ましょうめん》から切りこむ肚《はら》をきめたらしく、その顔には、もうつめたい微笑も浮《う》かんでいなかった。

「そうでしょうか。」

と、朝倉先生はやはりとぼけている。

「こんなに、ばらばらになってしまっては、第一、眼もとどきませんし、まじめに意見の交換をやるかどうか、わからないじゃありませんか。」

「それはだいじょうぶでしょう。青年は信じてさえやれば、それほど裏おもてのあるものではありませんから。」

小関氏の青白い頬《ほお》がぴくりと動いた。が、すぐ、

「かりにまじめな意見交換が行なわれたとしましても、議論になった場合、その黒白はだれがつけてやるんです。」

「青年たちがおたがいの間でつけるんじゃありますまいか。」

「それができれば、言うことはないんです。しかし、万一《まんいち》まちがった結論になった場合、おたがいに、指導者としての責任は、どうなるんです。」

「あとで正す機会はいくらでもあるでしょう。私はむしろそのほうが指導が徹底《てってい》するんじゃないかと考えるんですが。」

「それはどういう意味です?」

「このごろの青年たちは、とかく指導者の前では存分《ぞんぶん》にものが言えない。言っても迎《げい》合的《ごうてき》なことを言う。これは指導者があまり急いで結論を押《お》しつけるからじゃないかと思います。私は、青年たちに、自分たちでものを考え、自分たちで意見を戦わして、たといまちがいでもいいから、いちおう自分たちの判断を生み出さしておいて、そのあとで正すべきものを正してやる、というふうにしたい。そうでないと、せっかくの指導がほんとうに身につかないように思いますが。」

「なるほど。つまり自由主義的な指導をなさろうというのですね。」

小関氏の顔には、ふたたび冷たい微笑がうかんだ。

「自由主義というかどうか、私には主義のことはわかりませんが、しんからまじめで、表裏のない、そして感情に走らない国民を養《やしな》うのには、そうした指導が必要だと信じています。」

「すると、あなたは――」

と、小関氏がいきりたった調子で何か言おうとした。が、それより早く、荒田老の、さびをふくんだ、恫喝《どうかつ》するような声がきこえた。

「小関さん、もう問答《もんどう》は無用《むよう》です。」

荒田老は、そう言って、数秒の間その黒眼鏡をとおして二人のほうに眼をすえているようだったが、

「朝倉さん、あんたはせっせと小理屈《こりくつ》のいえる青年をお育てになるほうがよかろう。じゃが、言っておきますが、あんたのお育てになるような青年は、もう日本には用がありませんぞ。これからの日本に役にたつのは、理屈なしに死ねる青年だけですからな。」

それから、すぐ横につきそっていた鈴田のほうを向いて、

「どうれ、帰ろうか。せっかく来たが、もう用はない。」

鈴田はじろりと朝倉先生を横目で見たあと、荒田老の手をひいて、自動車のほうにあるきだした。

もうその時には、双方の塾生たちは地区別にわかれてほうぼうに散っていた。あとには、朝倉先生夫妻と小関氏と次郎の四人だけが立っていたが、朝倉先生が、

「お帰りですか。」

と荒田老のあとを追うと、ほかの三人も、だまってそのあとにつづいた。

自動車の扉《とびら》がしまるまえに、朝倉先生は近づいて行って、言った。

「どうも相《あい》すみませんでした。せっかくおいでいただきましたのに。」

荒田老は、しかし、それには答えないで、

「小関さんは、塾生をほっておいて帰るわけにもいきませんな。お気《き》の毒《どく》じゃ。」

自動車は気《き》まずい沈黙《ちんもく》のうちに動きだした。四人はそれが門外に消えるまで見おくっていたが、その間も沈黙がつづいた。

やがて朝倉先生が小関氏を見て言った。

「ともかくも中にはいってお休みいただきましょう。ここではお茶も差しあげられませんし。」

「ええ。」

「塾生たちの様子《ようす》は、あとで、集まっているところをまわってお歩きになっても、大《おお》よそわかると思いますが。」

「ええ。」

小関氏は、にがりきって、ただなま返事をするだけだった。それでも、朝倉先生が歩きだすと、しぶしぶそのあとにつづいた。朝倉夫人と次郎は、二、三間《けん》はなれてそのあとを追った。二人はあるきながら、何度《なんど》も顔を見あったが、口はきかなかった。

玄関《げんかん》をはいるころになって、小関氏が言った。

「せめて夕食後の時間でも、もっと有効に使ってもらいたいと思いますね。」

「もっと有効にとおっしゃいますと？」

朝倉先生は、靴《くつ》をスリッパにはきかえながら、小関氏の顔を見た。

「全部を娯楽会《ごらくかい》みたいなことに使うのはもったいないじゃありませんか。お任せした以上、いけないとおっしゃればそれまでのことですが、その一部分でも、全員集まっての意見交換に使ってもらいたいと思っているんです。」

「なるほど、いや、よくわかりました。そういうご希望であれば、その通りにいたさせましょう。変更《へんこう》するのは、わけはありません。」

朝倉先生は軽くこたえて、すぐその場で、次郎にそのことをつたえた。次郎はちょっと不安そうな顔をしたが、承知《しょうち》するよりほかなかった。

それから夕食までの時間が、四人にとってながい時間であったことはいうまでもない。とりわけ朝倉先生と小関氏にとってそうであった。二人は塾長室《じゅくちょうしつ》にはいって腰《こし》をおろしてはみたものの、どちらからもあまり口をきかなかった。朝倉先生は小関氏の「意見」を誘発《ゆうはつ》しないような適当な話題を見いだすのに困難《こんなん》を感じたし、小関氏は朝倉先生にすっかり見切《みき》りをつけて、もう自分の欲《ほっ》する話題を提供するのをいさぎよしとしなかったのである。

テーブルの上には、この塾堂にしては珍《めずら》しい、豪華《ごうか》な洋なまなどを盛《も》った菓子鉢《かしばち》がおいてあったが、それも朝倉先生が一つつまんだきりだった。小関氏は、朝倉夫人がたびたび茶を入れかえにはいって来て、そのたびごとにすすめても、見向こうともしなかったのである。

二人の沈黙は、それでも、初めの三、四十分間は、さほど息苦しいものではなかった。というのは、地域別にわかれた双方の塾生たちが、塾内をくわしく見てまわるのには、少なくともそのぐらいの時間が必要だったし、そしてその間は廊下《ろうか》にはたえずさわがしい人声と足音がきこえ、塾長室の戸がひらかれて、中をのぞきこまれることさえたびたびだったからである。

しかしそのさわぎが治まって、塾生たちがそれぞれ割《わ》りあてられた室《へや》に落ちついてしまうと、ちょうど、音をたててぶっつかりあっていた浮氷《ふひょう》が急に一つの氷原にかたまったような沈黙が支配した。それはごまかしのきかない沈黙だった。二人はめいめいにテーブルの上にあった新刊の雑誌にでも眼をとおすよりしかたがなかった。

そのうちに、小関氏はひょいと立ちあがって、一人で室を出た。便所にでも行ったのか、と朝倉先生は思っていたが、そうではなかった。小関氏は、塾長室の窓から見える草っ原に、十人あまりの青年たちが円陣《えんじん》を作っているのを認め、そのほうに出かけて行ったのだった。朝倉先生がそれを知ったのは、かなりたったあと、次郎からの報告によってであった。

「あの班には、大河君がいるんです。」

次郎はそうつけ加えて、意味のふかい微笑をもらした。朝倉先生はただうなずいただけだったが、それからは、たえず窓ごしに小関氏のほうに眼をひかれていた。小関氏は、青年たちの円陣に加わるのでもなく、かといって遠くにはなれるのでもなく、あたりをうろつきまわったり、急に立ちどまったり、また、たまには腰をおろしたりして、話に耳をかたむけているかのようであった。

そうして、ともかくもながい数時間が終わって夕食の板木《ばんぎ》が鳴った。

夕食の食卓《しょくたく》は、これもやはり地域別に配列され、双方の塾生が一人おきに入りまじって座を占《し》めることになっていた。ごちそうはあたたかいさつま汁《じる》だった。食事の作法は、双方のしきたりにかなりなちがいがあったが、郷《ごう》に入っては郷に従ってもらう主旨《しゅし》で、友愛塾の簡単な日常生活の方式、つまり「いただきます」と「ごちそうさま」のあいさつだけですまし、その他は「無作法《ぶさほう》にも窮屈《きゅうくつ》にもならないように」各自に心を用いてもらうことになった。食事がすみ、食器が片づくと、それに代わって茶菓《さか》が運ばれた。友愛塾では、開塾中に先輩《せんぱい》から陣中見舞《じんちゅうみまい》と称して、しばしば各地の名産が送られて来たが、この時も、ちょうど青森のりんごが三箱《はこ》ほど届いていたので、それもむろん食卓をかざった。その色彩《しきさい》の豊かさは、興国塾の塾生たちの眼を見張らせるのに十分であった。

準備がととのうと、進行係の次郎が言った。

「ではこれからお約束の懇親会《こんしんかい》にはいりたいと思いますが、そのまえに、もし、昼間の意見交換会で論じ足りなかった問題とか、あるいは、全員が顔をそろえたところで論議してみたい問題とかいうようなものがありましたら、ご発表を願います。これは実は興国塾の塾長先生からのご希望もありましたので、茶菓のほうはしばらくお預けにして、まずそのほうから片づけたいと思います。」

次郎は皮肉を言うつもりではなかったが、言ってしまって、変に自分の耳に皮肉にきこえ、はっとしたように、朝倉先生と小関氏のほうを見た。朝倉先生は、眼をつぶっていた。小関氏はきらりと眼を光らせたが、すぐ塾生たちを見まわしながら、

「時間はできるだけ有意義につかうがいい。茶話会《さわかい》は三十分もあればたくさんだろう。興国塾の諸君は、こういう時に思いきりふだんの抱負《ほうふ》を述べ、十分批判《ひはん》してもらうんだな。」

しかし、どこからも発言するものがなかった。室内はしんとして、ほうぼうにすえてある火鉢《ひばち》の中で、かすかに、炭火のはねる音がきこえていた。

すると、窓ぎわの卓についた大河無門が、だしぬけに言った。

「興国塾の塾長先生は、ひる間《ま》のぼくたちの話をきいていてくだすったようですが、何かそれについてご注意くださることはありませんか。」

小関氏の眼がまたぴかりと光った。氏は、その眼をいりつくように大河のほうに注《そそ》ぎながら、

「それは大いにある。しかし今日は私の出る幕《まく》ではない。私の考えは帰ってから私のほうの塾生だけに話せばいいのだ。」

また沈黙がつづいた。次郎はそっと朝倉先生の顔をのぞいたが、先生はやはり眼をつぶっているきりだった。

「では、問題もなさそうですから、すぐ懇親会にうつります。」

次郎は思いきって言った。そしてさっさと予定の計画を進めていった。次郎たちの計画では、しょっぱなから、固い気分を徹底的《てっていてき》にぶちこわすことであった。

そのためには、まず第一に、朝倉先生夫妻をはじめ、友愛塾がわが総立ちになって、例の友愛塾音頭《おんど》を踊《おど》るのが、もっとも効果的だと思われた。この予想はみごとに的《てき》ちゅ

うした。小関氏ただ一人をのぞいては、満場笑いと拍手《はくしゅ》の渦《うず》だった。とりわけ朝倉先生と大河無門の拳闘《けんとう》でもやるようなぎごちない手《て》ぶりが爆笑《ばくしょう》の種《たね》だった。中には朝倉夫人のしなやかな手振《てぶ》りに最初から最後までうっとりと見《み》ほれているものもあった。

つぎは個人のかくし芸だったが、その皮切りにも、大河無門が立ちあがって例の蟬《せみ》の鳴き声をやり、大喝采《だいかっさい》だった。それにこたえて、興国塾がわからも、その代表である黒田勇が出て詩吟《しぎん》をやった。満面朱《しゅ》を注いでの熱演は大河の蟬の鳴き声とはまったく対蹠《たいしょ》的《てき》だったが、節《ふし》まわしはさすがに堂《どう》に入《い》ったもので、これも大喝采だった。

そのあと次郎は、もう進行係としてほとんど世話をやく必要がなかった。すべては笑いと感嘆《かんたん》と拍手の中にすぎた。そして、最後に相互《そうご》の代表からなごやかなあいさつを述べて解散することになったが、もしわかれぎわになって興国塾の塾生たちがきちんと玄関前に整列し、号令のもとに挙手注目の礼をおくらなかったとしたら、双方の塾生たちの間に、しつけの大きなひらきがあるのを認めることは、困難だったかもしれなかったのである。もっとも、そうであればあるほど、小関氏にとって、この数時間がにがにがしい時間であったことは言うまでもない。

興国塾の塾生たちの足音が消え、朝倉先生夫妻と次郎とが塾長室にはいると、そのあとを追うようにして五、六名の塾生たちがおしかけて来た。その中には大河無門もいた。

かれらは口々《くちぐち》に言った。

「ずいぶん盛《さか》んな連中だったね。何しろぼくたちとは生活がちがいすぎているんだ。こちらの言うことなんか、はじめのうち、てんで聞こうともしないで、自分たちの言いたいことだけをしゃべりまくるんだ。閉口《へいこう》したよ。」

「それでも、食後はいやに愉快《ゆかい》そうだったじゃないか。やはり地区別の話し合いは、それだけ効果的だったと思うね。」

「そういえば、食後には、催促《さいそく》されてもふしぎにだれも理屈を言いだすものがなかったね。ひる間《ま》の意気《いき》込《ご》みとはまるでちがっているんで、あの時はぼくも意外だったよ。」

「すると、やはり多少は考えたかな。」

「考えたんじゃないよ。本能だよ。」

と、大河無門が口をはさんだ。

「あの連中だって、つけ焼《や》き刃《ば》の理屈をならべるよりか、りんごを食《く》ったり、歌をうたったりするほうが実はおもしろいんだよ。ふふふ。」

それから朝倉先生のほうを向いて、

「今日、ぼくたちの班で話しあってみたかぎりでは、あの連中の生活には、自然で大《おお》っぴらな楽しみというものがまるでないらしいんです。やるべき時に、しっかりやりさえすれば、そのほかの時のずぼらは大目《おおめ》に見てもらえるんだから、それで取りかえしがつく、なんて平気《へいき》で言う者がありましてね。それをきいていて、ぼくは、気の毒になってしまいました。」

朝倉先生はただうなずいたきりだった。すると塾生同士がまた話しだした。

「最後にどんな気持ちになって帰って行ったかな。」

「大多数はやはり勝ったつもりで得意《とくい》になっていたんじゃないかな。夜の会で議論が出なかったのも、一つは、そのせいだったかもしれないよ。」

「まあ大多数はそうだろうね。しかし、中にはずいぶん考えこんだものもいるよ。現にぼくの隣村《となりむら》から来ていた青年なんか、帰りがけにいやにさびしそうな顔をして、もっと早く友愛塾のことを知っていればよかった、なんて、こっそりぼくに言っていたんだから。」

「ほんとうにまじめな人は、そうだろうね。しかし、そんな人はめずらしいよ。ぼくたちだってここの生活のいいところがわかるまでには、ずいぶんお手数をかけたからね。」

「まあ、しかし、今日はとにかくよかったよ。興国塾の連中はとにかくとして、ぼくたち自身にぼくたちの生活がこれでいよいよはっきりしたんだから。」

「実際だ。ああいう連中といっしょになってみると、それが実にはっきりわかるね。」

朝倉夫人は涙《なみだ》ぐんでおり、次郎は何かじっと考えこんでいた。すると朝倉先生が言った。

「そんなふうに自己陶酔《じことうすい》に陥《おちい》るようでは、今日は最悪の日だったね。アルコール漬《づけ》になって生きている動物はないよ。はっはっはっはっ。」

それから急に立ちあがって、窓ぎわを行ったり来たりしながら、

「今日の収穫《しゅうかく》は、あるいはアルコール漬の標本を作っただけだったかもしれないね。そのうち、その標本が瓶《びん》ごと捨てられる時が来るだろう。それじゃ、あんまりみじめではないかね。……こういう時こそ、一人一人が、もっと厳粛《げんしゅく》に……もっと謙遜《けんそん》に、自分を反省してみなくちゃあ。……大事なのは、友愛塾が友愛塾という形で勝つか負けるかということじゃない。かりに友愛塾という容器がつぶされても、君《きみ》らの一人一人が、まる裸《はだか》でぴちぴち生きているような人間になることだよ。とにかく自己陶酔はいけない。勝ったつもりでいい気になってはおしまいだ。人間は、苦しい時よりも、かえって得意な時に堕落《だらく》するものだからね。……平常心……そうだ、平常心のたいせつなのは、苦しい時よりも、むしろこうした場合なんだよ。」

朝倉先生が、こんなに、物につかれたように、きれぎれなものの言い方をするのは、

まったくはじめてのことだった。みんなはおびえたように先生を見まもった。朝倉夫人と次郎とは、先生の言葉がおわると、すぐおたがいの顔を見あったが、その眼は友愛塾のさしせまった運命について何かささやきあっているかのような眼だった。

ただ大河無門だけは、その間にも、しずかに眼をとじているきりだったのである。

一三　旅　行

それから一週間は、表面何事《なにごと》もなくすぎた。次郎は、一方《いっぽう》では、塾《じゅく》の将来についての予感におびえながら、また一方では、道江《みちえ》からも恭一《きょういち》からも、その後何のたよりもないのを気にやみながら、ともかくも予定どおりの行事をすすめていった。季節はもう武蔵《むさし》野《の》名物の黒つむじが吹《ふ》きあげるころで、朝夕の清掃《せいそう》にはとりわけ骨が折れたが、同時に水がぬるみ、雑巾《ぞうきん》をしぼる手がかじかむようなこともほとんどなくなっていた。

友愛塾《ゆうあいじゅく》では、毎回の講習期間の終わりに近く塾長《じゅくちょう》以下全員そろって三泊四日《さんぱくよっか》の旅行をやることになっていた。それは塾の生活を外に持ち出し、特殊《とくしゅ》な教育環境《かんきょう》において練りあげたものを、世間《せけん》という普通《ふつう》の社会環境において試《ため》そうというのが主目的であったが、また近県在住の第一回以来の修了者《しゅうりょうしゃ》たちと親交を結び、そういう人たちの郷土《きょうど》生活の実際に接したいというのも、重要なねらいの一つだったのである。

その旅行に出るのは、すでに三日の後にせまっていた。しかし、計画は早くから研究部でねられ、これまでの次郎の経験などを参考にして何もかも決定されていたので、塾《じゅく》生《せい》たちはただその日の来るのを待つばかりであった。

ところで、次郎には、旅行に出る前に果たしておかなければならない一つの重要な仕事が残されていた。それは数日前に出願を締《し》め切《き》った次回の入塾希望者の履歴書《りれきしょ》を整備して朝倉《あさくら》先生に提出し、採否《さいひ》の決定を得た上で、それぞれ本人に通知することであった。出願者の数はこれまでの記録をやぶって、ほとんど定員の二倍になっていた。それだけにその銓衡《せんこう》は困難《こんなん》だった。次郎は昨夜までにすっかりその整備をおわり、自分でも採否のあらましの見当《けんとう》をつけておいたが、今朝《けさ》は、いよいよ朝倉先生にその最後の決定を求めることになっていたのである。

今日もちょうど小川《おがわ》博士の講義の日だったが、次郎はその講義がはじまるのを待ち、一《ひと》まとめにした履歴書と推薦書《すいせんしょ》とをかかえて塾長室にはいっていった。

「もうちょっとで百名をこえるところでした。それに、志願者の質もたいていはよさそうです。やはり、これまでの修了者の勧誘《かんゆう》がきいたんだと思います。」

次郎は朝倉先生の机《つくえ》の上に書類をおくと、そう言って、いかにも得意《とくい》そうだった。

「そうか。ふむ。」

と、朝倉先生は、何か考えていたらしい眼《め》でちょっと履歴書のほうを見たが、すぐ机の引き出しをあけて、小さな紙ばさみにはさんだ一束《ひとたば》の電報をとり出し、それを次郎のまえにつき出しながら、言った。

「しかし、残念ながら、この通りだ。」

次郎はいそいで電報に眼をとおした。おどろいたことには、十五、六通の電報が、どれもこれも推薦団体からの志願取り消しの電報だった。志願者の数にして、もうそれだけで五十名近くになっていた。次郎は呆然《ぼうぜん》となって朝倉先生の顔を見つめた。かれは、この五、六日、頻々《ひんぴん》と塾長あての電報が来るのを知ってはいた。そしてそれが何か先生の身分にとって重大なことではないかという気がして、不安にも感じていた。しかし、こうした意味の電報であろうとは夢《ゆめ》にも思っていなかったのである。

「おどろいたかね。」

と、朝倉先生はさびしく笑いながら、今度《こんど》は一通の封書《ふうしょ》を、同じ引き出しから取り出して、

「あらましの事情は、これを見ればわかる。君《きみ》にはなるだけ心配をかけまいと思って

いたが、もうかくしておいてもしかたがない。読んでみるがいい。」

次郎は封書を受け取ると、まず発信人の名を見た。杉山悦男《すぎやまえつお》とあった。杉山は現在文部省の社会教育課に籍《せき》をおいて、主として青年教育の事務を担当している人だが、かつての朝倉先生の教え子で、田沼《たぬま》先生とも近づきがあり、自然友愛塾にもしばしば出入りして次郎ともかなり親しい仲になっていた。次郎はある信頼感《しんらいかん》を抱《いだ》いて手紙をよんだ。

手紙の文面はさほど長いものではなかった。

「……小生《しょうせい》としては、立場上、くわしい事情を述べる自由も有しませんし、また述べても今さら何の役にもたつことではなく、単に先生のお気持ちを損《そこな》うだけにすぎないと思いますのでそれは省略いたしますが、とにかく、各府県の社会教育課の青年ないし青年団の方針が、今後はいっそう片寄ったものになるにちがいありません。ことに幹部養成のための施設《しせつ》の選択《せんたく》には、それとなく強い制限が加えられることになり、その結果、残念ながら、友愛塾の志願者もいちじるしく減少するのではないかと予想されます。このことについては、省内にも内々反対の意見を持つものがないではありませんが、それを口に出すことさえできないのが現在の実状です。……」

内容はそれだけでほとんどつきており、あとはいろいろの感情を盛《も》った言葉の羅列《られつ》にすぎなかった。

次郎は読みおわると、がくりと首をたれた。かれの膝《ひざ》の上には、もう涙《なみだ》がぼろぼろとこぼれていた。

朝倉先生は眼《め》をそらして窓のそとを眺《なが》めていたが、

「時勢《じせい》だよ。」

と、ぽつりと言って、眼をとじた。

しばらくして、次郎が声をふるわせながら、

「先生は、もうあきらめていらっしゃるんですか。」

「あきらめるよりしかたがないだろう。じたばたしても、どうにもならない。」

「田沼先生も、もうご存じなんでしょうか。」

「むろんご存じだ。取り消しの電報のことも電話で申しあげてある。」

「それで何ともおっしゃらないんですか。」

「やはりしかたがないだろうとおっしゃる。」

次郎は、きっと口をむすび、涙のたまった眼で、にらむようにしばらく朝倉先生の顔を見つめていたが、

「ぼく、しかたがあると思うんです。」

「どうするんだね。」

「この中には――」

と、次郎は履歴書の束をひきよせて、

「これまでの修了生や現在の塾生たちにすすめられて志願したものがずいぶんあるんです。そういう志願者たちは、今から手をうてば、どうにかなると思うんです。」

「手をうつというと？」

「勧誘《かんゆう》の手紙を出すんです。先生からも、塾生みんなからも。」

「どんな手紙を出すんだい。」

「真相《しんそう》をぶちまけて正義感に訴《うった》え、同志的な呼びかけをやるんです。」

「それで動くと思うかね。」

「動くように書くんです。旅行までには、まだあと二日あるんですから、みんなで文案をねるんです。」

朝倉先生はさびしく笑った。が、すぐ深刻《しんこく》な眼をして、

「かりに名文ができて、それに青年たちが動かされたとしたら、あとはどうなるんだい。」

「それで問題はないじゃありませんか。塾生が集まって来さえすれば、あとはどんな圧迫《あっぱく》があっても、これまでどおりにやっていけばいいんです。」

「それで友愛塾はつぶれないと言うんだね。」

「そうです。」

「なるほど。君《きみ》の言うことはよくわかる。友愛塾をつぶさないためには、成功するかしないかは別として、いちおう手紙を出してみるのも一策《いっさく》だろう。しかし、そうして集まって来た青年たちは、気《き》の毒《どく》なことになるね。」

「どうしてです。」

「おそらく村や町の生活から孤立《こりつ》することになるだろう。どうかすると、非国民のレッテルをはられることになるかもしれない。少なくとも公然と何かの役割《やくわり》を果たすことができなくなるのはたしかだよ。」

次郎は、机の一点を見つめて、ちょっと考えたあと、

「しかし、そうなればそれでもいいんじゃありませんか。どうせ友愛塾の運動は時代への反抗《はんこう》でしょう。今の時勢では、正しいものが孤立するのはむしろ当然ですし、それでこそかえって大きな役割が果たせるとも言えると思うんです。」

「時代への反抗、なるほどね。――」

と朝倉先生は眼をつぶった。そしてしばらく額《ひたい》をなでていたが、

「なるほど友愛塾の精神は、今の時代では一種の反抗精神だと言えるね。しかし、田

沼先生も私も、大衆青年を反抗の精神にかりたてるつもりは毛頭《もうとう》ない。私たちが大衆青年に求めているのは、まず何よりも愛情だよ。愛情に出発した創造と調和の精神だよ。」

「それはわかっています。しかし、今のような時代では、その愛情はまず反抗の精神となってあらわれるのが当然でしょう。それでこそ、ほんとうの意味での創造と調和とが期待されるんじゃありますまいか。」

「それはその通りだ。だからこそ軍部ににらまれるような友愛塾も生まれたんだ。しかし、そういうことをただちに個々の大衆青年に求めるのは大きな冒険《ぼうけん》だよ。大衆青年というものは、どんなに思慮《しりょ》があるように見えても、いったん反抗の精神にかりたてられると、どこにいくかわからないし、たいていの場合、破壊《はかい》に終わるものだからね。それでは世の中はちっともよくならない。青年自身としても不幸になるだけだ。」

「すると、流されるままに放っとくほうがいいとおっしゃるんですか。」

「そう言われるとつらいが、それもしかたがない。やはり時勢には勝てないよ。今は無益《むえき》な摩擦《まさつ》の原因を作るより、なごやかな愛情を育てるために、できるだけの手段を講《こう》ずべきだね。」

「その手段も、友愛塾をつぶしてしまっては、おしまいじゃありませんか。」

「むろん、友愛塾があるにこしたことはない。しかし、それがつぶれたからといって、何もかもおしまいになるというわけのものでもあるまい。全国には塾の修了生がもう五百名近くも散らばっているし、私は、これからは、むしろわれわれの精神をよく理解した修了生たちに事情を訴《うった》えて、各地でこれまで以上に友愛運動を展開してもらいたいと思っているんだ。」

「しかし、そういう人たちも、これからは孤立するんじゃありますまいか。」

「友愛塾の修了者だという理由で?」

「ええ。」

「まさか。……もっとも、その人たちが友愛塾の旗をふりまわすといったふうであれば、その心配もあるだろう。しかしほんとうに塾の精神がわかっているかぎり、そんなばかなまねはしないよ。結局は周囲にとけこんでいく実際の生活がものを言うさ。」

次郎は考えこんだ。考えれば考えるほど、朝倉先生が敗北主義者になったような気がして腹がたって来た。かれは、もう何もいわないで塾長室を出ようかと思った。しかし、ながい間の先生に対する信頼感《しんらいかん》がかれにそれをためらわせた。

かなりたって、かれはいくぶん皮肉《ひにく》な調子で言った。

「ぼくにも、先生が愛情をたいせつにされるお気持ちはよくわかります。しかし愛情の表現をどうするかということについては、問題があると思うんです。先生のように、周囲にとけこんで摩擦を起こさないようにすることに、あまり重きをおきすぎると、修了生たちだって、結局は時代に流されるよりほかないじゃありませんか。」

「ある点では、――いや形の上ではすべての点で、そうなっていくかもしれないね。しかし、時代に流されながらも愛情だけはたいせつに育てていくということを忘れない点で、ただやたらに叱咤激励《しったげきれい》する連中とは根本的《こんぽんてき》にちがっているよ。」

「しかし、そんなことが日本の破滅《はめつ》を救うのに何の役にたちますか。」

「少しは役にたつかもしれないし、あるいはまったく役にたたないかもしれない。今の形勢では役にたたないといったほうが本当だろうね。」

「先生!」

次郎は激昂《げっこう》して、

「ぼくたちは、これまで、日本の破滅をくいとめるために戦って来たんじゃありませんか。」

「むろんそうだ。」

「そんなら、それに役だつ方向に少しでも努力したらどうです。」

「今は愛情を育てることだけが、ただ一つの道だ。愛情を失っては、そのほかのどんなことに成功しても何の役にもたたない。」

「愛情だって、日本が破滅したら、何の役にもたたないでしょう。」

「愛情はあらゆる運命をこえて生きる。それは破滅の悲劇にたえて行く力でもあり、破滅の後の再建を可能にする力でもあるんだ。人間の社会では、愛情だけがほんとうの力なんだよ。それさえあれば無からでも出発ができるし、反対に、それがなくては、あらゆる好条件がかえって破滅の原因にさえなるんだ。」

次郎はまた考えこんだ。首をたれ、顔色が青ざめ、眼が凍《こお》ったように光っていた。かれはその眼をそろそろとあげ、じっと朝倉先生を見つめながら、

「先生は、すると、日本の破滅はもう必至《ひっし》だとお考えですか。」

「必至? それはわからない。悪の勝利ということもあるのだからね。しかし、かりにそれで一時的に破滅をまぬがれても、むろん安心はできないだろう。悪の勝利は決して永遠ではないんだ。」

「そういう意味では、やはり必至だとお考えですね。」

朝倉先生は沈痛《ちんつう》な眼をして、

「実は、これは田沼先生にうかがったことだが、現在の上層部の人たちで、世界の事情に少しでも明るい人なら、さっきいった悪の勝利でさえ信じているものは一人もないらしい。それにもかかわらず、現在の勢いを阻止《そし》できないというのは、いかにも残念だ。

田沼先生もそれで非常に苦しんでいられる。むろんああいう方だから、最後まで努力はつづけられるだろう。しかし、青年指導について、せんだって私にもらされたご意見から察《さっ》すると、やはり大勢《たいせい》はどうにもならないらしいね。」

「青年指導についての田沼先生のご意見といいますと?」

「勢いを阻止するための指導よりは、最悪の事態を迎《むか》えるための指導が今ではたいせつだ、とおっしゃるんだ。」

「つまり、先生がさっきおっしゃったように、愛情を育てるということなんですね。」

「そうだ。目あきもめくらもいっしょになって地獄《じごく》に飛びこむのが運命だとすれば、その運命をおそれてじたばたするより、その運命の中で生きて行けるたしかな道を求めるほうが賢明《けんめい》だというお考えなんだ。むろんこれは一般《いっぱん》の国民についてのお考えで、先生ご自身としては、まだ決してあきらめてはいられない。おそらく今もどこかで血の出るような努力をつづけていられることだろう。田沼先生という方はそういう方なんだ。蓆旗《むしろばた》を押《お》したてて青年をけしかけるような運動は、血をもって血を洗うにすぎない、というのが先生の信念でね。」

次郎は、田沼先生が、二月二十六日の事変後に組織《そしき》された内閣《ないかく》に入閣の交渉《こうしょう》をうけたのを、即座《そくざ》に拒絶《きょぜつ》した、という新聞記事を見たのをふと思いおこした。それと今の話との間には、直接には何の結びつきもなかったが、信念の人としての田沼先生の人柄《ひとがら》が、それでいよいよはっきりするように思えたのである。

「とにかく、田沼先生も、友愛塾をつづけて行くことはもう断念しておいでだ。君としては、一生をかけた仕事が、わずか十回でおしまいになるのは残念だろうが、考えようでは、仕事がいっそう地についた、大きいものになったともいえる。気をおとさないようにしてくれたまえ。」

朝倉先生がしんみりとなって言った。次郎はもう何も言うことができなかった。かれは泣きたい気持ちだったが、やっと気をとりなおして、

「すると、先生はこれからどうなさるんです。」

「全国行脚《あんぎゃ》だね。」

「講演《こうえん》をしておまわりですか。」

「講演はしない。したいと思っても、おそらくどこでもさせてはくれないだろう。まあ、せいぜい、ここの修了生を中心に、同志の座《ざ》談会《だんかい》をひらくぐらいなものだね。それも、できるだけ目《め》だたない方法でやらなくてはなるまい。何だか一種の秘密結社《ひみつけっしゃ》みたようになるかもしれないが、しかたがない。しかし、辛抱《しんぼう》づよくつづけていけば、将来の国民生活の底力《そこぢから》にはなるよ。目だたない底力にね。」

次郎は雲をつかむようで心《こころ》ぼそい気がした。五百名の修了生があると言っても、それは全国に散らばれば無にひとしい勢力である。それに、そのなかの何人が、そうした運動に真剣《しんけん》に協力してくれるか、それも心《こころ》もとない。これは朝倉先生の自己慰安《じこいあん》にすぎないのではないか、とも思った。

「不賛成かね。」

朝倉先生は、次郎の気持ちを見透《みすか》すように、微笑《びしょう》しながら言った。

「ええ――」

と、次郎がなま返事をすると、朝倉先生はその澄《す》んだ眼を射《い》るように光らせながら、

「君は、一粒《ひとつぶ》の種《たね》をまく、という言葉を知っているだろう。ほんとうの仕事はその一粒からはじまるものなんだよ。ついこないだ読んだ本の中にあったことだが、レドレーとかいう宣教師《せんきょうし》が中国の西の果てのある土地にはいりこんで、二十年間宣教をしたが一人の信者も得られなかった。ところが、その翌年になってやっと一人の信者ができると、そのあとは年々加速度的にふえていって、今ではその地方の住民がほとんど全部キリスト教徒になってしまっているということだ。私も及《およ》ばずながら、それに学びたいと思っている。実は、白状《はくじょう》すると、私もこの話を知るまでは、なかなか決心がつかなかったがね。」

廊下《ろうか》が急にさわがしくなった。講義が中休みになったらしい。やがて小川先生がのっそりはいって来て次郎の横に腰《こし》をおろし、その鈍重《どんじゅう》な眼で、じっとかれの顔を見つめた。次郎はあわてたように立ちあがって、茶を入れはじめた。すると朝倉先生が言った。

「本田《ほんだ》君がなかなか納得《なっとく》してくれないので、弱っているところです。」

「そうでしょう。私もまだ納得がいきません。」

小川先生は、ぶすりとこたえて、履歴書のたばを自分のほうにひきよせ、

「ほう、こんなに志願者があったんですか。」

次郎は、入れかけていた茶をそのままにして、いきなり両手で顔をおさえ、逃《に》げるように室《へや》を出て行ってしまった。

その日は、次郎にとって、友愛塾はじまって以来の暗い、うつろな日だった。恋《こい》のみか、生命をかけた仕事までが根《ね》こそぎになったという意識が、かれの心から考える力をも感ずる力をも完全に奪《うば》ってしまったかのようであった。かれはもう朝倉夫人に慰《なぐさ》めを求めたいという気持ちさえ失ってしまっていた。そのくせ、一《ひと》ところにじっとしてはいなかった。つぎからつぎに、こざこざした仕事を求めて塾内をあるきまわった。そして、ながい間の習慣に従って、まちがいなく、それらを果たしていった。ちょうど正確な機械ででもあるかのように。

夕方、べつにする仕事も見つからなくて、寒い塾庭を一人でぶらついていると、大河《おおかわ》無門《むもん》がうしろからかれの肩《かた》をたたいて言った。

「本田さん、ぼくもききましたよ。」

次郎が虚脱《きょだつ》した眼でかれの顔を見つめていると、

「塾は今度きりで閉鎖《へいさ》になるんですってね。」

「ええ、どうしてわかったんです。」

「小母《おば》さんにききました。」

次郎は塾が閉鎖になることは、塾生たちにはまだ秘密にすべきことだと思っていた。それを朝倉夫人がどうして大河にもらしたのだろうと、それが不思議でならなかった。

大河は、しかし、平気《へいき》で、

「先生は、これからは、全国行脚《あんぎゃ》だそうじゃありませんか。いいですね。ぼく、もしお許しが出たら、ついて行きたいと思ってるんです。」

次郎は、しびれた頭のどこかに急に電気でもかけられたような刺激《しげき》を覚《おぼ》え、眼を見はった。

「本田さんも、むろん、ついて行くんでしょう。」

「ぼく、まだ、そんなこと何も……」

「二人でついて行きましょう。友愛塾の運動は、こんな建物の中でやるより、そのほうがほんとうですよ。ぼく、今度講習をうけてみて、つくづくそう思いました。むろん、それもはじめからじゃ無理かもしれませんが、修了生が五百も全国に散らばっておれば、やり方次第《しだい》では相当《そうとう》なことができますよ。一回に五十人やそこいらをここに集めてやってるよりか、運動としては、よっぽどそのほうが効果的だと思いますね。」

次郎は、朝倉先生と三人で、リュックをかついで全国を行脚《あんぎゃ》してあるく姿《すがた》を心に描《えが》いて、何か楽しい気がしないでもなかった。しかし、かれの眼は、建ってまだ三年とはたたない本館や、空林庵《くうりんあん》を、無念《むねん》そうに見まわしていた。かれの胸には、幼《おさな》いころ、自分の通《かよ》っていた村の小学校が新築され、それがかれと乳母《うば》のお浜《はま》を引きはなす原因になり、お浜と二人で最後に旧校舎の屋根を見あげたときの、あの言いようのない寂《さび》しい気持が、しみじみとわいていたのだった。かれは何か言いわけでもするように言った。

「しかし、ぼくらがついて歩けば、それだけ費用もかかりますし、勝手《かって》には決められないでしょう。」

「それはだいじょうぶです。小母《おば》さんのお話では、その費用なら、田沼先生のお力でいくらでも出るところがあるんだそうです。」

次郎は、このことについて自分とはまだ何一つ話しあっていない朝倉夫人が、すでにそんなことまで大河に話しているのを知って、おどろいた。そのおどろきにはかすかに暗い影《かげ》がさしていた。塾の建物を見まわして幼いころの寂しかった気持ちをそそられていたかれは、同時に、そのころ覚えた不快な嫉妬心《しっとしん》をも呼びさまされていたのである。それはかれがとうの昔《むかし》にのりこえていたはずの人間としての弱点であった。かれは、その弱点が今もなお心に巣《す》くっているのに気づいて、ぎくりとした。弱点の反省は不快を二重にする。かれは大河から思わず眼をそらして、返事をしなかった。

するど大河が言った。

「本田さん、小母さんにあまり気をもませないほうがいいですよ。小母さんは今朝《けさ》から、あなたのことばかり心配して、しじゅう様子《ようす》を見ておいでですが、ぼく、気の毒に思うんです。」

次郎ははっとしてまともに大河の顔を見た。大河はにっと笑って、次郎の両肩《りょうかた》に手をかけ、

「実は、ぼくも、あなたの様子が今朝から変だと思って、小母さんにたずねてみたんです。すると小母さんが、何もかも打ちあけて、ぼくにあなたを慰《なぐさ》めてくれ、と言ったんですよ。ははは。」

大河の笑い声はびっくりするほど高かった。次郎はがくりと首をたれた。大河は、す

ぐ真顔《まがお》になり、

「友愛塾は、勝つとか負けるとかいうことを考えるところではないんでしょう。ぼく、それがおもしろいと思うんです。くやしがったりしちゃあ、塾の精神が台なしになるじゃありませんか。やっぱり愉快《ゆかい》に行脚《あんぎゃ》しましょうよ。」

次郎はいきなり大河に抱《だ》きついた。そしてむせぶように言った。

「ぼく、助かりました。……これから大河さんに、もっといろいろきいてもらいたいことがあるんです。旅行に出たら、すっかり話します。」

この時、塾長室の窓から、二人の様子をじっと見まもっていた四つの眼があった。それはむろん朝倉先生夫妻の眼だった。次郎も大河も、しかし、それにはまるで気がついていなかった。

その後、旅行までの二日間は、べつに変わったこともなくすぎた。入塾志願取り消しの電報は、その間にもさらに幾通《いくつう》かとどいたが、次郎はもうそれを大して気にはしなかった。むしろそれよりも、旅行前夜まで取り消しの通知が来なかった幾人かの志願者に対して、こちらから、事情により当分休塾するという意味の、きわめて事務的な通知を発送しなければならなくなったことが、かれの気持ちを割《わ》りきれないものにしていたのだった。

いよいよ旅行の日が来た。全員――といっても朝倉夫人だけはいつも留守番役《るすばん》だった――が門を出たのは、まだ夜が明けはなれないころだった。旅行中のいろんな役割は万遍《まんべん》なく塾生全部にふりわけられていた。出発から帰塾まで、まったく役割なしですませる塾生は一人もなかった。きまった役割のないのは、朝倉先生と次郎だけだったが、この二人には、到着《とうちゃく》した先で自然に何かの役割が生じて来るはずだったのである。

最初の目的地は、静岡県のH村だった。この村にはKという友愛塾の第一回の修了生がいて、村生活に大きな役割を果たしているということが、すでに早くからたしかめられていた。朝倉先生としても、次郎としても、ぜひ一度はたずねてみたい村だったのである。

みんなは、H村につくと、まず小学校の一室に招《しょう》ぜられた。そこには村の青年たちばかりでなく、村長以下のあらゆる機関団体の首脳者《しゅのうしゃ》が集まっていて、歓迎《かんげい》してくれた。儀式《ぎしき》ばった歓迎では決してなかったが、顔ぶれがあまり大《おお》げさなので、朝倉先生がK青年にそのことをそっとただしてみると、かれはこたえた。

「この村では、一つの機関や団体が何かいい催《もよお》しをやると、他の機関や団体もいっしょになって喜んでくれ、できるだけの応援《おうえん》をしてくれるんです。今日も私のほうからむりにお願いして集まってもらったわけではありません。」

いちおうあいさつがすみ、お茶のごちそうになると、陽《ひ》のあるうちに村じゅうの諸施《しょし》設《せつ》を見学した。そのあと、また小学校に集まって、村の青年たちと夕食をともにし、座談会をやったが、ただ場所がちがっているというだけで、気分ははじめから終わりまで友愛塾そっくりだった。この村の青年たちは、すでに友愛塾音頭《おんど》までを、塾生たちといっしょにじょうずにおどることができたのである。

ふんだんに用意してあった夜具《やぐ》にくるまって一夜をあかし、翌朝早くこの村をたったが、塾生たちのこの村からうけた印象は、なごやかな空気の中にみなぎっている生き生きした創意《そうい》工夫《くふう》と革新《かくしん》の精神であった。なお、わかれぎわに、村長が朝倉先生に私語《しご》した言葉は、それをはたできいていた塾生たちに、異常な感銘《かんめい》を与《あた》えたらしかった。村長は言った。

「この村をごらんになって、何かいいことがあったとしますと、その半分以上は、実はK君の力ですよ。K君は、自分ですばらしいことを考えだしておいて、それを実施《じっし》する場合には、だれかほかの人を表面にたてるんです。私が村長としてこれまでやって来たことも、たいていはK君の入《い》れ知恵《ぢえ》でしてね。ははは。」

第二日目は、報徳《ほうとく》部落として全国に名のきこえた、同県の杉山《すぎやま》部落の見学だった。杉山部落は、歴史と伝統に深い根をもち、すでに完成の域にまで達しているという点で、新興革新の気がみなぎっているH村とは、まさに対蹠的《たいしょてき》だった。明治維新《いしん》ごろまでは乞《こ》食《じき》部落とまでいわれた山間の小部落が、今では近代的な組合の組織を完成し、堂々《どうどう》たる事務所や倉庫や産業道路などをもつに至《いた》ったその過去は、塾生たちにとって、まさに一つの驚異《きょうい》であった。

かれらはめいめいに自分たちの村の貧しい光景《こうけい》を心に思いうかべながら、この富裕《ふゆう》な部落をあちらこちらと見てあるいた。ほとんど平地にめぐまれないこの部落の人たちは、過去数十年間の努力を積んで、山の斜面《しゃめん》を残るくまなく、茶畑と蜜柑《みかん》畑と竹林とにかえてしまったのである。その指導の中心となったのは片平《かたひら》一家であるが、すでに七十歳《さい》をこしていると思われる当主九郎左衛門翁《くろうざえもんおう》の、賢者《けんじゃ》を思わせるような風格に接し、その口から報徳社の精神と部落の歴史とをきくことができたのも、塾生たちの大きな喜びであった。

午後、杉山部落を辞《じ》し、一路バスで清水《しみず》に行き、三保《みほ》付近の進んだ農業経営や久能《くのう》付近の苺《いちご》の石垣栽培《いしがきさいばい》など見学し、その夜は山岡鉄舟《やまおかてっしゅう》にゆかりの深い鉄舟寺ですごすことにした。

鉄舟寺は、朝倉先生と次郎にとっては、もう親類みたようなところであった。それは第一回のときにこの地方に旅行に来て、清水青年団の肝《きも》いりで一泊《いっぱく》して以来、たびたび厄介《やっかい》をかけ、住職《じゅうしょく》の伊藤《いとう》老師ともすっかり仲よしになっていたからである。

老師は五尺《しゃく》にも足りない小柄《こがら》な人で、年はもう八十に近かったが、子供のようなあどけない顔をしており、心も童心そのものであった。いつも塾生たちがつくまえから、庫《く》裡《り》の玄関《げんかん》にちょこなんとすわりこみ、いかにも待ちどおしそうにしていた。そしていよいよ塾生たちの顔が見えると、

「よう来た、よう来た。さあさあ、おあがり。御堂でも庫裡でも遠慮《えんりょ》はいらん。うちのつもりで、すきなところにゆっくりするんじゃ。」

と、それだけ言うと、すぐ立ちあがって姿を消してしまう。姿を消すのは、塾生たちのため精進《しょうじん》料理をこしらえるためである。老師はその粗末《そまつ》な黒い法衣の上にたすきをかけ、手伝いに来た近所のおかみさんたち二、三人を相手に、自分でも、こま鼠《ねずみ》のように台所を走りまわるのだった。塾生たちが、その様子を見て手伝いに行くと、

「おうお、こりゃあ助かる。こりゃあ助かる。でも、お客さまに手伝うてもろうては、仏《ほとけ》さまに叱《しか》られるがな。」

と、いかにもうれしそうな顔をする。こんなふうだから、いつの旅行の時も、老師は塾生たちにとって忘れがたい人物の一人になるのだったが、とりわけ今度の場合は、杉山部落で賢者のような風貌《ふうぼう》をした片平翁に接した直後だっただけに、対照的な意味でも、

ふかく印象づけられたらしかった。

その夜は、精進料理に舌《した》つづみをうったあと、清水の青年たちとおそくまで座談会をやったが、ここにも塾の修了生が二名ほどいて、友愛塾音頭を、一般《いっぱん》の青年たちにも普《ふ》及《きゅう》させていたので、最後にはみんなでそれをおどり、一座に加わっていた老師を子供のように喜ばせたのであった。

第三日目は人間的交渉《こうしょう》をさけて、ひたすら自然に親しもうという計画だった。未明《みめい》に鉄舟寺を辞すると、まず竜華寺《りゅうげじ》で日の出の富士《ふじ》を仰《あお》ぎ、三保《みほ》の松原《まつばら》で海気を吸《す》い、清水駅から汽車で御殿場《ごてんば》に出て、富士の裾野《すその》を山中湖《やまなかこ》畔《はん》までバスを走らせた。山中湖畔の清《せい》渓寮《けいりょう》は日本青年館の分館で、全国の青年に親しまれている山小屋風な建物である。ここに旅装《りょそう》をとくと、朝倉先生はみんなに言った。

「自然に親しむには、孤独《こどく》と沈黙《ちんもく》に限るよ。明日ここを出発するまでは、できるだけおたがいにそうした気持ちですごしたいものだね。」

次郎はその言葉をきいた時、何か悲しい気がした。

かれは実を言うと、過去二日半をほとんど孤独と沈黙の中ですごして来ていたのだった。心の中では大河に対して道江の問題を打ちあける機会をたえずねらっていながら、そして一度ならずその機会をつかみながら、ついに言いだしそびれていたかれは、それゆえに他の場合にも、とかく孤独と沈黙に自分自身を追いやっていたわけだったのである。こうして今となっては山中湖畔の半日だけが、かれにとって最後の機会になっていたが、その最後の機会に朝倉先生のそんな言葉をきいたので、それがいかにも自分を運命的に追いつめるように聞こえたのである。

かれは、しかし、つぎの瞬間《しゅんかん》には、かえってその言葉を機縁《きえん》に、自分を勇気づけていた。寮の前庭で中食の弁当をすましたかれは、すぐ大河をさそって、落葉松《からまつ》の林をくぐり、湖面のちらちら見える空地《あきち》に腰をおろした。木かげにはまだ雪がところどころ溶《と》け残《のこ》っていたが、陽《ひ》ざしはしずかであたたかだった。かれはいくぶん恥《は》じらいながら、同時にいくぶんの自負心をもって、道江の問題に対して自分のとった態度を説明しながら、いっさいを告白した。大河は、次郎が話している間、眼をつぶっているきりだった。口もきかず、うなずくことさえしなかった。そして話がおわってからも、次郎を気味《きみ》わるがらせるほどだまりこくっていたが、やがて眼をひらくと、言った。

「ぼくが同じ立場にいたとしたら、ぼくはおそらく無遠慮《ぶえんりょ》に恋《こい》を打ちあけたでしょう。それがぼくにとっては自然なような気がします。むろん拒絶《きょぜつ》されたら、その時にはさっぱりあきらめますがね。もっとも、あきらめるのがぼくにとってはたして自然だかどうだか、それは実際にその場合になってみないとわかりませんが。」

それから、また、しばらくして、

「朝倉先生だと、どういう態度に出られますかね。今度の友愛塾の問題で見ると、恋を忍《しの》んでいられるようでもあるし、さっぱりとあきらめていられるようでもあるし、ちょっと見当がつきませんね。」

次郎の耳には、大河の言葉の調子が、いかにもそらとぼけた、情味のないもののようにきこえた。かれは、しかし、そのために茶化《ちゃか》されているという気にはちっともならなかった。大河の眼は、人を茶化すにしては、あまりにも深い光をたたえていたのである。次郎はおびえたようにその眼をうかがいながら、つぎの言葉を待った。すると大河はまた例のにっとした笑顔《えがお》をして言った。

「ぼくは、しかし、あなたのとった態度が不自然だったと言っているのではありませんよ。あなたにはそれよりほかに行き道がなかったとすれば、それがおそらくあなたにとっては自然だったでしょう。ぼくは、人間の心の自然さというものは、その人のつきつめた誠意《せいい》の中にあると思うんです。」

次郎はほうっと深い息をした。それは安堵《あんど》の吐息《といき》ともつかず、これまで以上の深い苦《く》悶《もん》の吐息ともつかないものだった。

二人はやがて立ちあがって、言い合わしたように富士を仰《あお》いだ。どちらからも口をきかなかった。富士は、三保《みほ》で見たすらりとした姿とはまるでちがった、重々しい沈黙と孤独の姿を、青空の下に横たえていた。
　次郎は、その沈黙と孤独の奥《おく》に、自分の恋と自分をとりまく時代とが蛇《へび》のようにもつれあい、すさまじく鳴動《めいどう》して、自分の運命を刻々《こっこく》にゆさぶっているのを、まざまざと感じるのであった。

　次郎の生活記録は、こうしていろいろの問題を残したままその第五部を終わることになるが、この記録は、見ようでは、かれの生活記録と言うよりは、むしろ、満州事変後急速に高まりつつあったファッシズムの風潮《ふうちょう》に対する、一小私塾のささやかな教育的抵《てい》抗《こう》の記録であり、その精神の解明である、と言ったほうが適当であるのかもしれない。少なくとも、その叙述《じょじゅつ》の半《なか》ばに近い部分がそれに費やされていることは、否《いな》みがたいことのように思える。しかし、この私塾での三年あまりの次郎の生活が、道江《みちえ》の問題とからんで、かれの人間形成に及《およ》ぼした影響《えいきょう》は決して小さなものではなかったし、また、それがかれのこれからの生活に対して、よかれあしかれ、重大な意義を持つであろうこともたしかである。その点から言って、この一篇《いっぺん》は、全体として、やはり次郎の生活記録

であるにはちがいないのである。

実をいうと、かれの生活記録としては、この記録のほかに、もっとたしかな記録があることを私は知っている。それは次郎自身の日記である。もし、それをそのままここに収録《しゅうろく》することができれば、この記録の大部分は無用《むよう》になったかもしれないが、次郎の現在の気持ちとしては、おそらくその公表を欲《ほっ》していないであろう。で、今は、この記録の不備を補《おぎな》う意味で、わずかにその数節を読者に提供することだけで満足したい。左に抜《ぬ》き書《が》きしたのは、かれがいよいよ朝倉《あさくら》先生夫妻とともに空林庵《くうりんあん》を引きあげることになった前日あたりに書かれたものらしいが、そのころの、明るいとも暗いともつかない、かれの心境をうかがうには、いい資料になるだろうと思うのである。

「ぼくは、中学一年にはいってまもないころ、しみじみと人間の運命というものの不思議さに思《おも》い到《いた》ったことがあった。それは、朝倉先生にはじめて接することができた時の喜びの原因を、それからそれへと過去にさかのぼって考えていくうちに、ついに、ぼくがお浜《はま》の家に里子《さとご》にやられたのが、そのそもそもの原因であることに気がついた時であった。ぼくは今またあらためて同じようなことを考えないではいられない。というのは、ぼくが中学を追われたのも、友愛塾《ゆうあいじゅく》の助手になったのも、また、田沼《たぬま》先生の人格にふれ、大河無門《おおかわむもん》という友人を得、全国の青年たちと親しむようになったのも、そしてさらに、悲しみと憤《いきどお》りをもって友愛塾にわかれを告げ、自信のない新しい生活をはじめなければならなくなったのも、すべては朝倉先生とのつながりにその原因があり、もとをただせば、やはり里子ということにその遠因があると思うからである。

道江の問題を考えてみてもやはり同様である。ぼくが道江を知ったのは、大巻《おおまき》との関係からだが、その大巻との関係は、今の母によって結ばれており、今の母がぼくの家に来るようになったのは、正木《まさき》の祖父がぼくの将来を気づかって父にそれをすすめたからのことであった。そして、ぼくがその当時将来を気づかわれるような子供であったのは、やはり里子ということにその遠因があったのだ。

里子！　何という大きな力だろう。それは現在のぼくのいっさいを決定しているのだ。ぼくの生活理想も、恋愛《れんあい》も。……そしておそらくそれは将来にもながく尾《お》を引くことであろう。いや、あるいはぼくの一生がすでにそれによって決定されてしまっているのかもしれないのだ。

こう考えて来ると、人間の自由というものは一《いっ》たい何だろう、とぼくは疑《うたが》わずにはいられない。それは、円の中心から、自分の欲するままに、円周のどこへでも進んでいけるというようなことでは、絶対にない。おそらく、円の中心から円周に向かって、ほとんど重なりあうように接近して引かれた二つの線の間のスペースを、わずかな末《すえ》広《ひろ》がりを楽しみに進んでいけるというにすぎないのではあるまいか。もしそうだとすると、それは自由というよりも、むしろ運命とよんだほうが適当だとさえ、ぼくには思えるのだ。

だが、ぼくはまた考える。もしもぼくが、そうした運命観にとらわれて、正しく生きるための努力を放棄《ほうき》するならば、ぼくは円周のどの一点にも行きつくことができないであろう。ぼくにとって今たいせつなことは、運命によってしめつけられた自由の窮屈《きゅうくつ》さを嘆《なげ》くことではなくて、そのわずかな自由を極度《きょくど》に生かしつつ、一刻《いっこく》も早く円周の一点にたどりつくことでなければならないのだ。ぼくには、このごろ、やっと一つの新しい夢《ゆめ》が生まれかけている。それは、円周の一点にたどりつきさえすれば、そこから円周のどの点にも自由に動いて行けるのではないか、と思えて来たことだ。どんな偉人《いじん》にだって運命はあった。かれらがその運命を克服《こくふく》して自由になり得《え》たのは、運命の中のささやかな自由をたいせつにし、それを生かしつつ、円周の一点にたどりつくことができた時ではなかったろうか。ぼくにはそう思えて来たのである。

ぼくは、ぼくの小学校時代、大巻の徹太郎叔父《てったろうおじ》につれられて山に登り、岩を真二つに割《わ》って根を大地に張っていた松《まつ》の木を見たことを今思い出す。その時、徹太郎叔父に言って聞かされた言葉は、そのままには記憶《きおく》に残っていないが、たしかに今ぼくが考えているのと同じ意味のことだったのだ。

ところで、運命の中のささやかな自由を生かすためには、いったいどうすればいいのか。その努力の心棒《しんぼう》になるのは、いったい何なのだ。この問題の解決こそ、今のぼくにとっては何よりたいせつなことなのだが、ぼくの頭では、まだはっきりとした答えが出て来ない。ぼくは中学にはいってまもないころ、生意気《なまいき》にも、「人に愛してもらうことなんかどうでもいい。これからは人を愛する人間になるんだ」というようなことを考えたことがあった。しかし、今から考えてみると、それは、愛にうえている自分のみじめさに腹がたち、子供らしい英雄《えいゆう》心理で自分をごまかしていたにすぎなかったのだ。むろん、ぼくは、「愛されたい願い」から「愛したい願い」への心の転換《てんかん》を尊《とうと》く思わないのではない。だが、それはしょせん人生の公式的教訓《きょうくん》でしかないのではないか。だれが現実にそれができるというのだ。朝倉先生？　田沼先生？　大河無門？　いや、人を疑ってはすまない。世の中にはすぐれた人もいるのだから、自分の心をもって人の心をおしはかるのはよそう。だが、少なくとも今のぼくにはできない。今のぼくは、正直《しょうじき》に言って、やはり道江に愛されたいのだ。また、友愛塾をつぶした権力者や、それをとりまく人たちを心から憎《にく》んでいるのだ。ぼくの心に、そうした気持ちがうずをまいている限り、ぼくは、親鸞《しんらん》のあとに従って、自分を煩悩熾盛《ぼんのうしじょう》、罪悪《ざいあく》深重《しんちょう》の人間だと観念するよりしかたがないのではないか。

ぼくは、しかし、だからといって、決してやけにはなりたくない。またなってもいないつもりだ。ぼくの今の気持ちは、迷うだけ迷ってみたいという気持ちだ。円周にたどりついたあとのほのかな夢だけを抱《いだ》いて、もがきにもがいているうちには、きっとどこかに道が見つかるだろう。その道は、煩悩熾盛、罪悪深重のままで歩ける道であるのかもしれない。あるいは、公式的教訓にすぎないと思われたことが、次第《しだい》に現実性をおびて来るという形で現われて来るのかもしれない。そう思うと、迷いに迷うことがすでに一つの道である、という気もするのだ。これは自分の自慰《じい》にすぎないだろうか。

何だか、書くことが矛盾《むじゅん》だらけで、どこに自分の本心があるのか、わけがわからなくなってしまったが、わけがわからないのが現在の自分の姿《すがた》であるとすれば、それもしかたのないことだ。ぼくは、あるいは疲《つか》れすぎているのかもしれない。今日は、日記を書くのはもうやめよう。」

「次郎物語　第五部」あとがき

この物語の第四部を書き終えたのは、昭和二十四年三月十八日であった。それからもうやがてまる五年になろうとしている。月日《つきひ》のたつのは早いものである。それにしても、第五部を書くために五年の歳月《さいげつ》はあまりに永過《ながす》ぎるのではないかと怪《あや》しむ人も多いだろう。事実、多数の読者からは、ずいぶん怠慢《たいまん》だというお叱《しか》りもうけた。第四部の「あとがき」の手前、著者としては、ただ頭を下げるより仕方がない。しかし、言いわけをしようと思えば、その種《たね》がまるでないわけでもないのである。

実をいうと、第五部に筆をとりはじめたのは、第四部を書き終わってまもない五月半《なか》ばであった。そして七月からは、その当時の私の個人雑誌「新風土」にそれを発表しはじめたものである。ところが翌年の三月、その九回目を書きあげたころになって、私のからだの調子がわるくなり、ついに病床《びょうしょう》に横たわる身となってしまった。病気はさほど重いというほどではなく、二か月ほどで起きあがるには起きあがったが、主治医からは執筆《しっぴつ》を厳禁《げんきん》され、自分でも、それを押《お》しきってまで書きたいという程《ほど》の意欲はどうしても湧《わ》いて来なかった。一方《いっぽう》、個人雑誌「新風土」も、そのために自然廃刊《はいかん》の余儀《よぎ》なきにいたり、何もかもが当分《とうぶん》休止という状態になってしまったのである。

その後、幸《さいわ》いにして健康が徐々《じょじょ》に恢復《かいふく》し、一《ひと》冬をこして春になったころには、完全に医者の手をはなれ、執筆の自信も十分に出来《でき》、ちょいちょい雑文などを書くようになったが、それでも第五部の続稿《ぞっこう》にはなかなか手がつかなかった。というのは、それに手をつけようとして、すでに書き終わった分を読みかえしてみた結果、意に満たない箇所《かしょ》が非常に多く、そのままで稿をつづけることにまったく厭気《いやけ》がさして来たからであった。

こうして毎日重たい気分におそわれながらも、ひと月ふた月と続稿をのばしているうちに、いつのまにやら一年が経過してしまった。知人のたれかれは、はじめのうち、「もう次郎は育てないつもりか」と、詰問《きつもん》するように言って私をはげましてくれたが、あとでは、そういう声もめったに聞かれなくなり、私としては、気重《きおも》な気分とともに淋《さび》しい気分まで味わいはじめることになったのであった。

いっそはじめから書き直すつもりで筆《ふで》をとろう。そう決心して、あらためて構想をねりはじめたのは、一昨年の暮《くれ》ごろであったが、その新たな構想がまだまとまらないうちに、たまたま、宗教雑誌「大法輪」の編集者がたずねて来て、同誌上に第五部を連載《れんさい》したいという希望をのべた。すでに「新風土」に発表した部分があるが、と答えると、それでも差《さ》し支《つか》えない。新春早々にその第一回をもらうことが出来れば幸《さいわ》いだという。そこで私は、構想に多少の修正を加えるとともに、毎回新たに筆をとるような気持で書き出す決心をして、話をまとめることにした。

いよいよ「大法輪」に連載され出したのは、昨年の三月号からで、終回は今年の三月号だから、その完成に、あらためて一年以上を費《つい》やしたわけである。

以上が、第五部出版遅延《ちえん》の言《い》い訳《わけ》である。

なお、第六部はどうするか、ときかれても、それは第五部の場合のこともあり、確約は差《さ》し控《ひか》えたい。ことに、私ももう七十歳をこしてしまったことだし、生命に別条がないとしても、脳味噌《のうみそ》の硬化《こうか》はさすがに争えないものがあるのだから、めったな約束《やくそく》はしない方がいいだろうと思うのである。ただ私の希望だけをいうならば、戦争末期の次郎を第六部、終戦後数年たってからの次郎を第七部として描《えが》いてみたいと思っている。むろんすべては運命が決定することであり、私自身の意志は、次郎がかれの日記に書いているように、運命にしめつけられた、せまい自由の範囲《はんい》においてのみ動くことを許されるであろう。

一九五四年三月四日

『次郎物語』と僕

原《はら》　彬《よし》久《ひさ》
（政治学者）

一九五四（昭和二九）年の北海道芦別《あしべつ》。僕は中学三年であった。冬の日の夕方、雪が重たく降っていた。僕は独りルンペンストーブのある奥の部屋で、うとうと居眠りをしていた。

突然玄関の引き戸がガラガラ音をたてた。続いて、ドスンという何か重石でも置いたような鈍い音がした。と、野太い声が同時に響いた。その声は、確かに僕の名を呼んでいる。いや、叫んでいるようだった。

僕は眠い目をこすりながら玄関に急いだ。玄関の上り口には古びた風呂敷包みが置かれ、それを前にして担任のK先生の姿があった。先生は一言何かを呟《つぶや》いたようだったが、次の瞬間、踵《きびす》を返して立ち去った。僕はすぐ外に飛び出た。先生の姿が雪の彼方《かなた》に小さく溶けていくまで見送っていた。

玄関にとって返して風呂敷包みをほどく。中身は五分冊の書物。池田書店発行のハードカバー本であった。題名は「次郎物語」、著者は下村湖人とある。僕はこの頃小説にはまって、父の本棚にあった文学全集を盛んに〝摘《つま》み食《ぐ》い〟していたのだが、『次郎物語』も下村湖人も知らなかった。

僕は風呂敷包みを抱えて部屋に戻った。パラパラとページに目をやりながら、すっかり考え込んでしまった。なぜ先生は僕にこの分厚い本を届けてくれたのか。

追い追い話すが、僕はこの時期精神的にかなりすさんでいた。父は三井鉱山㈱のサラリーマンであったが、十年前すなわち僕が五歳になった頃、転勤でこの地にやってきた。小学生時代はともかく、中学に入ってからは、僕と上級生たちとの摩擦《まさつ》は絶えることがなかった。穏やかならざる校内の空気が、日々僕の心を痛めていたのだ。

だからだろうか、傷心の僕はいつのまにか『次郎物語』の世界に引き込まれていた。三昼夜であったか、四昼夜であったか、無我夢中で読《よ》み耽《ふけ》った。高校入試を控えていたが、そんなことはどうでもよかった。授業には身が入らず、『次郎物語』を机下に沈めながら、教壇に立つ諸先生の目を盗んではページをそっとめくり続けた。

次郎の世界を分け入っていくにつれ、僕の小さな人生は揺さぶられ、新しい時空が眼前に広がっていった。中学三年の少年は、次郎を通して人間を知った。勇気と正義の次郎、猜疑《さいぎ》と思索の次郎、そして社会と時代の深淵《しんえん》を凝視《ぎょうし》する次郎……。読み終えたあと、僕はまた考えてしまった。K先生はなぜこの重たい本を抱えて、凍《い》てつく道を運んでくれたのか……。

しかし今度は何となく得心した。自我に懊悩《おうのう》するこの僕に、先生は次郎を遣《つか》わしたに違いない、と。僕の憶測は次第に確信に変わった。K先生は、僕の心の窮境《きゅうきょう》を丸ごと見透かしていたに相違ない。

僕が『次郎物語』にまずもって魅了されたのは、湖人が描くあの会話体の妙味であった。「しゃくにさわるったら、ありゃしない」という乳母お浜の怒りの第一声をもって、この長篇小説は始まる。舞台は本田家(次郎の生家)の台所。このお浜の怒りに仲働きのお糸婆さんが「まったくさ。いくら気がきついたって、奥さんもあんまりだよ」と調子を合わせる。このやりとりを隣の茶の間で聞いていた「奥さん」、つまりお民(次郎の実母)が障子を荒々しく開けるや、「お前たち、何を言っているんだよ」と喧嘩ごしの鋭い声がその場の空気を引き裂く。

文字運びの軽快な走りは、たちまち物語に緊張感を与え、それが独特のリズムをつくる。あっというまに登場人物の表情に色彩と輪郭が施されていくのだ。たった一ページ足らずの空間にほんのわずか言の葉が舞うだけで、早くも「湖人ワールド」が立ち昇ったかのようだ。

要するに、お浜の怒りの原因はお民にあった。それまで乳を与えて愛情を注いできた本田家の長男恭一をお民の「だまし討ち」で一方的に取り上げられ、代わりに、生まれたばかりの次郎を押しつけられたのだ。お浜は、何となく品があってかわいい恭一から強引に引き離されて、「猿みたいな」とお浜みずからいうところの次郎を無理やり預けられたその憤懣《ふんまん》が、あの怒りの第一声になったというわけである。しかし、やがて次郎への彼女の愛情が、どんなときでもすべてを受け入れる無償の優しさへと純化していくそのサマは、この小説の重要な伏線になっている。

次郎は、その成長とともにお浜の許を離れて生家に戻されるが、生家こそ彼にとってはいわば小さな戦場であった。次郎を取り巻く人間模様は、彼のこれからの人生に平坦な道などないことを早くも暗示しているようであった。生みの親でありながら次郎に何かとつらく当たるお民、そして兄恭一と弟俊三を偏愛し次郎を公然と差別する祖母、この二人からいつも悪者扱いされる次郎は、いつのまにか自分を守るために、ひとかどの計略家に変身していた。お民と祖母への抵抗の業《わざ》は変幻自在、多彩な〝戦略〟をもって繰り出され、しかし結局は家族を混乱に陥《おとしい》れてしまう。「この子さえいなかったら苦労はないが」、これがお民と祖母の口癖であった。

情愛と温《ぬく》もりのあるべき家庭に、実は油断のならない敵がいる。しかも最も愛されるはずの実母と祖母が次郎にとって最強の敵であること自体、読者の意表を突く人物設定ではある。風雲急を告げるかにみえる物語の展開に読者を誘《いざな》う湖人の〝企《たくら》み〟に、僕自身難なく乗ってしまったようだ。

いずれにしても、小学生にして早くも世の中の常識を疑い、学校の「修身」に「半分」は嘘があると思い始める次郎の反骨精神は、彼が幼少期から体験してきたこの〝過酷な〟家族関係によって育《はぐく》まれたものかもしれない。反骨精神といえば、威張り散らす卑怯《ひきょう》な上級生に対して、少年次郎が小さな身体でいわば捨て身の喧嘩を挑むその勇敢な姿に、僕は当時の自分を重ね合わせて密かに満足したものだ。

小学生の次郎も学年が進むにつれて、彼の世界はお民や祖母との交わりを越えて大きく広がっていく。実父俊亮は、世の中には憎悪すべき敵だけでなく、心許せる味方もいることを身をもって教えてくれた。俊亮は、一言でいえば正義感の強い「大器」であった。他人から誤解されやすい次郎の存在を最も深いところから温かく包み込む大人《たいじん》の風格が俊亮にはあった。お浜への思慕とともに父への敬愛は、次郎の決して幸せとばかりはいえないその孤独な人生にどれほど救いになったことか。

お民の実家である正木家の老人（次郎の祖父）は人間味の深いある種の哲人であった。

彼は次郎に夜空の北極星を指し示す。「いつまでも動かない」この北極星に「永遠」なるものの厳粛さをみてとる次郎のその姿に、不思議なことだが、僕は逆に人生の儚《はかな》さ・虚《うつ》ろさというか、虚無の世界を彷徨《さまよ》うみずからの姿を重ねていた。

当時僕は祖父の死を看取ってから数年しか経っていなかった。確か小学六年の頃だ。祖父は晩年わが家に病臥《びょうが》していた。昼食時、家族が出払っているときは、僕が彼の食事を介助した。母が用意したお粥《かゆ》をスプーンで祖父の口に運んであげると、祖父は「ありがたい、ありがたい」と呟いた。学校での昼休み、同級生はドッジボールを楽しんでいたが、僕は昼休み開始の鐘を聞くや教室を飛び出し、祖父の面倒をみては、再び全力疾走で学校に戻ったものだ。

僕の小さな願いも虚《むな》しく、老人は日に日に衰弱していった。僕に呟いた「ありがたい、ありがたい」は、やがて念仏に変わった。そしてあの世に逝《い》った。僕は初めて人間の死をみた。その死が身近な人のそれであっただけに、僕の虚無は深く、心は空っぽになった。

それから幾年も経たずに、僕は『次郎物語』に出会ったわけだ。祖父正木老が夜空に瞬《またた》く不動の北極星に「永遠」の表徴《ひょうちょう》を次郎にみてとらせたが、わが祖父はみずからの死をもって僕に人生の虚ろさを教えてくれた。死は「無」かもしれない。死は「無」だからこそ、永遠だ。次郎と僕が奇しくも「永遠」という名の神秘に覚醒《かくせい》し、それをともに仰ぎみたのだと感じた瞬間、僕は次郎と運命的に溶け合ったように思った。少なくともそう思いたかったのだ。

俊亮の商売の失敗によるお家没落で、小学四年の次郎はやむをえず正木家に預けられたのだが、やがてお民も実家の正木家に戻ってくる。肺結核の養生のためであった。死を前に次郎に対するお民の愛情は次第に澄み渡り、それまでの愛憎入り交じったわが子への感情は、真実の愛に変わった。次郎の魂もまたそうした母の愛を受け入れた。母の死後、後添《のちぞ》えの義母の父大巻運平老との出会いもまた、運命的だ。剣道の達人であった運平老は、「心の邪念」を払って「迷い」のない人品《じんぴん》の尊さを説く。運平老は、次郎にそして「迷い」の多いこの僕に、「自分と向き合う」ことの大切さを教示してくれた。

人間はみな、血縁・地縁の世界から少しずつ離れて他者との社会的関係を深めつつ成長するものだ。いわば情の世界から理の世界への飛翔《ひしょう》である。この飛翔にバネを与えてくれるのが、人との「出会い」だ。権田原先生との邂逅《かいこう》は、次郎の人生観を変える一つのエポックとなった。小学四年から六年まで次郎の担任であった権田原先生は、中学受験を直前に控えた次郎にこういう。「たくさんの幸福にめぐまれながら、たった一つの不幸のために、自分を非常に不幸な人間だと思っている人もあるし、……それかと思うと、不幸だらけの人間でありながら、自分で何かの幸福を見つけだして、勇ましく戦っていく人もある」。考え方一つで全く異なった風景がみえてくるものだ、ということを権田原先生は次郎に、いやこの僕に教えてくれたのだ。

次郎は中学受験に失敗した。冷酷な祖母の邪魔だてもあって、次郎は誰も想像すらしなかった「入試失敗」の苦杯をなめた。人生における「予定」が所詮《しょせん》は当てにならないものだということを次郎は学んだ。「予定は砂丘のように変わりやすい」という作者のこのフレーズが、妙に僕の心に響いた。「予定」がいかに危ういものか、以前からうすうす感じていたからだ。僕が暮らしていた炭鉱街芦別では、朝《あした》に坑内深く入っていった労働者が、夕べには一個の屍《しかばね》となってわが家に帰ってくるといった鉱山事故の悲劇は珍しくなかった。一日の予定さえ立てられない人生の無常を、僕はそれとなく体感していたのだ。

「予定」の不確かさは、次郎に、そして何よりもこの僕に「運命」を考えさせるきっかけを与えてくれた。しかもこのことが、次郎と、そして僕までも「無計画の計画」(後述)なる思想へと嚮導《きょうどう》していくのだ。

念願の中学に入った次郎は、早くも入学式の当日暴力の洗礼を浴びる。最上級生(五年生)の理不尽な権威主義が次郎の反抗心を掻きたてたことは確かだ。次郎の敵意ある眼光は、すぐさま五年生の獰猛《どうもう》な眼光と火花を散らし、鉄拳《てっけん》が次郎の顔面に飛んだ。と同時に次郎も逆襲し、何人かの五年生を相手に殴り合いになった。次郎は「卑怯」を嫌う。「上級生」の名でもって正義が踏みにじられることに彼は怒った。僕はそんな次郎と、当時自分が置かれていた立場とをいつのまにか共振させていた。

「生意気な新入生」として上級生に睨《にら》まれた次郎は、同じく「生意気」だと先輩たちから難くせをつけられていた僕そのものではないか。権田原先生を別にして尊敬できる先生がいないところも、何となく僕の中学に似ていた。僕にもK先生のように、そしてあとで触れるH校長のように敬愛する指導者はいたが、上級生と対峙する僕に、当たらず触らずの教師が大半だった。

しかし次郎は、ここで偉大な師に出会う。五年生の「三つボタン」と決死の取っ組み合いになる寸前、生涯の師となる朝倉先生が偶然通りかかった。一触即発《いっしょくそくはつ》の様子をみた朝倉先生は、校庭のポプラの木の下に初対面の次郎を招き寄せる。「三つボタン」に挑む次郎がナイフをもっていたことを見逃さなかった先生は、山岡鉄舟の「活人剣《かつじんけん》（人を活かす剣）」を話題にする。己《おのれ》に克《か》つ人間こそ活人剣を握ることができるのだ、と次郎を諭《さと》す。そこには葉隠《はがくれ》の精神が垣間みえる。次郎は朝倉先生によって、確かに人生の転機を摑《つか》んだようだ。

朝倉先生との出会いの前に、次郎はもう一人の大切な人物を知ることになる。兄恭一の親友である、「親爺《おやじ》」こと大沢だ。大沢の「無計画の計画」という一見奇妙な哲学が次郎の胸を打つ。大沢は恭一と次郎を誘ってこの「無計画の計画」の旅に出かける。わずかな旅費だけをもって、しかも何の準備もなく風の吹くまま「背水の陣」で筑後川上流を進んでいくのだ。

暗夜には人家に一宿を請《こ》い、たまたまみつけた小屋をねぐらにしようとして、村人たちから叩き出され、しかし連れていかれたところが幸い村長さん宅であったお陰で思わぬ厚遇を受けたりする。人生には計画も必要だが、それには限界があるのも事実だ。つまり、「予定」の危うさだ。実は人生を動かすもっと大きな運命や自然の力が人知を超えて存在するのであり、人生を思うままにできるなどという傲慢《ごうまん》があってはならぬ、それが大沢の主張だ。

僕はこの「無計画の計画」にすっかり参ってしまった。長じて大学生になったとき、何回も「無計画の計画」と称して旅に出た。友人三人で東北地方への貧乏旅。昼間は偶然出くわした鈍行の汽車に飛び乗り、暮色深まれば途中下車の駅舎で仮眠し、能代市では運よく「村長さん」ならぬ収入役さんのお宅に朝食つきで泊めていただく僥倖《ぎょうこう》にも恵まれた。次郎がいつも僕に寄り添っているではないか。

「計画をつきぬけた人」にしかできない「無計画の計画」という「逆説」に魅了されて、かなり無茶な一人旅もした。さしたる理由もなく、旅路に四国を選んだ。何を思ったか、足摺岬《あしずりみさき》まで土埃《つちぼこり》の道をバスで七、八時間ほど走って、さらに夕暮れの足摺から偶然にも土佐行きのフェリーに乗り込み、甲板の上から一睡もせず満天の星々を眺めたものだ。

朝倉先生の話に戻ろう。次郎は恭一の手引きで先生主宰の「白鳥会」というサークルに入る。先生の書斎の額にある「白鳥入芦花」が、この会の精神を象徴しているといってよい。真っ白い白鳥が真っ白い芦原に舞い降りると、その姿はみえなくなる、しかし白鳥の羽風は確実に芦原をそよがせる、という意味らしい。人知れず世の中に道義の美風を送る、つまり「誠」とはそういうものだというのである。

五部から成る『次郎物語』で印象深かったのは、第三部から第四部への転回であった。次郎が一人の幼児から少年へと成長するにつれ、彼の世界は広がっていくが、それはせいぜい家族、親類縁者、学校の先生、友人などの小社会にとどまった。しかし第四部からは、違う。時代の激流に揺れ動く日本、そしてその日本が覇権への野望をもって挑む地球社会が、いつのまにか青年次郎の眼前にその姿をみせるのだ。

次郎が中学の最上級生になったとき、朝倉先生の辞職問題が突如校内を走る。犬養首相が暗殺されたあの五・一五事件(一九三二〔昭和七〕年)に関連して、朝倉先生が軍部を非難する発言をしたというのだ。憲兵隊がこれを問題視して、結局先生は辞職に追い込まれた。実はこの間次郎は「朝倉先生留任運動」を考えていた。県知事宛の血書を認《したた》め、これに仲間二十人ほどが署名血判する。

生徒たちのなかには次郎たちの行動を冷笑するものもあれば、過激なストライキをもって「留任」を訴える者もいた。校長以下の教師たちの無責任な事なかれ主義、そして配属将校の露骨な妨害など、事態は紆余曲折を極めた。時代の暗雲がすべてを覆い尽くした。五・一五事件だけでなく満州事変(一九三一〔昭和六〕年)、二・二六事件(一九三六〔昭和一一〕年)、日中戦争(一九三七〔昭和一二〕年)へと時代は暗転する。太平洋戦争(一九四一〔昭和一六〕年)はもはや眼前であった。軍部から自由主義的「反軍」として睨まれていた朝倉先生の辞職は、当時の軍部独裁を表象するものだ。

朝倉先生は中学教師を辞めて、東京で「友愛塾」という私塾を開くことになる。時代が軍国主義の狂気に走るなか、自由主義を思想的バックボーンにしつつ主として地方の勤労青年を集めて短期教育するという青年塾である。もちろん、塾に対する政治的干渉が有形無形にあるのは、時節柄当然といえば当然だった。中学を卒業した次郎は、先生から強く勧められた大学進学を拒否し、この私塾経営に参画して先生を支えていく。朝倉先生は、塾財団理事長を引き受けてくれた田沼先生(政治家)から物心両面の支援を得て、軍国・右傾化の時代思潮と闘った。気がつけば、次郎は時代の目撃者になっていたのだ。

僕はこのとき思った。ひょっとしたら、朝倉先生は湖人その人ではないのか。朝倉先生の自由主義思想に根ざしたその人物像は、僕の知らない「下村湖人」といつのまにか結びついていた。

朝倉先生が塾生に求める思想の一つは、「個の確立」だ。みずからの足で立って、みずからの頭で考え、そしてみずから決断するという基本があって、はじめて「一身独立」(福沢諭吉)が可能になるのだ。しかし現実はどうか。塾生の大半は何かにつけ、塾長である朝倉先生の言葉を待っている。自分でそして自分たちで考え行動しようとしない塾生一人ひとりのなかに先生は軍国主義の根っこをみてとる。だが、一人だけ「違う男」がいた。京大の哲学科を出て中学教師になったが、いわゆる「教壇教師」ではなく、実践教育者として自分を磨くために入塾した大河無門だ。時流におもねらず、「名を求めず、ひたすらに実を捧げる」自主独立にして思索の人、それが大河無門である。

荒れ狂う軍部の横暴を真っ向から見据えて泰然自若《たいぜんじじゃく》の構えをみせる大河無門。朝倉先生は、大河とは対極にあるこれら塾生たちを含む大衆の「奴隷根性」に怒っている。いまでいう「指示待ち人間」のごとく、他者の命令・指示を欲するかのような、いわば権力に従順な大衆がいる限り、民主主義など別世界の話だ、と先生はいいたいのだ。

僕はこのとき「抵抗の確立」という言葉を思い浮かべた。わが中学のH校長の言説である。H氏は、北海道でもその人格・識見のゆえに令名を馳《は》せた名校長であった。彼は折に触れ、この「抵抗の確立」なる哲学を僕たちに説いた。

校長が「生徒会誌」に寄せたエッセイには、こういう言葉がある。「われわれ日本人は民主的に生きようと念願しつつも、自己の内に潜在する、気づかない封建制を払拭できず」にいる、と。そして校長はこう慨嘆する。「(日本人は)気づかざる封建的な生活場面を露呈しているといった、救い得ない、宿命的な型に封じ込められているように思われてならない」。朝倉先生に通底する思想がここにある。H校長は、日常生活のなかの最も簡単で本質的な誤謬《ごびゅう》を摘み出して、これへの「抵抗を確立する」ことが肝要だというのだ。人間を、したがって社会を鋭く洞察するH校長の見識と慧眼《けいがん》を僕は心から尊敬していた。「朝倉先生」が僕の目の前にいるその偶然が、僕の心を揺さぶった。

あれから六十有余年、いまや古色蒼然《こしょくそうぜん》の卒業アルバムを開くと、「抵抗の確立」の五文字が目に飛び込んでくる。もちろん校長みずからの筆墨によるものだ。普段当たり前と思えるものをまず疑ってみよ、そこには先の戦争につながる「大衆の封建制」があることを見逃してはならない、これが先生の時代への警鐘であった。

地域の約九割は山岳・森林地帯であるこの小さな田舎に、かくも立派な校長を戴く僕らの中学とは、一体どんな学び舎であったのか。もちろんこの中学校は、小学校と同様炭鉱街のなかにあった。朝倉先生辞職の背景にあったあの五・一五事件から二、三年ほどを経た一九三〇年代半ば、すなわち昭和一〇年頃になると、日本では急速に準戦時体制が進み、それとともにエネルギー源として石炭の需要が高まる。日中戦争勃発の一九三七(昭和一二)年、三井鉱山㈱は西芦別一帯を買収し、翌一九三八(昭和一三)年に芦別鉱業所(仮事務所)を開設する。以後またたくまに小中学校、住宅、鉄道、道路、病院などのインフラを整え、山間《やまあい》の広大な農地に一大炭鉱街をつくりあげたのだ。僕が生まれ故郷の釧路から父の転勤でこの地に連れてこられたのは、それから数年後の一九四四(昭和一九)年であった。日本敗戦まで一年足らずの時期である。

他の鉱山街がそうであるように、ここ芦別でも地下深い採炭現場で働く労働者(当地では「従業員」といわれた)と、事務・管理部門に携わるホワイトカラー(当地では「職員」といわれた)との身分格差・差別は悲しくも現実であった。敗戦の翌一九四六(昭和二一)年、戦後民主主義教育の第一号生徒として小学校に入学した僕は、戦後復興の寵《ちょう》児《じ》となった石炭産業の大人社会をはからずもこの目でみることになる。

戦後復興のために実践された政府のいわゆる「傾斜生産」方式によって、とくに最重要エネルギー源の石炭産業は優遇された。鉱山街は、コメの特別配給という恩恵にまで浴した。石炭は「黒いダイヤ」と呼ばれて、文字通り復興の立役者となる。鉱山業はまさに日本経済のトップランナーになったのだ。しかし、コインには表があれば裏もある。この花形産業は、一方では資本と労働の壮絶な闘いの場でもあった。占領軍による労働者解放とともに労働争議は頻発し、街はしばしば炭鉱労働者のストライキで騒然となった。「聖職者」から「労働者」に変身した日教組の教師たちもまた、教室に僕ら生徒たちを残したままワッショイ、ワッショイとデモで気勢をあげた。

人びとはつねに階級のラベルを貼られ、差別と闘いのなかにある。夜の帳《とばり》が下りると、中学の体育館では、会社幹部の令夫人がきらびやかなドレスを身にまとって、バイオリン・コンサートを開く。他方に目をやれば、坑内ガス爆発・落盤の恐怖に怯えながら死と隣り合わせで働く夫とその夫を待つ妻がいる。これら二つの情景の落差は、幼い少年の目にもとりわけ鮮やかに映ったようである。

「敗戦国日本」の最も鋭角的な対立としての、いわゆる階級闘争を詰め込んだこの炭鉱街には、中央(東京)から保守・革新両陣営の著名人が次々と繰り出された。「マルキスト」大山郁夫も妻を伴って芦別駅に降り立った。大山は群がる労働者たちの前で一場《いちじょう》の演説をした。身なりの粗末な労働者たちの最後列から、僕はつま先立ちでぴょんぴょん跳《は》ねては大山夫妻の〝雄姿〟をみていた。共産主義者であり「労働者の星」でありながら、瀟洒《しょうしゃ》な漆黒のコートに身を包んだ夫妻のいかにも貴族的な佇《たたず》まいに、僕は少し戸惑ったことを覚えている。

それにしても忘れられないのは、憎悪に満ちた大人社会の階級闘争が、そのままではなかったにしても、小中学校の教育現場に影を落としていたことだ。生徒間に何かトラブルがあれば、その背後には労働者の子供たちとホワイトカラーの子供たちとの反目が見え隠れしていた。

小学校に入ったとき、不思議な気持ちにとらわれたことを思い出す。授業を終えて帰宅するとき、校門を出た生徒たちは、互いに向き合って「さようなら」と挨拶するや、「まわれ右」という先生の号令で、二つの集団が反対方向に帰路を急ぐ。右方向に進む子供たちは、四軒長屋の従業員社宅に吸い込まれていく。片や左方向に道をとる生徒たちは、職員社宅に向かって散っていく。

職員社宅にはそれぞれ内風呂もあればトイレもある。水道も戸別に引かれている。しかし従業員社宅には、風呂もトイレも、そして水道もない。密集した長屋地域にある共同浴場は、坑内から上がってくる労働者たちとその家族のために二十四時間稼働していた。トイレも四軒共同使用のものが外の建屋に収まっている。冬の夜などは、雪の降るなかを大人も子供も寝間着姿でこの小さな建屋に駆け込むのだ。戸内に流し台はあるが、水道は戸外での共同使用だ。これは、炭鉱街にある多くの格差のほんの一例にすぎない。

こうした階級社会ゆえ、先ほどまで同じ教室で学んでいた子供たちが、帰宅時には校門で左右に截然《せつぜん》と分けられて反対方向に遠ざかっていくのだから、やはり特異な風景である。大人社会のなかに確たる線引きがあって、その線引きがたまたま子供たちのあの「さようなら」の儀式になるのだ。小学校に入学したばかりの僕がこの炭鉱街独特の大人社会を理解すべくもないのだが、なぜ仲良しの友だちと一緒に帰れないのか、という疑問符が僕から離れなかった。

小学時代から学業などで多少目立ったらしい僕は、中学に入るや早速従業員社宅の先輩たちから睨まれた。だが、いまでいう陰湿な「いじめ」とはひと味違っていた。むしろ公然たる闘いであり喧嘩であった。上級生数人から体育館に呼び出され、次郎の場合とは逆に、ナイフを突きつけられたこともあった。取っ組み合いの喧嘩では、痩せっぽちの僕は、大男の暴れ者たちを前にして、大抵は惨敗だった。どうやら、次郎ほど喧嘩は強くなかったらしい。あるとき、いつものような喧嘩では勝ち目がないとみて、頭から相手の顔面に突っ込んでその前歯を何本かへし折ってしまったことがある。もちろん謝罪ものである。取っ組み合いの喧嘩は、次郎と同じく「必死にやった」のだが、総じて「気合い」がいま一つだったかもしれない。

それはともかく、二年のときであった。寒気鋭い冬の朝、定例の全校朝会をボイコットした上級生たち、とりわけ一部の荒くれ者たちが、その朝会の最中に教室のストーブを囲みながら騒いでいたことを、僕は翌週の同じ集まりで、それこそ「生意気」にも思いっきり糾弾したことがある。記憶が定かではないのだが、恐らく生徒会役員としての責任から、この挙に出たのだろう。下級生に面子《メンツ》をつぶされたと思った彼らは、授業中の教室のドアを蹴り開けて、僕をいや他の生徒たちまで廊下に引っ張り出す。教壇の男性教員はただオロオロするばかりだった。

僕を応援してくれる側と上級生たちとが大乱闘になると思いきや、突然彼らは雪の吹きつける廊下の窓ガラスを何枚も素手で破っては、不敵な笑みを浮かべながら、血の滴《したた》る手を振りかざして僕らや教師たちを威嚇した。しかし不思議なことに、取っ組み合いになっても殴り合いにはならなかった。暴力は暴力なのだが、鉄拳で僕らに深傷《ふかで》を負わせることはない、それが昔の暴れ者たちの〝流儀〟であったのかもしれない。

こうした事件が起これば、その後始末をしたのは、多くの場合H校長であった。校長室にこれら上級生たちを呼んでは、諄々《じゅんじゅん》と暴力の愚かさを説いたという。こうした「後始末」だけでなく、H校長は欠勤教員の代講をよく買って出ては、教壇から生徒たちに親しく話しかけた。僕たちの教室では、芭蕉の一句をたっぷり一時間かけて語ってくれた。

そういえば、例の朝会で校長はこんな話をしたことがある。「氷屋」の寓話《ぐうわ》である。人間は夏になると「暑い暑い」とぼやき、冬には「寒い寒い」と不満げだ。しかし氷屋は違う。彼は夏を喜ぶ。それも暑いほどよい。氷が売れるからだ。氷屋は冬を好む。寒いほど良質の氷ができるからだ。校長はいう。「物事を一方向からのみみてはならない。人にはそれぞれの立場や思いがある。同じ事柄でも、考え方や見方ひとつで異なった意味をもつものだ」。H校長のなかに「朝倉先生」だけでなく、もしかしたら、「不幸だけの人間でありながら、自分で何かの幸福を見つけだして、勇ましく戦っていく人もある」と次郎に説いた、あの「権田原先生」もいたのではないか。

ともあれ炭鉱街ならではのエネルギッシュで荒涼とした世界、これが僕らの中学であった。僕は上級生のいなくなった中学三年になっても、目にみえない精神の傷に鬱々《うつうつ》としていた。炭鉱街は確かに階級闘争の代名詞ではあった。いまでこそ「階級闘争」は死語に等しいが、しかし、この言葉が放ついわば歴史の「体臭」が、子供たちの世界に心の壁をつくったことは否めない。そんなときに忽然《こつぜん》と姿を現わしたのが、ほかでもないあの湖人の『次郎物語』だったのだ。

確かに『次郎物語』は、僕を救ってくれた。僕は何もかも次郎に共感した。生まれ、育ち、時代こそ違え、どういうわけか、次郎が立っているそのときどきの舞台は、すなわち僕の舞台でもあった。次郎の正義感、勇気、怒り、悲しみ、そして偽善でさえ、それらは僕のものであった。次郎とすべてを共有することで、僕はみずからを懊悩の淵から引き上げることができた。

炭鉱街特有の閉塞感から離れて高校時代を札幌で過ごした僕は、大学では政治学を専攻した。いまから振り返ると、どうやら僕を政治学へと引っ張りだしたその原点は、階級間の差別と闘いが日常化していたあの産炭地にあったように思う。敗戦直後の十年間は、そのまま僕の小中学時代を覆い尽くしている。多感なひとりの少年に、この激動の昭和二〇年代をみるな、といっても無理な話だ。芦別の炭鉱街そのものが戦後日本の縮図であり、その街に生を営む一人ひとりが、意識するしないにかかわらず、限りなく政治の渦に巻き込まれていたからだ。

学生生活が進むにつれ、僕はいつのまにか学問の面白さに惹かれていた。あちこち彷徨《さまよ》って道草をしているうちに政治学と〝真面目に〟取り組む気持ちもまた強まったようだ。爾来《じらい》半世紀をはるかに超えて、政治学とのつき合いは、気息奄々《きそくえんえん》、八十路《やそじ》を迎えたいまも続いている。

職業柄当然といえば当然だが、これまで多くの書物に出会った。そのなかには僕の人生に深い衝撃を与えた書物は決して少ないとはいえない。しかし僕の読書歴のなかで、小説『次郎物語』は格別だ。人生の道端の小石に躓《つまず》きSOSを発していたひとりの少年にとって、この小説が心の傷跡を癒す一服の妙薬以上の重みをもっていたことだけは、どうやら確かなようだ。

第五部の執筆を終えたとき、湖人は「あとがき」で、「ただ私の希望だけをいうならば」第六部と第七部を「描《えが》いてみたい」とのべている。戦争末期の次郎(第六部)と、敗戦から数年後の次郎(第七部)を湖人は書きたかったのだ。二・二六事件を機に次郎がいよいよ軍国主義の狂気と対峙する姿を湖人が活写したのは、第五部の後半からだ。続く第六部では、ファシズム猛り狂う国家が負《ま》け戦《いくさ》へと自滅していくなか次郎が一体何をみたのか、そしてどんな行動に出たのか、多分湖人はこうしたことを描いたにちがいない。

第七部では、あの軍国日本が無条件降伏して一夜のうちに「自由と民主主義」の国へと転じていくとき、次郎の人生はどう変転するのか、そして次郎はどこへ行くのか、が主たるテーマになっただろう。湖人はいう、「敗戦後の日本の運命と次郎の運命とがどう結びつくかを書き終わるまでは、この物語に別れを告げたくない」(第四部「付記」)。

しかしその湖人も、第五部を公刊した翌年(一九五五(昭和三〇)年)ついに命数尽き果てた。第六部と第七部の「次郎」を抱いたままついに不帰の人となったのだ。

それにしても人生には、あの大沢のいう「無計画の計画」が仕掛けられているらしい。僕が結婚したのは一九六〇年代後半だが、そのとき媒酌人になって頂いたY氏は沖縄出身の人物で、沖縄返還(一九七二(昭和四七)年)の功労者として知られている。ある日、Y氏との雑談で思いがけない事実を知った。同氏が青年時代に実は湖人の薫陶《くんとう》を親しく受けたこと、『次郎物語』第六部以後の執筆となれば、青年Yをモデルにした人物が登場することを湖人に告げられていたことなどを僕に話してくれた。尊敬するY氏がまさか湖人の門下生であったとは、そしてまさか『次郎物語』の幻の続巻にあるいはその姿を現わしたかもしれないとは……。

はてさて、人生とは不思議なものだ。『次郎物語』と僕との縁《ゆかり》は運命の悪戯《いたずら》だったのか、それとも神が仕組んだ必然だったのか。K先生がわが家の玄関に五巻本の『次郎物語』を残して雪のなかに消えていった、あの日の夕暮れが懐かしい。

二〇二〇年九月

下村湖人略年譜

一八八四(明治十七)年
十月三日、佐賀県神埼《かんざき》郡千歳《ちとせ》村に生まれる。父内田郁二、母つぎの次男。虎六郎《ころくろう》と命名され、生後まもなく小学校校番の家へ里子《さとご》に行く。

一八八六(明治十九)年　二歳
弟が生まれる。

一八八八(明治二十一)年　四歳
里子から実家にもどる。

一八八九(明治二十二)年　五歳
家産《かさん》が傾きはじめ、父は郡役所に奉職《ほうしょく》するため、妻子とともに神埼町に転住。

一八九一（明治二十四）年　七歳

神埼町小学校に入学。

一八九二（明治二十五）年　八歳

祖父病死。そのため父は妻子を千歳村に帰し、神埼町に下宿生活を送る。虎六郎（湖人）は千歳村小学校に転学。

一八九四（明治二十七）年　十歳

母、肺結核にかかり半年で死亡。

一八九六（明治二十九）年　十二歳

継母を迎える。二歳上の兄が佐賀中学に入学する。

一八九八（明治三十一）年　十四歳

虎六郎は二度目の受験で佐賀中学に入学（前年は不合格）。

一八九九（明治三十二）年　十五歳
父が家財《かざい》を売却し、佐賀市精町《しらげ》に借家《しゃくや》し、税務署に奉職。弟が佐賀中学に入学する。

一九〇一（明治三十四）年　十七歳
このころから中央の雑誌（おもに『新声』『文庫』『明星』）に詩歌を投稿。筆名は「内田夕闇《ゆうやみ》」。中学の先輩《せんぱい》高田保馬《たかたやすま》、中島哀浪《あいろう》等との交友がはじまる。兄、熊本第五高等学校に入学。

一九〇二（明治三十五）年　十八歳
父が千歳村の家を売却し、それを資本に熊本市の花柳街《かりゅうがい》二本木《にほんぎ》にて酒類販売業をはじめる。熊本で内藤濯《ないとうあろう》を知る。『新声』に詩および短歌が掲載される。

一九〇三（明治三十六）年　十九歳
三月、佐賀中学卒業。九月、熊本第五高等学校入学。五高在学中の兄は、病気のため退学。父の事業も番頭《ばんとう》の使いこみによって傾きはじめる。一時は学業を断念するが、父のすすめにより佐賀市の多額納税者で貴族院議員の下村辰右衛門《しんえもん》に学資の補助を乞《こ》う。五高入学後まもなく父は店をたたんで、郷里の千歳村に帰り、農家の一室を借りて、祖母、継母、病兄とともに貧しい生活を営む。

一九〇四(明治三十七)年　二十歳

五高の校友会誌『竜南』の編集委員となる。

一九〇六(明治三十九)年　二十二歳

五高卒業。東京帝国大学文学科に入学し、英文学を専攻する。夏目漱石の「十八世紀文学」「オセロ」の講義、元良《もとら》勇次郎《ゆうじろう》の「心理学」の講義に興味をおぼえる。

一九〇七(明治四十)年　二十三歳

本郷森川町《ほんごうもりかわちょう》の下宿にて「生立《おいた》ちの記」(のちの「次郎物語」)の執筆をはじめたが、小説的技巧未熟のため失敗。五十枚くらいで中絶し、破棄《はき》した。

一九〇八(明治四十一)年　二十四歳

九月、『帝国文学』編集委員となる。委員は小林愛雄《よしお》、折竹錫《おりたけたまう》、内藤濯、黒田鵬心《くろだほうしん》、山本迷羊（のちの金田鬼一《かねだきいち》）等。

一九〇九（明治四十二）年　二十五歳

七月、東京帝国大学文学科卒業。十二月、一年志願兵として入営。

一九一一（明治四十四）年　二十七歳

除隊後上京の志を断ち、下村家の財産整理に当たる。十二月から母校佐賀中学で教鞭《きょうべん》をとる。

一九一三（大正二）年　二十九歳

一月、陸軍歩兵小尉《しょうい》となる。父が食道癌《がん》と診断される。三月、下村家長女菊千代《きくちよ》と婚約。同時に父と下村家とのあいだに養子入籍《ようしにゅうせき》の約束があったのを知り、すくなからず苦悶《くもん》したが、父に義理人情《ぎりにんじょう》を説《と》かれて承服《しょうふく》。十二月、結婚。

一九一四（大正三）年　三十歳
実父病死。継母を一時下村家に引き取り、病兄を一農家に託《たく》し、内田家は一家離散《いっかりさん》となる。実弟は東京の小学校に勤務し、司法試験の準備中だった。

一九一五（大正四）年　三十一歳
一月、長女生まれる。

一九一六（大正五）年　三十二歳
五月、長男生まれる。十月、実弟が佐賀市で弁護士を開業し、継母を下村家から引き取る。

一九一八（大正七）年　三十四歳
六月、長男病死。七月、次男生まれる。十一月、佐賀県立唐津《からつ》中学校教頭に転任する。

一九一九（大正八）年　三十五歳
十月、兄が死亡。十二月、下村の養母《ようぼ》も死亡。

一九二〇（大正九）年　三十六歳
佐賀県立鹿島《かしま》中学校長となる。六月、次女が生まれる。

一九二三（大正十二）年　三十九歳
三月、陸軍歩兵中尉《ちゅうい》に任ぜられる。十二月、佐賀県唐津中学校長となる。

一九二五（大正十四）年　四十一歳
一月、三女生まれる。六月、台湾総督府《たいわんそうとくふ》台中第一中学校長に任ぜられる。

一九二九（昭和四）年　四十五歳
十一月、台北高等学校長となる。

一九三〇（昭和五）年　四十六歳
一月、三男生まれる。

一九三一（昭和六）年　四十七歳

九月、台北高等学校長を辞し、離台。東京都新宿《しんじゅく》区百人町《ひゃくにんちょう》に定住する。五高以来の友人田沢義鋪《たざわよしはる》を助けて、社会教育、とくに一般青壮年の指導に専念することを決意する。大日本連合青年団嘱託《しょくたく》となる。

一九三二（昭和七）年　四十八歳

月から筆名「虎人」を「湖人」に改める。

一九三三（昭和八）年　四十九歳

三月、歌集『冬青葉』（新政社）。四月、大日本連合青年団講習所長となる。八月、養父《ようふ》が病死。九月、『人生を語る』（泰文館）。

一九三四（昭和九）年　五十歳

三月、「教育的反省」（泰文館）。六月、雑誌『青年』に掲載した随想《ずいそう》をまとめて『凡人道』として出版（日本青年館）。十二月、『真理に生きる』（泰文館）。

一九三六（昭和十一）年　五十二歳

一月、「次郎物語」の執筆に着手、雑誌『青年』に連載。十月、『魂は歩む』（泰文館）。十月、「都市生活と青年期の友愛」十二月、「青年団自活の本質とその指導」を『青年教育時報』に発表する。

一九三七（昭和十二）年　五十三歳

このころから軍国主義の影響著《いちじる》しく青年団内におよぶ。三月、連載中の「次郎物語」中止のやむなきにいたる。四月、青年団講習所長を辞任。自由な講演と文筆生活に専念することを決意する。

一九三八（昭和十三）年　五十四歳

雑誌『現代』（講談社）に「論語物語」を連載。八月、「次郎物語」（のちの『次郎物語　第一部』）脱稿《だっこう》。十二月『論語物語』（講談社）。

一九三九（昭和十四）年　五十五歳

八月、「行の教育と共同生活訓練」を雑誌『教育』（岩波書店）に発表。

一九四〇（昭和十五）年　五十六歳
五月、『塾風教育と共同生活訓練』（三友社）。
一九四一（昭和十六）年　五十七歳
二月、『次郎物語』（のちの第一部）（小山書店）。五月より「続次郎物語」（のちの『次郎物語 第二部』）を『新風土』に連載。七月、大阪中央放送局から「ラジオ小説 次郎物語」放送。十二月、映画「次郎物語」上映（日活、監督＝島耕二《しまこうじ》）。
一九四二（昭和十七）年　五十八歳
五月、『続次郎物語』（のちの『次郎物語 第二部』）（小山書店）。
一九四三（昭和十八）年　五十九歳
雑誌『新風土』（小山書店）に「青年次郎物語」（のちの『次郎物語 第三部』）を連載。
一九四四（昭和十九）年　六十歳

十一月、『次郎物語　第三部』(小山書店)。

一九四五(昭和二十)年　六十一歳

五月、戦災《せんさい》により家屋、家財、蔵書《ぞうしょ》のほとんどすべてを失う。九月、終戦後入院中の妻が死亡。

一九四八(昭和二十三)年　六十四歳

一月、個人雑誌『新風土』を創刊、同誌に「次郎物語　第四部」を連載。

一九四九(昭和二十四)年　六十五歳

二月、「二人の平和主義者」を東京新聞に発表。四月、『次郎物語　第四部』(冬芽書房)。七月から「次郎物語　第五部」を『新風土』に連載。

一九五〇(昭和二十五)年　六十六歳

四月、「論語物語」を「孔子とその弟子」と改題刊行(西荻書店)。五月から八月まで病《びょう》臥《が》。個人雑誌『新風土』は経営困難と病気のため五月かぎりで廃刊となる。

一九五一（昭和二十六）年　六十七歳

五月、『少年のための次郎物語 第一巻』（学童社）。六月、角川文庫版『論語物語』『次郎物語』発行。

一九五二（昭和二十七）年　六十八歳

一月、『眼ざめ行く子等』（海住書店）。十二月、『少年のための次郎物語 第二巻』（学童社）。新潮文庫版『次郎物語』発行。

一九五三（昭和二十八）年　六十九歳

「次郎物語 第五部」を雑誌『大法輪』三月号から翌年の三月号まで連載。六月、『人生随想』（実業之日本社）。七月から翌年八月まで新日本放送にて「ラジオ小説 次郎物語」放送（脚色＝北村寿夫《きたむらひさお》、演出＝和田精《わだせい》、語り手＝山本安英《やまもとやすえ》）。十一月、全日本青年産業振《しん》興会顧問《こもん》兼監事《かんじ》となる。

一九五四（昭和二十九）年　七十歳

『論語物語』『真理に生きる』『人生を語る』改版（池田書店）。四月、『次郎物語 第五部』（小山書店）。十一月四日から病床《びょうしょう》に就き、八日、池袋病院に入院。

一九五五（昭和三十）年　七十一歳

二月二日、退院。四月二十日午後十一時二分、脳軟化症《のうなんかしょう》および老衰《ろうすい》のため死去。四月三十日、『下村湖人全集 第一巻』（池田書店）。五月、昭和文学全集『下村湖人集』（角川書店）。十月、新東宝映画「次郎物語」上映（監督＝清水宏《しみずひろし》）。

〔編集付記〕

一、本書の編集にあたっては、『次郎物語 第一部〜第五部』(新小山文庫、一九五〇)、『定本 次郎物語』(池田書店、一九五八)、角川文庫版(一九七一)、『下村湖人全集』(国土社、一九七五)の1〜3巻、新潮文庫版(一九八七)などの既刊の諸本を校合のうえ本文を決定した。

二、漢字、仮名づかいは、新字体・新仮名づかいに統一した。

三、今日ではその表現に配慮する必要のある語句もあるが、作品が発表された年代の状況に鑑み、原文通りとした。

(岩波文庫編集部)

次郎《じろう》物語《ものがたり》（五）〔全5冊〕

2020年11月13日　第1刷発行

作　者　下村湖人《しもむらこじん》

発行者　岡本　厚

発行所　株式会社　岩波書店
〒101-8002　東京都千代田区一ツ橋2-5-5
案内 03-5210-4000　営業部 03-5210-4111
文庫編集部 03-5210-4051
https://www.iwanami.co.jp/

印刷・三陽社　カバー・精興社　製本・中永製本

ISBN 978-4-00-312255-6　　Printed in Japan

読書子に寄す

——岩波文庫発刊に際して——

岩波茂雄

真理は万人によって求められることを自ら欲し、芸術は万人によって愛されることを自ら望む。かつては民を愚昧ならしめるために学芸が最も狭き堂宇に閉鎖されたことがあった。今や知識と美とを特権階級の独占より奪い返すことはつねに進取的なる民衆の切実なる要求である。岩波文庫はこの要求に応じそれに励まされて生まれた。それは生命ある不朽の書を少数者の書斎と研究室とより解放して街頭にくまなく立たしめ民衆に伍せしめるであろう。近時大量生産予約出版の流行を見る。その広告宣伝の狂態はしばらくおくも、後代にのこすと誇称する全集がその編集に万全の用意をなしたるか。千古の典籍の翻訳企図に敬虔の態度を欠かざりしか。さらに分売を許さず読者を繋縛して数十冊を強うるがごとき、はたしてその揚言する学芸解放のゆえんなりや。吾人は天下の名士の声に和してこれを推挙するに躊躇するものである。このときにあたって、岩波書店は自己の責務のいよいよ重大なるを思い、従来の方針の徹底を期するため、すでに十数年以前より志して来た計画を慎重審議この際断然実行することにした。吾人は範をかのレクラム文庫にとり、古今東西にわたって文芸・哲学・社会科学・自然科学等種類のいかんを問わず、いやしくも万人の必読すべき真に古典的価値ある書をきわめて簡易なる形式において逐次刊行し、あらゆる人間に須要なる生活向上の資料、生活批判の原理を提供せんと欲する。この文庫は予約出版の方法を排したるがゆえに、読者は自己の欲する時に自己の欲する書物を各個に自由に選択することができる。携帯に便にして価格の低きを最主とするがゆえに、外観を顧みざるも内容に至っては厳選最も力を尽くし、従来の岩波出版物の特色をますます発揮せしめようとする。この計画たるや世間の一時の投機的なるものと異なり、永遠の事業として吾人は微力を傾倒し、あらゆる犠牲を忍んで今後永久に継続発展せしめ、もって文庫の使命を遺憾なく果たさしめることを期する。芸術を愛し知識を求むる士の自ら進んでこの挙に参加し、希望と忠言とを寄せられることは吾人の熱望するところである。その性質上経済的には最も困難多きこの事業にあえて当たらんとする吾人の志を諒として、その達成のため世の読書子とのうるわしき共同を期待する。

昭和二年七月

岩波文庫の最新刊

ファアン・リンス著／横田正顕訳
民主体制の崩壊
―危機・崩壊・再均衡―

デモクラシーはある日突然、死に至るのではない。危機を昂進させる政治過程を経て崩壊する。その分析枠組を提示した比較政治学の古典的研究。
〔白三四-一〕 本体一〇一〇円

下村湖人作
次郎物語 (五)

朝倉先生のあとを追って上京した次郎は先生が主宰する「友愛塾」の助手となり、自己を磨く充実した日々を送る。不朽の教養小説最終巻。(解説＝原彬久)(全五冊)
〔緑二二五-五〕 本体九五〇円

幸田露伴作
渋沢栄一伝

偉人の顕彰ではなく、激動の時代が造り出した一人の青年が成長していくドラマを、史実を踏まえて文豪が描き出す。露伴史伝文学の雄編。(解説＝山田俊治)
〔緑一二-一八〕 本体八一〇円

…… 今月の重版再開 ……

ジョージ・オーウェル著／都築忠七訳
カタロニア讃歌
〔赤二六二-二〕 本体九二〇円

ヴァルター・ベンヤミン著／野村修編訳
ボードレール 他五篇
―ベンヤミンの仕事2―
〔赤四六三-二〕 本体九二〇円

定価は表示価格に消費税が加算されます 2020.11